TANIA KRÄTSCHMAR
Eva und die Apfelfraue

Buch

Wollen wir nicht eine WG gründen? Sind wir dafür nicht zu alt? Wobei: Frauen zwischen 43 und 55 sind nicht alt, sie sind im allerbesten Alter, finden die Freundinnen Eva, Nele, Julika, Dorothee und Marion. Und dass es durchaus an der Zeit wäre, etwas Neues zu wagen. Und so schalten sie eine Anzeige: Haus gesucht! Im Traum rechnen sie nicht damit, dass sie gleich in einem Testament bedacht werden. Doch es ist wahr: Sie erben ein Haus. Es ist ruhig gelegen, hat einen großen Garten mit Apfelbäumen, liegt im Südwesten – allerdings nicht in Berlin, sondern außerhalb der Stadtgrenze in einem Dorf in der Mark. Sie beschließen, das Experiment zu wagen und einen Sommer lang dort zu wohnen, um herauszufinden, ob der Plan einer WG überhaupt funktionieren könnte. Zwischen Apfelrezepten de luxe, zwei attraktiven Nachbarn, einer nachtaktiven Eule, heimlichem Schnapsbrennen und lieben Verwandten – tot oder lebendig – wird es für die fünf Frauen ein Sommer voller Landlust. Oder Landfrust? Da sind die Würfel beziehungsweise die Äpfel noch nicht gefallen …

Autorin

Tania Krätschmar wurde 1960 in Berlin geboren. Nach ihrem Germanistikstudium in Berlin, Florida und New York arbeitete sie als Bookscout in Manhattan. Heute ist sie als Texterin, Übersetzerin, Rezensentin und Autorin tätig. Sie hat einen Sohn und lebt in Berlin.

Tania Krätschmar

Eva und die Apfelfrauen

blanvalet

Verlagsgruppe Random House FSC® N001967
Das FSC®-zertifizierte Papier *Holmen Book Cream*
für dieses Buch liefert Holmen Paper, Hallstavik, Schweden

1. Auflage
Originalausgabe November 2013 bei Blanvalet Verlag,
einem Unternehmen der
Verlagsgruppe Random House GmbH, München
Copyright © by Verlagsgruppe Random House GmbH, München
Umschlaggestaltung: www.buerosued.de
Umschlagmotiv: Plainpicture/Thordis Rüggeberg
Druck und Bindung: GGP Media GmbH, Pößneck
LH · Herstellung: sam
Printed in Germany
ISBN: 978-3-442-38112-8

www.blanvalet.de

1. Kapitel

Alternde Frauen sollten bedenken,
dass ein Apfel nichts von seinem Wohlgeschmack verliert,
wenn ein paar Fältchen die Schale kräuseln.
AUGUSTE BRIZEUX

»Kommt, Mädels, lasst uns auf Julika anstoßen!«

Eva Wedekind griff nach dem Sektglas, das der Kellner soeben mit eiskaltem Champagner gefüllt hatte. Sie hob es feierlich in Julikas Richtung, die anderen taten es ihr nach.

»Bergfest, Julika! Auf dein Wohl.«

»Ach herrje! Noch mal fünfzig Jahre? Ich glaube kaum, dass ich das will.« Julika schaute lächelnd in die Runde. Zu fünft saßen sie um den eingedeckten Tisch. Im sanften Kerzenschein glänzten Silberbesteck, Porzellan und Cooler, besonders aber Julikas hellblaue Augen. »Aber wenn schon hundert, dann nur mit euch. Das ist ja wohl klar.«

Schon vor einem Monat hatte sie im Mirror's, einem trendig-teuren Restaurant hoch über dem Potsdamer Platz, reserviert. Nur das Beste war gut genug, um mit ihren Freundinnen ihren Fünfzigsten zu feiern, fand sie.

»Natürlich mit uns! Wie denn sonst?« Eva lächelte.

»Manchmal denke ich, es hat was mit dem Alter zu tun, dass ich die Freundschaft mit euch so sehr schätze«, sagte

Julika und prostete einer nach der anderen zu. »Mit fünfzig ist der große Männerhype vorbei ...«

»... auch wenn man die stille Hoffnung auf den richtigen Kerl noch nicht ganz aufgegeben hat ...«, meinte Nele, die erst fünfundvierzig war.

»... oder die Kinder sind endlich groß ...«, sagte Dorothee.

»... oder man hat keine, wollte nie welche und kann das Thema gelassen aus der Lebensplanung streichen ...«, warf Marion ein.

»... oder es hat nie richtig gepasst ...«, schloss Eva.

»Genau das meine ich. Es ist die Zeit der großen Freiheit! Selten habe ich mich wohler gefühlt als heute. Mit euch. Danke, dass es euch gibt.« Julika wollte endlich anstoßen, aber Dorothee war noch nicht so weit.

»Ich muss euch mal was sagen: Ich finde es herrlich, dass wir uns regelmäßig treffen«, erklärte sie und drehte den Stiel des Glases in ihrer Hand. Sie klang gerührt, und in ihren schokoladenbraunen Augen schimmerte es plötzlich verdächtig. »Ich wüsste nicht, wo ich ohne euch wäre!«

»Alles okay mit dir?«, fragte Marion leise.

Dorothee nickte, aber schaute sie nicht an.

»Das geht mir nicht anders«, sagte Eva, die Marions Frage nicht gehört hatte. »Mit euch kann ich immer wunderbar die Seele baumeln lassen.«

»Fünf Geburtstage heißt fünf Lichtblicke im Jahr, egal, wie dicke es sonst kommt«, fügte Nele resolut hinzu.

»Das meine ich nicht nur, ich meine ... ach, einfach alles«, widersprach Dorothee. »Dass ich euch jederzeit anrufen kann. Dass wir uns haben. In jeder Lebenssituation!«

Ein Wochenendseminar mit dem selbsterklärenden Titel »Selbstverteidigung für Frauen« war vier Jahre zuvor der Beginn ihrer wunderbaren Freundschaft gewesen. Erst hatte ihnen eine Rhetoriktrainerin beigebracht, wie man auf blöde Sprüche verbal reagierte – und zwar spontan, nicht erst mit zwei Stunden Verspätung, sodass man sich maßlos ärgerte, dass einem nicht gleich die richtige Antwort eingefallen war. Dann hatte ihnen ein kräftiger Trainer namens Sven verschiedene Griffe beigebracht, mit denen sie sich erfolgreich zur Wehr setzen konnten. Falls es mit der verbalen Abwehr nicht mehr klappte. Und schließlich hatten sie gemeinsam das große Finale des Seminars gestaltet – mithilfe von Brettern, die jede von ihnen mit einem Befreiungsschrei zertrümmerte. Seitdem feierten sie ihre Geburtstage grundsätzlich zusammen.

»Der Champagner wird warm«, erinnerte Julika eine Spur ungeduldig. »Was ein Jammer wäre! Also, *cinque amiche per sempre – salute*!« Julika war mit einem Italiener namens Lorenzo Montecurri verheiratet gewesen. Nicht alle ihrer italienischen Ausdrücke verstanden die anderen, aber *salute* schon.

Ein fünffaches »Pling« erklang. Sie tranken, und einen Moment lang herrschte Stille, abgesehen von der leisen Loungemusik und den gedämpften Unterhaltungen um sie herum.

»Ahhh ...« Marion stellte genüsslich seufzend ihr Glas ab. Sie lehnte sich so weit im Stuhl zurück, wie es weißes Leder und Stahl zuließen. »Nichts ist so gut wie der erste Schluck Champagner nach einem stressigen Tag in der Schule! Wenn's nicht so teuer wär, wäre ich glatt suchtgefährdet.«

»Gut zu wissen«, murmelte Julika, die gern großzügige Geschenke machte. Lorenzo hatte sie bei der Scheidung anständig abfinden müssen.

»Zur Not tut es auch Prosecco«, meinte Nele.

»Läuft es schlecht bei dir in der Schule?«, fragte Eva.

Sie hielt dem Kellner, der gerade die Speisekarten auf den Tisch legte, ihr Glas hin. Er griff nach der Flasche im silbernen Cooler und schenkte ihr den Rest ein. Dann warf er Julika einen fragenden Blick zu, und sie nickte. Bevor die nächste Bankkrise kam – und die kam sicher! –, konnte sie einen Teil ihres Vermögens genauso gut in Champagner rosé mit ihren besten Freundinnen anlegen.

»Wir haben eine arabische Gang in unserer Schule«, antwortete Marion auf Evas Frage. Sie war Lehrerin in einer Brennpunktgrundschule in Neukölln. »Viertklässler! Der Bandenführer heißt Jihad. Was geht eigentlich in Eltern vor, die ihren Sohn ›Heiliger Krieg‹ nennen, könnt ihr mir das mal erklären? Neulich gab es Stress mit einer Lesepatin. ›Ich sag's meinen Cousins, wenn ich das noch mal lesen muss. Und die stechen dich ab, du Opfer!‹, hat dieser Minimacho gedroht. Unfassbar. Ich kann's nicht abwarten, bis mein Sabbatjahr beginnt.« Sie griff nach ihrem Glas und leerte es in einem Zug.

»Drei Monate hältst du noch aus, Marion«, sagte Nele ermutigend.

»Was hast du dir für dein freies Jahr eigentlich vorgenommen?«, fragte Dorothee sichtlich gespannt.

»Im Moment fallen mir nur vier Dinge ein: ausschlafen, wieder Tai Chi machen, ein bisschen mehr in die Tarotkarten schauen und endlich zum Friseur gehen! Schaut doch bloß mal.« Marion zeigte auf den Scheitel ihres blonden Pagenkopfes, wo ein dunkler, grau durchzogener Haaransatz zu sehen war. Mit ihren dreiundfünfzig war sie die Älteste der fünf Freundinnen. »Es wird absolut wundervoll sein, Zeit zu haben.« Sie schob die Ärmel ihrer bunten gefilzten Jacke hoch, schloss die Augen und begann, tief und ruhig zu atmen. Marion schwor auf asiatische Entspannungsübungen, auf Esoterik und auf Feminismus.

»Das ist nicht viel für ein Jahr«, entgegnete Dorothee skeptisch.

»Stimmt. Aber im Moment habe ich nicht mal die Power, mir zu überlegen, was ich mit mehr Freizeit anfangen könnte. Selbst dafür bräuchte ich Ruhe. Reisen, endlich Bogenschießen lernen – alles ist möglich. Nichts ist entschieden. *We'll see.*« Marion unterrichtete auch Englisch.

Der Kellner, der vom Panoramafenster aus dem Schnee nachgeschaut hatte, der auf den Potsdamer Platz rieselte, kam wieder an den Tisch. »Wollen die Damen bestellen?«, fragte er.

»Einen Moment«, sagte Julika. Sie griff nach der in Leder gebundenen Speisekarte, schlug sie auf und runzelte die Stirn. »Mein Gott. Sie drucken ja immer kleiner! Wer soll denn das lesen können?«

Dorothee kramte in ihrer Tasche, bis sie fand, was sie gesucht hatte. »Hier. Nimm. Ich versteh einfach nicht, wie du noch ohne auskommst.« Sie drückte Julika ihre Lesebrille in die Hand.

Julika setzte sie auf. Der pinkfarbene Rahmen der Brille biss sich gefährlich mit dem Hennarot ihres langen Haares, aber sie sah deutlich erleichtert aus, als sie die Karte zum zweiten Mal aufschlug. »Oh, danke, das ist viiiiel besser!« Konzentriert studierte sie das Angebot. »Vitello tonnato? Carpaccio? Oder wie wär's mit Antipasti misti als Appetizer? Wollen wir eine große Platte bestellen?«

Nele, Eva, Dorothee und Marion nickten enthusiastisch.

»Gut, dann fangen wir damit an.«

Der Kellner notierte und zog sich zurück.

»Du kannst die Brille behalten«, sagte Dorothee und

schloss den Reißverschluss ihrer Tasche. »Ist meine Ersatzbrille. Die schenke ich dir noch zum Geburtstag.«

»Ich brauche keine«, erklärte Nele kategorisch, während sie angestrengt blinzelnd die Hauptgerichte las. Eine steile Falte bildete sich dabei zwischen ihren Augenbrauen. »Ich sehe immer noch wie ein Adler. Zum Glück.«

Die anderen vier sahen sich vielsagend an, schwiegen jedoch.

»Und du, Dorothee? Wie sieht's bei dir aus? Wie geht's deiner Familie?«, fragte Marion nun.

Dorothee Dombrowsky, zweiundfünfzig und wie Julika geschieden, hatte als Einzige von ihnen Kinder. Dafür gleich vier. Sie war Krankenschwester gewesen, bis vor drei Jahren ihre Arbeitsunfähigkeitsversicherung wegen einer Medikamentenallergie gegriffen hatte. Nie wieder »Schwester, ich will einen Gute-Nacht-Kuss«! Nie wieder Urinenten austeilen und das wehleidige Wimmern anhören, als ob die Kronjuwelen in Gefahr wären!, hatte sie den Freundinnen nach ihrem Abschied von der Urologie-Station befreit gesagt. Was aber nicht hieß, dass Dorothee es ruhig und gemütlich hatte. Ihre Kinder, obwohl sie so gut wie erwachsen waren, hielten sie auf Trab. Irgendwas war immer.

Deshalb sahen die anderen sie überrascht an, als Dorothee antwortete: »Den Kindern geht es super. Sogar Mimi ist glücklich mit ihrem Lennart. Sieht ein bisschen wild aus, aber ist ja so ein netter Kerl.«

Mimi war die Jüngste, hatte eine Ausbildung zur Kosmetikerin gemacht und war bis jetzt Dorothees erklärter Problemfall gewesen, weil sie immer mit irgendwelchen unzuverlässigen Hallodris zusammen war.

»Hurra! Endlich frei!«, meinte Julika. »Genieß es!«

»Ich versuche es.« Dorothee nickte, sah jedoch nicht

sehr glücklich aus. »Aber manchmal fällt es mir schwer. Immer war wer um mich herum, der nach seinen Socken suchte oder nach seinem Lieblingsshirt brüllte. Jetzt ist es ganz ruhig. Manchmal zu ruhig.« Sie trank einen Schluck. »Außerdem habe ich vier Kilo zugenommen. Vier! Für jedes Kind, das ausgezogen ist, eins!«

»Vielleicht sind das die Wechseljahre«, warf Eva ein. »Da verändert sich bei vielen Frauen der Stoffwechsel. Ich höre es von allen Seiten. Keine isst was, alle werden dicker.«

Sie beugte sich vor, um sich aus dem Brotkorb eine knusprige Scheibe zu angeln. Dann griff sie nach dem Fässchen mit Kräuterschmalz und bestrich sie großzügig. Schließlich streute sie Salz darauf und biss mit Appetit hinein. Sie war zweiundvierzig, die Jüngste im Team, und die Wechseljahre waren noch nicht ihr Thema.

»Wechseljahre? Schön wär's«, meinte Dorothee. »Nein, nicht schön. Aber irgendwie ... schöner als so. Bei mir ist es eher der Frust. Ich futtere, obwohl ich überhaupt keinen Hunger habe.« Sie strich sich eine Strähne ihres glatten braunen Haares hinters Ohr und sah die Freundinnen etwas ratlos an.

Die anderen mussten ihr recht geben: Dorothee war nie der schlanke Typ gewesen. Aber in letzter Zeit war sie tatsächlich runder geworden.

»Wenn du Langeweile hast, kannst du gern an unserer Schule Lesepatin werden. Wir sind nun mal soziale Wesen, und du als Muttertier ...«, versuchte Marion sie aufzumuntern. »Du brauchst mehr Menschen um dich herum!«

»Damit mich dein ›Heiliger Krieg‹ absticht? Kommt nicht infrage«, antwortete Dorothee düster. »Da bleibe ich lieber allein vor dem Kühlschrank hocken.«

»Schaff dir doch einen Hund an«, schlug Nele vor.

»Dann hast du Bewegung und immer jemanden um dich herum. Du könntest ihn auch in deinem Bett schlafen lassen. Am Fußende. Das ist bestimmt gemütlich und schön warm.« Dabei sah sie zu dem hübschen Kellner am Fenster, der wieder auf das Gewimmel des Potsdamer Platzes hinunterschaute.

»Das ist kein Hund«, sagte Marion entschieden.

»Am Fußende schlafen lassen ...«, wiederholte Nele grinsend und wandte den Blick ab.

»Jede Wette, dass du spätestens in zwei Jahren Enkelkinder hütest. Dann ist es vorbei mit der Ruhe, Dorothee«, spekulierte Eva. »Was sollen wir denn da sagen? Single ohne Anhang – wir sind es doch, die Angst vor dem Alleinsein haben sollten. Gerade neulich dachte ich, dass man sich rechtzeitig um eine Lösung für später kümmern muss. Ein vernünftiges Seniorenheim oder so, wenn die Luft nach oben hin dünner wird. Wenn die Einschläge näher kommen.«

»An so was denkst du, Eva? Mit zweiundvierzig? Ehrlich, ich finde, für solche Gedanken ist es echt zu früh!« Nele war überrascht. »Wer weiß, vielleicht finden wir alle noch unseren Prince Charming und heiraten!« Schwungvoll hob sie das Glas. »Heute ist mir mehr nach *Sex and the City* als nach Altersheimdiskussionen!«

»*Sex and the City* plus zehn Jahre minus Sex«, gab Eva zurück, ein bisschen verletzt, dass Nele ihre Gedanken nicht ernst nahm. »Und ein Prince Charming ist noch lange keine Garantie dafür, dass du im Alter nicht allein bist. Männer haben ein deutlich kürzeres Verfallsdatum als wir Mädels. Oder sie verschwinden irgendwann.« Sie fächelte mit den Händen, als löse sich vor ihr gerade ein Mann in Luft auf.

»Wie wahr«, sagte Julika trocken. »Plötzlich sind sie

weg, und man weiß nicht, wo sie hin sind. Was bleibt, sind wir Frauen im mittleren Alter. Und viel Zeit zum Stricken.« Julika strickte leidenschaftlich gern.

»Frauen im besten Alter«, korrigierte Nele.

»Dann sollten wir uns schon mal nach einer geeigneten WG umschauen«, witzelte Dorothee, nun wieder munter.

»Nach einer WG?« Marion setzte sich auf. »Hey, das ist mal eine interessante Idee, Dorothee! Mit euch zusammenzuziehen – das wäre eine echte Perspektive.« Sie nippte an ihrem Glas.

In diesem Moment trat der Kellner erneut an ihren Tisch. Auf einem Tablett hatte er fünf winzige Tellerchen, die er vor sie platzierte. »Ein Gruß aus der Küche«, sagte er und trat einen Schritt zurück. »Streifchen vom Bio-Galloway auf Meerrettich-Mousse.«

»Bio was?«, fragte Eva, aber da war er schon wieder weg. Sie probierte. Es war lauwarmes zartes Rindfleisch. Zwei Bissen später war ihr Teller leer.

»Meine Wohnung ist groß genug. Fünf Zimmer. Da könnten wir zusammenziehen«, schlug Dorothee kauend vor.

»Nein, das ist zu klein«, sagte Marion entschieden und spießte einen Fleischstreifen auf. »Wir brauchen ein ganzes Haus. Mit einem großen Aufenthaltsraum für alle.«

Auch Eva begann sich für die Idee zu erwärmen. »Ich will einen Garten!« Sie liebte Pflanzen und war stolz auf ihren Dschungelbalkon.

»Ja, ein Haus mit Garten und einem tollen Nachbarn, der uns jederzeit zur Seite steht«, wisperte Nele, plötzlich ebenfalls im Bann der Wohnutopie. »Wenn mal die Regenrinne verstopft ist oder Schnee geschippt werden muss.«

»Eine Südterrasse wäre wunderbar«, schwärmte Julika

und zog fröstelnd ihren bunten Kaschmirschal über die Schultern.

Mit Lolli war sie, wann immer möglich, in die Toskana gefahren. Dort kamen die Montecurris ursprünglich her, ein Großteil der Familie lebte auch noch in Italien. Julika liebte das Land, aber vor allem liebte sie die Wärme. Kälte war ihr ein Graus.

»Und eine schöne große Küche, in der wir sitzen, kochen und quatschen können«, sagte Dorothee versonnen.

»Ruhig muss es natürlich sein!«, schloss Marion. »Kein Kindergeschrei!«

Dann schwiegen sie alle fünf und schauten hinunter auf das winterliche Berlin, als würde das Haus, von dem sie sprachen, irgendwo da unten zwischen Philharmonie, Sony-Center und Tiergarten auf sie warten.

»Sagt mal ...«, begann Eva nachdenklich, »... wie wäre es, wenn wir wirklich so etwas versuchen würden?«

»Ein Haus zu finden? Träum weiter«, meinte Nele. »Das kostet ein Vermögen.« Marion, Dorothee und Julika nickten.

»Wir müssen es ja nicht kaufen. Es gibt sicher irgendwen, der uns ein Haus vermietet. Der Fokus richtet sich doch immer mehr auf ältere Leute ...«

»Ich bin nicht *älter*«, protestierte Nele.

»... die sich organisieren, die selbstbestimmt zusammen wohnen. Natürlich sind wir noch nicht alt, Nele. Aber irgendwann werden wir es sein, da macht es doch Sinn, schon mal vorzufühlen. Wir könnten ein Projekt daraus machen!« Jetzt war Eva Feuer und Flamme. »Komm schon, Nele, wir wissen doch von der Arbeit, wie Kampagnen organisiert werden. Texte und Grafiken gestalten, das können wir! Warum machen wir das nicht mal in eigener Sache statt immer nur für Titus?«

Sie und Nele arbeiteten seit drei Jahren zusammen in der Werbeagentur Frenz & Friends. Der Inhaber hieß Titus Frenz, und den Job als Texterin hatte Eva durch Nele bekommen, die dort Grafikerin war.

Julika tippte sich gedankenverloren an die Nasenspitze. »Ist gar keine schlechte Idee. Ich würde sogar noch weiter denken: Es gibt doch Leute, die keine Erben haben, aber ein Haus besitzen. Vielleicht würde sich der eine oder andere sogar freuen, wenn er es verschenken könnte.«

»Nun hör aber mal auf, Julika. So was passiert nur in Romanen. Ein Haus verschenken ... Welche Farbe hat der Himmel eigentlich in deiner Welt?« Marions Wangen waren rosig, ihre Augen blitzten. Der Champagner wirkte endlich.

»Nein, jetzt mal ganz im Ernst. Wir könnten Annoncen schalten und es auch übers Internet laufen lassen. Was haben wir denn schon zu verlieren?«

»O ja, lasst es uns versuchen«, rief Dorothee begeistert.

»Und was wollen wir reinschreiben in so eine Anzeige?« Eva zückte einen Stift, griff nach einer Papierserviette und sah erwartungsvoll in die Runde.

»Fünf Frauen ...«

»Nein, fünf Freundinnen fürs Leben ...«

»Besser: Wir suchen ...«

»Altbau ...«

»Im Grünen ...«

»Mit Garten ...«

»Ruhig ...«

»Am liebsten im Südwesten.«

Das kam von Marion. Sie wohnte im gediegenen Bezirk Wannsee, wo die Havel durch Berlin strömte, der Grunewald nicht weit war und man für Zweihunderttausend allenfalls etwas erstehen konnte, das als Hütte für Neles fiktiven Fußwärmhund infrage kam.

»Preiswert ...«

»Viel Platz ...«

»Ein hübscher Nachbar ...«

»Stopp!«, rief Eva und wedelte mit der Serviette. »Mehr passt hier nicht drauf. Aber ich weiß auch so, was ihr meint. Ich denk mir was aus.«

»Ich auch«, sagte Nele und schaute so grüblerisch, als entwerfe sie bereits die Anzeige.

»Na, dann ist ja alles bestens«, bemerkte Julika zufrieden. »Mal sehen, was passiert. Vielleicht setzen wir sogar einen neuen Trend. Frauen-WGs werden Zukunft haben. Wer will schon im Alter allein in seiner Wohnung hocken? Das macht doch keinen Spaß! Man kann Kosten sparen, gegenseitig auf sich aufpassen und hat Gesellschaft. Und jetzt könnte das Essen allmählich kommen. Ich habe Hunger.«

Wie auf Befehl öffnete sich die Flügeltür der Küche. Gekonnt tänzelte der Kellner mit einer großen Platte in den Händen heraus und zwischen den Tischen hindurch, bis er zu den fünf Frauen kam, die ihm erwartungsvoll entgegenblickten.

2. Kapitel

*Ein Optimist ist die menschliche Verkörperung
des Frühlings.*
VOLKSMUND

Die Tastatur ihres Computers klapperte, als Evas Finger am nächsten Tag darüberflogen. Auch wenn Titus Frenz Stress wegen der Texte für die Sojamargarine-Kampagne machen würde, die er in einer Stunde haben wollte und die sie noch nicht fertig hatte: Das hier war wichtiger.

Sie legte den Kopf schräg und las:

Fünf Freundinnen suchen ein großes Haus im Grünen, in dem sie zusammen leben und alt werden können. Schön wären Garten und Terrasse und genug Platz für individuelle Wohnbereiche.

Sie schrieb noch dazu: *Wie findest du das?*

Dann gab sie als Empfänger NNeumann@frenzfriends.de ein und klickte auf Senden.

Eine halbe Minute später mailte Nele vom Nachbarbüro:

Du hast den Nachbarn vergessen! Und sonst: irgendwie langweilig. Da geht noch was.

Stirnrunzelnd las Eva die Antwort. Das mit dem Nachbarn war natürlich Quatsch. Aber ein bisschen munterer – da hatte Nele recht. Das hier war viel zu brav. Wenn schon Kampagne, dann richtig!

Hausbesitzer mit Herz, Mut und ohne Erben gesucht! Wir sind: fünf Freundinnen im allerbesten Alter. Wir suchen: ein großes Haus, bevorzugt Altbau und im Südwesten, in dem wir gemeinsam älter werden können. Wir haben: viel Enthusiasmus, wenig Geld. Wir mögen: lachen, kochen, gärtnern, Kultur, fair spielen. Schön wären: Sonnenterrasse, Garten, nette Nachbarn. Wir warten: auf Ihre Nachricht!

Sie drückte auf Senden und vertrieb sich die Wartezeit bis zu Neles Antwort damit, über Sojamargarine nachzudenken. Diesmal dauerte es länger. Als die Antwort endlich eintrudelte, hatte Nele für den Text gleich ein Layout entworfen. Sie hatte sich was Nettes ausgedacht, eine Silhouette von fünf Frauenköpfen, die sogar ein bisschen realistisch war: Wellen (Nele), Locken (Eva), Mähne (Julika), Pagenschnitt (Marion) und Bob (Dorothee). Sie schrieb:

So muss es sein! Bei »Wir mögen« könntest du noch Prosecco anfügen, und streng genommen muss es »netter Nachbar« und nicht »nette Nachbarn« heißen. Aber sonst ist es perfekt! Schick es den anderen.
PS: Hast du schon eine zündende Idee für die doofe Sojamargarine?

Eva antwortete mit einem Nein und mailte den abgesegneten Text an Dorothee, Marion und Julika. Ohne den Hinweis auf Prosecco und die Forderung nach einem netten Nachbarn. Das klang ja, als seien sie männerhungrige Säuferinnen. Eine Kopie ging auch an ihre private Mailadresse. Schließlich sollte bei ihr alles zusammenlaufen. Sie wusste schon, wo sie die Anzeige schalten würde: in verschiedenen Berliner Stadtanzeigern, in der Zweiten Hand, im Internet bei Immoscout und bei Feierabend.de, einer Website für Senioren. Wenn sie zusammenlegten, würde es auch für ein paar Anzeigen in der *Morgenpost* und im *Tagesspiegel* reichen.

Eva griff erneut nach den Entwürfen und überflog die Resultate ihres Brainstormings: Cholesterin war gestern. Natur pur aufs Brot. Ab heute ess ich Öko. So schmeckt goldgelbgesund. Soja für alle! Bin ich Brot, will ich Soja. So gut, so gesund, So-Ja! ... – Gott, das war alles so blöd.

Wie schon so oft kam Eva zu dem Entschluss, dass es schwer war, für etwas gut zu texten, hinter dem man nicht stand. Sojamargarine gehörte dazu. Sie stand auf Sauerrahmbutter. Wenn sie nur ein bisschen risikobereiter wären, würden sie und Nele sich selbstständig machen. Schon mehrfach hatten sie das besprochen. Genau genommen jedes Mal, wenn Titus nervte. Dann begann eine von ihnen ihr Mittagsgespräch stets mit dem Satz: »Stell dir vor, wir müssten nicht mehr diesen kommerziellen Schrott machen ...«, um dann mit einem sehnsüchtigen Seufzen abzubrechen.

Bevor Eva etwas Besseres einfiel, trat Titus Frenz in ihr Büro, von den Budapester Schuhen über den schwarzen Kaschmirrolli bis hin zu den gegelten Haaren jeder Zentimeter so, wie er sich einen erfolgreichen Agenturbesitzer vorstellte. Eins musste Eva ihm lassen: Seine Selbstvermarktung stimmte.

Eva trug auch gern Schwarz. Es stand ihr, fand sie, sah gut zu ihrem dunklen Haar und den grünen Augen aus.

Alle Farben passten dazu. Auch wenn sie als Kombifarbe am liebsten ebenfalls Schwarz wählte. Schwarz machte schlank, was hüfttechnisch sehr dafür sprach, und man sah kaum Flecken drauf. Außer Zahnpasta. Man sollte sich morgens die Zähne eben besser vor dem Anziehen putzen.

»Na, Eva, mein Girlie, meine hübsche Meistertexterin«, sagte Titus. »Dann zeig doch mal, was du Schönes für mich hast.«

Man spickte die Rede gern mit Anglizismen, und man duzte sich bei Frenz & Friends. Das gehörte in der Berliner Kreativszene dazu. Egal, wie alt man war. Egal, ob man schon altersweitsichtig war, weil man für Frenz bis nach Mitternacht auf den Monitor starren musste, egal, ob einem die Augen tränten und man Magentarot nicht mehr von Kobaltblau unterscheiden konnte, geschweige denn eine zündende Textidee hatte. Der Name Frenz & Friends war Programm: Man war hier mit allen befreundet, ob man wollte oder nicht.

Eva wollte nicht. Und sie wusste, dass Nele genauso dachte. Die Freundschaften in der Agentur hatten den Stellenwert von Facebook-Freundschaften. Lustige kleine Häppchen wurden einem hingeworfen, aber wehe, man wollte sich bei einem dieser Freunde Geld leihen!

Sie und Nele hatten schließlich drei echte Freundinnen und ein wichtiges Projekt an der Hand. Eva brannte darauf, es auf den Weg zu bringen.

3. Kapitel

Die Blumen des Frühlings sind die Träume des Winters.
KHALIL GIBRAN

24. Januar

Liebe Eva Wedekind,
mit Interesse habe ich Ihre Anzeige in der Morgenpost gelesen. Ich bin dreiundachtzig Jahre alt, seit zwölf Jahren verwitwet und Finanzbuchhalter im Ruhestand. Gern würde ich mit Ihnen und/oder Ihren Freundinnen meine Dreizimmerwohnung in Berlin-Spandau teilen. Könnten Sie sich vorstellen, mit einem reiferen Herrn zusammenzuleben, der weiß, wonach sich Frauen sehnen? Und sind Sie und/oder Ihre Freundinnen vielleicht Krankenschwester oder Ärztin?
Ich freue mich auf Sie und/oder Ihre Freundinnen!
Herzlichst, Ihr Werner Meier

9. Februar

Sehr geehrte Frau Wedekind,
wir haben genau das Richtige für Sie! Unser aufstrebendes Baukonsortium hat kürzlich einen Plattenbau in Berlin-Marzahn gekauft. Wir planen, einzelne Apartments nach Luxus-Standard zu sanieren und diese dann zu ver-

äußern. Mittelfristig ist vorgesehen, die restlichen Altmieter abzufinden und dieses Immobilienkleinod, verkehrsgünstig und zentral an der sechsspurigen Landsberger Allee gelegen, einer solventen Käuferschicht anzubieten. Da die Nachfrage schon jetzt größer als gedacht ist, sind nur noch wenige Apartments verfügbar. Aber fünf – für Sie und Ihre Freundinnen – sollten durchaus noch im Rahmen des Machbaren sein! Also zögern Sie nicht, greifen Sie zu!
  In der Hoffnung, rasch von Ihnen zu hören, verbleiben wir mit freundlichen Grüßen
    i. A. Marcel Schurky
    Baulions GmbH

11. Februar

Ihr geilen Weiber, ihr fünf braucht einen Mann, der's euch so richtig besorgt, und das lange und gut, und dann meldet euch bei Atze.

17. Februar

Liebe Frau Wedekind,
  man lebt nur einmal! Wie schön, dass Sie und Ihre Freundinnen einen Herzenswunsch haben! Und wie gut, dass wir Ihnen diesen erfüllen können! Denn die günstigen Konditionen, die wir Ihnen einräumen, machen den Erwerb der eigenen Immobilie, des ersehnten Wagens, des Diamantschmucks und der Weltreise zu einem Kinderspiel! Und so herrlich unkompliziert: Einfach die beigefügten Unterlagen unterschreiben (da, wo das x ist), Ihre Bankverbindung eintragen, an uns zurücksenden – und auf den goldenen

Regen warten! Beantragen Sie heute noch einen Kredit in unserem Institut, und Sie werden sehen: Wie bei Millionen anderer glücklicher Kunden werden auch Ihre kühnsten Träume über Nacht wahr!
  A Chorus Credit AG

1. März

Sehr geehrte Frau Wedekind!
  Wir, die Hausverwaltung Reich & Schwer, möchten Ihnen eine geräumige Seniorenerdgeschosswohnung in Berlin-Wedding anbieten. Der leichte Lichtmangel wird durch die Möglichkeit, die Wohnung rollstuhlgerecht umzubauen, ausgeglichen. Springen Sie auf den Wagen der preiswerten Mieten, solange er noch gemächlich rollt! Wir sind überzeugt, dass dieser urbane Bezirk in absehbarer Zeit seinen schlechten Ruf hinter sich lassen und ein Hort gepflegter kultureller Geborgenheit werden wird. Auch das unerfreuliche Drogenproblem in der Straße, in der das Objekt liegt und von dem Sie sicher aus der Presse erfahren haben, gehört aller Voraussicht nach bald der Vergangenheit an. Unsere Nachfragen bei der Polizei haben ergeben, dass in nächster Zeit intensive Sondereinsätze geplant sind. Zudem hat die Berliner Stadtreinigung inzwischen spezielles Gerät angeschafft, um gebrauchtes Spritzwerkzeug risikolos zu entsorgen. Die voraussichtliche Staffelmiete, die Nebenkosten und die Kautionshöhe entnehmen Sie bitte beigefügter Datei.
  Mit freundlichen Grüßen
  Hausverwaltung Reich & Schwer

4. März

Hallo, Eva,
habe gerade deine Anzeige im Tagesspiegel *gelesen. Supi, dass ich dich hier entdecke! Kennst du mich noch? Wir waren zusammen auf der Grundschule, jedenfalls, wenn du die Eva Wedekind bist, die auch auf die Carlo-Rolfi-Grundschule gegangen ist. Mein Männe und ich haben einen superschnuckligen Schrebergarten in einer Laubenkolonie kurz vor der Rudolf-Wisell-Brücke, gegenüber von dem großen Aldi an der Stadtautobahn. Man hört echt kaum was. Die Schallschutzwände sind super. Direkt neben uns ist eine Parzelle frei geworden. Grün und Garten und Sonnenterrasse, das suchst du doch! Soll ich mal den Laubenvorstand fragen? Wär doch super!*
Liebe Grüße
deine Irmel Wensicke, geb. Friemel

> PS: Eine Kopie unseres Einschulungsfotos liegt bei. Ich bin die kleine Blonde, 3. Reihe, 4. von links. Und du die Dicke in der ersten Reihe mit der Bambischultüte, die so ein bisschen schielt, oder?

8. März

Sehr geehrte Frau Wedekind,
ich bin Journalist in Berlin und recherchiere für einen ausführlichen Artikel über Generationenhäuser und alternative Wohnmodelle im Alter. Geplant ist, meine Arbeit überregional zu veröffentlichen. Bei www.feierabend.de bin ich auf Ihre Anzeige gestoßen und finde, dass Ihre Kampagne ein interessanter Ansatz ist. Könnten wir uns zu einem

Gespräch treffen? Gern möchte ich mehr über Ihr Projekt erfahren.
Mit freundlichen Grüßen
Max von Steinbrech

»Echt. Die Leute sind krank. Aber den hier, den kannst du mal anrufen«, sagte Nele, als Eva ihr während einer Kaffeepause die letzte Mail zeigte, die sie aufgrund ihrer Annoncen erhalten hatte. »Steinbrech klingt seriös. Ihn zu treffen kann doch nicht schaden, oder? Vielleicht ist er ein Multiplikator.«

Eva nickte nachdenklich. Multiplikator war ein Zauberwort, das bei Frenz & Friends gern und oft gebraucht wurde: Komm in die Schlagzeilen, und der Rest erledigt sich von selbst. Sie trank einen Schluck Latte macchiato. Vor Kurzem hatte Titus eine sündhaft teure Espressomaschine für die Agentur gekauft, und bei ihnen tat er immer so, als stünde er kurz vor dem Bankrott. Jede Wette – nur aus Angst, dass jemand eine Gehaltserhöhung forderte!

Seit fast zwei Monaten lief ihre Haussuchaktion, aber was bis jetzt an Angeboten gekommen war, konnte man nur als lachhaft bezeichnen.

»Ich bin es leid, dass Briefe von geilen Männern, Kredithaien und dubiosen Maklern meinen Briefkasten verstopfen«, schimpfte Eva. »Vom Posteingangsfach des Computers ganz zu schweigen. Eine echte Spam-Flut. Und diese Irmel Friemel kenn ich auch nicht. Zum Glück!« Sie wedelte mit dem Brief der Supischrebergärtnerin vor Neles Nase hin und her.

Es war eine Schnapsidee gewesen, die sie mit viel Schwung angegangen war und die inzwischen auf dem besten Weg war, im Sande zu verlaufen. Hausbesitzer, die etwas wagen wollten, existierten nicht. Sie waren naiv gewesen. Die Welt da draußen sah anders aus. Aber Nele hatte recht. Den Journalisten zu treffen konnte wirklich nicht schaden.

»Okay, ich ruf Steinbrech an. Willst du mitkommen?«, fragte Eva.

Nele winkte dankend ab. »Bloß nicht. Du machst das bestimmt sehr gut allein. Trefft euch aber lieber an einem öffentlichen Platz.«

»Glaubst du, ich geh zu dem nach Hause? Natürlich nicht. Sich wehren können ist ja gut. Gefährliche Situationen vermeiden noch besser.«

»Du klingst wie Sven!«

»Ich weiß.«

Eine erste Ahnung von Frühling herrschte, als Eva sich mit Max von Steinbrech im Café Einstein Unter den Linden traf. Die Temperatur hatte sich zögernd bei einstelligen Plusgraden eingependelt, was hieß, dass der schmutzige Schnee geschmolzen war. Das hatte zur Folge gehabt, dass ungeheure Mengen von Hundehaufen ans graue Tageslicht befördert worden waren. Die Touristen, die den Boulevard entlangflanierten und das Brandenburger Tor fotografierten, schien das nicht zu stören. Eva schon.

Überhaupt ging ihr die Stadt auf die Nerven. Der Berliner Winter hatte früh angefangen und war noch immer nicht zu Ende. Sie war die Kälte, die Dunkelheit, den Dreck der Abgase, der sich als dünner Grauschleier auf alles und jeden legte, leid. Auch die Autofahrer, die wütend hupten, sobald eine Ampel von Rot auf Grün sprang, die Busse, den Lärm. Einfach alles.

Max von Steinbrech hatte sich als »klein mit Brille« beschrieben. Seinen Körperumfang und die Glatze hatte er weggelassen, aber Eva erkannte ihn trotzdem. Er saß allein an einem Fensterplatz, nippte an einem Glas Rotwein und las die *Süddeutsche*. Als sie an seinen Tisch trat, schaute er hoch, lächelte und stand auf. Um ihr ins Gesicht schauen zu können, musste er den Kopf ein bisschen heben. Er war wirklich klein.

»Hallo, Frau Wedekind, schön, dass das geklappt hat. Darf ich Ihnen etwas zu trinken bestellen?«

Er durfte, und während es draußen allmählich dunkel wurde, erzählte Eva, wer sie und ihre Freundinnen waren, was sie suchten und wie sie überhaupt auf die Idee gekommen waren, gemeinsam ein Haus zu beziehen.

Steinbrech nickte, machte sich Notizen und stellte clevere Zwischenfragen. Es war ein angenehmes Gespräch, und als sie nach einer Stunde das Einstein verließen, sagte er: »Ich finde Ihre Idee wirklich gut. Eine WG, die man ins Leben ruft, bevor man zu alt ist. Gerade in Berlin gibt es immer mehr Singles. Warum warten, um sich zusammenzutun? Mit siebzig, wenn man schon lange ans Alleinsein gewöhnt ist oder nicht mehr die Power hat, etwas zusammen aufzubauen, ist eine Veränderung viel schwieriger. Falls sich bei Ihnen etwas ergibt, können Sie mich gern jederzeit anmailen. Wer weiß, vielleicht finden Sie ja wirklich jemanden, der Ihnen Wohnraum zur Verfügung stellt. So, und ich gehe jetzt und mache mich noch heute Abend an den Artikel. Es war nett, Sie kennenzulernen.«

»Danke«, sagte Eva und reichte Steinbrech zum Abschied die Hand. »Halt, eins noch: Wo erscheint denn Ihr Artikel überhaupt?«

»Richtig, das sollten Sie wissen. Ich schreibe für ein online-Magazin, das Themen rund um Berlin und das Umland bedient. Gelegentlich drucken auch lokale Anzeiger unsere Beiträge. Hier, da finden Sie unsere Website-

Adresse. Wenn ich den Artikel online stelle, maile ich Ihnen den Link.«

Max von Steinbrech fischte eine Visitenkarte aus seiner Jackentasche und gab sie Eva, dann ging er in Richtung Friedrichstraße davon. Sie sah ihm nach: ein kleiner, dicker Mann, der offensichtlich für seinen Job lebte. Der sich, ohne dass Eva sagen konnte, woher sie das wusste, in dieser großen Stadt allein fühlte und auch gern in eine WG zöge. Aber sich nicht traute. Oder keine Freunde hatte. Oder sich für seine Freunde keine Zeit nahm.

Der Rest des Monats März und beinahe der gesamte April vergingen mit viel Arbeit bei Frenz & Friends. Sie hatten weitere Anzeigen geschaltet, und die Angebote, die Eva daraufhin bekam, hatte sie gesammelt – an Dorothees Geburtstag würden sie sich einen Spaß daraus machen, sie gemeinsam zu lesen und sich darüber zu amüsieren, was für seltsame Typen auf ihre Anzeigen antworteten. Dieses Jahr lud Dorothee sie zu einem Spanier am Savignyplatz ein.

»Gehen wir zusammen zu Dorothee heute Abend?«, fragte Nele am Morgen des großen Tages.

»Ich hab mir den Nachmittag doch freigenommen, schon vergessen?«, gab Eva zurück. »Der Monteur kommt. Wegen des Geschirrspülers. Hoffentlich lässt er sich reparieren.«

»Stimmt. Dann treffen wir uns um sieben im Restaurant. Das Geschenk bringst du mit, richtig?«

Eva nickte.

Dorothee liebte Kerzen. Bei ihr zu Hause sah es das ganze Jahr über wie Weihnachten aus. Teelichter flackerten überall in der Wohnung und verbreiteten ihren Duft. Kam man zu Besuch zu Dorothee, musste man nach dem

Klingeln immer ewig warten – wie vor der Weihnachtsbescherung. Nicht, weil Dorothee noch nicht bereit war, ihren Besuch zu empfangen, sondern weil sie immer erst alle Kerzen anzündete, bevor sie die Tür öffnete. Das entsprach ihrer Auffassung von gemütlichem Beisammensein mit ihren Freundinnen.

Nele und Eva hatten sich zusammengetan und eine Riesenvorratspackung Duftkerzen gekauft – samt einem Halter, der aussah wie eine Tiffany-Lampe, die bei Keith Haring in die Lehre gegangen war. Sie hatten ihr Geburtstagsgeschenk hübsch eingewickelt und eine Karte dazu gestaltet. Das würde Dorothee garantiert gefallen.

Eva war spät dran. Der Monteur hatte eine Ewigkeit gebraucht, aber er hatte es geschafft, ihren alten Geschirrspüler wieder zum Laufen zu bringen. Es war schon kurz vor sieben, als sie nach dem Geschenk und der prall gefüllten Klarsichthülle mit den Antwortschreiben griff und sich auf den Weg machte.

Sie war fast aus der Haustür, als ihr einfiel, dass sie die Post an diesem Tag noch nicht gecheckt hatte. Eva drehte sich auf dem Absatz um und ging zu den grauen Briefkästen im Hausflur. Einige von ihnen waren aufgebrochen, weil die Mieter den Schlüssel verloren hatten. Ihrer war glücklicherweise nicht defekt.

Als Eva den Kasten öffnete, purzelten diverse grellbunte Werbeflyer heraus, die Rechnung ihres Telefonanbieters und ein weiterer Brief. Sie drehte ihn um: Rechtsanwalt und Notar Alfons Rechenberger, Potsdam. Komisch. Sie hatte diesen Namen noch nie gehört. In dem Moment ging das Licht im Hausflur aus. Hastig drückte Eva auf den im Dunkeln rot leuchtenden Schalter. Dann riss sie den Brief auf und begann zu lesen.

Als sie eine halbe Stunde später das rustikale spanische Restaurant am Savignyplatz betrat, war Eva immer noch blass um die Nase. Die anderen waren alle schon da, und das war gut so. Sie konnte es kaum abwarten, ihre Gesichter zu sehen, wenn sie ihnen erzählte, was passiert war ...

»Happy birthday«, rief sie der strahlenden Dorothee entgegen. Eva umarmte die Freundin und überreichte ihr das Geschenk. »Hier, von Nele und mir.«

»Danke«, sagte Dorothee. »Mach ich nachher auf, okay? Da kommen nämlich schon die ersten Tapas.« Eine Kellnerin trat mit einem voll beladenen Tablett an den Tisch.

»Ich brauche einen Schluck Rioja. Sofort!«, rief Eva und setzte sich auf den freien Holzstuhl, der neben Nele stand.

Dorothee pickte, mit einem Holzstäbchen bewaffnet, gleich ein Fleischbällchen in Tomatensoße auf, sie konnte nicht länger widerstehen. »Mhm, ich sterbe vor Hunger«, sagte sie mit vollem Mund in die Runde. »Leider sind's jetzt schon sieben Kilo. Was soll ich nur machen?«

Nele lachte. »Du Arme! Nimm's nicht zu schwer.« Dann wandte sie sich Eva zu. »Ist was passiert?«, fragte sie leise und schenkte ihr Rotwein ein.

Eva nickte. Ihre Hand zitterte, als sie nach dem Glas griff. »Das kannst du wohl laut sagen.«

»Erzähl!«

Eva räusperte sich vernehmlich.

»Bist du erkältet?«, fragte Julika besorgt. »Kein Wunder, es ist Ende April und immer noch eiskalt da draußen! Irgendwas stimmt dieses Jahr nicht mit dem Wetter. Die Sonne ist wahrscheinlich in Italien hängengeblieben.«

»Nein, ich bin nicht erkältet. Hört mal her!«

Gleich hatte sie die Aufmerksamkeit der anderen. Und dem Schweigen nach zu urteilen, auch die der Leute am Nebentisch.

»Also. Das habe ich eben im Briefkasten gefunden.« Sie nahm einen Brief aus ihrer Tasche, faltete ihn auseinander und las: »*Sehr geehrte Frau Wedekind! Ich darf Ihnen mitteilen, dass meine Klientin Frau Anna Staudenroos nach längerem Leiden am 13. April dieses Jahres verstorben ist.*«

»Wer ist Anna Staudenroos?«, fragte Julika, aber die anderen brachten sie mit einem energischen Psst zum Schweigen.

»*Vor einigen Wochen*«, fuhr Eva zu lesen fort, »*wurde Frau Staudenroos auf einen Artikel, der im* Märker *erschienen ist und alternative Lebensformen im Alter zum Thema hatte, aufmerksam. Sie und Ihre Freundinnen waren darin namentlich erwähnt, Ihre Anzeige exemplarisch gedruckt. Daraufhin trat Frau Staudenroos mit unserer Kanzlei in Kontakt. Der Artikel liegt uns vor. Frau Staudenroos hat testamentarisch verfügt, dass ihr Grundbesitz – ein geräumiges Einfamilienhaus mit Garten in Wannsee in der Dorfstraße 26 – auf Sie und Ihre Freundinnen überschrieben werden soll. Da Frau Staudenroos ihren Neffen und dessen Tochter nicht bedacht hat, ist die Vereinbarung unter Einhaltung einer bestimmten Kondition uneingeschränkt rechtsgültig. Bitte nehmen Sie schnellstmöglich mit uns Kontakt auf, damit wir die weiteren Modalitäten besprechen können.*

Hochachtungsvoll
Alfons Rechenberger
Rechtsanwalt & Notar.«

Eva ließ den Brief sinken. Alle starrten sie mit offenen Mündern an. Selbst die Leute am Nachbartisch schwiegen einen Moment beeindruckt, fingen dann aber wieder an, sich laut zu unterhalten.

»Wenn ich das den Kindern erzähle!«, sagte Dorothee als Erstes.

»Haus und Garten in Wannsee ...«, rief Marion verzückt. »Im Südwesten! Meine Gegend!«

»Wir haben geerbt!«, stieß Nele ungläubig aus. »So was passiert doch immer nur anderen!«

Julika, die während ihrer Scheidung von Lolli regen Kontakt mit einem Rechtsanwalt gehabt hatte, schwieg am längsten. Dann fragte sie vorsichtig: »Unter Einhaltung einer bestimmten Kondition ... Was für eine Kondition denn?«

»Keine Ahnung. Das muss ich erst herausfinden.«

»Das müssen wir zusammen herausfinden«, warf Nele ein. »Wir fahren gemeinsam nach Potsdam. Nur den Termin, den müsstest du machen.«

»So schnell wie möglich. Mann, ist das spannend!« Marion nahm einen großen Schluck von ihrem Wein.

»Was, wenn es nur ein unscheinbarer Bungalow ist?«, fragte Julika zweifelnd. Sie schien als Einzige noch nicht bereit, an das große Los zu glauben. »Viel zu klein für uns?«

»Dann können wir immer noch verkaufen und uns das Geld teilen«, sagte Eva bestimmt. »In Wannsee bekommt man doch heute nichts unter einer halben Million! Aber ich glaube nicht, dass es nur ein kleiner Bungalow ist. Da steht ›geräumiges Einfamilienhaus‹. Ich denke, diese Frau Staudenroos hat schon verstanden, worauf es uns ankommt.«

»Spekulationen führen zu nichts. Wir wissen mehr, wenn wir bei Rechenberger waren«, sagte Marion vernünftig.

»Ich ruf ihn morgen gleich als Erstes an«, versprach Eva.

»Hoffentlich hat er bald Zeit. Ich halt das jetzt schon nicht mehr aus!« Nele rutschte aufgeregt auf ihrem Stuhl hin und her.

Marion erhob ihr Glas. »Mädels, das ist es! Kommt,

lasst uns auf Anna Staudenroos anstoßen. Anna, *here's to you*!«

»Und wisst ihr, warum es toll ist, dass wir nicht mehr als fünf Frauen sind?«, fragte Dorothee strahlend, als sei ihr ein besonders schlauer Gedanke gekommen.

»Na?«

»Wir können alle in einem Wagen nach Potsdam fahren!«

»Das macht Sinn«, meinte Julika. »Zumal ich die Einzige mit einem Auto bin.«

Als Eva, Nele, Marion, Dorothee und Julika am übernächsten Tag in Julikas A-Klasse gen Potsdam brausten, hatte sich ihre Aufregung keine Spur gelegt.

»Rechenberger wollte nichts Näheres sagen«, berichtete Eva den anderen von ihrem Telefongespräch mit dem Anwalt. »Ich habe versucht, ihm mehr Infos aus der Nase zu ziehen, aber er hat nur wiederholt, er wolle uns alle Unterlagen persönlich zeigen. Was klirrt da denn im Kofferraum, Julika?«

»Wart's ab.«

»Ich hab mir schon überlegt, wie ich das Haus einrichte«, gestand Dorothee, die sich einmal mehr über ihre überflüssigen Pfunde ärgerte, weil sie so gequetscht hinten zwischen Marion und Nele saß.

Julika sah amüsiert in den Rückspiegel. »Wie kannst du das, wenn du noch nicht mal den Grundriss gesehen hast?«

»Na, ich denke mehr an die Dekoration. Ich brauche viele Kerzen, das wisst ihr ja! Viel Gemütlichkeit, viel Wärme um mich herum.«

Marion, die eine überzeugte Puristin war, runzelte die Stirn. »Nicht im gemeinsamen Wohnbereich. Ich brauche beim Tai Chi klare Linien, sonst werde ich verrückt. Eine Kerze akzeptiere ich höchstens, wenn ich die Karten lege.«

»Hört auf!«, schimpfte Eva. »In einer Stunde wissen wir mehr über das Haus. Dann können wir immer noch streiten!«

»Wenn wir es denn finden …« Julika konzentrierte sich auf die Straßenschilder. »Mein Stadtplan muss irgendwie veraltet sein«, sagte sie. »Da ist die Dorfstraße nicht drauf. Oder sie ist umbenannt worden.«

»Vielleicht ist sie an der Grenze zu Kleinmachnow oder Babelsberg und heißt dort Dorfstraße und im Westen ganz anders«, überlegte Eva.

»Denkst du immer noch in Ost und West, Eva?«, fragte Julika.

»Ich nicht, aber vielleicht die Landkarten«, erwiderte Eva und klappte die Sonnenblende herunter. Im Spiegel schaute sie nach hinten – und zuckte irritiert zusammen. »Marion? Alles okay mit dir?«

Marion hatte den Mund aufgerissen, die Augen nach oben verdreht und so weit die Zunge herausgestreckt, dass Eva ihre Mandeln sehen konnte. Dorothee rutschte gespielt entsetzt von ihr ab, bis sie fast auf Neles Schoß saß, die ihrerseits aufstöhnte.

Hastig machte Marion den Mund zu. »Ja, alles okay«, sagte sie erklärend. »Das ist der Löwe. Eine Yogaübung. Hilft gegen Stress. Solltet ihr auch mal probieren.«

»Gut zu wissen. Wir werden's uns merken.«

Eva grinste und spielte am Radio herum, bis sie endlich einen Sender fand, der ihr zusagte. Chris de Burgh sang gerade *Lady in Red*. Die drei auf der Rückbank seufzten leise. Nele zupfte gedankenversunken an ihrem rubinroten Pulli. Diese Stimme half ihrer Meinung nach mehr gegen Stress als jede Yogaübung.

Eva stellte das Radio lauter, und sie brausten gespannt Potsdam entgegen.

Rechenberger hatte seine Kanzlei in der Schwanenallee, direkt am Jungfernsee.

»Vielleicht hat Anna Staudenroos uns ja so ein Haus vermacht!« Marion seufzte sehnsüchtig, als sie aus dem Wagen ausstiegen.

»Das wär ein Traum«, meinte Eva.

Das Haus war ein schön sanierter, klassizistischer Altbau in zartem Hellgelb, die Fensterrahmen waren weiß abgesetzt. Rechenbergers Kanzlei befand sich im Erdgeschoss. Hinter dem Haus gab es einen großen Garten, der am Wasser endete.

»Vielleicht waren Alfons Rechenberger und Anna Staudenroos ja gute Freunde. Vielleicht hatte sie ja richtig viel Geld … Vielleicht erben wir ja noch mehr als ihr Haus!« Eva fühlte sich plötzlich ganz kribbelig.

»Warten wir's ab«, sagte Julika und klingelte. Als Antwort summte es, und kurz darauf betraten sie alle fünf die Kanzlei.

»Oh, Sie müssen die Damen aus Berlin sein«, wurden sie von einer sorgfältig gestylten Empfangsdame begrüßt. Sie lächelte, als wüsste sie unendlich mehr als die Freundinnen. Was vermutlich der Wahrheit entsprach. »Nehmen Sie doch Platz im Konferenzzimmer. Herr Rechenberger kommt gleich.« Die sympathische Mitarbeiterin des Anwalts öffnete eine Tür. »Erfrischungsgetränke finden Sie dort.« Sie zeigte auf einen großen Tisch, auf dem ein Tablett bereitstand, und schloss die Tür hinter sich, als sie den Raum wieder verließ.

»Ich nehme mir einen Kaffee«, flüsterte Nele. »Will noch wer?«

»Warum flüsterst du?«, fragte Dorothee in normaler Lautstärke.

»Ich weiß nicht. Dieser Moment ist so ... schicksalsträchtig. Wer weiß, vielleicht gehen wir als Millionärinnen hier raus! Also, ich nehme mir einen Kaffee.« Diesmal sprach Nele laut und deutlich. »Ihr auch?«

Aber bevor die anderen antworten konnten, wurde die Tür aufgestoßen, und Rechtsanwalt Rechenberger trat ein. Er trug eine dunkelgraue Flanellhose, dazu ein dunkelblaues Jackett und ein hellblaues Hemd mit weißem Kragen. Hinter seiner modischen Hornbrille blitzten dunkle Augen hervor. Alfred Rechenberger war groß und hatte einen leichten Bauchansatz, sein Haar war mit silbergrauen Strähnen durchzogen. Er hätte der ältere Bruder von Neles vorvorletztem Freund sein können, der aus Hamburg stammte, Nele gründlich unglücklich gemacht und bei ihr eine ausgeprägte Abneigung gegen Räucheraal hinterlassen hatte. Was erklärte, warum sie den Anwalt jetzt düster ansah. Dieser schien das jedoch nicht zu bemerken. Oder er war es gewohnt, dass Frauen ihn ungehalten musterten. Einen Ehering trug er jedenfalls nicht.

»Guten Tag, guten Tag«, hieß er sie jetzt willkommen, setzte sich an den Tisch und legte eine Mappe vor sich. Er faltete die Hände und sah seine fünf Besucherinnen der Reihe nach an. »Ich begrüße Sie recht herzlich, meine Damen. Das ist ... nun, ein ungewöhnlicher Fall, um es mal vorsichtig auszudrücken. Wer von Ihnen ist Eva Wedekind?«

»Ich.«

»Sie werden in Frau Staudenroos' Testament namentlich genannt, wenn es auch für Sie fünf gilt. Ich schlage vor, ich verlese zunächst ihre letztwillige Verfügung. Anschließend können wir die Fragen, die Sie sicher haben, klären.«

»Moment«, unterbrach Julika Rechenberger. »Was ist, wenn Frau Staudenroos verschuldet war? Wenn auf dem Haus eine Hypothek liegt? Müssen wir das Erbe dann nicht gleich ausschlagen?«

»Das können Sie theoretisch auch nach dem Verlesen des Testaments. Aber ich kann Ihnen versichern, dass auf dem Haus keine Hypothek liegt«, sagte Rechenberger sanft.

Er nahm seine Brille ab, putzte sie ein bisschen umständlich, setzte sie wieder auf und begann zu lesen.

Mein letzter Wille

*Hiermit vermache ich, Anna Staudenroos, geboren am 17. 7. 1938, Eva Wedekind und ihren vier Freundinnen – wie erwähnt im **Märker**-Artikel vom 11. März 2012 – mein Haus und Grundstück in 11789 Wannsee, Dorfstraße 26. Ich hoffe, dass es ihnen dabei hilft, ihre Wohnvorstellungen zu verwirklichen. Ich habe immer allein gewohnt. Gemeinsam mit guten Freundinnen alt zu werden, war mir nicht vergönnt.*

Das Geld, das sich nach Abzug der Begräbniskosten auf meinem Konto befindet, kann genutzt werden, um die Grundsteuer zu bezahlen. Sie beträgt vierteljährlich 87,43 Euro. Sollte der Versuch von Eva Wedekind und ihren vier Freundinnen, gemeinschaftlich in Harmonie zu leben, nicht gelingen, kann das Haus auch von ihnen verkauft werden. Das Minimum an Verweildauer sollte jedoch der Länge des Reifeprozesses der Äpfel entsprechen.

Scheitert das gemeinsame Wohnprojekt vorzeitig, wird das Haus von Rechtsanwalt und Notar Alfons Rechenberger verkauft und der Erlös einem wohltätigen Zweck zugeführt.

Anna Staudenroos, Potsdam, den 15. März 2012

Rechenberger verstummte und schaute hoch. Fünf Augenpaare starrten ihn an. »Haben Sie Verständnisfragen?«, wollte er wissen.

»Was passiert, wenn wir finden, dass das Haus unseren Vorstellungen nicht entspricht? Wenn wir unmöglich darin zusammen wohnen können und es lieber gleich verkaufen wollen? Oder wenn zwei darin wohnen wollen und drei es grässlich finden?«, wollte Julika wissen.

Rechenberger schüttelte den Kopf. »Das ist nicht möglich. Wenn Sie sich nicht darauf verständigen können, zusammen in dem Haus zu leben, soll ich mich um den Verkauf kümmern. Frau Staudenroos hat verfügt, dass dann der Erlös einer wohltätigen Stiftung zufließt. Genau so, wie ich es gerade vorgelesen habe.«

»Was soll denn dieser vorletzte Satz?«, fragte Eva. »Der mit dem Reifeprozess der Äpfel?«

»Oh, das bezieht sich darauf, dass sich auf dem Grundstück einige Apfelbäume befinden. Frau Staudenroos wusste von ihrem baldigen Ableben und hegte die Hoffnung, dass Sie sich gemeinschaftlich um die Ernte kümmern. Sie hing offensichtlich sehr an ihrem Garten.« Rechenberger kramte in seiner Mappe. »Einen Moment bitte«, sagte er, dann zog er mehrere Pläne heraus. »Hier, das ist der Grundriss des Hauses. Baujahr ist 1908, aber soweit ich weiß, ist der Zustand gut. Frau Staudenroos hat über die Jahre Modernisierungen vornehmen lassen. Und ich denke, dass der Platz mehr als ausreichend ist.« Er gab Eva die Skizze, und die anderen vier standen auf, um ihr über die Schulter zu schauen.

»Da kommen die Kerzen hin ... und da ... und da ... und da ...«, murmelte Dorothee verträumt und zeigte auf eine große freie Fläche im Erdgeschoss.

»Das ist unnötig«, zischte Marion. »Da ist doch schon

ein Kamin! So viel offenes Feuer ist nicht gut. Das stört das Chi. Was wir brauchen, ist eher ein Zimmerbrunnen!«

»Was bedeutet diese Eins hier?«, fragte Eva den Rechtsanwalt und zeigte auf einen kleinen Eintrag neben dem Haus.

»Da waren Frau Staudenroos und ich uns auch nicht sicher. Es ist eine sehr alte Kopie, wissen Sie. Aber wir vermuten, dass es sich auf den Apfelgarten bezieht.«

»Was denn? Ein Baum?«

»Nein. Ein Hektar. Zehntausend Quadratmeter.«

»Zehn ... Nein! Das kann nicht sein!« Eva sah schockiert auf. Auch die anderen blickten Rechenberger ungläubig an.

»Wieso nicht?«, fragte er.

»Wir können unmöglich neben einem Haus einen Apfelgarten von zehntausend Quadratmetern in Wannsee geerbt haben! Mein Großvater hatte früher einen Schrebergarten, der war fünfhundert Quadratmeter groß. Zwanzigmal so viel Land! Nein!«

»Gibt's in Wannsee überhaupt so große Grundstücke?«, fragte Marion. »Außer dem Glienicker Park natürlich?«

Einen Moment lang sah Rechtsanwalt Rechenberger sie überrascht an. Dann nahm er seine Brille ab, begann erneut, sie zu putzen, und holte tief Luft. »Meine Damen, wenn Sie Wannsee sagen, dann denken Sie dabei vermutlich an den zu Zehlendorf gehörenden Bezirk in Berlin – mit dem gleichnamigen Gewässer im Südwesten der Stadt gelegen und an Potsdam grenzend ...«

»Natürlich«, sagte Marion überzeugt. »Ein anderes Wannsee gibt es doch nicht in Berlin!«

»In Berlin nicht, das stimmt«, erwiderte Rechenberger bedächtig und setzte die Brille langsam wieder auf. »Aber in der Mark Brandenburg, rund sechzig Kilometer südwestlich von Berlin, gibt es noch ein Wannsee. Ein beschauliches Dorf in einer landschaftlich sehr reizvollen Gegend. Es ist nach dem See benannt, der fußläufig zu erreichen ist. Die Dorfkirche datiert ins 17. Jahrhundert zurück, worauf die Wannseer sehr stolz sind. Es gibt allerdings keine öffentliche Verkehrsanbindung – wie gesagt, es ist ein kleines Dorf. Sehr klein. Bei der letzten Zählung hat man vierundachtzig Einwohner registriert. Es gibt nur eine Straße, die Dorfstraße. Ebendort befindet sich Frau Staudenroos' Haus, das Sie fünf geerbt haben. Wenn Sie das Erbe jetzt überhaupt noch antreten wollen. Ich denke, es ist im Sinne der Erblasserin, wenn Sie Ihre endgültige Entscheidung erst nach der Besichtigung des Objekts fällen. Ich muss allerdings darauf bestehen, dass Sie mir innerhalb einer Woche Bescheid geben.«

Alfons Rechenberger hätte seine Brille nicht so sorgfältig putzen müssen, um zu erkennen, wie verdattert die fünf Frauen ihn anschauten. Das hätte auch ein Blinder gesehen. Was dann kam, verblüffte den Rechtsanwalt, der schon so einiges in seinem Leben erlebt hatte, aber doch: Seine Klientinnen rissen unisono die Münder auf, streckten die Zungen weit heraus und drehten die Augen himmelwärts.

»Meine Damen«, sagte er, und man musste ihm zugutehalten, dass seine Stimme nur ein kleines bisschen zitterte, »ich darf Sie einen Moment allein lassen? Sicher haben Sie etwas miteinander zu besprechen.«

4. Kapitel

Die Natur ist das einzige Buch,
das auf allen Blättern großen Inhalt bietet.
JOHANN WOLFGANG VON GOETHE

»Ich glaub, ich spinne. Aufs Land! In den wilden Osten! Was soll ich denn da? Ich will nicht in so ein Kuhkaff«, zischte Marion erbost. Anscheinend hatte der Löwe bei ihr diesmal nicht die erhoffte entspannende Wirkung erzeugt. »Lasst uns das Erbe ausschlagen. Sofort! Soll doch eine Stiftung damit glücklich werden!« Marion fasste die Eröffnung, dass es sich nicht um *ihr* Wannsee handelte, als persönliche Beleidigung auf. Entschlossen ging sie zur Tür, um Rechenberger zurückzuholen.

»Halt! Warte doch mal, Marion.« Julika hob die Hand. »Wir sollten das nicht übers Knie brechen. Nein kann man leicht sagen, und wenn es uns hinterher leidtut, ist es zu spät. Lasst uns besonnen sein.«

»Weg aus der Stadt. Einen Sommer lang. Oder länger …«, sinnierte Dorothee, so als hätte sie Mühe, sich das Gesagte vorzustellen. »Weg von den Kindern. Weg von allem. Mit euch. Das wäre wie damals … an der Ostsee.«

Als Dorothees Scheidung durch war, hatten die anderen sie eine Woche nach Usedom eingeladen. Es war ein Urlaub, in dem Dorothee manchmal geweint, aber sehr viel mehr gelacht hatte, in dem sie das Thema Männer immer wieder zusammen aufgeworfen, diskutiert und verworfen hatten. Es war ein friedlicheres Leben ohne Kerle, war der Konsens gewesen. Nur Nele sah das anders.

»Was meinst du, Eva? Ob das Haus einsam am Dorfrand liegt?«, fragte sie. »Er hat nichts von einem Nachbarn gesagt.«

»Keine Ahnung.« Eva zuckte mit den Schultern.

»Und was hältst du überhaupt davon, Haus und Garten auf dem Land zu besitzen?«

»Mit dem Besitz habe ich kein Problem«, antwortete Eva. »Und ein Garten ist schön. Ich wollte immer einen Garten haben! Ich weiß nur nicht, wie das funktionieren soll. Wir wohnen in Berlin. Wir arbeiten in Berlin. Weißt du eigentlich, wann Äpfel reif sind?«

»Keine Ahnung. Beim Discounter gibt's das ganze Jahr über Äpfel«, sagte Nele nachdenklich. »Aber da kann was nicht stimmen, oder? Im Winter habe ich noch nie Äpfel an Bäumen gesehen. Hey, wisst ihr, wann man Äpfel erntet?«, fragte sie Dorothee, Marion und Julika, die sich gerade Kaffee nachschenkten.

»Im Sommer …«, sagte Dorothee, aber es klang eher nach Frage als nach einer Antwort.

»Im Spätsommer vielleicht?«, überlegte Marion, aber es klang noch mehr nach einer Frage als bei Dorothee.

»Vielleicht auch erst im Herbst …?« Julika biss sich auf die Unterlippe.

»Ich finde, bevor wir irgendetwas entscheiden, sollten wir nach Wannsee fahren«, erklärte Eva. »Wannsee in der Mark«, fügte sie hastig hinzu, um Missverständnisse auszuschließen.

Marion schnaubte ungehalten, aber Julika nickte. »Gute Idee. Lasst uns fahren.«

»Wann? Jetzt?«, fragte Nele.

»Ja, jetzt gleich. Wann sonst?«, erwiderte Julika. »Ihr beide, du und Eva, habt euch heute freigenommen, Marion, Dorothee und ich haben sowieso Zeit nachmittags. Mein Navi wird's schon finden.«

Damit war es ausgemacht. Sie ließen sich von Rechtsanwalt Rechenberger die Schlüssel aushändigen und verabschiedeten sich. Eva versprach, sofort Bescheid zu geben, wenn sie sich entschieden hatten.

»Was meinen Sie, Gisela, beziehen die fünf Damen das Haus gemeinschaftlich? Erfüllen sie die Bedingung, die Frau Staudenroos gestellt hat?«, fragte Rechenberger die Empfangsdame, als die Tür hinter Eva und ihren Mitstreiterinnen zugefallen war.

Während er auf ihre Antwort wartete, nahm er seine Hornbrille ab und ließ sie hin und her schwingen. Schließlich machte Gisela eine klare Jein-Kopfbewegung, und Rechenberger nickte.

»Man darf gespannt sein«, sagte er und verschwand in seinem Büro, wo er sich wieder normaleren Fällen widmete.

Im Auto herrschte Stille, nur gelegentlich durchbrochen von einer weiblichen Stimme, die Dinge sagte wie »nach dreihundert Metern auf die linke Spur wechseln … jetzt links abbiegen … der Straße folgen …« Das Navi zeigte an, dass es noch zwölf Kilometer bis zum Ziel waren – wo sie nur Ärger (Marion), Distanz zur Familie (Dorothee), viele Fragen ohne Antworten (Julika), ein neuer Nachbar (Nele) und ein Garten (Eva) erwarteten. Sie sahen aus dem Fenster, während die Besiedlung dünner, die Wiesenstücke und Äcker größer, die Landschaft freier und der

Himmel weiter wurden. Bis auf einige wenige Bemerkungen hatten sie alle fünf während der Fahrt geschwiegen.

»Eigentlich ganz hübsch hier«, meinte Nele schließlich. Sie hielt die Stille am schlechtesten aus. »Schön viele ... Bäume.« Sie fuhren gerade durch ein Waldstück.

Marion warf ihr einen eisigen Blick zu. »Du hast die Wiesen vergessen.« Gerade verließen sie das Waldstück und passierten eine Kuhweide.

»Und wir alle unsere Gummistiefel«, sagte Julika und trat fester aufs Gaspedal. Ihr roter Wagen schoss wie ein überdimensionaler Marienkäfer durch die märkische Landschaft.

»Das konnte ja niemand ahnen, dass es nicht das Wannsee in Berlin ...« Eva brach ab.

»Die Sonne scheint doch«, warf Dorothee ein.

»Auf dem Land braucht man immer Gummistiefel«, meinte Julika bestimmt.

Als sie endlich das gelbe Ortsschild »Wannsee« sahen, klebten sie alle an den Fensterscheiben. »Fahr langsamer, Julika, sonst sind wir durch, ohne was zu sehen!«, rief Eva.

Julika bremste ab. Vor ihnen schlängelte sich ein graues Asphaltband durch ein märkisches Straßendorf. Rechts davon befand sich ein schmaler Fußgängerweg, auf der anderen Seite hatte man darauf verzichtet. Hinter hohen Bäumen zur Linken ragte ein Kirchturm hoch, auf dessen Spitze sich ein Kranich als Wetterfahne im Wind drehte. Ein- und zweistöckige Häuser säumten die Straße, viele Grundstücke wurden durch hohe Holzzäune geschützt, sodass man nicht sehen konnte, was dahinterlag.

Sie kamen an Wolter's vorbei, einem Tante-Emma-Laden, der der Fensteraufschrift nach auch als Bäcker und Päckchenannahmestelle diente. Daneben befand sich »Gaby's Friseursalon« mit einer grässlichen rosafarbenen

Rüschengardine im Fenster – eine blonde Lockenperücke zierte einen Styroporkopf. Ein Haus weiter war Karoppke's Hausschlachtung und Partyservice und wieder daneben Maik's Bistro. Es schien das Einkaufszentrum des Dorfes zu sein.

»Willkommen in der Hauptstadt des Genitiv-Apostrophs«, murmelte Eva, der veraltete Rechtschreibung schon von Berufs wegen auf die Nerven ging.

»Gibt's hier keine Menschen?«, fragte Marion verwundert.

»Du wolltest doch mal entspannen«, meinte Dorothee. »So ist es eben in einem Kuhkaff. Da haben sie mittags geschlossen, schätze ich. Mir kann es gar nicht ruhig genug sein.«

»Und warum haben sie nur auf einer Seite einen Bürgersteig?«

»Damit man abends nicht so viel zum Hochklappen hat«, antwortete Julika und schaltete einen Gang herunter.

»Nummer 8 …«, murmelte Eva. »12 … 15 … Schaut mal, hier wohnen bestimmt die Neureichen der Stadt! Igitt, ist das grässlich! Ach, und das Rathaus erst!« Sie zeigte auf ein weiß getünchtes hässliches Ungetüm. Ein Balkon zog sich quer über den ersten Stock, mit klassizistischen Säulen abgestützt. Die leuchtend blau lasierten Dachfliesen reflektierten die Sonne, der Rasen des Vorgartens war, obwohl es noch früh im Jahr war, samtig grün und kurz geschoren. Es fehlten nur noch die Fähnchen und die Löcher, dann wäre er als Golfplatz nutzbar gewesen. »Jetzt muss es aber langsam mal kommen. Da hinten ist das Dorf schon zu Ende … 18 … 20 … 26! Halt! Das ist es! Wir sind da!«, rief Eva.

Julika bremste und fuhr in die Einfahrt neben einem Haus. Vor einem verschlossenen Holztor blieb sie stehen.

Es war das letzte Haus im Dorf, keine hundert Meter weiter sahen sie bereits das gelbe Ortsausgangsschild.

Sie hielt und machte den Motor aus. Einen Moment lang herrschte Stille, dann fragte Dorothee: »Versperren wir hier nicht den Bürgersteig? Sollten wir nicht lieber das Tor öffnen und den Wagen dahinter abstellen?«

Nele lachte auf. »Quatsch. Siehst du wen, den das stören würde? Das bisschen Bürgersteig, das wir blockieren! Das Kaff ist doch zu Ende, wer sollte denn hier entlanglaufen? Wenn ich daran denke, wie die Leute in Berlin parken, zweite Spur, dritte Spur … Los jetzt, raus mit euch. Worauf wartet ihr? Ich will mir unser Haus anschauen!«

»Unser Haus …«, murmelte Marion, aber sie beeilte sich doch, genauso schnell wie die anderen aus dem Wagen zu kommen.

Dann standen sie alle zusammen da, reckten und streckten sich, gespannt darauf, endlich das zu inspizieren, was von nun an ihnen gehören sollte. Wenn sie denn wollten.

»Hier riecht's ganz anders als in Berlin.« Nele atmete tief durch. »Nach Erde. Nach Wind. Und Gras. Keine Abgase.«

»Und viel stiller ist es«, sagte Eva.

Kein Straßenlärm rauschte, nur irgendwo hoch über ihnen zwitscherte ein Vogel, dann fiel ein zweiter ein. Eva schaute in den Himmel. Zuerst konnte sie nichts entdecken. Dann sah sie zwei flatternde dunkle Punkte gegen das weite Blau. Es schien unmöglich, dass zwei so kleine Vögel so laut trällern konnten.

»Es ist Frühling«, sagte Nele.

»Natürlich ist Frühling! Wir haben April! Und das sind sicher Schwalben!«, meinte Dorothee im Brustton der Überzeugung. »Es war doch in Berlin auch schon ein paar Mal sehr schön. Habt ihr das nicht gemerkt?«

»Nicht wirklich«, antwortete Eva.

Was stimmte. In ihrer Wahrnehmung war am Morgen in Berlin noch fast Winter gewesen.

Das lang gestreckte Gebäude, das sich rechts neben dem hohen Zaun mit dem Tor anschloss, war zweistöckig. Links und rechts neben der Eingangstür waren je zwei bogenförmige Fenster, im ersten Stock zählten die fünf Frauen sechs. Der Sockel des Hauses war aus grauen Feldsteinen, der Rest mit dunkelrotem Backstein gemauert. Die Fensterrahmen waren dunkelbraun gestrichen. Das mit stumpfroten Ziegeln gedeckte Dach hatte eine Regenrinne, die angelaufen war und an einigen Stellen bedenklich durchhing. Zwischen Bürgersteig und Haus befand sich eine Tropfkante aus Kieselsteinen, in der Moos und Unkraut wuchsen.

Eva kramte den Schlüsselbund aus ihrer Handtasche hervor. Sie stieg drei Treppenstufen zur Tür hoch. Dann drehte sie sich noch einmal um. »Ihr wisst, dass das alles nur klappen kann, wenn wir einer Meinung sind«, sagte sie. »Vielleicht bekommen wir nie wieder so eine Chance. Also, ich meine nur – was immer uns erwartet, wie immer wir es finden: Wir sollten unsere Entscheidung gut überdenken.« Die anderen nickten.

Die zweiflügelige Tür war aus massivem Holz, sie benötigte dringend einen neuen Anstrich. Neben dem Messingklingelknopf war ein Namensschild angebracht. A. Staudenroos stand in altmodisch geschwungener Schrift darauf.

Am Schlüsselbund befanden sich mehrere Schlüssel, aber für die Haustür kam nur der große dunkle infrage. Es hätte Eva nicht gewundert, wenn er sich geweigert hätte, sich drehen zu lassen, wenn die Tür widerspenstig geknarrt hätte. Doch er ließ sich leicht drehen, und die Tür schwang sanft auf.

Eva trat ein, hinter ihr drängelten sich die anderen vier in den großzügigen Flur. Es roch ein wenig muffig, zugleich jedoch stark nach Zimt. Direkt neben der Tür war eine schlichte Holzgarderobe angebracht. Kalt war es nicht im Haus, also zogen sie ihre Mäntel und Jacken aus und hängten sie auf – bis auf Julika: Sie schlug sogar den Kragen ihres gefütterten Lammfellmantels hoch, als sei es hier drinnen kälter als draußen.

»Alle zusammen oder jede für sich?«, fragte Eva.

»Alle zusammen«, antworteten die anderen wie aus einem Munde.

Dorothee stieß die Tür zu ihrer Rechten auf. Die beiden Fenster dieses Zimmers gingen zur Straße hinaus. Die Holzdielen waren dunkelrot gestrichen, bis auf einen elfenbeinfarbenen schmucklosen Kachelofen, der in einer Ecke stand, war der Raum leer.

»Hm«, meinte Marion. »Was meint ihr, wie Anna dieses Zimmer genutzt hat?«

»Gar nicht«, sagte Nele entschieden. »Sie hat es gar nicht genutzt. Riecht mal.« Sie sog die Luft ein. »Es riecht abgestanden, obwohl es nicht möbliert ist, und es ist kühler hier ...« Sie trat zur Heizung, die unter dem Fenster angebracht war, und fasste sie an. »Eiskalt«, meinte sie.

Julika erschauerte und zog ihren Mantel fester um sich herum. »Kommt, weiter«, forderte sie die anderen auf.

Sie gingen zurück in den Flur und öffneten die nächste Tür.

»Wow«, sagte Marion andächtig.

»Das ist irre«, fand Nele.

Eva schwieg, sie spürte, wie ihr die Tränen in die Augen traten. Dorothee griff nach ihrer Hand und drückte sie.

Sie standen in einem großen hellen Raum, der zur Straße zwei Fenster hatte; zum Garten hin gab es zwei weitere

Fenster und eine große Glastür. Ein Kaminofen stand an der Wand zum Flur, daneben eine Kiepe mit Holz.

Dies war offensichtlich Anna Staudenroos' Wohnzimmer gewesen. An den Wänden hingen Landschaftsbilder in Wechselrahmen, die aussahen, als seien sie aus einem Kalender ausgeschnitten worden. Es wirkte, als hätte die Vorbesitzerin das Haus nur eben verlassen, um bei Karoppke's fürs Mittagessen einzukaufen. Als würde sie jede Sekunde zurückkommen, ihre Einkaufstüte abstellen, ihre Hausschuhe, die vor der Couch auf dem fadenscheinigen Teppich standen, anziehen und sich in den abgenutzten Dreisitzer fallen lassen. In der Zeitung weiterlesen, die ordentlich zusammengefaltet darauflag. Oder nach der Fernbedienung greifen, die auf einem Tischchen mit einem Brokatläufer lag, den alten, riesigen Fernseher anmachen, der auf einem furnierten Sideboard stand.

Aber das war es nicht, was die fünf Freundinnen in solches Erstaunen versetzte. Sondern der Blick in den Garten. Die vergilbten Stores waren zurückgezogen, als hätte Anna Staudenroos nicht gewollt, dass irgendetwas den Ausblick beeinträchtigte. Eine gepflasterte Terrasse zog sich über die gesamte Breite des Hauses. Sie war gesäumt von Beeten, in denen erste Frühlingsblumen und Stauden wuchsen. Rechts, am Rand des Grundstücks, stand ein großer Holzschuppen. Dann kam ein windschiefer Gartenzaun – und dahinter schloss sich eine Apfelbaumwiese an mit einem nicht enden wollenden Traum in Rosa, Weiß und Pink: Anna Staudenroos' Obstgarten. Jeder der Bäume, einst sorgfältig in langen Reihen angepflanzt, stand in voller Blüte.

»O Gott, ist das schön«, sagte Marion ehrfurchtsvoll.

»O Gott, ist das ein großer Garten«, meinte Dorothee überwältigt.

»Wer soll denn so viele Äpfel essen?«, fragte Julika.

Nele zückte ihr Handy, um ein Foto zu machen.

»Kommt, wir gehen raus«, sagte Eva.

Ohne auf die anderen zu warten, öffnete sie die Terrassentür, überquerte die Terrasse und ging auf einem schmalen Steinpfad zwischen den Beeten hindurch am Schuppen vorbei bis zur Gartenpforte. Beherzt stieß sie sie auf.

»Verdammt, ich wusste doch, dass man Gummistiefel braucht«, fluchte Julika hinter ihr, als die Absätze ihrer dunkelblauen Wildlederpumps tief in den weichen Untergrund sanken.

Eva nahm kaum wahr, dass die anderen ihr folgten. Die Bäume im Obstgarten waren unterschiedlich groß, die in den hinteren Reihen kaum höher als zwei Meter. Aber der erste war deutlich größer. Eva legte den Kopf in den Nacken, während sie an den rauen Stamm griff. Die weißrosafarbenen Blüten saßen dicht an dicht an den Zweigen, das Holz konnte man kaum sehen. Zwischen den dicken Ästen leuchtete der Himmel blau hindurch. Während Eva noch nach oben blickte, fuhr ein Windstoß durch den Obstgarten. Rosaweißer Schnee rieselte herunter auf das Gras. Eva schaute den zarten tanzenden Blütenblättern nach, und in diesem Moment wusste sie, wie sie entscheiden würde. Wenn es irgendwie möglich war, würde sie versuchen, Annas Erbe anzutreten.

»Mädels, ist das nicht fantastisch?«, rief sie den vier anderen, die schweigend näher kamen, zu.

Dann drang in die Stille ein Geräusch an ihr Ohr. Eva spähte zu dem Acker hinüber, der an Anna Staudenroos' Grundstück grenzte. Dort fuhr ein Traktor, der das Land umpflügte. Sie beobachtete, wie er eine Furche schnurgerade der Länge nach übers Feld zog, dann wendete und in die andere Richtung zurückfuhr. Dort, wo das Feld noch nicht gepflügt war, sah die Erde fest und grau aus, dort wo es gepflügt war, aufgeworfen und schwarzbraun. Ein Fußweg mit großen Pfützen schlängelte sich am Rand des Ackers entlang, er mündete in einem Wäldchen, in dem vornehmlich sparrige Nadelbäume zu wachsen schienen. Rechenberger hatte von »reizvoller Landschaft« gesprochen – Eva fand die Umgebung eher unwirtlich.

Nele, die neben sie getreten war, verfolgte den grünen Traktor mit Blicken. »Das ist der Nachbar«, sagte sie dann bestimmt und wies mit dem Finger in Richtung Acker.

»Jaja, der Schweinebauer Friedrich sehnt sich nach ein bisschen Zärtlichkeit und nach jemandem, der ihm Gulasch kocht – wer weiß, vielleicht wird das dein großer Bauer-sucht-Frau-Auftritt!«, meinte Eva vergnügt.

Nele schlug den Kragen ihrer roten Strickjacke hoch. Ein kühler Wind pfiff über das kahle Feld. »Wenn wir Titus irgendwie überzeugen könnten, würde ich es glatt machen«, wisperte sie Eva zu. »Hier ist es richtig schön.«

»Ich könnte hier wunderbar Bogenschießen lernen«, meinte Marion nachdenklich. »Platz ist genug. Ruhe auch. Eins mit der Natur sein. Tai-Chi machen. Ein bisschen Esoterik studieren. Unter reifenden Äpfeln.« Sie seufzte, irgendwo zwischen Resignation und Sehnsucht gestimmt.

»Lasst uns erst mal den Rest anschauen!«, wandte Dorothee vorsichtig ein, und Julika nickte.

Dorothees Vorbehalte schwanden, als sie in die geräumige Küche traten. Der Boden war mit alten schwarz-weißen Fliesen ausgelegt, die Wandkacheln waren schlicht weiß. Auf einem schmalen Sims hatte Anna leere Schneckenhäuser, Steine und Tannenzapfen aufgereiht.

Zwischen den Küchenfenstern, durch die man ebenfalls auf die Terrasse, den Apfelgarten und den pflügenden

Nachbarn blickte, stand ein großer, abgenutzter Kiefernholztisch mit gedrechselten Beinen. Dorothee zog prüfend die Tischschublade auf, jede Menge kleiner scharfer Messer und Obstschäler fanden sich darin.

»Hier hat Anna bestimmt immer gesessen und Äpfel geschält«, sagte sie. Ihr Blick wanderte zum Herd, der seine besten Tage sicher schon hinter sich hatte, aber es war ein Gasherd mit vier Flammen, und das machte diese Tatsache wieder wett. In einer Ecke stand ein alter Küchenofen. Dorothee strahlte. »Hey«, rief sie. »Auf so einem Ding wollte ich immer schon mal kochen.« Sie griff nach einem Haken und schwang ihn wie eine sportliche Ausgabe von Hera, der Herrin des Herdfeuers. »Schaut mal, mit diesem Teil nimmt man die Ringe weg, bis die Öffnung groß genug für den Topf ist! Geheizt wird mit Holz. Praktisch. Das hält die Strom- und Gaskosten niedrig.« Sie stellte den Haken neben dem Herd ab und ging zu einer niedrigen Tür. »Und hier haben wir die Speisekammer! Ist die groß!«

Sie betrat den Raum, die anderen spähten von der Küche aus hinein. Die Wände waren von oben bis unten mit Regalen versehen, auf denen unzählige Gläser und Flaschen standen – die meisten leer, einige wenige noch voll. Auf dem Boden waren etliche große Glasballons abgestellt, vier mit einer trüben bräunlichen Flüssigkeit gefüllt.

Neugierig schauten die fünf sie an. »Die Dinger sehen aus wie die Riesenenten aus deiner Urologiestation, Dorothee«, sagte Nele. »Irgendwie eklig.« Sie beugte sich vor, löste einen Korken und schnupperte vorsichtig. »Wenigstens ist es nicht Pipi. Riecht eher nach gammligem Apfelsaft!« Schnell schloss sie den Glasballon wieder.

Dorothee drehte sich zu den anderen um. »Esst ihr eigentlich gern Apfelkuchen?«

»Kennst du irgendwen, der nicht gern Apfelkuchen isst?«, fragte Julika spöttisch und wandte sich ab. »Kommt, wir gehen mal nach oben.«

Nacheinander stiegen sie die Treppe, die nicht direkt eine Hühnerleiter war, aber auch nicht das, was man unter einem repräsentativen Aufgang verstand, nach oben. Sie mussten hintereinanderlaufen und sich festhalten, weil die Stufen sehr hoch und schmal waren.

Das obere Stockwerk war relativ unspektakulär. Es gab sechs mehr oder weniger gleichgeschnittene kleine Räume und ein Bad, das man besser nur bei Kerzenlicht benutzen sollte. Die Wäscheleinen, die Anna quer durch den Raum gespannt hatte und an denen Klammern aus Holz hingen, waren noch das Neuwertigste. In einer Ecke stand eine Waschmaschine, die brav losrumpelte, als Eva sie probehalber anschaltete. Einen Ablauf schien es nicht zu geben, ein brüchig wirkender Schlauch hing über dem Badewannenrand. Als Nele den Wasserhahn des Waschbeckens aufdrehte, spritzte braunes Wasser heraus. Sie ließ es so lange laufen, bis es klarer wurde, dann erst schloss sie den Hahn. Dafür war jetzt das Waschbecken rötlich braun belegt.

Vier der Schlafzimmer waren unmöbliert, sah man von einem Staubsauger und einem Kehrblech samt Besen ab. In einem weiteren Zimmer entdeckten die fünf Frauen ein altes Vertiko, randvoll mit Schuhen. Praktischen Schuhen, aber auch solchen, die seltsam extravagant für diese ländliche Gegend schienen, manche abgetreten, andere brandneu.

»Sympathisch! Anna hatte einen Schuhtick!«, bemerkte Nele, als sie das Schränkchen wieder schloss.

»Und wer mag das sein?«, fragte Eva und wies auf eine alte Schwarz-Weiß-Fotografie, die über einem schmalen Bett an der Wand hing. Die anderen traten näher.

»Sieht aus wie aus den Fünfzigerjahren«, kommentierte Dorothee.

Die Fotografie zeigte zwei Mädchen, die vielleicht fünfzehn, sechzehn Jahre alt waren. Eines hatte dunkles Haar, das ihm in schweren Wellen bis auf die Schultern fiel, das andere hellblonde lange Zöpfe. Sie trugen knielange Röcke und Strickjacken, die Füße steckten in Söckchen und klobigen Schuhen. Lachend sahen sich die beiden an, die Arme hatten sie einander um die Schultern gelegt.

»Vielleicht Anna und eine Freundin? Oder eine Schwester? Eine Cousine?«, mutmaßte Julika.

»Komisch, dass wir so gar nichts über unsere Gönnerin wissen«, bemerkte Dorothee. »Na, lasst uns mal weiterschauen.«

Im letzten Schlafzimmer befanden sich eine beeindruckend unansehnliche Schrankwand und ein Seniorenbett, das sich elektrisch hoch- und herunterstellen ließ. Über der Lehne eines Holzstuhls hing eine graue Jacke.

»Hier hat Anna bestimmt geschlafen. Wie sie wohl gelebt hat?«, fragte Eva. »Und wovon? Rechenberger hat nichts darüber gesagt.«

»So wie es aussieht, war sie bestimmt nicht reich. Sie hat vermutlich ihr Eingemachtes verputzt und das, was an Geld von ihrer Rente übrig blieb, in Schuhen angelegt. In ihrem Testament schrieb sie doch, dass sie allein lebte, aber einsam ist sie bestimmt nicht gewesen. In diesem Dorf kennt jeder jeden«, sagte Dorothee hellsichtig. Sie war gut darin, sich in die Leben anderer einzufühlen. Auch wenn ihre Söhne manchmal behaupteten, sie mische sich ein.

»Kommt hin«, meinte Nele. »Ich geh wieder runter. Dieses Zimmer müsste man erst mal ausmisten, bevor man ...« Sie hielt inne, als sie Julika ansah. Deren hochgezogene Augenbrauen sprachen Bände: Sie war noch nicht so weit.

Gemeinsam gingen sie wieder hinunter. Im Wohnzimmer setzte Eva sich in den Fernsehsessel, die anderen vier hockten sich auf die Couch.

»Also, was sagt ihr?«, fragte Eva. »Versuchen oder verfallen lassen?«

»Versuchen«, sagte Nele spontan. »Es ist ja nicht für lange, wenn wir es nicht wollen.« Sie zählte an den Fingern ab. »Sagen wir mal, 1. Juni bis 1. Oktober. Vier Monate. Dann müsste die Apfelernte doch vorbei sein, oder? Danach können wir verkaufen und das Geld als Grundstock für etwas Besseres nehmen. Aber es geht sowieso nur, wenn wir Titus irgendwie überzeugen. Wenn wir da keine Regelung finden, können zumindest Eva und ich es vergessen.«

»Versuchen«, rief Dorothee enthusiastisch. »Was mich betrifft, ich bin nicht mehr gebunden. Ich stell mir das wie einen extra langen Sommerurlaub mit euch vor. Wir könnten auf der Terrasse frühstücken oder im Apfelgarten! Was haben wir zu verlieren? Nichts! Marion?«

»Auf dem Weg hierher hätte ich gesagt: niemals! Aber dieses Haus hat was. Bei einem Jahr Zeit kann ich vier Monate erübrigen. Das Chi stimmt. Wie findest du es denn hier, Eva?«

»Großartig. Die Küche … der Garten … einfach herrlich! Mit euch zusammen würde ich es sofort machen. Aber ich sehe das genau wie Nele: Wenn Titus Nein sagt, dann haben wir ein Problem. Wenn er Ja sagt, bin ich dabei. Und wie siehst du das, Julika?«

Julika zuckte mit den Achseln. »Ich würde sagen, wir lassen es«, sagte sie. Als alle verdutzt schwiegen, schaute sie in die Runde. »Was ist denn?«

»Aber Julika, du warst doch die Erste, die gesagt hat, wir sollen es uns erst mal anschauen!«

»Ja, und das haben wir ja nun gemacht, und ich bin zu dem Schluss gekommen, dass ich eigentlich nicht hier sein will. Es ist nicht Berlin ... es gibt keine Museen und kein Kino, mir ist jetzt schon kalt, und in Gummistiefeln bekomme ich Schweißfüße. Wenn es in Italien auf dem Land wäre! Dann könnte ich sogar dieses grässliche Badezimmer in Kauf nehmen. Aber so ... Und ganz ehrlich, das Geld kann es doch auch nicht sein. Das ist doch keine gefragte Gegend! Wie viel bekommt man schon für so ein Haus in der Walachei fast zwei Stunden von Berlin entfernt? Und was wäre das schon durch fünf geteilt?«

»Jede Wette mehr, als ich auf dem Konto habe«, murmelte Nele.

Dorothee sah Marion unglücklich an, die wiederum schaute zu Julika. »Aber hör mal, wir würden eine echte Chance verschenken, uns mal wieder zu erden! Ein Sommer auf dem Land für uns Stadtmädels, das hat doch was!«

»Ich finde, der Preis ist zu hoch. Das ist doch unsere Lebenszeit, die wir hier in der Einsamkeit vertrödeln!« Julika kam jetzt richtig in Fahrt. »Vier, fünf Monate meines Lebens sind mir mehr wert als das bisschen, was wir hier vielleicht irgendwann rausziehen. Wer weiß, ob wir das Haus hinterher überhaupt loswerden! Am Ende müssen wir es quasi verschenken und haben uns umsonst geopfert.«

»Wie bitte? Geopfert? Wir könnten doch Spaß haben! Wo ist denn der Unterschied, ob wir in Berlin-Wannsee oder in Wannsee in der Mark im Garten hocken? Wir haben uns, das kann doch ein herrlicher Sommer werden!« Marion verstand Julika einfach nicht. »Du bist doch immer diejenige, die alles genau abwägt und eine rationale

Entscheidung fällt. Jetzt bist du einfach nur emotional. Oder trotzig. Oder beides.«

»Bin ich nicht!«, brauste Julika auf. »Im Gegenteil, ich bin die Einzige von euch, die …«

Eine Bewegung vor dem Fenster lenkte sie ab. Die anderen schauten ebenfalls hinaus. Zwei Männer standen vor Julikas Wagen: ein Dicker in Polizeiuniform, die gefährlich prall saß, daneben ein Schlanker in Jeans und Sportjackett, mit streng zurückgekämmtem blondem Haar und fliehendem Kinn. Der Dicke kritzelte etwas auf einen kleinen Block.

»Das gibt's doch nicht«, empörte Julika sich, stand auf und rannte zur Tür.

Die anderen blickten ihr nach, als sie aus der Haustür trat. Durchs Fenster beobachteten sie dann, wie Julika auf die beiden Männer zuging, die sich ihr überrascht zuwandten. Der Dicke hörte gleich auf zu schreiben.

Was soll denn das, bitte?, schien Julika ihrem erbosten Gesichtsausdruck nach zu fragen.

Der Polizist wollte etwas antworten, aber der Schlanke war schneller. Er baute sich vor Julika auf, sprach eindringlich auf sie ein, zeigte die Straße hoch und wieder runter und dann auf das Haus. Der dicke Ordnungshüter hatte weitergeschrieben, während die beiden anderen stritten, nun machte er Anstalten, sein Machwerk hinter den Scheibenwischer zu klemmen.

Doch so weit kam er nicht. Julika riss ihm das Papier aus der Hand und zerfetzte es in hundert Teile, die sie dann wie Konfetti in die Luft warf. Prompt begann der Dicke erneut zu schreiben, aus dem Gesichtsausdruck des Blonden sprach pure Selbstgefälligkeit.

»Ade, Haus«, murmelte Dorothee.

»Auf Wiedersehen, Garten«, meinte Eva.

»Tschüss, unbekannter Nachbar«, fügte Nele hinzu.

»Nun wartet doch erst mal ab«, sagte Marion.

Julika trat einen Schritt zurück, verschränkte die Arme, warf die langen roten Haare mit einer kämpferischen Bewegung zurück und begann langsam und deutlich zu sprechen. Die beiden Männer reagierten mit Sprachlosigkeit. Der Dicke sah Julika verdutzt an, dann fuhr er fort zu schreiben, der Schlanke wurde hochrot. Was Julika nicht weiter kümmerte. Sie drehte sich auf dem Absatz ihrer schlammverschmierten Pumps um und ging hoch erhobenen Hauptes die Treppenstufen zum Haus hinauf.

Sie hörten, wie Julika die Tür zuwarf, dann kam sie wieder ins Wohnzimmer. Ihre Augen funkelten vor Zorn. »Das ist der Bürgermeister! So ein Affe!«, rief sie erbost. »So ein despotischer Arsch! Und der Dorfbulle frisst ihm aus der Hand. Er verpasst mir glatt zwei Strafzettel!«

»Wieso zwei?«

»Einen fürs Parken im Halteverbot, den anderen wegen Verunreinigung öffentlicher Anlagen. Ha! Das zahle ich nicht. Und wenn ich mir einen Rechtsanwalt nehmen muss.«

»Diese Ossis«, sagte Marion kopfschüttelnd, als sei Julia auf Stasispione und Vopos in einem gestoßen.

»Ossis? Dass ich nicht lache. Der Blonde hat einen hessischen Akzent.« Julika konnte sich nicht beruhigen. »Und über das Haus hier weiß er auch alles. Wisst ihr, was er gesagt hat? Dass er geglaubt hat, Anna Staudenroos' Testament sei ein Witz.«

»Er hält es für einen Witz?« Marion fand das gar nicht komisch.

»Und was hast du den beiden gesagt? Sie sahen aus, als hätte es ihnen die Sprache verschlagen«, fragte Eva.

»Na, was schon! Dass wir planen, so bald wie möglich

zu fünft hier einzuziehen. Und dass er und sein Dicker sich in Zukunft warm anziehen sollten«, erwiderte Julika hochzufrieden. Ihre Wangen leuchteten rosig. Sie sah aus, als sei ihr zum ersten Mal an diesem Frühlingstag richtig warm. »Wir haben doch nichts zu verlieren!«

»Hab ich doch gleich geahnt, dass sie sich umentscheidet«, murmelte Marion, die Julika am besten kannte.

»So, und jetzt muss ich was holen. Sind die beiden Blödmänner weg?« Julika schaute aus dem Fenster, blickte die Straße hoch und wieder runter. »Ja. Zum Glück. Sonst kriegen sie mich deshalb auch noch ran.« Sie eilte aus dem Haus und ging zum Wagen, öffnete den Kofferraum, holte einen Korb heraus, kam damit zurück und stellte ihn auf Anna Staudenroos' Tischchen. »Ich hab da mal was vorbereitet«, sagte sie.

»Hmmh«, machte Nele, »gehst du zur Großmutter? Fehlt nur noch der Kuchen.« Im Korb waren eine Flasche Sekt und fünf Gläser.

»Und der böse Wolf«, fügte Julika hinzu und deutete nach draußen. Sie schnappte sich die Flasche, machte sie routiniert auf und schenkte die Gläser voll. Es reichte genau für fünf. »Kommt, lasst uns auf Anna Staudenroos anstoßen! Auf dieses Haus und diesen Apfelgarten, auf dieses Glück, das uns quasi in den Schoß gefallen ist! Auf unsere Landfrauen-WG! Jetzt liegt es nur noch an euch, Eva und Nele, ob was draus wird! Gebt euch schön Mühe, Titus zu überzeugen!«

»Machen wir«, versprachen Nele und Eva.

Julika erhob ihr Glas und prostete erst den beiden, dann Marion und Dorothee zu. »*Salute*«, sagte sie. Und damit war eigentlich alles gesagt.

5. Kapitel

*In der Stadt lebt man zu seiner Unterhaltung,
auf dem Land zur Unterhaltung der anderen.*
OSCAR WILDE

Titus Frenz war über den 1. Mai auf einer Dienstreise in New York, wo er es vermutlich bestens verstand, Vergnügen und Arbeit lukrativ miteinander zu verbinden. Weshalb Eva und Nele fünf Tage warten mussten, um endlich mit ihm sprechen zu können. Die Zeit wurde knapp. Rechenberger wartete auf ihre endgültige Entscheidung.

»Ohhh«, sagte Titus Frenz, als Nele und Eva in sein Büro traten. Anklopfen erübrigte sich. Die Türen bei Frenz & Friends waren immer offen. Das war unter Freunden so. »Bitte sagt, dass das nicht wahr ist. Nein, Girlies, nein, nein, nein.«

»Dass was nicht wahr ist?«, wollte Eva wissen.

Sie fragte sich zum wiederholten Mal, wie sie Titus das dusslige »Girlies« abgewöhnen konnten, mit dem er alle weiblichen Angestellten der Agentur betitelte. Es war nicht mal eine Frage des Alters: Mit vierzehn hätte sie das genauso albern gefunden wie mit zweiundvierzig. Vielleicht würde es helfen, ihn »Bubi« zu nennen? Und wenn das nicht half: Mit Sven hatten sie ein paar hübsche Griffe geübt ... Nein. Das war keine Lösung.

»Na, dass ihr eine Gehaltserhöhung wollt. Die ist nämlich nicht drin. Deshalb seid ihr doch gekommen, oder?« Titus Frenz lehnte sich in seinem schwarzen Ledersessel vor und stützte sich auf der Glasplatte seines Schreibtisches ab. »Ich muss euch leider sagen, SunInc droht damit, uns den Etat zu kürzen. Die Amis sind auch nicht mehr das, was sie mal waren. Und wer weiß, ob Flokkel mit unserer Gartenzwergkampagne richtig happy ist. Ich hab eine gar nicht schöne E-Mail von ihnen bekommen. Wenn das so weitergeht, muss ich mir was ausdenken. Verzichten kann ich ja leider nicht auf euch, sonst hätte ich schon längst Praktikanten einge…«

Er unterbrach sich, als ihm klar wurde, dass das, was er als Kompliment gemeint hatte, alles andere als ein Kompliment war. Aber nichtsahnend hatte er ihnen einen perfekten Aufhänger für das geboten, was Eva und Nele von ihm wollten.

»Keine Sorge, Titus«, sagte Nele. »Wir wollen nicht mehr Geld.«

»Nicht?«, fragte er sichtlich erleichtert.

»Aber nein, bestimmt nicht«, versicherte Eva. Sie kam sich vor, als hätte sie Kreide gefressen, so zuckersüß klang ihre Stimme. »Wir wollen was anderes von dir. Zeit.«

»Du meinst, weniger Stunden pro Tag arbeiten? Das würde sich aber sehr in eurem Gehalt niederschlagen«, sagte Titus und musterte sie von oben bis unten.

»Nein, wir wollen nicht weniger arbeiten, wir wollen ab Juni von zu Hause aus arbeiten. Ein Home Office einrichten, sozusagen. Bis Oktober. Vier Monate.« So hatten sie es abgesprochen.

»Ein Home Office?«, echote Titus Frenz. »Und wie stellt ihr euch das vor?« Er sah skeptisch aus.

»Wir sind beide jeden Tag online. Wir können mit dem

Team skypen. Wir können Konferenzschaltungen machen. Du bekommst unsere Texte und Grafikentwürfe per E-Mail.«

»Und ihr wollt beide zu Hause hocken, statt hierherzukommen? Warum denn das?«

Eva und Nele sahen sich an. Bei ihren Überlegungen, wie sie Titus dazu bringen könnten, ihren Vorschlag abzunicken, hatten sie sich auf diese Frage nicht vorbereitet. Reichte es denn nicht, dass sie es wollten? Nele zog die Augenbrauen hoch, als suchte sie krampfhaft nach etwas Überzeugendem, das Titus Frenz gut verstehen würde. Aber Eva beschloss, bei der Wahrheit zu bleiben.

»Wir wollen den Sommer über aufs Land ziehen«, sagte sie. Während sie es sagte, spürte sie erst, wie zutreffend es war. »Nach Wannsee.«

»Wannsee ist nicht das Land«, konterte Titus. Er hatte eine schicke Eigentumswohnung im Grunewald, ebenfalls im Südwesten der Stadt, und musste es wissen.

»Doch. Wannsee in der Mark. Wir haben von einer alten Dame ein Haus mit Obstgarten geerbt, aber nur, wenn wir bis nach der Apfelernte bleiben.«

Titus lachte. »Das ist ja komplett verrückt!«

»Stimmt. Aber wir haben eine Kampagne gestartet, und das ist das Ergebnis.«

»Ach, eine Kampagne!«, echote Titus.

Diese Sprache verstand ihr Chef. Er klang beeindruckt.

»Ja, eine gute Kampagne.«

»Offensichtlich«, sagte Titus. »Trotzdem. Ich denke nicht, dass das geht. Ich brauche euch hier.« Er lehnte sich zurück. »Daraus wird leider nichts. Noch was, Girlies?«

In diesem Moment klingelte sein Telefon. Er ging ran und winkte ihnen vage zu. Sie waren entlassen.

»Das war schon mal nichts«, sagte Eva verärgert und trank einen Schluck Kaffee. Er schmeckte bitter – bitter wie Titus Frenz' Absage. Sie hatten sich in die Kaffeeküche zurückgezogen, um zu beratschlagen. Nele nagte wütend auf ihrer Unterlippe und tippte mit dem Zeigefinger auf der Spüle herum, was Eva auf die Nerven ging. »Das kann er nicht mit uns machen! Wir arbeiten so lange und so gut für ihn, und er bügelt uns einfach so ab. Am liebsten würde ich fristlos kündigen!«

»Das ist auch keine Lösung. Dann brauchst du in Wannsee dein ganzes Erspartes auf ...«

»Welches Ersparte?«

»... und wenn wir zurück sind, suchen wir nach einem neuen Job und haben erst recht ein Problem. Zusammenarbeiten kannst du dann vergessen.« Von unserem Alter mal ganz abgesehen, dachte Eva. Berliner Werbeagenturen waren für ihren Jugendwahn bekannt, beliebt (bei Berufsanfängern) und berüchtigt (bei Mitarbeitern ab fünfunddreißig). »Es muss etwas geben, wozu er nicht Nein sagen kann. Komm, denk nach, Nele. Du kennst ihn drei Jahre länger als ich. Wie tickt Titus?«

Nele überlegte. »Status. Erfolg. Geld. Titus ist vor allem geldgeil.«

»Dann müssen wir ihn da erwischen.«

»Status, Erfolg?«

»Nein, beim Geld.« Eva überlegte, untermalt von Neles kleinen Trommelwirbeln – und dann machte sie einen Vorschlag.

Nele schüttelte erst heftig den Kopf, nach einer Weile jedoch begann sie zögerlich zu nicken. »Das könnte gehen, Eva. Hoffen wir mal, dass wir keinen Fehler machen. Es gibt ja schließlich ein Leben nach Wannsee«, sagte sie.

»Aber es wäre keine schlechte Lösung, das musst du zugeben«, beharrte Eva. »Die verlorene Sicherheit ist eben der Preis, den wir bezahlen müssen.«

»Du hast recht. Komm, wir versuchen es«, entgegnete Nele entschlossen.

Eva stellte den leeren Kaffeebecher ab, und sie gingen Seite an Seite zurück zu Titus' Büro.

Er telefonierte nicht mehr und hob erwartungsvoll den Kopf, als sie eintraten. Sein Blick verriet das, was Nele und Eva gelegentlich vergaßen: dass er ein Strategiemeister war, der sich schon viele Jahre in einem harten Business erfolgreich behauptete. Es schien ihn nicht zu überraschen, dass sie zurückgekommen waren.

»Titus, wir wollen dir noch einen Vorschlag machen«, begann Nele. »Was hältst du denn davon, wenn wir vier Monate lang freiberuflich für dich arbeiten? An den Inhalten ändert sich nichts, wir wollen deine Hauptansprechpartnerinnen bleiben. Aber die Modalitäten ändern sich. Wir stellen Rechnungen. Nebenkosten liegen bei uns. Stell dir mal vor, was du sparst!«

Das S-Wort wirkte Wunder. Titus runzelte die Stirn. Eva konnte praktisch sehen, wie sich das Geldrädchen hinter seiner Stirn drehte. »Sparen, sagst du? Ihr würdet für mich arbeiten, ohne fest angestellt zu sein?«

Eva und Nele nickten tapfer. Titus stand auf. Während er um den Schreibtisch herumkam, rieb er sich die Hände. »Dann, Girlies, sieht's allerdings anders aus. Das könnte das Arbeitsmodell der Zukunft werden! Wann soll's losgehen, was hattet ihr vorhin gesagt?«

»Am 1. Juni«, sagte Nele.

»Wir nehmen aber vorher noch unseren Urlaub«, fügte Eva schnell hinzu. »Bezahlt. Der steht uns zu.«

»Jaja, macht das nur.« Titus zeigte sich großzügig – aufgrund der Tarifbestimmungen blieb ihm ja auch gar nichts anderes übrig. »Und am 1. Oktober seid ihr wieder da? Wie wir das regeln, sehen wir dann später.«

Nele machte so rasch einen Schritt auf ihren Chef zu, dass er überrascht zurückwich. Unwillkürlich musste Eva daran denken, dass es beim Selbstverteidigungsseminar Nele gewesen war, die sämtliche Übungen am schnellsten begriffen hatte, die sie als Erste hatte nachmachen können, die die Geschmeidigste von ihnen war.

»Wenn wir sagen, wir sind wieder da, dann sind wir auch wieder da. Unter denselben Bedingungen wie jetzt. Hand drauf!«

Energisch hielt sie Titus die Hand hin, und er ergriff sie. Zögerlich zwar, aber immerhin. Das musste reichen. Schnell schüttelte er auch Evas Hand.

Jetzt konnte nichts mehr schiefgehen.

»Ich trau ihm nicht. Der wippt uns raus, wenn wir wieder zurück in den festen Job wollen«, prophezeite Nele düster.

»Ach, das klappt schon!« Eva war ganz aufgekratzt. »Nele, lass uns heute Abend was trinken gehen und überlegen, wie wir alles organisieren können. Was nehmen wir mit? Welche Möbel vor allem? Wie machen wir den Umzug? Außerdem muss ich sofort Rechenberger anrufen und ihm sagen, dass alles klappt.«

»Und ich sage den anderen Bescheid!«, meinte Nele. »Und dann schreib ich eine Liste, damit ich nichts vergesse.«

»Genau. Ich auch«, sagte Eva.

Evas Liste:
Klappcouch und Bettzeug, 2x Bettwäsche
Kleiderständer, Bügel
Kommode

Klamotten (ländlich, praktisch, robust)
Regenkleidung, Gummistiefel
Ersatzbrille
Sonnenbrille
Badeanzug und Bademantel
Luftmatratze
Schreibtisch, Schreibtischlampe
Laptop/ext. Festplatte/Drucker/Druckerpatrone/Papier/
Kabel
Verlängerungsschnur

Neles Liste:
Mac/ext. Festplatte/Drucker/Druckerpatrone/Kabel/Papier/Verlängerungsschnur
Bett
zwei Seidendecken und zwei Kopfkissen
französische Baumwollbettwäsche
Paloma-Picasso-Bettwäsche
Lavalampe
Massageöl
Kosmetik
Handcreme!!!
Nagelpflegeset, Nagellack kiwi, rosé, koralle
Dessous (rot, schwarz, weiß, Leopard)
praktische Kleidung
Badesachen
rote Gummistiefel

Die Zeit bis zu ihrem Umzug flog nur so dahin. Zu jeder Tages- und Nachtzeit wurden Telefonate geführt. Nur Marion grummelte ungehalten etwas von Schönheitsschlaf, als Dorothee sie um halb sechs morgens aufgeregt anrief, weil sie sich nicht entscheiden konnte, ob sie den

Zauberstab *und* den Mixer einpacken sollte. Sie war aber sowieso keine echte Hilfe, denn während Dorothee noch in der Morgendämmerung das Für und Wider jeder Küchenmaschine erläuterte, schlummerte Marion selig wieder ein, den leise zwitschernden Telefonhörer neben sich auf dem Kopfkissen.

Zwei Tage nach Titus Frenz' Zusage fuhren Julika und Dorothee noch einmal nach Wannsee. Dorothee hatte ihre beiden Söhne Alexander und Moritz aktiviert, die in Moritz' altem Passat mit Anhänger hinter ihnen herfuhren.

»Das können sie ruhig mal für ihre alte Mutter tun«, hatte sie gemeint, und da konnte Julika ihr nur recht geben.

Während Julika und Dorothee die Zimmer ausmaßen, damit sie sich zumindest in Gedanken schon mal einrichten konnten, räumten die jungen Männer das obere Stockwerk aus und trugen alles zum Hänger, um es in Berlin zu entsorgen. Annas alte Schrankwand und das Seniorenbett würde ganz sicher nie wieder jemand benötigen.

Als sich die Freundinnen am nächsten Tag zu einer Besprechung trafen, fragte Eva gespannt, wie der Garten aussah und was die Apfelbäume machten. Julika und Dorothee sahen sich achselzuckend an: Sie hatten nicht darauf geachtet, so geschäftig hatten sie geräumt, ausgemessen und geputzt.

Eva, der Titus so viele Textentwürfe abverlangte, als ob sie zum 1. Juni gekündigt hätte, avancierte zur Hauptansprechpartnerin für alle praktischen Fragen. Getreu dem Motto *Wer viel arbeitet, kann auch noch ein bisschen mehr leisten*, kümmerte sie sich um den Mietwagen und die studentischen Umzugshelfer.

Als sie den letzten Tag bei Frenz & Friends geschafft hatten, feierten Eva und Nele mit einer Flasche Prosecco, aus der dann doch zwei wurden, ihren Sieg. Die Strafe folgte auf dem Fuß, am nächsten Morgen mussten sie mit Kopfschmerzen packen.

Eva plante generalstabsmäßig den Umzugstag. Der Transporter sollte in Berlin nacheinander zu ihren fünf Wohnungen fahren, um dort die Möbel und Kartons mit all den Sachen einzusammeln, die jede von ihnen bis Oktober brauchen würde. Sie alle hatten sich entschlossen, ihre Wohnungen nicht unterzuvermieten. Schließlich wohnten sie ja in Wannsee praktisch umsonst.

Außerdem war Eva als Schlüsselwärterin in den Augen der anderen selbstverständlich verantwortlich für alles, was mit Strom, Wasser, Grundstück, Telefon und Internet zu tun hatte. Und weil sie das so gut machte, auch gleich noch für den Rest. Nur für die Vorräte der ersten Tage und die Küchenorganisation wollte Dorothee sorgen.

Ende Mai war Eva gründlich urlaubsreif. Nie war es ihr verlockender vorgekommen, Berlin hinter sich zu lassen, um unter blühenden Bäumen wandeln und die Nase in die Landluft halten zu können. Und nie war die Erfüllung eines Traumes näher gewesen! Wannsee in der Mark war für sie zu einem Synonym von Freiheit geworden, ungeachtet der Tatsache, dass sie und Nele dort genauso viel arbeiten würden wie jetzt.

Vorausgesetzt, Titus stand zu seinem Wort.

6. Kapitel

*Das Gras wächst nicht schneller,
wenn man daran zieht.*
AFRIKANISCHES SPRICHWORT

Sie hatten sich auf den 24. Mai als Umzugsdatum geeinigt. Pünktlich um neun stand der Transporter mit zwei gut gebauten Jungs – schön breit in den Schultern – vor Evas Haustür. Geradezu lächerlich leichtfüßig schnappten sich die beiden Evas Sachen und bugsierten sie die Treppen hinunter. Eva schloss die Wohnungstür doppelt ab, bevor sie bei ihrer Nachbarin klingelte, die sofort öffnete – wenn auch nur spaltbreit.

»Frau Biegel, ich wäre dann so weit«, sagte sie. »Tausend Dank, dass Sie sich um meinen Briefkasten kümmern. Ich lasse mir die Post nachschicken, aber Sie wissen ja, diese Werbesendungen verstopfen alles … Ich melde mich regelmäßig, und meine Handynummer haben Sie auch, falls was ist. Außerdem – Wannsee ist ja nicht aus der Welt.«

Frau Biegel nickte. »Wenn es eine öffentliche Anbindung hätte, würden Werner und ich Sie glatt mal besuchen kommen. Aber so … Auf jeden Fall viel Spaß. Bleib hier, Fränzchen!«

Letzteres galt ihrem dicken Dackel, der versuchte, sich durch den Türspalt zu drängeln, und auf halbem Wege stecken blieb. Er mochte Eva. Sie kraulte ihn immer so nett hinterm Ohr, und außerdem teilte sie seine Schwäche für grobe Leberwurst.

»Bleiben Sie beide schön gesund. Auf Wiedersehen.«

Eva nahm ihre Tasche und folgte den Umzugsleuten. Ihre Sachen wirkten auf der großen Ladefläche ganz verloren, aber es war ja nur ein Fünftel aller Dinge, die in den Wagen passen mussten. Sie stieg ein, und sie fuhren zu Julika. Als sie deren Sachen eingeladen hatten, fuhren sie mit Julikas Auto zu Nele, dann ging es weiter zu Marion (»Vorsicht! Pfeile und Bogen sind zerbrechlich!«) und zum Schluss zu Dorothee. Als schließlich deren letzte Kiste verstaut war – randvoll mit Kerzen –, donnerte einer der Umzugshelfer die Tür des Lasters zu.

»Wir folgen Ihnen«, sagte er und stieg zu seinem Kumpel in die Fahrerkabine.

Julika nickte und fuhr los, nachdem die anderen vier es sich im Wagen gemütlich gemacht hatten. Als sie nach einer Weile am Rathenauplatz auf die Stadtautobahn einbogen, fragte Dorothee: »Möchte jemand ein hart gekochtes Ei?«

»Das ist nicht dein Ernst«, sagte Marion und lachte.

»Aber ja!« Dorothee kramte in ihrer großen Tasche und nahm eine Tupperdose heraus. »Für mich gehören zu einer Reise hartgekochte Eier einfach dazu. Das war schon immer so – seit die Kinder klein waren zumindest.«

Sie öffnete die Dose und begann, ein Ei zu pellen. Schweflige Luft machte sich breit. Julika öffnete rasch das Fenster und ließ die milde Brise herein.

»Das ist keine Reise. Das ist ein Umzug aufs Land«, sagte Marion. »Genau wie bei Tschechows Kirschgarten. Die reichen Russen sind früher immer von Moskau oder St. Petersburg den Sommer über aufs Land gezogen. Nur dass wir noch einen Apfelgarten haben. Wir sind doch noch nicht mal zehn Minuten unterwegs, Dorothee, und du packst schon den Picknickkorb aus. Aber weißt du was – gib mir auch ein Ei.«

»Die reichen Russen fahren immer noch aufs Land. Von Berlin an die Côte d'Azur zum Beispiel, wo ihre fetten Jachten liegen. Ich will auch ein Ei«, meinte Nele. »Hast du Salz? Sonst kriege ich das nicht runter.« Dorothee nickte und reichte ihr einen winzig kleinen Salzstreuer.

»Für mich auch eins, bitte«, sagte Eva. »Julika?«

Die seufzte. »Na, gebt schon eins her. Mitgehangen, mitgefangen. Und wenn's nur Eier sind.«

Als sie wenige Wochen zuvor zum ersten Mal nach Wannsee gefahren waren, war es ihnen unendlich weit vorgekommen, wahrscheinlich wegen des drückenden Schweigens, das damals im Wagen geherrscht hatte. Diesmal ging die Zeit viel schneller vorüber. Sie hatten nicht mal alle Einrichtungsfragen ausdiskutiert, als die Landstraße eine Biege machte und vor ihnen plötzlich das gelbe Ortsschild auftauchte.

In diesem Moment rief Eva alarmiert: »Vorsicht, Julika!«

Julika bremste scharf – gerade noch rechtzeitig, um einen Zusammenstoß mit einem Traktor zu vermeiden, der von einem Feldweg in die Dorfstraße einbog, ohne sich um den Verkehr zu kümmern. Was unter anderem daran liegen mochte, dass der Bauer unter seiner Schirmmütze Kopfhörer aufhatte. Julika drückte empört auf die Hupe. Das hörte der Traktorfahrer anscheinend, denn er drehte sich um und tippte sich bedeutungsvoll an die Stirn. Und das war nicht das Einzige, was er tat: Er bremste und fuhr jetzt so langsam vor ihnen her, dass Julika in den ersten Gang herunterschalten musste. Ganz zu schweigen von den schweren Brocken Erde, die mit jeder Umdrehung der großen Räder abfielen und gegen ihr Auto klatschten.

»Idiot. Der glaubt, er muss uns eine Lehre erteilen«, murmelte sie.

Sie schaute in den Rückspiegel. Der Umzugswagen klebte an ihrer Stoßstange, aber die beiden Männer sahen entspannt aus. Was kein Wunder war. Sie wurden ja auch nach Stunde bezahlt.

»Was der wohl hört?«, fragte Marion.

»Na, was schon! Wahrscheinlich irgendeine fürchterliche Hansi-Hinterstadl-Musik«, meinte Nele entnervt.

Ihre Wagenkolonne bewegte sich jetzt im Schneckentempo. Und es kam noch schlimmer. Als sie nach gefühlten zwei Stunden das Ende des Dorfes erreichten und ihr Haus endlich in Sicht kam, setzte der Fahrer den Blinker – und fuhr direkt in die Einfahrt neben dem Staudenroos-Haus.

»Schau mal, Nele«, meinte Eva und zeigte auf den Traktor, der auf den gepflasterten Hof rumpelte. »Da hast du deinen netten Nachbarn! Den wolltest du doch so gern, oder?«

»Stimmt«, murmelte Nele und schaute dem Gefährt hinterher. »Genau so habe ich ihn mir vorgestellt.« Sie seufzte.

Julika bremste. »Wir machen lieber das Tor auf, damit der Bürgermeister keinen Herzkasper bekommt. Und ich nicht noch einen Strafzettel«, sagte sie.

Eva stieg aus und schloss das Holztor auf. Während sie den zweiten Flügel entriegelte, damit die Wagen aufs Grundstück fahren konnten, warf sie am Haus vorbei einen Blick in Richtung Land.

Wann immer sie an den Apfelgarten gedacht hatte, hatte er in prachtvoller Blüte gestanden. Doch davon war jetzt nichts mehr zu sehen. Die Bäume trugen frische Blätter, saftig grünes Gras suchte sich seinen Weg durch die vertrockneten gelbbraunen Büschel der Obstbaumwiese.

Auch die Felder hatten sich verändert. Sie lagen nicht länger brach. Unzählige Reihen kleiner Pflanzen zogen sich in Richtung eines Wäldchens. Auf dem anderen wuchs Getreide, das wogte wie ein grünliches Meer, als der Wind darüberstrich. Zwischen beiden Feldern wand sich ein sandiger Feldweg. Hübsch sah das aus. Idyllisch.

Und noch etwas war anders, fand Eva und schnupperte. Im Gegensatz zu ihrem ersten Besuch roch es durchdringend nach Schweinestall.

»So, das wär's«, sagte das Alphatier mit dem breiten Kreuz – der Fahrer des Umzugswagens – zwei Stunden später. Er sah Eva erwartungsvoll an und reichte ihr ein Klemmbrett: »Sie bezahlen ja bar, haben Sie gesagt.«

Alles war ausgeladen. Oben in fünf der sechs Zimmer standen Bett oder Couch der jeweiligen Bewohnerin. Darauf und daneben stapelten sich Kisten, ebenso in der Küche. Nur im Wohnzimmer hatten sie alles gelassen, wie es war. Das leere Zimmer im Erdgeschoss wollten Eva und Nele zum Office machen, dort standen Schreibtisch und sämtliches Büromaterial, das sie brauchen würden.

Jetzt nahm Eva das Klemmbrett, kritzelte nachlässig ihre Unterschrift, reichte dem Mann das Geld und Trinkgeld.

»Die Firma dankt«, sagte er und wandte sich zum Gehen.

Nele und Eva begleiteten die Umzugsmänner hinaus. Sie stiegen in ihr Fahrzeug und fuhren rückwärts aus der Einfahrt. Der Fahrer hupte einmal kurz, als er die beiden Frauen passierte. Sie winkten und sahen dem Wagen nach, der die Dorfstraße in Richtung Berlin fuhr. Nicht mal zwei

Stunden war die Stadt von dem kleinen Dorf in der Mark Brandenburg entfernt, aber hätte genauso gut am Ende der Welt sein können.

Eva und Nele sahen sich an.

»Tja«, sagte Nele und rieb sich über die nackten Arme. Sie hatte Gänsehaut. Im Auto war ihr kurzärmeliges rotes T-Shirt perfekt gewesen, aber hier draußen war es frisch. »Jetzt sind wir hier. Was glaubst du?«

»Ich weiß nicht genau«, antwortete Eva, »aber es fühlt sich an wie eine Chance.«

»Auf was?«

»Auf Zeit für Neues und darauf, dass wir uns noch besser kennenlernen. In einem anderen Umfeld. Auf dem Land. Mit Garten. Und überhaupt – wir zu fünft. In einer WG! Eine Auszeit. Oder vielleicht sogar der Anfang von immer.«

»Ja, ich weiß, was du meinst. Das sehe ich ganz genauso«, sagte Nele. »Und hör doch bloß mal!«

Eva lauschte. »Was denn? Ich hör nichts.«

»Genau! Das mein ich. Direkt vor unserer Nase ist eine Straße, und trotzdem herrscht hier eine Stille … Nichts als Vogelzwitschern, das ist einfach …«

In diesem Moment ertönte das laute Blubbern eines Motors, der angelassen wurde, gefolgt von dem Knall einer Fehlzündung. Und dann schoss aus der Nachbareinfahrt ein schweres Motorrad heraus, ein Chopper. Der Mann, der es fuhr, war definitiv nicht der Bauer mit der Schirmmütze, der den Traktor gelenkt hatte. Dieser Mann hier trug als einzige Oberbekleidung ein ärmelloses, enges blaues T-Shirt und darüber einen Nierengurt. Seine muskulösen Arme waren über und über mit Tattoos bedeckt. Dunkelblaue Figuren, Ornamente und seltsame Schriftzeichen verbanden sich zu einem spektralen Gesamtkunstwerk. Er hatte eine knallenge Jeans an, die am Knie zerrissen war, sein Schalenschutzhelm hatte wohl mal als Fliegerhelm im Zweiten Weltkrieg gedient. Langes blondes Haar lugte darunter hervor.

Der Motorradfahrer machte Anstalten, in die Straße abzubiegen, wozu er nach links und rechts schauen musste. Und so entdeckte er Eva und Nele. Einen Moment sah er verblüfft aus, dann bremste er scharf und rammte seine Cowboystiefel in den Boden. Schließlich stellte er den Motor ab.

»Aber hallo!«, rief er. »Ihr müsst die Weiber sein, die Annas Hütte abgegriffen haben. Lohs neue Nachbarinnen. Hat sich im Dorf schon rumgesprochen.«

Wenn Eva etwas noch blöder fand, als wenn man Frauen mit »Girlie« bezeichnete, dann war es, wenn jemand sie »Weib« nannte. Vor allem, wenn es sich um einen Kerl wie diesen hier handelte, eine Mischung aus Rocker, fröhlichem Landmann und Wikinger. Auch »abgreifen« fand sie völlig missglückt.

Kühl erwiderte sie: »Wir sind eben eingezogen, Herr …?«

Er lachte fröhlich und machte damit zumindest einen Teil des ersten schlechten Eindrucks wieder wett. »Na, ›Herr‹ sagt man hier in Wannsee aber nicht. Wir sind hier auf Du und Du. Von Sauert mal abgesehen. Schade um Dani. Ich bin Gandalf, Lohs Hobbyknecht. Und ihr zwei Hübschen?«

»Eva Wedekind«, sagte Eva, aber da war Gandalfs Blick schon weiter zu Nele gewandert und blieb dann anerkennend geschätzte fünfundzwanzig Zentimeter unter ihrem Kinn hängen.

Nele spürte den Blick und ging unweigerlich in den Flirtmodus über. »Nele Neumann«, sagte sie lächelnd und fuhr sich durch das blonde Haar.

»Vorsicht mit dem T-Shirt, Nele«, sagte Gandalf. »Wenn das unser Primus sieht, bist du fällig.«

»Wer ist Primus?«, fragte Eva leicht verwirrt.

Auch als Gandalf ihr antwortete, war sein Blick fest auf Nele gerichtet. »Primus ist Lohs Bulle. Ein liebes Vieh, ein kleiner Knuddelbär. Aber auf Rot steht er nicht. Das macht ihn wild. Wenn er Rot sieht, geht er glatt durch den Zaun. Naja, ist ja auch kein Ochse, muss schon ein bisschen Temperament haben. Aber sonst ist er ein prachtvoller White Galloway – falls euch das was sagt.«

Nele und Eva schüttelten die Köpfe.

»Was ist denn der Unterschied zwischen Bulle und Ochse?«, fragte Nele, bemüht, landwirtschaftlichen Smalltalk zu betreiben, bevor Eva, die es wusste, sie davon abhalten konnte.

Gandalf grinste so breit, als freue er sich über Neles in aller Unschuld gestellte Frage. »Ein Bulle bespringt die Kühe, wenn sie rinderlich sind. Sorgt für Nachwuchs. Das ist sein Job. Das macht Primus super. Der deckt die Färsen, dass sie nur so muhen. Ein Ochse ist kastriert. Der kann von so was nur noch träumen. Schaut euch die Herde mal an. Steht hinten am See. Sind schön, Lohs Tiere. Und nicht vergessen, vorher das T-Shirt auszuziehen.« Er zwinkerte Nele zu.

»Und wer ist Loh?«, fragte Eva, die gern vom Thema Kühebespringen wegkommen wollte.

»Loh? Na, Simon. Simon Lohmüller. Dem gehört der Hof hier. Er ist euer Nachbar.« Gandalf zeigte mit dem Daumen hinter sich. Dann rümpfte er die Nase. »Gott, dass die Güllegrube bei Ostwind immer so stinken muss! Na, ich will jetzt los. Um sechs probt der Kirchenchor. Beim Sommerfest treten wir auf. Man sieht sich. Hey, wenn ihr Eier braucht … Loh hat welche.«

Er lachte, als hätte er einen guten Witz gemacht, und schaltete den Motor wieder an, der mit einer erneuten Fehlzündung zum Leben erwachte. Dann gab er Gas, nahm rasch die Cowboystiefel hoch und bog donnernd in die Landstraße ein.

»Uiuiuiuiui«, sagte Nele, während sie und Eva dem Davonfahrenden hinterherstarrten.

»Der und Kirchenchor?« Eva machte große Augen.

»Gandalf ...«, Nele runzelte die Stirn, »... das ist doch der Zauberer aus *Herr der Ringe*. Was der hier wohl zaubert?«

Eva war sich nicht sicher, ob sie es überhaupt wissen wollte. »Frische Eier. Das müssen wir Dorothee sagen«, erwiderte sie, ohne auf Neles Frage einzugehen.

»Was ist eigentlich ein Hobbyknecht?«, überlegte Nele weiter. »Und wer ist Sauert? Und wer Dani? Und wie sehen White Galloways aus? Was ist eine Färse? Was bedeutet rinderlich? Und wo wollen die denn hier ein Sommerfest feiern? Und wo ist diese Güllegrube?«

Eva zuckte mit den Schultern. Sie fühlte sich erschöpft. Was am Umzug lag, am Stress der vergangenen Woche und besonders an der Flut ungeklärter Fragen eines Gesprächs, das weniger als drei Minuten gedauert hatte.

»Und wie mag es sein, auf so einem Motorrad mitzufahren?«, grübelte Nele weiter.

»Na, wie ich dich kenne, wirst du das sicher bald herausfinden!« Eva lachte und ging zurück ins Haus.

Nele folgte ihr. »Hmmh«, sagte sie und schnupperte. »Hier riecht es lecker. Viel besser als draußen.«

»Eigentlich wollte ich auf der Terrasse decken«, Dorothee stellte fünf Teller auf den Küchentisch, »aber das ist Julika bestimmt zu kalt.«

»Ja, zumal die Sonne dort nicht mehr scheint«, sagte Marion, die gerade in die Küche kam. Der Schatten des Schuppens fiel jetzt auf die Terrasse, während der Rest des Grundstücks noch in Sonne getaucht war. »Außerdem stinkt es heute draußen. Ist euch das auch aufgefallen?«

»Das liegt am Ostwind«, erklärte Nele fachmännisch. »Das ist die alte Güllegrube. Da kommt der Gestank her.«

»Woher weißt du das?«, wollte Dorothee wissen.

»Das hat mir ein Hobbyknecht namens Gandalf verraten«, erwiderte Nele. Sie wandte den anderen den Rücken zu, während sie sich die Hände wusch und mental eine Notiz machte, hier unten und oben im Bad je eine Tube Handcreme hinzulegen. Dann stellte sie fünf Gläser auf den Tisch und öffnete die Tür zur Speisekammer, wo Dorothee ihre Vorräte untergebracht hatte. »Gibt's keinen Wein?«

»Doch. Schau mal hinten in der Ecke.«

Nele rückte einen Korb mit Lebensmitteln zur Seite, dann fand sie eine Weinkiste. »Hier müssen wir mal saubermachen«, sagte sie. Ihre Stimme klang dumpf.

»Fühl dich wie zu Hause«, riet Dorothee.

»Ganz viele kleine Körner liegen hier! Was ist das? Sind das Apfelkerne?«, fragte Nele aus den Tiefen der Speisekammer.

»Keine Ahnung, habe ich nicht gesehen. Wo ist denn Julika? Wir können essen. Der Auflauf ist fertig.«

Nele tauchte wieder auf, Spinnweben im Haar und auf dem T-Shirt, eine Flasche Rotwein in der Hand. Sie gab sie Eva. »Hier. Mach schon mal auf. Ich hole Julika.«

Sie fand Julika schlafend auf ihrem französischen Bett, bis zur Nasenspitze mit einer dicken Wolldecke zugedeckt. Den Inhalt einer Kiste hatte sie teilweise in ein Regal geräumt, die anderen Kisten waren noch unangetastet.

»Prinzessin Julika«, flötete Nele und rüttelte sie sanft. »Aufwachen. Die Schlossköchin hat das Essen fertig.«

Julika schlug die Augen auf und gähnte. »Ich war plötzlich so müde«, sagte sie. »Das liegt sicher an der Landluft. Und stell dir vor, ich habe von Berlin geträumt. Ich war bei einer Vernissage, und es gab Rotwein ...«

»Den gibt's hier auch. Und Auflauf. Und Salat. Und Apfelbäume. Und Knechte. Und hungrige Freundinnen, die auf dich warten. Steh auf.«

»Knechte?« Jetzt war Julika wach. Sie setzte sich auf. »Erzähl.«

»Das war köstlich, Dorothee. Danke fürs Kochen.« Eva legte das Besteck auf dem Teller zusammen und griff nach ihrem halb leeren Rotweinglas. »Wie wollen wir das überhaupt machen mit dem Haushalt? Brauchen wir einen Plan, oder geht das Hand in Hand?«

»Kein Plan«, meinte Nele entschieden. »Wir sind schließlich erwachsen. Wir wissen, dass nach jedem Essen abgewaschen werden muss. Wir teilen uns das von Tag zu Tag ein.«

»Genau. Wir sind keine Studi-WG, bei der sich die Töpfe stapeln. Und die zum Schluss daran scheitert, dass sich ein paar immer ums Abwaschen drücken«, sagte Marion, die während ihres Studiums in einer WG gewohnt hatte.

Die anderen nickten zustimmend.

»Na gut.« Eva stand auf, griff nach ihrem Teller und brachte ihn zur Spüle. Dann schnappte sie sich ihr Glas. »Wisst ihr, was ich jetzt mache? Den Garten inspizieren. Seit wir hier sind, freue ich mich darauf. Kommt wer mit?«

»Nö. Ich räume weiter aus«, sagte Nele und stand ebenfalls auf.

»Ich versuche mal ein paar Tai-Chi-Übungen auf der

Terrasse«, verkündete Marion. »Das ist gut für die Verdauung. Willst du mitmachen, Julika?«

Diese nickte. »Warum nicht.« Zusammen verließen sie die Küche.

Dorothee blieb allein am Küchentisch sitzen. Sie hörte, wie die Terrassentür geöffnet wurde, kurz darauf lachte Marion. Julika fluchte leise, während sie offenbar versuchte, eine Übung nachzumachen. Ein schabendes Geräusch kam aus dem oberen Stockwerk. Wahrscheinlich verrückte Nele gerade ihr Bett. Dorothee stand auf, ging ans Fenster und blickte nach draußen, wo Eva zwischen die Beete getreten war und sich in der Abendsonne zu einer Pflanze hinunterbeugte, um an ihr zu riechen. Die rosafarbene Blüte war riesig groß. Auf der Spüle türmte sich das schmutzige Geschirr, daneben standen die leere Salatschüssel und die Auflaufform mit einem Rest Nudeln und Hack. Dorothee seufzte.

»Morgen wird ein Haushaltsplan gemacht. So geht's ja nicht. Das ist ja sonst wie früher«, sagte sie und drehte den Warmwasserhahn auf.

Erst gluckerte es nur ominös, dann plätscherte gehorsam warmes Wasser in die Spüle. Zwar noch immer ein bisschen trübe, aber sie wollte nicht zu anspruchsvoll sein.

7. Kapitel

Um den Mond scharen sich viele Sterne.
FERNÖSTLICHE WEISHEIT

Die Bäume warfen lange Schatten auf das Gras, als Eva die Pforte zum Apfelgarten aufstieß. Die Mailuft war lau, abendliche Stille herrschte, und weil sich der Wind gelegt hatte, roch es auch nicht mehr nach Schweinestall. Ein seltsames Déjà-vu überkam sie, als sei sie nicht vor einigen Wochen schon mal hier gewesen, sondern schon vor langer Zeit. Als sei sie jetzt zurückgekommen, um etwas abzuholen, was sie damals vergessen hatte, vielleicht eine alte Erinnerung oder einen nicht zu Ende geträumten Traum.

Langsam wanderte Eva zwischen den Baumreihen entlang. Sie blickte nach oben. Wo im April rosa Blütenzauber geherrscht hatte, hingen nun Unmengen kleiner grüner Äpfelchen. An den ersten Bäumen waren sie hell und schon etwas größer, einige Bäume weiter waren sie noch winzig klein.

Was sind das nur für Sorten?, überlegte Eva, trank einen Schluck Rotwein und fragte sich, welche Äpfel sie kannte. Boskop, Granny Smith, Braeburn ... was noch? Golden Delicious. Das war's. Mit ein bisschen Glück würde das für den Garten hier reichen. Wenn nicht, musste ein Bestimmungsbuch her. Amazon wird ja wohl auch aufs Dorf liefern, dachte Eva gerade, als sie aus den Augenwinkeln eine Bewegung wahrnahm, die ihre Überlegungen unterbrach.

Am Zaun zum Nachbargrundstück schlich eine schwarze Katze durchs Gras. »Miez, Miez«, rief Eva und ging auf das Tier zu.

Die Katze ignorierte sie vollkommen. Plötzlich stolperte Eva über ein dickes Grasbüschel, das sich unter einer Schicht frischem Grün verborgen hatte. Gerade noch rechtzeitig fing sie sich mit der freien Hand am Stamm eines Baumes ab, aber der Rotwein schwappte über ihr beiges T-Shirt.

»Verdammt«, schimpfte sie und sah an sich hinunter.

Das wiederum ließ die Katze aufhorchen. Sie wandte sich ihr zu, setzte sich und blickte Eva aus gelben Augen gleichmütig entgegen.

»Miez, Miez«, schmeichelte Eva erneut.

»Caruso«, sagte in diesem Moment eine männliche Stimme.

Eva fuhr zusammen. Hinter dem Schuppen trat ihr Nachbar hervor. Er trug nicht mehr den Blaumann, speckige Jacke und Schirmmütze wie am Nachmittag auf dem Traktor, sondern ein Polohemd und eine schwarze Jeans. Er war groß und drahtig, sein dunkles, mit einem Hauch Grau durchzogenes Haar sah aus, als könnte er mal wieder bei Gaby's Friseursalon vorbeischauen. Sein Gesicht war wettergegerbt, der Mund schmal. Die vielen Fältchen rund um die Augen kamen vom Arbeiten im Freien und dem Zwinkern gegen die Sonne, vermutete Eva, bestimmt nicht vom Lachen. Ihr Nachbar sah nicht so aus, als wüsste er überhaupt, wie das geht.

Keine Frage, er wirkte grimmig. Daran änderte auch die Tatsache nichts, dass er jetzt nicht auf dem Traktor saß, ihr keinen Vogel zeigte, die Ohren nicht mit Kopfhörern verschlossen hatte und auch keine Gummistiefel trug. Er war offensichtlich ein Bauer, der Feierabend hatte. Aber eben ein grimmiger.

»Er heißt Caruso«, sagte der Mann. Er wies auf die Katze, die ja eigentlich ein Kater war und hochschaute, als er seinen Namen hörte.

»Caruso? Ein ausgefallener Name für eine Landkatze«, fand Eva.

»Na, nicht alle Katzen auf dem Land heißen Muschi«, antwortete der Nachbar eine Spur anzüglich.

Statt darauf zu antworten, beugte Eva sich hinunter, um Caruso zu streicheln, der ihr jetzt um die Beine strich. Sein Fell war ungewöhnlich kurz, sehr dicht und samtweich, wie das eines Riesenmaulwurfs.

»Na, Caruso«, sagte Eva leise.

Sie liebte Tiere. Als Kind hatte sie im Frühling kleine Vögel nach Hause gebracht, die aus dem Nest gefallen waren. Sie hatte sich zu jedem Geburtstag und jedem Weihnachtsfest einen Dackel gewünscht, den sie ebenso regelmäßig nie bekommen hatte. Und einmal hatte sie in der Fischabteilung des KaDeWe einen Weinkrampf bekommen, weil ihr die Karpfen im Becken so leidtaten.

»Ich bin Eva. Eva Wedekind«, sagte sie und schaute von dem schnurrenden Caruso hoch. »Wir sind heute Nachmittag hier eingezogen. Meine vier Freundinnen und ich.«

»Simon Lohmüller. Loh. Ich wohne hier schon immer«, sagte der Nachbar. Sein Blick wanderte kurz über Evas bekleckertes T-Shirt und dann zu dem leeren Rotweinglas in ihrer Hand.

»Das hat uns Gandalf vorhin erzählt. Dass Sie hier wohnen. Und auch, dass man bei Ihnen frische Eier kaufen kann.«

Nun verzog Loh das Gesicht doch zu etwas, das mit

einem bisschen guten Willen entfernt an ein Lächeln erinnerte. »Stimmt. Braucht ihr welche? Wir duzen uns übrigens alle in Wannsee. Außer Sauert. Den siezen alle.«

»Wer ist eigentlich dieser Sauert?«, fragte Eva.

»Der Bürgermeister. Ein mieser Typ.«

»Oh, der. Den haben wir schon kennengelernt. Aber soooo schrecklich kann er ja für das Dorf nicht sein, wenn er gewählt wurde«, antwortete Eva nonchalant. Loh antwortete nicht darauf, also sagte sie: »Aber ein paar Eier nehmen wir gern.«

»Moment.« Er drehte sich um und verschwand hinter dem Nachbargebäude. Eva hörte eine Tür in den Angeln quietschen, kurz darauf war er wieder zurück. Caruso war weitergewandert, als Eva aufgehört hatte, ihn zu streicheln. »Hier, bitte.« Loh reichte seiner neuen Nachbarin einen Zehnerkarton über den Zaun. »Kann sein, dass noch ein bisschen Hühnermist dranklebt.«

»Hühnermi… Danke. Was bekommen Sie dafür?« Eva konnte sich nicht überwinden, ihn zu duzen. Etwas in ihr sperrte sich. Wahrscheinlich lag es an dem zwanghaften Du bei Frenz & Friends.

Loh winkte ab. »Nichts. Ein Einstandsgeschenk. Kann ja nur helfen. Fünf Frauen in Annas Haus, das muss man sich mal vorstellen.« Er schüttelte den Kopf, als traue er seinen eigenen Worten nicht.

»Was kann nur helfen?«, fragte Eva. »Eier?«

Plötzlich kam Caruso angeschossen. In der Schnauze hatte er etwas Kleines, das zappelte. Er hechtete über den Zaun, fegte an seinem Herrchen vorbei und kauerte sich in den Schatten des Schuppens.

»Er hat eine Maus!«, sagte Eva aufgeregt. »Schnell, tun Sie doch was!«

»Was denn tun?«, fragte Loh.

»Na, die Maus retten!«

Eva rang die Hände, wagte aber nicht, ebenfalls über den Zaun zu hechten. Es hätte zu dumm ausgesehen, wenn sie mittendrin hängengeblieben wäre.

Loh sah sie an, als hätte sie den Verstand verloren. Als Caruso zubiss, knackte es laut. Die Maus quiekte ein letztes Mal, dann schwieg sie für immer. Eva spürte, wie sie Gänsehaut bekam.

»Das ist grausam!«, sagte sie.

»Blödsinn«, widersprach der Bauer. »Es ist der Job von Katzen, Mäuse zu fangen. Was meinst du denn, warum Caruso so ein schönes Fell hat? Weil in Mäusen alles ist, was er braucht. Mineralien, Spurenelemente, Kohlehydrate, Eiweiß und Fett.«

Loh sah mit verschränkten Armen zu, wie sein Kater die Beute verputzte. Eva schauderte es, als Caruso in ihre Richtung starrte und dabei den Mäuseschwanz elegant wie eine rosafarbene Spaghettinudel einsog.

»Er ist der beste Mäusefänger, den ich jemals hatte«, sagte Loh. »Wenn er nicht wäre, gäbe es hier eine Mäuseplage. Haben ja genug zu fressen.« Er zeigte in Richtung Apfelgarten. »Na dann, frohen Einstand und guten Abend noch. Man sieht sich.« Als er wegging, glaubte Eva etwas zu hören wie, »Frau ... spinnt ... Mäuse ... Stadt ... Katze ... im Bett schlafen«.

»Barbar«, murmelte sie hinter ihm her.

Eva hatte das Knacken von Carusos Abendessen noch im Ohr, als sie zum Haus zurückging. Und was sie von dem Nachbarn halten sollte, wusste sie auch nicht. Dann allerdings vergaß sie jeden Gedanken an Caruso und sein Herrchen: Marion und Julika standen auf der Terrasse, die Arme weit von sich gestreckt, und machten synchron im Zeitlupentempo eine höchst seltsame Auf-zu-Bewegung.

»Was ist das denn?«, fragte Eva. »Sieht interessant aus.«

Julika fror mitten in der Bewegung ein und sah sie ernst an. »Marion hat mir eine Tai-Chi-Übung beigebracht. Sie heißt *Die Katze frisst die Maus in der Abenddämmerung*.« Dann brachen sie und Marion in schallendes Gelächter aus.

»Ihr seid doof. Man belauscht nicht anderer Leute Gespräche«, sagte Eva und ging ins Haus. »Ich brauche jetzt dringend noch einen Rotwein.«

»Bring uns einen mit!«, rief Marion ihr nach.

In der Küche traf Eva auf Dorothee. Sie stand an die Spüle gelehnt und telefonierte. »Mimi, du musst ihm aber auch mal eine Chance geben. Er kann doch nicht immer mit dir um die Häuser ziehen, wenn er für die Prüfung lernen muss«, sagte sie gerade eindringlich. »Ihr könntet doch auch mal zu Hause bleiben! Wo ihr so eine nette Wohnung habt! Es euch vor dem Fernseher gemütlich machen! Schaut Günther Jauch, da lernt man wenigstens noch was.«

Kommst du mit raus?, signalisierte Eva pantomimisch, und Dorothee nickte. »Schatz, lass uns morgen weiterreden«, sagte sie zu ihrer Tochter. Dann beendete sie das Gespräch, legte das Handy auf den Tisch und seufzte.

»Was gibt's denn? Hat Mimi ein Problem?«, fragte Eva und stellte Rotwein und Gläser auf ein Tablett.

»Ach, naja, sie ruft mich immer an, wenn sie Stress mit Lennart hat. Hoffentlich gibt sich das über den Sommer etwas. Wenigstens bin ich außer Reichweite. Da kann sie ja schlecht heulend vor der Tür stehen. Oder doch, aber es macht ihr niemand auf. Ich meine, sie muss ja allmählich mal erwachsen werden und ohne mich ihre Beziehungen führen.« Dorothee sah prüfend auf das Tablett. »Da fehlen noch die Kerzen.« Sie holte rasch einige Windlichter, und zusammen gingen sie wieder nach draußen.

Julika und Marion waren auf ihrer Suche nach Tisch und Stühlen in dem alten Schuppen fündig geworden. Der Tisch stand schon, eine ungehobelte Angelegenheit aus verzogenen Brettern. Jetzt schleppten sie gerade ein paar Klappstühle aus Holz und rostigem Eisen an, die sich nur unter viel Zerren und Rucken aufklappen ließen. Auf den alten Steinfliesen der Terrasse, von denen etliche gesprungen waren und in deren Fugen Unkraut wuchs, wackelten Tisch und Stühle, aber das machte ihnen fürs Erste nichts. Ein kleiner Nachtfalter kam herangeflattert, vom sanften Schein der Windlichter angezogen. Eva wedelte ihn fort, bevor seine Flügel Feuer fangen konnten.

»Es ist herrlich hier«, sagte sie dann. »Schaut doch bloß mal.« Sie zeigte zum Horizont. Inzwischen war die Abendsonne hinter dem kleinen Waldhügel verschwunden, der dunkel wie ein Scherenschnitt am Horizont stand – Schwarz vor Rotorange mit tintenblauen Streifen. »Abendrot ...«

»... schön Wetter droht«, ergänzte Dorothee.

»Wieso droht?«, fragte Julika. »Heißt das nicht *Sonne am Abend, erquickend und labend*?«

»Ne, das war das mit der Spinne.«

»Furzt der Bauer zu Sankt Johann, fängt im Tal die Schneeschmelze an«, erklang eine Stimme über ihnen.

»Ah, Nele kennt sich aus mit Bauernregeln«, sagte Julika trocken. »Komm runter, du vulgäres Weibsstück, und bring mir meine Jacke mit! Gott, in Italien zirpen Ende Mai schon die Grillen. Und hier muss man praktisch im Wintermantel sitzen.«

»Muss man nicht«, widersprach Eva, und damit hatte sie recht. Obwohl die Sonne verschwunden war, war es kaum kühler geworden. »Manchmal kommt es mir so vor, als dächtest du häufig an Italien. Und an Lorenzo. Du erwähnst beides ganz schön oft.«

Julika lachte, aber es klang seltsam gekünstelt. »Ein Mann, der einen nach zweiundzwanzig Jahren Ehe Knall auf Fall wegen einer anderen verlässt, an den sollte ich lieber nicht mehr denken, meinst du?« Die anderen nickten bejahend.

Sie hörten, wie Nele die Treppen hinunterlief, dann kam sie zu ihnen und reichte Julika die Jacke. Die schlüpfte sofort hinein.

»Ihr wolltet doch wohl nicht ohne mich anfangen! Her mit dem Stoff.« Nele schenkte sich ein und ließ sich auf den letzten freien Stuhl fallen. »Worüber habt ihr gerade gesprochen?«

»Über Lorenzo«, sagte Eva, ohne den Blick von Julika zu wenden, die mit gerunzelter Stirn in die Kerzenflamme schaute.

»Ahhh! Über den italienischen Adonis!«

Nele hatte wie die anderen Fotos von Lorenzo gesehen und sofort verstanden, warum Julika sich mit Anfang zwanzig in ihn verliebt hatte. Sie alle hatten allerdings nicht verstanden, warum Julika in den sechs Jahren, die sie nun ohne ihn war, nicht zumindest mal eine kleine Affäre mit jemand anderem hatte. Und schon gar nicht, warum sie ihm immer noch heimlich nachtrauerte.

»Ihr habt ihn nicht gekannt«, seufzte Julika. »Er konnte so charmant sein, er sah so gut aus, er war so großzügig – da kommt keiner so schnell ran. Außerdem bin ich älter geworden, und wenn ich jetzt einen noch älteren nehme – nein danke.«

»War er eigentlich ein chronischer Fremdgänger?«, fragte Dorothee.

Julika schüttelte den Kopf. »Nein.«

»Aber zum Schluss schon«, sagte Nele.

»Auch da nicht chronisch, nein«, stellte Julika das Ende ihrer Ehe richtig. »Ich glaube, er hat sich in Deutschland nicht wirklich wohl gefühlt, auch wenn das Import-Geschäft mit den italienischen Wagen gut lief. Insgeheim wollte er sicher immer zurück, und dann war da diese kleine Italienerin in Florenz, als er mal allein seine Schwester besucht hat ... keine Ahnung, ob er mit der überhaupt noch zusammen ist. Wahrscheinlich hat er mit ihr einen ganzen Stall Kinder bekommen.«

»Eine klassische Midlife-Crisis? *Italian style?*«, fragte Nele.

»Ja. Genau.«

»Und das hast du ihm inzwischen verziehen?«, wollte Nele weiter wissen.

»Nein, natürlich nicht! Trotzdem ... Im Nachhinein sehe ich manches schon anders.«

»Hast du eigentlich mal irgendwas von ihm gehört? Oder von seiner Familie?«, fragte Nele.

Julika schüttelte den Kopf. »Nein. Die halten natürlich zu ihm. Muss auch nicht. Jetzt sowieso nicht mehr.« Sie schwieg.

»Warum habt ihr eigentlich keine Kinder?«, wollte Dorothee wissen.

»Ich wollte nicht. Weil ich dachte, dass er eines Tages wieder zurückgeht. Mit Kindern wäre das schwierig gewesen. Ein ganz anderes Leben. Dann hätte ich irgendwo in Italien gehockt und *la mamma* gespielt. Ich habe ja auch recht gehabt. Er ist wieder nach Italien gegangen.«

»Wäre er aber vielleicht nicht, wenn ihr Kinder gehabt hättet«, beharrte Dorothee.

»Glaubst du, das habe ich mich nicht auch gefragt?

Hundert Mal und mehr?« Julika sah sie ungehalten an. »Hätte, wäre, könnte ... ist aber nicht so. Können wir nicht über einen anderen Ex sprechen?«

Wie aufs Stichwort schauten alle zu Nele. »O nein. Nein, nein«, wehrte diese ab. »Da reicht ein Abend nicht aus. Lasst uns lieber Pläne für morgen machen.« Erwartungsvoll sah sie in die Runde.

»Weiter einrichten«, meinte Julika.

»Ich würde gern was im Garten machen«, sagte Eva.

»Einen Haushaltsplan aufstellen«, entschied Dorothee und ignorierte die erstaunten Blicke der anderen.

»Ausschlafen. Nichts machen.« Marion gähnte.

Nele sah sie erstaunt der Reihe nach an. »Na, sagt mal, seid ihr nicht neugierig auf das Dorf? Die Umgebung? Den See?«

»Ja, doch, schon«, sagte Eva beschwichtigend. »Aber das hat doch noch Zeit.«

»Für mich nicht«, sagte Nele entschieden. »Ich schließe morgen früh als Erstes den Computer an, und dann will ich wissen, wo wir hier gelandet sind. Ich bin doch nicht aufs Land gekommen, um im Haus zu hocken!«

»Wir bleiben bis Oktober. Du wirst das Dorf schon noch kennenlernen. Weißt du, wie du mir vorkommst? Wie eine gestresste Großstädterin, die ihren kurzen Jahresurlaub von morgens bis abends ausfüllen will. Unfähig, einfach mal die Seele baumeln zu lassen. So war das schon, als wir zusammen an der Ostsee waren. Ständig wolltest du in die Therme rennen oder am Strand spazieren gehen oder Fischbrötchen essen, und wir sollten mit«, kritisierte Julika.

Nele grinste. »Ich *bin* eine gestresste Großstädterin! Wenn ihr hierbleiben wollt, dann macht das. Wir müssen doch nicht alles zusammen machen!«

»Um Gottes willen, bloß nicht«, sagte Eva. Eine Schreckensvision stieg vor ihrem inneren Auge auf: sie alle fünf untergehakt und im Gleichschritt die Dorfstraße entlangmarschierend, zwischen den Bewohnern hindurch, die Spalier standen.

»Nun bleibt mal friedlich!« Dorothee fühlte sich stark an Familienurlaube erinnert, als ihre Kinder in der Pubertät waren und sie es keinem recht machen konnte – von ihrem Horst ganz zu schweigen.

»Psst, seid leise«, zischte Marion auf einmal aufgeregt. »Wir werden beobachtet.«

Sie zeigte zu dem alten, hohen Apfelbaum in der ersten Reihe. Die anderen sahen zuerst nicht, was Marion meinte. Dann nahmen sie einen Schemen im Blattwerk wahr – einen Raubvogel.

»Er kam vom Wald, übers Feld geflogen. Ich hab's genau gesehen«, flüsterte Marion.

»Ganz schön groß«, meinte Dorothee beeindruckt.

In diesem Moment breitete der Vogel seine Schwingen aus.

»Nicht groß, riesig«, hauchte Eva.

In der Abendstille konnten sie das Rascheln der Blätter hören, die er beim Abheben streifte. Mit ein, zwei Flügelschlägen stieg er nach oben, blieb einen Moment regungslos in der Luft stehen, dann flog er im Segelflug genau in ihre Richtung.

»Hey«, sagte Marion, als der Vogel in rasantem Tempo näher kam.

»Duckt euch!«, rief Nele und bückte sich hinunter.

Eva lehnte sich so weit in ihrem Stuhl zurück, dass er gefährlich ins Kippeln geriet. Julika schrie auf, Dorothee hielt sich schützend die Hände vors Gesicht.

Gegen den dunklen Himmel konnte man sehen, wie

der Vogel die Krallen ausstreckte, konnte die hellen Federn in seinem gespreizten Schwanz ausmachen und den gebogenen, scharfen Schnabel. Knapp zwei Meter neben ihrem Tisch stürzte er der Erde zu, griff sich etwas und schwang sich wieder nach oben. In elegantem Bogen flog er über das Haus und verschwand in Richtung Dorf aus ihrem Blickfeld.

»Mein Gott«, rief Julika fassungslos. »Ein Killervogel vor unserer Haustür. Hitchcock in der Mark.«

»Gibt's hier Adler?« Dorothees Stimme zitterte.

»Oder Harpyien?«, fragte Nele.

Einer ihrer Exfreunde war Reiseleiter in Südamerika gewesen. Er hatte ihr mal von den riesigen Raubvögeln erzählt, die lautlos durch die Regenwälder schwebten und mit messerscharfen Krallen nach ihrer Beute griffen. Nele erinnerte sich immer noch fasziniert an seine Geschichten, auch wenn er bei ihr eine ausgesprochene Abneigung gegen argentinische Steaks hinterlassen hatte.

»Oder Hühnergeier? Als Lolli und ich mal in Italien …« Julika unterbrach sich abrupt, als hätte sie etwas Falsches gesagt.

»Habt ihr nicht den runden Kopf gesehen?«, fragte Eva, »das war eine Eule! Die kommt sicher vom Wald rüber, um hier zu jagen.«

Marion rieb sich die Arme, als ob sie fröstelte. »Eine Eule, ein okkulter Vogel der Nacht … ich fühle mich irgendwie schutzlos. Habt ihr nicht auch das Gefühl, dass die Natur hier … allgegenwärtig ist? Unendlich viel mächtiger als wir? Dass sie uns irgendwie … belauert? Und dunkel ist es. Keine Lichter in den Häusern, keine Straßenlaternen. Kein bisschen, das an die Zivilisation erinnert. Keine Autos, keine Abgase, kein Lärm …«

»Na, wenn Autos und Abgase für dich Zivilisation bedeuten …«, erwiderte Eva und zeigte nach oben. »Dafür sieht man hier mehr Sterne als in Berlin.« Am inzwischen tiefdunklen Himmel funkelte still die Milchstraße.

»Hast du etwa Angst?«, fragte Nele erstaunt. »Vor der Dunkelheit? Vor einem Vogel? Denk an U-Bahn-Schläger! An Betrunkene, die dich angrabschen wollen! Vor denen kannst du Angst haben!«

»Außerdem sind wir zu fünft«, fügte Julika hinzu. »Wenn du allein im Wald übernachten müsstest, dann könnte ich dich verstehen, Marion. Aber so …«

»Gleich am ersten Abend eine Nachteule!«, sagte Dorothee andächtig.

»Mädels, ich bin total fertig.« Julika stand auf. »Die Bettdecke ruft nach mir. Wollen wir losen, wer zuerst ins Bad darf?«

»Wenn du schon so fragst, geh du!« Nele gähnte.

Eva pustete die Kerzen aus, Dorothee griff nach dem Tablett mit der leeren Flasche und den Gläsern. Als alle im Haus waren, schloss Marion von innen die Terrassentür ab. Vorsichtshalber zweimal. Falls irgendeine Kreatur der Nacht meinte, sie müsse sie im Schlaf überraschen.

8. Kapitel

*Zum Gärtnern braucht man einen
gusseisernen Rücken mit einem Scharnier.*
CHARLES DUDLEY

Als Nele am nächsten Morgen erwachte, fühlte sich ihre Umgebung so anders an als sonst, dass sie kurz überlegen musste, wo sie war. Dann fiel es ihr ein: Sie war auf dem Land. In der Frühsommeridylle von Wannsee.

Sie lauschte. In den anderen Zimmern herrschte noch Stille. Und draußen auch, sah man von einem Hahn ab, der gerade krähte. Sonnenstrahlen fielen durch das Fenster und tauchten den Raum in ein warmes Licht. Gardinen brauchte sie in Annas Haus nicht. Sie war ja nicht in Berlin, wo man Angst vor einem Spanner haben musste, wenn man sich abends in seinem beleuchteten Zimmer auszog.

Nele räkelte sich ein letztes Mal, dann stand sie auf. Das Handydisplay sagte kurz nach sieben, Zeit aufzustehen, einen Kaffee zu machen und sich dann um den Computer zu kümmern. In gut einer Woche wollten sie und Eva online und skypebereit sein. So war es mit Titus verabredet.

Sie zog ihren Bademantel an und ging zum Fenster. Als sie es aufstieß, strömte Landluft ins Zimmer: eine Mischung aus Erde, feuchtem Gras und Gülle. Wieder hörte sie den Hahn, diesmal lauter. Das Krähen kam vom Nachbarhof. Nele beugte sich vor, um vielleicht einen Blick auf Gandalf zu erhaschen, konnte ihn aber nirgends entdecken. Als sie die Treppe hinunterging, knarrten die Holzstufen leise unter ihren nackten Füßen.

In der Küche suchte sie zuerst den Kaffee, füllte die Kaffeemaschine und schaltete sie an. Während sie wartete, dass das Wasser durchlief, fiel ihr auf einmal der Schmutz in der Speisekammer wieder ein. Statt tatenlos herumzustehen, kann ich genauso gut klar Schiff machen, dachte Nele. In einer Ecke entdeckte sie Kehrblech und Besen, damit ausgerüstet betrat sie die Kammer. Mit aller Kraft rückte sie die bauchigen Glasballons zur Seite, es gab ein hässliches knirschendes Geräusch. Das war der Apfelsaft, der so gammlig gerochen hatte. Dieses Zeug würden sie wohl niemals freiwillig trinken. Um den Inhalt zu entsorgen, brauchte sie allerdings die anderen.

Nele kniete sich hin und kniff die Augen zusammen. Nicht, dass sie das jemals zugegeben hätte, aber wenn es schummerig war wie jetzt, hatte sie echte Probleme mit dem Sehen. Immerhin, die vielen schwarzen Körner erkannte sie sehr gut. Mit dem Handbesen fegte sie die erste Ladung auf die Kehrschaufel ...

Ein Schrei gellte durchs Haus. Dann ein zweiter. Schließlich ein dritter, gefolgt von einem sehr laut gerufenen Hiiiiiiiilfe!

Eva fuhr hoch. Julika war mit einem Satz aus dem Bett, Dorothee ebenfalls. Marions erster Impuls im Halbschlaf war, sich das Kissen auf den Kopf zu legen und weiterzuschlummern. Dann kam auch sie zu sich: Ganz eindeutig stammte dieser Schrei nicht von einem übermütigen Pausenkind, sondern von einer Frau – einer Frau in Not!

Zeitgleich fanden sie sich auf dem Treppenabsatz wieder, barfuß, in Nachthemden und Schlafshirts, die Haare verstrubbelt, die Augen verquollen.

»Das war Nele!«, rief Eva. »Nele, wo steckst du? Was ist passiert?«

»Hier bin ich!«, brüllte Nele von unten. »Ahhhhhhhh! Iiiiiiiihhh!«

Sie stürmten die Treppe hinunter und in die Küche, aus der Neles Hilfeschreie gekommen waren. Und dann blieben sie sprachlos stehen.

Nele hockte auf dem Küchentisch, die nackten Beine unter ihren Bademantel gezogen, den Stuhl hatte sie vom Tisch weggestoßen. Und sie, die sonst nicht auf den Mund gefallen war und das Wort »Angst« kaum kannte, hatte einen definitiv panischen Ausdruck in den weit aufgerissenen Augen.

»Da«, jammerte sie und zeigte zur Speisekammer. »Da! Gleich zwei! Sie kamen rausgeschossen, als ich die Flaschen weggerückt habe!«

»Was denn?«, fragte Marion, die die Sprache als Erste wiederfand. Vorsichtig, als würden jeden Moment zwei Tiger fauchend herausschleichen, sah sie in Richtung Kammer.

»Mäuse!«, heulte Nele auf. »Da ... da sind sie!«

Zwei kleine Mäuse flitzten durch die Küche und verschwanden wieder in der Speisekammer unter dem Regal mit den leeren Einmachgläsern.

Eva ging zur Kammer und schloss energisch die Tür.

»Nun beruhige dich mal, Nele«, sagte sie. »Glaubst du, die tun dir was? Du bist tausendmal größer! Mäuschen sind doch was Niedliches!«

»Sie sind widerlich!«, protestierte Nele, den Tränen nah. »Eine ist mir über den nackten Fuß gehuscht! Ich hab ihre Zehen gespürt! Und ihren Schwanz!« Sie schüttelte sich angeekelt. »Mäuse haben früher die Pest übertragen! Den Schwarzen Tod! Halb Europa wurde von Mäusen ausgerottet!«

»Haben sie nicht. Das waren Flöhe von Ratten.« Dorothee wusste in medizinischen Fragen am besten Bescheid. »Das Haus stand längere Zeit leer. Da hatten sie ihre Ruhe. Wahrscheinlich haben sie von irgendwelchen Speiseresten gelebt und sich in Ruhe vermehrt.«

Nele stöhnte entsetzt auf.

»Jetzt wissen wir wenigstens, was die schwarzen Körner in der Speisekammer zu bedeuten haben«, meinte Julika. Sie versuchte vergeblich, ihre Stimme ernst klingen zu lassen. »Das sind keine Apfelkerne, sondern Mäuseköttel. Und nun komm erst mal runter vom Tisch, Nele.«

»Ich denk gar nicht dran«, sagte Nele störrisch. »Ich bleib hier oben. Ich mag das Haus nicht. Ich mag das Land nicht. Ich will zurück in meine hübsche kleine, mäusefreie Stadtwohnung.«

»Das kann doch jetzt wohl nicht dein Ernst sein«, sagte Marion ungläubig. »Fällst du in Ohnmacht, wenn du eine Maus siehst? Das ist ja so ein billiges Fräulein-Klischee. Ist dein Mieder zu eng geschnürt?«

Das wollte Nele nicht auf sich sitzen lassen. »Nein, ist es nicht«, widersprach sie. »Vielleicht habe ich eine Mäusephobie und wusste es bloß nie! Die Viecher sind so … schnell! So … huschig! Ich wollte nicht schreien, aber ich konnte nichts dagegen tun!«

»Das hat vermutlich was mit frühkindlicher Prägung zu tun«, meinte Marion und tippte sich an die Nasenspitze.

»Du immer mit diesem Psychoquatsch! Glaubst du, meine Mutter hat eine Maus über die Wickelkommode laufen lassen? Na gut. Dann komme ich jetzt runter.« Mit dem nackten Fuß angelte Nele nach dem weggestoßenen

Stuhl, kletterte vom Tisch herunter und setzte sich mit angezogenen Beinen auf den Sitz. »Kann mir wer meine Puschen holen?«

»Klar.« Marion verließ das Zimmer, kurz darauf kam sie wieder. »Ich weiß nicht, wo deine Puschen sind. Ich habe nur die hier gefunden.«

Sie stellte rote Gummistiefel vor den Stuhl, auf dem Nele hockte. Vorsichtig, mit einem raschen Seitenblick auf die geschlossene Speisekammertür, ließ diese die Beine sinken und schlüpfte hinein. Dann stand sie auf und stakste hinaus.

»Ich geh nach oben. Ins Bad«, sagte sie. »Es kann ein Weilchen dauern. Wartet nicht auf mich.«

»Seht ihr, das ist der lebende Beweis dafür, dass man hier Gummistiefel braucht«, bemerkte Julika zufrieden, holte Tassen aus dem Küchenschrank und schenkte allen Kaffee ein.

»Maus am Morgen bringt Kummer und Sorgen«, sagte Dorothee, aber vorsichtshalber so leise, dass Nele es nicht mehr hören konnte.

»Und was machen wir jetzt?«, fragte Eva, als sie zu viert am Küchentisch saßen und Kaffee tranken. »Irgendwas müssen wir tun. Sonst packt Nele noch ihre Koffer. Ich hätte niemals geglaubt, dass sie so reagiert.«

»Ach, so impulsiv ist sie ja nun auch wieder nicht«, gab Marion unbesorgt zurück. »Wahrscheinlich gewöhnt sie sich im Laufe der Zeit an die kleinen Nager.«

»Glaub ich nicht. So habe ich sie noch nie erlebt.«

»Wir könnten Gift streuen«, schlug Julika vor.

»Finde ich nicht gut«, widersprach Eva. »Die Mäuse sterben einen schrecklichen Tod. Sie verbluten innerlich!«

»Hast du Mitleid mit ihnen? Du musst dich entscheiden: Nele oder die Mäuse«, meinte Julika.

Eva sah einen Moment lang aus, als ob sie ernsthaft darüber nachdenken musste. »Nele«, sagte sie dann und zuckte resigniert mit den Schultern. »Aber auch kein Gift.«

»Vielleicht kann man eine Katze leasen«, spekulierte Julika.

Marion lachte. »*Lease-a-cat*. Coole Idee.«

In diesem Moment klingelte oben im Haus ein Handy. »Das ist meins«, rief Dorothee. »Sicher Mimi. Ich rede kurz mit ihr und zieh mich gleich an.« Sie eilte hinaus.

»Die telefonieren ja wirklich viel miteinander.« Julika stand ebenfalls auf. »Ist das eigentlich normal bei erwachsenen Kindern?«

»Keine Ahnung«, antwortete Marion und erhob sich. »Bei Dorothee ist es jedenfalls normal. Ich kenne es nicht anders bei ihr. Das Telefon ist wie eine verlängerte Nabelschnur. Sie sagt immer, die Kinder brauchen sie, aber manchmal frage ich mich, ob es nicht umgekehrt ist.«

»Obwohl sie hier doch uns hat?«

Eva beteiligte sich nicht an den Spekulationen. »Ich gehe mal nach draußen«, sagte sie und griff nach ihrer Kaffeetasse.

»Ist dir nicht kalt?«, fragte Julika und wies auf ihr kurzes Shirt, das ihr nur knapp über den Po reichte.

»Ach, einen Moment lang geht das schon. Mich sieht ja niemand.«

»Ich dachte, du warst schon draußen«, sagte Julika und zeigte auf ihre Füße.

Eva sah verwundert nach unten: Grashalme hafteten an ihren Füßen. »Nein, war ich nicht. Neles Schrei hat mich geweckt.«

Sie ging zur Terrassentür und wollte sie aufschließen, aber sie war bereits offen. Verwirrt lief sie zurück in die Küche und sah Marion an. »Das verstehe ich jetzt überhaupt nicht. Die Tür ist offen. Hast du nicht gestern Abend abgeschlossen?«

Marion stutzte. »Ja, hab ich. Sag mal, Eva ... schlafwandelst du vielleicht? Ich meine, wie kommt das Gras an deine nackten Füße? Und wer hat die Tür aufgemacht?«

Eva erschrak. Sie überlegte eine Weile. »Einmal ... als meine Oma gestorben ist. Da bin ich schlafgewandelt. Meine Mutter hat mich gerade noch im Treppenhaus erwischt«, sagte sie langsam. »Meine Oma und ich standen uns sehr nah. Ich war zwölf damals.«

»Vielleicht war es nur das einzige Mal, dass es jemandem aufgefallen ist. Oder es liegt an der neuen Umgebung. Oder nein, vielleicht schlafwandelst du nur alle dreißig Jahre!«, überlegte Marion. »Das wäre eine sehr spirituelle Erklärung!«

»Ich kann hier doch nicht allein nachts durch die Landschaft wandeln«, murmelte Eva beunruhigt. »Das ist ja unheimlich. Wer weiß, wo ich eines Morgens aufwache!«

»Mach dir keine Sorgen. Von jetzt an werden wir auf dich aufpassen«, versprach Julika. »Wir können dich einschließen. Oder einen Faden vor deiner Tür spannen.«

»Ich will nicht eingeschlossen werden«, protestierte Eva. »Und auch nicht hinfallen, wenn ich nachts mal rausmuss!«

»Wir denken uns was aus«, sagte Dorothee. »Solange wir hier zusammen wohnen, bist du sicher. Komm, Julika, wir machen Frühstück.«

Keineswegs beruhigt betrat Eva barfuß die Terrasse. In der Morgenluft hing noch die feuchte Kühle der Nacht.

Sie beschloss, die Kälte zu ignorieren. Hinterher konnte sie ja heiß duschen, was unterm Strich so etwas wie ein Kneipp-Effekt war. Sie hatte diesen Traum gehabt, morgens allein durch den Garten zu schlendern, und jetzt war der ideale Moment, sich diesen Traum zu erfüllen. Nur sie, die Natur, das Vogelzwitschern, die Sonne, die sich durch die Zweige der Apfelbäume stahl. Das war er, ihr erster Morgen auf dem Land …

Auf nackten Füßen tappte sie zu der Pfingstrose, die sie schon am Tag zuvor bewundert hatte. Über Nacht war eine zweite Knospe aufgeplatzt: üppig, verschwenderisch duftend, frisch wie der noch junge Tag würde sie sich bald öffnen. Eva beugte sich vor, um daran zu riechen, sah die Tautropfen glitzern, spürte, wie ihr Nachtshirt nach oben rutschte – und hörte, wie jemand hinter ihr anerkennend pfiff.

Hastig richtete sie sich auf, wirbelte herum – und bekleckerte ihre gesamte Vorderfront mit Kaffee. Zum Glück war er nicht mehr heiß.

Auf der anderen Seite des Zaunes standen zwei Männer: Loh in speckiger Jacke und Schirmmütze, darunter lugten die weißen Kabel seiner Kopfhörer hervor. Er blickte sehr reserviert drein. Gandalf dagegen, die blonden Haare nachlässig zu einem Zopf gebunden, in löchrigen Jeans und einem rot-weiß karierten Flanellhemd, grinste so breit, dass sein Mund von Ohr zu Ohr reichte.

»Wat 'ne schöne Aussicht am frühen Morgen!«, rief er und stützte sich auf einen Zaunpfahl.

Eva verschränkte die Arme vor der Brust und wünschte, sie hätte statt ihres knappen Schlafshirts einen bodenlangen Wintermantel an. Mit Kapuze. Dass ihre ungekämmten Locken morgens immer wie ein Mopp aussahen, half ihrem Selbstbewusstsein auch nicht gerade.

»Guten Morgen«, sagte sie so würdevoll wie möglich. Über ihr zwitscherte es so laut und vernehmlich wie bei ihrem ersten Besuch in Wannsee.

»Sind diese Schwalben nicht hinreißend?« Sie zeigte auf zwei flatternde Punkte am Himmel, in der Hoffnung, die beiden Kerle von sich selbst abzulenken.

»Das sind Lerchen, keine Schwalben. Abends Rotwein, morgens Kaffee. Macht man das so in der Stadt?«, fragte Loh und zeigte auf die Tasse in ihrer Hand. Aber vielleicht meinte er auch die Flecken auf ihrem Nachthemd. »Gandalf, ich geh die Nordwiese mähen. Wenn du zu den Rindern fährst, nimm die alten Heuballen mit. Wir brauchen den Platz auf dem Heuboden.« Er wandte sich ab.

»Geht klar, Boss«, sagte Gandalf, machte aber keinerlei Anstalten, seinen Aussichtsplatz am Zaun zu verlassen.

Während Eva noch überlegte, ob sie durch den Apfelgarten schlendern und ihm den Blick auf ihre vom langen Winter blassen Beine mit dem leichten Hang zur Zellulitis erlauben wollte, fiel ihr plötzlich etwas ein.

»Halt, warte mal, Loh!«, rief sie ihrem neuen Nachbarn hinterher. Es überraschte sie selbst, dass sie ihn duzte. Aber die Situation war so grundlegend anders, als sie bei Titus Frenz jemals gewesen war ...

Er drehte sich um. »Ja?«

»Kannst du uns Caruso leihen?«

Zum zweiten Mal innerhalb von zwölf Stunden sah der Bauer sie an, als hätte sie den Verstand verloren. »Was willst du mit meinem Kater? Ihm die Krallen stutzen? Oder sie lackieren?«

Eva drehte irritiert die Tasse in den Händen. »Nein. Im Gegenteil. Wir haben Mäuse im Haus. Nele hat einen ganz schönen Schrecken bekommen. Vielleicht könnten wir Caruso über Nacht in die Speisekammer sperren?«

»Ach, gestern dachte ich noch, du willst lieber die Mäuse füttern. Aber nein, mein Kater wird nicht in eure Speisekammer gesperrt«, erklärte Loh kategorisch. »Er liebt seine Freiheit und darf stromern, wann und wohin er will. Er gehört zu diesem Grundstück, zu diesen Feldern, zum freien Land. Er gehorcht niemandem außer sich selbst. Und mit Frauen aus der Stadt will er bestimmt nichts zu tun haben!«

Eva fragte sich, ob Loh von seinem Kater, von seinem Hobbyknecht oder gar von sich selbst sprach, behielt diesen Gedanken aber vorsichtshalber für sich. Stattdessen sagte sie: »Wie werden wir denn die Mäuse los?«

»Mit Fallen. Gib ihr ein paar von unseren, Gandalf«, antwortete Loh kurz angebunden. »Ich muss los. Die Wiese wartet.«

Er ließ sie stehen und ging zu seinem Traktor. Bevor er ihn anwarf, stopfte er sich noch die Kopfhörer in die Ohren. Dann ratterte er an ihnen vorbei und raus auf die Straße.

»Hat er eigentlich was gegen mich?«, fragte Eva und schaute dem Traktor nach.

»Nimm's nicht persönlich. Er ist misstrauisch Frauen aus der Stadt gegenüber.«

»Warum?«

»Frag ihn selbst. Sag mal, dann war das also Nele, die vorhin so geschrien hat?«, lenkte Gandalf von Loh ab und sah auf einmal wie ein blonder Kater aus, der eine besonders saftige Maus entdeckt hatte.

»Frag sie selbst«, konterte Eva. »Was für Fallen habt ihr denn? Lebendfallen?«

Gandalf grinste. »Von wegen. Nur 'ne tote Maus ist 'ne gute Maus. Moment.« Er ging in die Scheune.

Eva trat unruhig von einem Bein aufs andere. Allmählich wurde ihr kalt. Sie sehnte sich nach einer heißen Dusche. Nach einer Haarbürste. Nach einer Zahnbürste. Nach Jeans und einem Pulli. Sogar nach ihren Gummistiefeln. Und vor allem nach einem anständigen Frühstück mit viel Kaffee. Und dann war Gandalf wieder da und reichte ihr drei kleine Gestelle aus Holz und rostigem Metall über den Zaun.

»Du musst sie spannen«, erklärte er und machte es ihr vor. »Wenn eine Maus an den Köder will, passiert das ...« Gandalf schnipste gegen die Vorrichtung, und der Bügel knallte zurück. Eva fuhr zusammen. »Und da kommt der Köder rein.« Er zeigte auf eine kleine Vertiefung im Holz.

»Was nehme ich als Köder?«

»Na, womit fängt man wohl Mäuse?«

Jetzt sah auch Gandalf sie an, als hätte sie nicht alle Nadeln an der Tanne. Es ist wirklich allerhöchste Zeit, zurück ins Haus zu gehen, dachte Eva. So viele Landmänner am frühen Morgen waren entschieden zu viel für sie, eine halb nackte Stadtfrau in den besten Jahren, die nicht mal eine Lerche von einer Schwalbe unterscheiden konnte ...

»Ich muss nachher zum Fleischer«, erklärte Eva, als sie sich frisch geduscht und angezogen zu den anderen an den Frühstückstisch setzte. Nur Nele hatte erklärt, sie wolle nichts essen, und sich an den Computer gesetzt. Eva vermutete, dass sie immer noch einen Umweg um die Küche machte. »Wir brauchen Speck.«

»Ich finde, ein Rührei geht auch mal ohne. Aber wenn du gehst, bring gleich was zum Abendessen mit. Dann hast du heute Kochdienst«, sagte Dorothee, die am Herd stand und mit der Pfanne herumfuhrwerkte. Seit sie sich zum Frühstück eingefunden hatten, hatte sie nichts gesagt. Sie wirkte bedrückt.

»Ich rede nicht von Rührei«, sagte Eva und erzählte von ihrem Mäuseplan.

»Was ist mit dir los, Dorothee?«, fragte Marion und legte

mit schlechtem Gewissen zwei Scheiben Salami auf ihr Knäckebrot. Seit sie die Fünfzig überschritten hatte, hatte sie Probleme mit ihren Cholesterinwerten. Nicht mal die asiatischen Übungen halfen dagegen. Vegetarisch zu essen wäre eine Option, aber da streiken ihre Geschmacksnerven. »Du bist so still.«

Mit der Pfanne in der Hand drehte Dorothee sich um. »Ich mach mir Sorgen um Mimi«, sagte sie. In ihren dunkelbraunen Augen schimmerte mütterlicher Kummer. »Sie ist so ruhelos! Sie sieht einfach nicht, was sie an Lennart hat. Wenn diese Beziehung auch wieder kaputtgeht, dann gute Nacht.« Sie begann, das Rührei auf die Teller zu verteilen, die die anderen ihr entgegenhielten. »Am liebsten würde ich zu ihr fahren und in aller Ruhe mit ihr sprechen.«

»Dorothee! Du bist doch erst einen Tag weg!«, warf Marion ungläubig ein. »Sei doch nicht so eine Glucke. Außerdem – vielleicht hat Mimi gar keine Lust auf das kleine Familienglück, in dem du sie gern sehen würdest. Das Vater-Mutter-Kind-Modell, was du ihr vorgelebt hast, ist gescheitert. Vielleicht rebelliert sie unbewusst dagegen. Vielleicht muss sie sich bloß die Hörner abstoßen. Beziehungsweise die Fingernägel.« Mimi hatte einen Hang zu langen, bunt bemalten Krallen.

»Ja, ja. Du hast ja recht«, antwortete Dorothee, aber sie aß mit deutlich weniger Appetit als sonst.

Irgendwie waren in ihren vorfreudigen Wannsee-Fantasien Probleme mit Mimi nicht vorgekommen.

Als Eva eine Stunde später die Schuppentür aufstieß, flitzten mehrere Mäuse unter das Holz, das darin gestapelt war.

»Macht bloß einen Bogen ums Haus«, murmelte sie und schaute sich im Halbdunkel um.

Ihr Blick fiel auf einen altertümlichen Rasenmäher, die Sorte, die man schieben musste, um das Sensenschwungrad anzutreiben. Beim besten Willen konnte sie sich nicht vorstellen, dass die alte Anna mit diesem Teil die Wiese im Apfelgarten gemäht hatte. Eva stöberte weiter und entdeckte jede Menge Körbe aus Weidengeflecht, zu wackligen Türmen ineinandergestellt, einen rußigen Grill auf Rädern und eine halb leere Tüte mit Grillkohle. Harke, Rechen und Spaten in verschiedenen Ausführungen hingen an Haken an der Wand, in einer Ecke standen etliche Eimer – in einem von ihnen lagen schmutzige Gartenhandschuhe. Und dann gab es da noch zwei verbeulte Gießkannen aus Zink, einen löchrigen Strohhut, ein Gerät, das einen langen Stiel und vorne eine kleine Drahtkonstruktion hatte, und mehrere Gartenscheren, große und kleine. Alles wirkte alt, aber gepflegt, bereit für den Einsatz. Neben dem Holzstapel entdeckte Eva eine Pappkiste, die randvoll mit schrumpligen Knollen war.

Was das sein mochte?

Sie hockte sich hin, um sie genauer zu betrachten. Einige waren verschimmelt, aus anderen sprossen lange Triebe hervor, bleich von der Dunkelheit. Sie sahen aus, als hätten sie ihr gärtnerisches Haltbarkeitsdatum deutlich überschritten.

Die Knollen zu entsorgen – damit werde ich den Gartentag beginnen, entschied Eva. Kurz entschlossen griff sie sich die Kiste und schleppte sie nach draußen. Auf dem Kompost hinter dem Schuppen leerte sie die Knollen aus, dann ging sie zurück. Jetzt erst fiel ihr Blick auf eine seltsame Vorrichtung, die in einer Ecke verstaut war – mehrere Gefäße und Rohre, an einigen Stellen rußig, an anderen kupferrot glänzend. Daneben, auf dem Boden, lag ein

Thermometer ... Merkwürdig. Eva trat näher und klopfte behutsam mit dem Zeigefinger gegen das Metall.

»Wir wollen einen Spaziergang machen«, hörte sie da Marion rufen. »Kommst du mit?«

Eva sah sich um. Im hellen Licht des Vormittags standen Marion, Julika, Dorothee und Nele auf der Terrasse.

»Nein, lauft mal allein. Wo wollt ihr denn hin?«

»In Richtung Kirche.«

»Alles klar. Viel Spaß. Ich gehe nachher kurz ins Dorf, einkaufen.«

»Du kannst ja mal schauen, wie ich das mit den Computern gelöst habe. Theoretisch können wir sofort anfangen zu arbeiten«, rief Nele ihr noch zu, dann waren die vier weg.

»Bloß nicht«, sagte Eva zu sich selbst und griff nach einer Gartenschere – als Erstes würde sie sich auf die vernachlässigten Rabatten stürzen.

Sie setzte den löchrigen Strohhut auf die Locken und ging hinaus. Vor ihrem inneren Auge sah sie die Beete bereits vom Unkraut befreit, die alten Triebe heruntergeschnitten, die Sträucher gestutzt. Bald würden sie sich in ein blühendes Paradies verwandeln, ein sommerliches Blumenmeer, würden Quelle unzähliger wildromantischer Sträuße sein, mit denen sie in den nächsten Monaten das Haus schmücken konnte. Hoch über Eva trällerten zwei Schwalben ... nein, zwei Lerchen, da war sie sich ganz sicher.

»Kein Schwein da«, sagte Nele, während sie die Hauptstraße entlangschlenderten.

»Wetten, dass doch?«, bemerkte Julika, denn in diesem Moment erklang aus dem flachen Steinbau, an dem sie gerade vorbeigingen, vielstimmiges Grunzen.

»Keine Menschen, meinte ich natürlich«, korrigierte Nele sich.

»Die Kinder sind in der Schule, die Männer auf dem Feld, die Frauen bereiten das Mittagessen vor«, mutmaßte Dorothee.

»Mein Gott, du denkst so konventionell. Vielleicht verdienen die Frauen ja auch hier ihr eigenes Geld. Sie müssen nicht zwangsläufig hinterm Herd stehen, nur weil sie auf dem Dorf leben. Du bist wirklich keine Feministin«, sagte Marion.

»Bin ich auch nicht. Ich habe mich immer um die Kinder und den Haushalt gekümmert«, erwiderte Dorothee eine Spur trotzig.

»Aber du hast trotzdem gearbeitet. Ganztags. Klassische weibliche Doppelbelastung!«, fand Marion. »Du hast einen anstrengenden Job und den Haushalt für sechs Personen gewuppt! Und was hat Horst getan?«

»Unser Geld in Kneipen versoffen und verzockt«, gab Dorothee zu.

»Eben. Bis du ihn rausgeschmissen hast. Weil du endlich erkannt hast, dass es sich ohne Mann besser lebt. Wie das viele kluge Frauen in den besten Jahren erkennen.« Marion machte es Spaß, der Freundin ihre feministischen Ansichten zu unterbreiten.

»Sehe ich nicht so. Ich würde gern mit einem Mann leben. Wenn's ein netter ist, mit dem ich mir den Haushalt teilen kann«, meinte Nele optimistisch. »Das muss ja nicht zwangsläufig eine Frage von Gleichberechtigung sein, sondern von Charakter. Von Fairness. Wenn man in ähnlichen Welten lebt, dann klappt das schon.«

»Sagst du. Aber du hast noch keinen gefunden, mit dem es funktioniert, oder? Du hast immer versucht, die Welt der Männer zu teilen. Und wenn dann Schluss war, wolltest du mit dieser Welt nichts mehr zu tun haben«, ereiferte sich Marion. »Männer und Frauen passen einfach nicht zusammen. Wie können sich Frauen nur nach etwas, das offensichtlich so falsch ist, sehnen? Zu viele Opfer werden auf dem Altar gegen die Einsamkeit gebracht!«

»Wer hat das gesagt?«, fragte Dorothee.

»Ein schlauer Mann?«, schlug Nele ketzerisch vor.

»Ihr habt alle keine Kinder. Ich erklär euch mal, wie das bei uns war. Erst waren wir verliebt, da ist mir nicht aufgefallen, dass Horst in einer ganz anderen Welt als ich lebt. Dann hatten wir die Familie, da arrangiert man sich irgendwie. Erst wenn die Kinder aus dem Haus sind, wird einem bewusst, wie der Partner wirklich ist. In meinem Fall, wie grässlich Horst ist«, sagte Dorothee, als hätte sie den Freundinnen all das nicht schon im Zuge ihrer Scheidung erklärt.

»Lolli hat nicht abgewaschen, aber großartig gekocht. Pasta jeder Art«, sagte Julika abwesend. Sie blieb stehen und zeigte auf einen hölzernen Wegweiser. »Hier geht's zur Kirche. Und zum Friedhof.«

Der schmale Weg, der von der Hauptstraße abbog, war von Büschen gesäumt. Am Ende sahen sie die Kirche aus rotem Backstein, mit dem Kranich auf dem hölzernen Turm. »Kommt.« Sie gingen den Hohlweg entlang.

»Ich liebe diese stillen Dorfkirchen«, schwärmte Julika, als sie vor der Kirche standen. »Sie haben so etwas Ewiges. So etwas In-sich-Ruhendes. Was sagte Rechenberger? Die hier stammt aus dem 17. Jahrhundert. Das muss man sich mal vorstellen. Seitdem wird hier gebetet, getauft, getrauert, zelebriert …«

»Bist du religiös?«, fragte Nele überrascht.

Ohne zu antworten, fuhr Julika fort: »Mit der Taufe fängt alles an, mit dem Begräbnis hört alles auf. In Italien gibt es Leute, die verlassen ihr Dorf niemals, die kreisen ihr ganzes Leben lang um die Kirche. Wie die Erde um die Sonne. Wollen wir reingehen?«

Sie legte die Hand auf die geschmiedete Klinke, als über ihnen im Turm die Glocke zu läuten begann. »Psst. Hört mal. Da ist wer drin.«

Tatsächlich erklang ein dumpfes Gemurmel. Dann schurrte es, als würden Stühle gerückt. Und schließlich wurde das Portal geöffnet, und eine Gruppe in Schwarz strömte heraus, vorneweg ein Pfarrer. Er war klein und untersetzt und bis auf einen weißen Haarkranz kahl. Sein freundliches rosiges Gesicht verriet milde Gelassenheit und einen guten Appetit. Feierlich trug er eine große Urne in beiden Händen.

»Da hast du schon dein Lebensende, Julika«, flüsterte Marion und deutete mit dem Kopf zur Urne.

Schweigend zog der Trauerzug an ihnen vorbei und durchs Tor hinaus. Neugierige Blicke wurden ihnen zugeworfen.

»Was machen die denn mit der Urne?«, wunderte sich Marion, als die Gruppe den Weg in Richtung Wald einschlug.

»Lasst uns ihnen nachgehen«, schlug Nele vor.

Langsam schlenderten sie der Trauergemeinde hinterher. Sie ging an einem kleinen Haus vorbei und von dort zu dem Buchenwäldchen. Die vier beobachteten, wie die Trauernden einen hohen hölzernen Bogen, der den Weg überspannte, durchschritten. Als auch die Freundinnen den Bogen erreicht hatten, blieben sie stehen.

Dorothee entdeckte die Tafel, die am Rand des Weges aufgestellt war, zuerst. »Der Buchenfriedhof wird als Ort des Gedenkens nicht mehr forstlich bewirtschaftet. Die Bäume, an deren Wurzeln die Urnen lagern, sollen ungestört weiterwachsen können. Grabpflege im herkömmlichen Sinne ist nicht gestattet, um das Erscheinungsbild des Waldes nicht zu stören«, las sie vor.

»Sie begraben hier die Urnen?«, fragte Marion. »Das gibt dem Song der Puhdys *Alt wie ein Baum* eine ganz neue Bedeutung!«

Aus der Entfernung beobachteten sie, wie sich alle um den Pfarrer scharten, der die Urne in ein ausgehobenes Loch hinunterließ. Mit gesenktem Kopf standen die Trauernden hinter ihm, ein Mann trat hervor und füllte das Loch mit Erde. Noch ein Gebet, dann schien die Trauerfeier vorüber zu sein. Einige strebten eilig dem Ausgang zu, andere folgten gemächlicher. Die Freundinnen wollten ebenfalls gehen, als der Pfarrer sie erreichte.

»Guten Tag«, sagte er freundlich. »Ich habe Sie schon vorhin an der Kirche gesehen. Selten genug kommt ja jemand von außerhalb nach Wannsee. Wie schön, dass mal wieder Besucher unseren Buchenfriedhof finden! Er ist etwas ganz Besonderes.«

»Wir sind keine Besucher«, sagte Julika und reichte ihm die Hand. »Wir sind gestern hier eingezogen. In Anna Staudenroos' altes Haus.«

Kaum hatte sie die Worte ausgesprochen, verriet der Gesichtsausdruck des Pfarrers, dass er von Anna Staudenroos' letztem Wunsch wusste. Neugierde und Skepsis huschten für einen Moment über seine Züge. Doch die Freundlichkeit überwog.

»Ah, Sie sind das. Kommen Sie doch Sonntag zum Gottesdienst«, sagte er warm. »Dort lernen Sie die anderen Dorfbewohner kennen. Jedenfalls die gläubigen«, fügte er seufzend hinzu. »Es sind so zwischen fünf und acht. Weihnachten und Ostern ein paar mehr.«

Nele sah den Pfarrer mitleidig an. »Dankeschön. Aber

ich fürchte ... Wer wurde denn heute beigesetzt?«, fragte sie dann rasch, um von ihrer eigenen Religionsmüdigkeit abzulenken.

»Der alte Gustaf Gräbert. War Bürgermeister, bis Sauert ihn abgelöst hat. Hat das Dorf gut geleitet, viele Jahre lang. War ein ganz fabelhafter Mann. Das sieht man ja an der Größe der Trauergemeinde.« Er wies hinter sich.

»Ist Anna Staudenroos auch hier beigesetzt?«, mischte sich Marion ins Gespräch.

»Ach, unsere alte Anna! Ja, natürlich, die finden Sie hier auch. Es ist die Buche dort hinter der Bank. Wir vermissen sie im Dorf. Besonders Dani«, sagte der Pfarrer.

»Dann gehen wir unsere Gönnerin mal besuchen«, meinte Marion. »Auf Wiedersehen, Herr Pfarrer ...?«

»Lobetal«, antwortete er und lächelte verlegen, als wollte er sich für seinen Namen entschuldigen. Dann tippelte er mit kleinen Schritten davon.

»Ach herrje«, sagte Julika mit gerunzelter Stirn.

»Wieso? Ich finde ihn nett. Der hat hier bestimmt keinen leichten Stand«, entgegnete Nele. »Und ich frage mich, wer diese Dani ist. Gandalf hat sie auch schon erwähnt. Wir hätten den Pfarrer fragen sollen.«

»Lobetal meine ich nicht mit herrje. Sondern die da.«

Julika zeigte auf zwei Männer, die ihnen zielstrebig entgegenkamen. Es waren der unsympathische Bürgermeister und der dicke Polizist, der ihr im April die Strafzettel verpasst hatte. Direkt vor ihnen blieben die beiden stehen.

»So. Sie sind also tatsächlich eingezogen. Ich werde Sie demnächst aufsuchen. Es gibt Verschiedenes zu besprechen. Verwaltungstechnisches. Mit Ihrem Aufenthalt kommen auch Pflichten!« Sauerts Miene machte seinem Namen alle Ehre.

»Selbstverständlich. Es darf ja nicht in ein Vergnügen ausarten, auf dem Dorf zu leben«, erwiderte Julika schnippisch.

Der Bürgermeister ließ das unkommentiert, wortlos schritt er an ihnen vorbei.

»Mann, ist das ein Widerling«, stieß Nele aus.

»Er scheint zu glauben, dass wir für immer bleiben. Na, ich sag ihm nicht, wie es wirklich ist. Schon, um ihn zu ärgern.« Julika konnte sich nicht erinnern, jemals einen so unsympathischen Menschen getroffen zu haben.

»Lasst uns Annas Baum suchen«, sagte Marion.

Sie schlenderten weiter. Die Trauernden hatten inzwischen den Friedhof verlassen.

»Ich finde das eigentlich eine gute Idee«, bemerkte Julika nachdenklich, als sie den Baum gefunden hatten. »Könnte ich mir für mich auch vorstellen.«

»Ich find's nicht gut«, sagte Dorothee und las stirnrunzelnd das Namensschildchen. »Einfach grässlich, bis in alle Ewigkeit tot an einem Baum zu liegen!« Sie schüttelte sich. »Und für die Kinder gibt es keine Möglichkeit, mal ein Blümchen vorbeizubringen. Kommt, wir gehen nach Hause. Mal sehen, was Eva Schönes eingekauft hat.«

»Eigentlich kann es einem ja egal sein, wie man bestattet wird. Urne, See, Baum, Sarg – man bekommt sowieso nichts mehr mit«, meinte Nele pragmatisch.

Marion verzog verächtlich den Mund. »Das sag mal den Nordkoreanern, die ihre Diktatoren in Glassärgen wie faschistische Schneewittchen aufbahren!«

Nach einer Stunde warf Eva die Gartenschere hin. Mit erdigen Fingern wischte sie sich den Schweiß von der Stirn. Es reichte ihr gründlich. Sie hatte sich das Gärtnern viel idyllischer vorgestellt, wenn sie auf ihrem Balkon gesessen und insgeheim von einem kleinen Grundstück geträumt hatte. Das hier artete ja in Arbeit aus!

Kritisch betrachtete sie ihr Werk. Neben den Beeten lag jetzt ein Haufen dürrer Zweige, abgestorbener Blätter und brüchiger Ästchen. Aber deshalb sah es nicht unbedingt schöner aus. Ein geheimer Wettlauf um Sonne und Licht schien zwischen Stauden und Unkraut vor sich zu gehen, und das Unkraut lag um Längen vorn. Munter ließ es seine langen, dicken Halme im Wind wehen, die gemein in die Hand schnitten, wenn man sie herausreißen wollte. Davon abgesehen gab es in den Beeten viele nicht bepflanzte Stellen. Eva fragte sich, was zu Annas Zeiten dort wohl gewachsen war. Nein, von blühendem Paradies konnte keine Rede sein, sah man mal von der Pfingstrose ab. Aber die hatte vorher auch schon geblüht.

Sie warf den Abfall auf den Kompost und brachte Gartenschere und Strohhut zurück in den Schuppen. Beim Händewaschen und Nägelbürsten bemerkte sie eine Blase zwischen Daumen und Zeigefinger der rechten Hand. Die kam vom Schneiden – sie hatte nicht mal gewusst, dass man an einer solchen Stelle Blasen bekommen könnte! Es brannte unangenehm.

Eva zog sich eine Bluse an, griff nach ihrem Portemonnaie, verließ das Haus und ging die stille Dorfstraße entlang. Als sie den Abzweig erreichte, an dem es zur Kirche ging, warf sie einen Blick in den Weg. Keine Spur von den Freundinnen. Also ging sie weiter zu Karoppke's Hausschlachtung und Partyservice. Sie drückte die Glastür auf. Eine stämmige Verkäuferin mit schwarzblond gefärbtem Haar bediente gerade eine zierliche junge Frau.

»Warum bist du nicht bei Gräberts Beisetzung, Dani?«, fragte sie. »Heute sind doch alle auf dem Buchenfriedhof!«

Die Kundin schüttelte den Kopf. »Papa wollte das nicht. Er hat gesagt, das sähe nicht gut aus«, sagte sie leise und nahm das rosafarbene Päckchen entgegen. »So, als ob ich Gräbert mehr als Bürgermeister mochte als ihn.«

»Blödsinn«, ereiferte sich die Verkäuferin. »Wie alt warst du, als ihr hierhergekommen seid? Vier?«

»Drei.«

»Na, also. Viel zu jung, um zu kapieren, was dein Vater hier ...« Sie brach ab und stocherte mit einer Gabel im Gehackten herum. »Tschuldigung, Dani.«

»Schon gut«, sagte die junge Frau resigniert. »Was kostet es?«

»4,82 Euro.«

Die Kundin legte fünf Euro auf den Tresen, die Verkäuferin gab heraus. Eva warf Dani einen neugierigen Blick zu: ein blasses Gesicht, aschblondes Haar, das auf schmale Schultern fiel. Diese erwiderte Evas Blick, sie sah aus, als wollte sie etwas sagen, aber verließ dann schweigend die Fleischerei.

»Ich hätte gern zweihundert Gramm fetten Speck«, sagte Eva und trat näher an die Theke. »Und fünf magere Schnitzel. Und haben Sie Salami?«

»Klar. Auch selbst gemachte Schlackwurst.«

»Davon nehme ich je zweihundert Gramm. Und was ist das?« Eva zeigte auf ein Sortiment Gläser, das auf dem Tresen stand.

»Bauernsülze, Leberwurst mit Bärlauch, Rotwurst mit Majoran, Griebenschmalz ...«, leierte die Verkäuferin herunter.

»Je zwei Gläser, bitte.«

Der Berg hinter dem Tresen wurde größer, und nachdem Eva 42,63 Euro gezahlt hatte (noch ein Laib Leberkäse, ein Kilo Schabefleisch und fünf Rouladen waren dazugekommen – hausgemacht, hausgeschnitten, hausgekuttert natürlich), reichte ihr die Verkäuferin zwei Tüten. Zwei *schwere* Tüten.

»Sind Sie hier auf Besuch?«, fragte sie zum Abschluss.

»Nein, wir wohnen hier. In Anna Staudenroos' Haus.«

»Ach, ihr seid das!« Irgendetwas kam Eva an der Unterhaltung bekannt vor, aber sie hatte absolut keine Lust, schon wieder etwas zu erklären. »Ja, wir sind das«, sagte sie und verließ freundlich grüßend den Laden.

Sie war noch nicht weit gekommen, als der Henkel der einen Plastiktüte riss. Gläser rollten über den Bürgersteig, ein Päckchen fiel heraus.

»So ein Mist«, rief Eva in die Stille und stellte die andere Tüte ab, um die Gläser wieder einzusammeln.

Sie wollte gerade zum Laden zurückgehen und nach einer neuen Tüte fragen, als zwei Dinge gleichzeitig passierten: Ein struppiger, großer Hund schoss aus einer Hofeinfahrt und rannte auf sie zu. Und aus der Ferne erklang das Knattern eines Traktors, der näher kam.

»Hau ab«, rief Eva dem Hund zu, der bellend und schwanzwedelnd nach dem Wurstpaket in ihrer Hand hechelte. »Troll dich! Das ist nicht für dich! Das ist unsere Schlackwurst! Unser Schabefleisch! Geh nach Hause, und friss dein Schappi!«

Aber der Köter dachte gar nicht daran, sich von Eva entmutigen zu lassen. Bellend tänzelte er um sie herum und schnappte nach dem rosa Päckchen, das sie in der Hand hielt.

In diesem Moment hielt der Traktor hinter ihr.

»Brauchst du Hilfe? Soll ich dich mitnehmen?«, fragte jemand, und Eva drehte sich, elegant wie eine Ballerina, ein Wurstpäckchen hoch über dem Kopf haltend, herum. Es war Loh.

»O ja, bitte! Mir ist die Tüte gerissen, und der Hund will unbedingt daran!«, rief Eva erleichtert.

»Das seh ich.« Loh kletterte vom Fahrersitz, sammelte die verstreuten Einkäufe ein und legte sie in die Frontladerschaufel des Traktors. »Bodo, hau ab«, sagte er mit scharfer Stimme.

Der Hund legte den Kopf schief, dann drehte er sich um und rannte die Dorfstraße entlang. »Bodo ist eigentlich ein netter Kerl. Der gehört Karoppke. Wahrscheinlich dachte er, die Wurst wäre für ihn. Er ist noch ein bisschen verspielt.«

Eva verdrehte die Augen. »Er sollte nicht frei rumlaufen.«

Loh zuckte mit den Achseln. »Hepp«, sagte er dann.

»Wie – hepp?«

»Kletter in die Schaufel. Den Beifahrersitz hier oben hat Gandalf gestern ausgebaut. Da stimmte was nicht mit der Federung. Ich nehm dich in der Schaufel mit.«

»Ich soll da rein?« Ungläubig sah Eva ihn an.

»Klar. Für die paar Meter geht das schon. Sieht ja niemand.« Er hielt ihr die Hand hin, Eva ergriff sie und setzte sich in die Schaufel. »Ich stell sie ein bisschen höher«, sagte Loh. »Dann hast du einen besseren Blick! Halt dich fest!«

»Wo denn festhalten?«, rief Eva hektisch, während die Schaufel sich nach oben bewegte und die Gläser klirrend durcheinanderfielen. Eva krallte sich an einen kleinen Eisenvorsprung, dann fuhr Loh los. Von oben hatte man einen ganz neuen, interessanten Ausblick auf das Dorf. Auf die Gehöfte, über deren Mauern Eva jetzt sehen konnte.

Auf das Wäldchen.

Auf die Felder dahinter.

Auf grünes Getreide, gesäumt von scharlachrotem Mohn.

Auf die Kirche.

Und ... auf sehr viele Menschen in Trauerkleidung, die gerade in kleinen und großen Gruppen aus einem Seitenweg strömten und in die Straße einbogen.

Wo kommen die bloß alle her? Sonst ist die Straße wie leer gefegt, dachte Eva mit wachsendem Unbehagen. Einer der schwarz gekleideten Leute entdeckte sie, grinste zu ihr hoch und zeigte den anderen Lohs Fahrgast.

»Was hast du denn da auf dem Acker gefunden, Loh? Eine dicke Kartoffel?«, rief ein Mann launig.

»So was macht doch sonst nur Gandalf«, meinte eine ältere Frau.

Alle lachten.

In diesem Moment sah Eva auch Julika, Marion, Nele und Dorothee. Als Loh mit Eva in der Schaufel langsam an ihnen vorbeituckerte, blieben sie stehen und sahen sie ungläubig an. Eva zuckte mit den Schultern und blickte starr geradeaus, während Loh weiterfuhr. Es kam ihr erstaunlich lange vor, bis sie endlich in seinen Hof einbogen. Er bremste nicht sofort, sondern fuhr bis zu dem Feld hinter seinem Grundstück weiter. Dort erst hielt er, ließ die Schaufel behutsam herunter und schaltete den Motor aus.

»Und, wie war's?«, fragte er vergnügt.

»Peinlich. Aber wenigstens kennen mich jetzt alle im Dorf. Danke fürs Mitnehmen«, sagte Eva kurz angebunden, sprang aus der Schaufel und griff nach Gläsern, Tüte und Wurstpaketen. Sie verließ sein Grundstück in Richtung Felder. Von dem Feldweg, der hinter ihrem und Lohs Grundstück lag, gelangte man durch die hintere Gartenpforte in den Obstgarten.

»Achtung«, rief Loh scharf. »Halt! Nicht da lang!«

Eva blieb stehen, und er kam ihr eilig hinterher. Als er mit ihr auf einer Höhe war, zeigte er auf ein paar Bretter, die quer über dem Weg lagen. »Das ist die alte Güllegrube. Die Bretter sind brüchig. Tritt niemals hier drauf, okay? Die Grube darunter gehört weg, das ist eine Abmachung, die ich mit Sauert getroffen habe. Aber der Mistkerl hält sich nicht daran ... egal.«

»Was ist, wenn man da reinfällt?«

»Dann paddelt man eine Weile in gut abgelagerter Gülle – bis man ersäuft.«

Eva schluckte. »Danke fürs Warnen. Und dieser Ring hier? Wozu ist der? Damit man sich zur Not festhalten kann?« Sie zeigte auf einen rostigen, schweren Ring, der ein paar Meter weiter in einem Betonpfeiler eingelassen war.

»Nein. Daran wird das Vieh gebunden, wenn der Schlachter kommt.«

»Das ist ja entsetzlich!«, entfuhr es Eva.

»Woher glaubst du, hat Karoppke das Rindfleisch, das er verarbeitet? Und was du da gerade gekauft hast?«

Eva starrte auf das Päckchen in ihrer Hand. »Ich verstehe«, sagte sie mit zittriger Stimme und wandte sich endgültig zum Gehen.

»Tja, die meisten wären Vegetarier, wenn sie die Tiere selbst schlachten müssten«, meinte Loh lakonisch. »Hey, Eva«, rief er ihr dann noch nach.

Sie drehte sich vorsichtig um. »Was denn?«

»Warum hast du eigentlich Annas Dahlienknollen entsorgt? Sie haben immer traumhaft schön geblüht. Wenn du sie schnell setzt, dann könnte es noch was werden! Anna hat sie immer in das rechte Beet gesetzt. Ich dachte, du magst Blumen, wo du doch halb nackt morgens im Garten rumrennst, um an ihnen zu schnuppern.« Er zeigte über den Zaun auf die verschrumpelten Knollen, die Eva auf den Kompost geworfen hatte.

An diesem Tag schienen die Peinlichkeiten kein Ende nehmen zu wollen.

»Gott, war das schrecklich«, stöhnte Eva und schlug die Hände vors Gesicht. »Mir kam es so vor, als ob er extra langsam gefahren wäre. Ich glaube, dem hat das Spaß gemacht!«

»Vielleicht war er auch nur besorgt, dass du ihm aus der Schaufel plumpst, samt Schnitzel, Sülze und Speck.«

Dorothee grinste gutmütig und tätschelte beruhigend Evas Arm. Dann holte sie Brot, kleine Teller und Messer, stellte alles auf den Küchentisch und machte ein Glas Bärlauchleberwurst auf. »Peinliche Momente im Leben kennt jede von uns. In dem Moment möchte man im Boden versinken. Aber hinterher muss man lachen. Ich zum Beispiel ...« Sie sah mit rosigen Wangen in die Runde.

»Lass hören, Dorothee«, sagte Julika gespannt.

»Na gut. Aber das bleibt unter uns, verstanden?«

Alle nickten.

»Vor ein paar Jahren haben wir uns jeden Sonntagnachmittag bei Vronis Eltern getroffen. Wisst ihr noch?« Die anderen nickten wieder. Vroni war die Exfreundin von Dorothees ältestem Sohn. Und Vronis Eltern waren sehr gastfreundlich gewesen. »In ihrem Bad stand eine hochtechnische Waage. Angelika, Vronis Mutter, war ja eine, die kein Gramm zu viel an sich duldete. Dabei hat sie sehr lecker gekocht! Jedenfalls habe ich mich jedes Mal, wenn ich bei ihnen war, gewogen. Mit Body-Mass-Index, Körperfettanalyse und weiß der Geier was noch. Das Gewicht zeigte es auch, bis aufs Gramm. Was ja bei mir nie so wenig war. Und eines Abends, nach meinem regelmäßigen heimlichen Wiegen, sagte Angelika am Esstisch, an dem wir alle versammelt saßen und futterten, zu mir:

›Du weißt, Dorothee, dass unsere Waage eine Memory-Funktion hat, oder? Ich beobachte das schon eine ganze Weile. Machst du eigentlich etwas gegen deine Gewichtszunahme?‹«

Die anderen lachten. »Das ist ja fies!«, fand Eva und stand auf, um eine Flasche Prosecco zu holen.

»Und nicht sehr solidarisch von Angelika«, sagte Marion streng.

Eva öffnete die Flasche, nahm fünf Gläser und füllte sie. »Und du, Marion? Hast du auch mal was Peinliches erlebt?«

Marion seufzte. »Und ob. Es ist noch gar nicht lange her, Ende März, kurz bevor das Sabbatjahr begann. Ich brauchte dringend eine neue Hose und bin abends noch schnell zu Peek & Cloppenburg gefahren. Ich war fix und alle, einfach komplett überarbeitet. Ich gehe also in die Damenabteilung, frage eine Verkäuferin, wo ich die Jeans finde. Sie zeigt mir die Richtung, und von dort kommt mir eine Frau entgegen, die mir wahnsinnig bekannt vorkommt, aber deren Name mir nicht einfällt. Ich begrüße sie laut, sie grüßt zeitgleich ebenfalls. Kein Wunder! Ich stand vor einem Spiegel. Könnt ihr euch vorstellen, dass man sich selbst nicht mehr erkennt? Zwei Verkäuferinnen haben mich von der Seite angeschaut, als sei ich nicht ganz dicht. Das war wirklich schrecklich. So viel zu mir. Die Nächste, bitte.« Sie griff nach ihrem Glas und nahm einen langen, langen Schluck. Dann griff sie, Cholesterinwerte hin oder her, nach der Leberwurst.

Nele grinste. »Es war in dem Job, den ich vor Frenz & Friends hatte. Ich saß mit einer Kollegin in der Grafik, als ein Anruf vom Chef zu mir durchgestellt wurde. Er hatte was an meinem Entwurf zu meckern. Hatte er immer. Und während er noch sagt, was ihm alles nicht gefällt, ist die Leitung plötzlich tot. Er ist weg. Also sage ich laut und deutlich, um meine Kollegin zu foppen: ›Sie können mich mal, Sie aufgeblasener Fettsack! Sie haben keine Ahnung von Ästhetik, und Ihr Doppelkinn fällt Ihnen bis auf Ihren hässlichen Schlips. Und was ich Ihnen schon immer sagen wollte – wir arbeiten nur für Sie, weil wir gerade nichts Besseres haben. Aber das wissen Sie ja bestimmt schon.‹ Dann lege ich auf. Die Kollegin starrt mich fassungslos an. Ich sage, der Blödmann war nicht mehr in der Leitung, und wir lachen uns schlapp. Und eine Minute später ...«, Nele schluckte, »... stürzt der Chef rein und brüllt mich an. Ich konnte ihn am Telefon nicht hören – er mich leider schon. Er hat mich fristlos gefeuert.«

»Oje«, sagte Eva, obwohl sie die Geschichte schon kannte.

»Gott, schmeckt diese Leberwurst gut!« Dorothee biss in ihr dick bestrichenes Brot.

Eva schossen Lohs Worte durch den Kopf, und sie musste ihm recht geben: Ganz sicher wären sie alle Vegetarier, wenn sie jede Kuh, jedes Schwein, jedes Huhn und jeden Fisch selbst töten müssten.

»Und dein peinlichster Moment, Julika?« Julika sah zögernd in die Runde, als koste es sie größte Überwindung, darüber zu sprechen. Als sei schon die bloße Erinnerung daran unangenehm.

»Komm, sag schon«, drängte Dorothee.

»Damals in der Berufsschule für Verwaltungskunde«, begann Julika, »da gab es eine Faschingsparty. Ein Typ hatte mich überredet, mich als Partyluder zu verkleiden. Und ich blöde Kuh fühle mich geschmeichelt und mache das auch noch mit. Statt als Pippi Langstrumpf oder Hexe zu gehen! Schwarzes Ledermieder, Strapse, darüber Hotpants, Make-up, High Heels. Ich sah aus wie eine Nutte.

Gleich morgens musste ich zwei Sekt trinken, um überhaupt den Mut zu haben, so auf die Straße zu gehen! Wie mich die Busfahrer angeschaut haben – au weia.«

»Und?«, fragte Nele gespannt.

»Ich stöckle also in die Schule, wundere mich, dass alles so ruhig ist, mache die Tür zum Klassenraum auf, in dem wir feiern wollten«, fuhr Julika fort, »da schlägt mir ein Riesengejohle entgegen! Ich hatte mich im Datum geirrt. Die Party war erst am nächsten Tag. An diesem Tag haben wir eine Rechtskundeklausur geschrieben. Verhauen habe ich sie auch, Stress und zu viel Sekt. Ich darf gar nicht mehr daran denken. Mann, war das peinlich.«

»Herrje«, sagte Nele mitfühlend.

»Auf den Augenblick, in dem man im Boden versinken will!«, sagte Marion und erhob das Glas. Die anderen stießen mit ihr an.

Als Eva trank, spürte sie ein so warmes Gefühl im Bauch, als tränke sie Glühwein und nicht eiskalten Prosecco. Das Gefühl, wie alle sie auf der Schaufel angestarrt und über sie gelacht hatten, war grässlich gewesen. Aber die Storys ihrer Freundinnen trösteten sie. Das konnten eben nur Worte von guten Freundinnen.

9. Kapitel

Am leuchtenden Sommermorgen
Geh ich im Garten herum.
Es flüstern und sprechen die Blumen,
Ich aber, ich wandle stumm.
HEINRICH HEINE

Vieles, was ihnen auf dem Lande zuerst seltsam, befremdlich, vielleicht sogar beängstigend vorgekommen war, erschien allmählich so normal, dass sie kaum noch Worte darüber verloren.

Die Eule, die jeden Abend auf die Jagd ging, hatten sie Lady D'Arbanville getauft. Gelegentlich fanden sie eine Feder ihrer Eulenlady, die sie in einer kleinen Vase sammelten, die auf dem Küchensims stand.

Sie hatten – bis auf Nele – gelernt, die toten Mäuse aus der Falle zu nehmen. Sie warfen sie auf den Kompost, von wo sie stets bis spätestens zum nächsten Morgen verschwanden. Entweder, weil Caruso zu faul zur Abendjagd war, Lady D'Arbanville den Weg des geringsten Widerstands ging oder die anderen Mäuse Kannibalen waren. Sie hatten die Mäuselöcher mit Drahtwolle verschlossen und Holz davorgenagelt, und jetzt schien in der Speisekammer Ruhe eingekehrt zu sein.

Dorothee versuchte mit zunehmendem Erfolg, seltener mit Mimi zu telefonieren.

Marion machte abends mit Julika Tai-Chi. Im Apfelgarten hatte sie ihre Zielscheibe aufgestellt, tief in sich versunken trainierte sie jeden Tag Bogenschießen, was ihr den Spitznamen »Wilhelmina Tell« einbrachte.

Die Äpfelchen, die Eva jeden Morgen bei ihrem Gartenspaziergang inspizierte, wuchsen erstaunlich schnell. Und es waren erschreckend viele.

Sie stellten jeden Abend auf alle Türklinken Büchsen mit Steinchen, die mit einem Mordskrach herunterfallen würden, sollte Eva noch einmal schlafwandeln. Aber das hatte sie glücklicherweise nicht mehr getan. Vielleicht hatte Marion recht, und sie tat es wirklich nur alle dreißig Jahre einmal.

Die schrumpeligen Dahlienknollen, die Eva an den unbepflanzten Stellen in das rechte Beet gesetzt hatte, trieben sicher bald aus. Eva fand Loh seit der Schaufelaktion deutlich weniger grimmig. Wenn sie sich jenseits des Zaunes sahen, unterhielten sie sich sogar – über seinen Biohof, den Feldanbau, die Sonnenblumen, die Galloways und Hühner, über ihr Home Office und seine Büroarbeit, die er nicht gern machte. Und wenn er, was selten genug vorkam, lächelte, fand Eva ihn richtig nett.

Sie hatten einen Haushaltsplan aufgestellt, an den sich alle mehr oder weniger hielten. Abends auf der Terrasse saßen sie zusammen, sprachen über den vergangenen Tag, tranken gelegentlich ein bisschen zu viel Rotwein und warteten darauf, dass endlich mal eine Sternschnuppe vom Himmel fiel. Bis jetzt vergeblich.

Sie hatten einen Spaziergang zum Wannsee gemacht. Der Weg führte an Lohs Rinderherde vorbei. Kühe sind Kühe, hatten sie gedacht – schwarz-weiß, glatt, mit eingefallenen Flanken und schwer hängenden Eutern. Falsch, ganz falsch. Diese Galloways waren etwas Besonderes.

Etwas Reizendes. Sie waren … süß. Klein und kompakt, mit kurzen Beinen und wuschligem Fell sahen sie wie Riesenschneeflocken mit braunen Ohren und Schnauzen auf der grünen Weide aus. Die Kälber waren heller als ihre Mütter, eine Mischung zwischen Eisbärbaby und Shetlandpony. Der Bulle war sowohl anhand seiner zwei deutlich bulligen Merkmale (»Aber hallo!«, sagte Nele, als sie seine Eier sah) als auch an dem Kupferring erkennbar, den er in der Nase trug. Er hatte etwas abseits geweidet, ein mächtiges, wunderschönes Tier. Sie hatten »Primus!« gerufen, aber er hatte nur seinen schweren Kopf geschüttelt, als sei der Zuruf seiner Bewunderinnen nichts als eine lästige Fliege im Ohr. Auch die anderen Tiere hatten sich nicht um sie geschert, waren gelassen weiter über die Weide gezogen.

Sie kannten die Fleischverkäuferin inzwischen mit Namen: Cindy. Neben den mundwässernden Köstlichkeiten bei Karoppke hatten sie auch mehrere Großeinkäufe beim Discounter im überübernächsten Dorf gemacht. Hinterher waren sie sich einig gewesen, dass Karoppkes Fleisch und Wurst unendlich viel besser schmeckte als das abgepackte Zeug.

Sauert hatte sie bis jetzt erstaunlicherweise in Frieden gelassen. Sie waren noch nicht in der Kirche gewesen und hatten infolgedessen auch nicht die fünf bis acht Gläubigen des Dorfes kennengelernt.

Dafür flirtete Nele verstärkt mit Gandalf, wann immer sie ihn auf der anderen Seite des Zaunes sah. Ein von seiner Seite entscheidender Faktor schien dabei zu sein, dass Nele vor einigen Jahren alle drei Teile von *Herr der Ringe* gesehen hatte, Tolkiens Fantasy-Epos, für das Gandalf schwärmte. Und Nele nutzte ihren Vorteil. Wollte sie Gandalf zum Reden verleiten, musste sie nur etwas sagen wie: »Vor den Nazgûl hätte ich auch Angst« oder »Ob es hier wohl Waldelben gibt?« oder »Marion sieht mit Pfeil und Bogen wie Legolas aus« oder »Guten Morgen, Gollum, mein Schatz.« Die anderen fanden das entsetzlich albern, aber bei Gandalf zeigte es Wirkung.

Alles in allem fühlten sie sich beim Landexperiment WG-Wannsee noch nicht zu Hause angekommen – aber fremd? Das waren sie längst nicht mehr.

Das Wetter war herrlich in diesem Jahr. Es hatte nicht ein Mal geregnet. Die Sonne schien, und es war heiß. Nicht mal Julika konnte über die Temperaturen meckern.

»Super seht ihr aus!«, sagte Dorothee, als Eva und Nele in die Küche traten. »Heute geht euer Job wieder los, oder? Das schwarze Oberteil ist richtig elegant, Eva. Und dazu der Goldschmuck – Kompliment!« Dorothee, selbst noch im Morgenmantel, war beeindruckt.

»Und wie findest du mich?«, fragte Nele und drehte sich einmal um die eigene Achse. Dorothee musterte sie. »Edel geschminkt, Nele. Du hast übrigens schon ein bisschen Farbe bekommen, seit wir hier sind. Die rote Bluse steht dir gut. Hey, wo hast du die Kette und die Ohrringe her?«

»Von Swarowski.«

»Ah, deshalb. Also, ihr beide – stilsichere Werbeladys! Aber eine Frage habe ich.« Dorothee stellte die Kaffeekanne mit einem Knall ab. »Warum hast du untenrum nur diese schreckliche Pyjamahose an, Eva, und du nur deine ausgelabberte Jogginghose, Nele? Und warum seid ihr beide barfuß? Oben hui – und unten pfui? So geht man doch nicht ins Büro!«

Nele grinste. »Na, wenn wir mit Titus skypen, sieht er uns doch nur obenrum, stimmt's? Die Zeiten, in denen wir uns ganzheitlich aufbrezeln müssen, kommen ab Oktober wieder. Wir tragen keine engen Röcke oder Designerhosen und bestimmt keine Pumps, die uns drücken. Das ist ja wohl klar. Außerdem ist es wirklich warm heute. So ist es viel bequemer untenrum.«

Sie griff nach ihrer Kaffeetasse. »Und, was macht ihr, während wir ackern?«, fragte sie.

»Nein, sagt es uns nicht«, jaulte Eva auf und hielt sich die Ohren zu. »Ich werde sonst neidisch!«

Nach dem Frühstück gingen sie ins Arbeitszimmer und setzten sich an ihre Computer. »So. Gleich werden wir sehen, ob das mit unserem neuen Arbeitsplan klappt«, sagte Eva und ging auf Konferenzschaltung.

»Eva«, zischte Nele von der Seite. »Nimm die Finger runter! Deine Nägel sind ganz dreckig vom Gärtnern!«

Hastig zog Eva die Hände aus dem Kamerablickfeld.

»Ahhhh, da sind ja meine Land-Girlies«, dröhnte Titus' Stimme über den Lautsprecher, und sein Gesicht erschien auf dem Monitor. »Und gut seht ihr aus! Ich hatte schon Angst, ihr würdet in vergammelten Klamotten dasitzen, vielleicht sogar mit schwarzen Pfoten von der Feldarbeit! *Welcome back!* Wie geht es euch?« Er wartete ihre Antwort nicht ab, sondern fuhr gleich fort: »Also, passt auf, wir haben ein Projekt in Aussicht, da geht es um Scanner in poppigen Farben, damit es in den Büros fröhlicher und kreativer wird. Mir schweben da die *Seventies* vor. Nele, versuch mal was mit psychedelischem *Background*. Wie Pink Floyd auf einem wilden LSD-Trip. Und du, Eva, denk an Worte wie *Groovy* oder *Peace* oder *Girlies* oder Afri-Cola. Ihr wisst schon, was ich meine, das war ja eure Zeit, ihr seid ja nicht solche jungen Hüpfer wie die meisten hier …«

Eva, die auf ihren Händen saß, und Nele, die unterm

Tisch an ihrer ausgebeulten Hose rumzupfte, nickten mit professioneller Miene. Ihr erster Arbeitstag hatte begonnen.

»Ach, die Armen müssen ackern«, sagte Julika mitleidslos, als Nele und Eva im Arbeitszimmer verschwunden waren. Das Küchenfenster stand weit offen, warme Luft wehte sacht in Richtung kalter Kaffee, das laute Krächzen eines empörten Eichelhähers drang herein. Julika fand den Tag einfach zu herrlich, um ihn mit Arbeit zu verschwenden. Sie fächelte sich mit den Händen Luft zu, um sich abzukühlen. »Heute ist es himmlisch warm! Wie in Italien!«

»Das sind wohl eher die Wechseljahre«, meinte Dorothee lakonisch. »Wenn ich drei Tassen Kaffee getrunken habe, bekomme ich auch Schweißausbrüche.«

»Wir sind noch heiß, aber es kommt in Wellen«, bemerkte Marion.

»Meinst du wirklich? Bis jetzt habe ich noch keine Probleme mit Hitzewellen. Ich glaube, es liegt eher an der Kaffeemarke. Italienischen Espresso vertrage ich viel besser«, erwiderte Julika.

»Keine Hitze? Du Glückliche«, seufzte Marion. »Ich musste mir manchmal Make-up ins Gesicht schmieren, damit ich vor der Klasse nicht wie ein roter Luftballon aussehe.«

»Ist ja nicht bei allen Frauen gleich«, sagte Dorothee. »Hast du es schon mal mit Tofu probiert, Marion? Das soll helfen.«

»Klar. Aber jeden Tag zweihundert Gramm wie die Japanerinnen bekomme ich nicht runter.«

»Ich finde, wir sollten heute schwimmen gehen«, sagte Julika. »Ein kühles Bad hilft sicher auch.«

»Ich komme mit. Aber Baden ... ich weiß nicht«, sagte Dorothee.

»Stimmt ja. Du hast Angst vorm Wasser. Hast du ja an der Ostsee schon gesagt«, erinnerte sich Julika. »Da bist du auch nicht reingegangen. Woran liegt das eigentlich, Dorothee?«

»An meinem Vater. Als ich sechs war, hat er mich ins Wasser geschmissen, weil er dachte, so lerne ich schwimmen. Ich wäre fast ertrunken«, entgegnete Dorothee finster.

»Ein kleines Mädchen einfach ins Wasser zu schmeißen! Das muss man sich mal vorstellen! Klassische Frühprägung der finstersten Art! Was ist dein Vater für ein Jahrgang?« Marion war erbost.

»War ... er lebt ja nicht mehr. 1929.«

»1929 ... das war die Generation Männer, die noch unter der Kriegserziehung gelitten hat. Da haben viele ihre Kinder zur Härte erzogen, so nach dem Motto ›Ein Indianer kennt keinen Schmerz‹. Die Sorte Männer, die nie zum Arzt geht, weil das ihrer Meinung nach Schwäche beweist. Mein Vater war auch so. Total stolz, dass er nie seinen Cholesterinwert herausgefunden hat. Der lag wahrscheinlich bei tausend, denn mit siebenundsechzig hat er einen Infarkt bekommen und ist uns einfach weggestorben!« Marions Gesicht glühte. Sie griff nach der Wasserflasche, schenkte sich ein und trank in großen Schlucken. »Sie denken, dass sie harte Kerle sind. In Wirklichkeit sind sie feige und obendrein noch unfair ihren Familien gegenüber.«

»Vielleicht sollten wir aufhören, von unseren Männern zu reden und stattdessen lieber über unsere Väter nachdenken. Ob sie gewusst haben, was sie mit ihren Töchtern anstellen?« Dorothee sah die beiden anderen fragend an.

»Wenn du über die Väter sprichst, sprichst du zugleich über die Mütter«, sagte Marion. »Und damit über die Beziehungen, die sie uns vorgelebt haben. Und schwups, bist du schon wieder bei deiner eigenen Rolle, deiner eigenen Beziehung und bei deinem eigenen Kerl. Das kannst du nicht trennen.«

»Mit den Füßen gehst du aber rein, oder?« Julika gingen Marions Tiraden gelegentlich auf die Nerven, sie wollte vom Thema ablenken.

Dorothee nickte. »Bis zur Hüfte ist es okay. Aber Wasser auf dem Kopf halte ich nicht aus. Dann geht es mir wie Nele mit den Mäusen. Ich schrei, auch wenn ich nicht will.«

»Wir retten dich, wenn du untergehst«, versprach Julika.

»Ich komme nicht mit. Ich will mal den Dorffriseur ausprobieren. Ansatz färben. Ist schon wieder ein paar Monate her«, sagte Marion.

»Oh, du gehst zu Gaby's Friseursalon? Mutig«, fand Julika. »Ich muss mir übrigens auch mal wieder eine Henna-Kur gönnen.« Sie griff nach einer dunkelroten Haarsträhne und hielt sie sich prüfend vor die Augen. »Ich frage mich, welche Haarfarbe ich hätte, wenn ich nicht schon seit Jahren färben würde. Wahrscheinlich schlohweiß.«

»Find's lieber nicht heraus«, sagte Marion. »Graue Haare machen furchtbar alt.«

»Erlaubt deine feministische Überzeugung überhaupt künstliche Verschönerung?«, neckte Julika sie, aber Marion dachte gar nicht daran zu antworten. Feminismus war eine Sache, graue Haaransätze waren eine andere.

»Henna – da sieht man immer aus, als hätte man einen grünen Kuhfladen auf dem Kopf«, meinte Dorothee.

»Dann passt es ja hervorragend, dass wir bei den Galloways vorbeikommen«, sagte Julika vergnügt. »Also, wollen wir los, Dorothee?«

Aus dem Arbeitszimmer drangen Neles und Evas Stimmen, als sie kurze Zeit später mit ihren Badesachen die Treppe herunterkamen.

»Tschüss dann, bis später. Geht nicht unter!« Marion öffnete ihnen die Haustür.

»Ja, tschüss. Und der Friseurladen ist sicher ein guter Anfang für Dorfklatsch. Ich finde, wir wissen noch nicht allzu viel über Wannsee«, sagte Julika.

Das stimmte. Im Dorf begegnete man ihnen zwar nicht direkt feindlich, aber mit deutlichem Misstrauen. Ihre Fragen wurden nur einsilbig beantwortet.

Dorothee schwieg, sie dachte über ihre Probleme, schwimmen zu gehen, nach. Vielleicht würde sie einfach auf dem Badelaken am Ufer sitzen bleiben und Julika beim Schwimmen zusehen ... Auf der anderen Seite war es wirklich sehr warm.

»Es ist fast *zu* warm heute«, sagte Dorothee, als sie und Julika den Feldweg in Richtung Wald entlanggingen. Sie wischte sich mit dem Zipfel ihres Badetuchs den Schweiß vom Nasenrücken, da, wo ihre Sonnenbrille saß. Ihr war so heiß, dass sie kaum wusste, wo die Luft anfing und wo ihr Körper aufhörte. Zu Jeansrock und Jeanshemd trug sie lila Flip-Flops. Nicht unbedingt, weil sie sie schön fand oder darin gut lief, sondern weil es himmlisch war, dass der Ballen ihres linken Fußes nicht schmerzte.

Sie waren noch nicht weit gekommen, als Julika sich hinunterbeugte und begann, an ihren Sandalen zu nesteln.

»Was machst du da?«, fragte Dorothee und blieb stehen.

»Ich gehe barfuß«, erklärte Julika, schlüpfte aus ihren

Schuhen und stopfte sie in ihre Tasche. »Ahhhhhh. Das ist herrlich. Der Sand der Mark Brandenburg ist heute so heiß wie der Sand am Mittelmeerstrand!« Sie wackelte beglückt mit ihren rot lackierten Zehen, dann lief sie munter voran.

»Tochter des Südens«, murmelte Dorothee.

Und sie, was war sie? Bestenfalls eine Tochter der Rouladen. Des Kartoffelsalats. Des gedeckten Apfelkuchens. Bei dieser Hitze waren die Kilos, die sie zu viel hatte, unerträglich. Sie war sich immer noch nicht sicher, ob sie später ins Wasser gehen würde. Aber die Wahrscheinlichkeit stieg mit jedem Tropfen Schweiß, der sich zwischen ihren Brüsten hindurch gemächlich seinen Weg bis zu ihren Bauchfalten bahnte.

Julika breitete die Arme aus. Ihr leichtes türkisfarbenes Sommerkleid umwehte ihre schlanke Figur im warmen Wind, als sie zu rennen begann.

»Und was wird das jetzt?«, fragte Dorothee laut.

»Ich versuche zu fliegen«, rief Julika ihr über die Schulter zu und blieb dann abrupt stehen. »Kennst du das nicht? Als wir Kinder waren, sind wir mit einem Tuch losgerannt und haben es hinter uns herwehen lassen. Als ob wir flögen. Als ob wir Hexen auf dem Besen wären.«

»Nö«, sagte Dorothee spröde. »Ich war schon als Kind bodenständig.«

Aber Julika war schon weitergesaust. Alle paar Schritte machte sie einen Hüpfer, wobei ihre Korbtasche heftig hin und her schlug – die Sandalen drohten jeden Moment herauszufallen. Sie sah wie ein türkisfarbener Paradiesvogel aus, der zwischen den märkischen Feldern gelandet war und vergeblich versuchte, wieder abzuheben.

Dorothee folgte ihr kopfschüttelnd, den Blick abwechselnd auf die flatternde Julika, das Sonnenblumenfeld zu ihrer Rechten und das Getreidefeld zu ihrer Linken gerichtet. Die Sonnenblumen hatten bereits Blüten angesetzt, sie würden aber frühestens im Juli aufgehen. Das Getreide stand schon hoch. Die langen Ähren reckten sich der Sonne entgegen.

Dorothee hatte nicht die leiseste Ahnung, ob es Gerste, Hafer, Roggen oder irgendetwas anderes war. Was sie allerdings kannte, waren die leuchtend blauen Kornblumen, der blutrote Klatschmohn und die hellen Margeriten, die am Rand des Feldes wuchsen. Hübsch sah es aus, und sie nahm sich vor, auf dem Nachhauseweg einen Strauß zu pflücken. Annas Einmachgläser würden perfekt als Vasen dienen.

Julika war aus ihrem Blickfeld verschwunden, da, wo der Weg in den Wald abknickte. Als Dorothee an diese Stelle kam, trat sie erleichtert in den Schatten, den die Bäume hier spendeten. Sie atmete tief durch – es duftete hier so aromatisch wie eines der Entspannungsbäder, die sie früher gern nach der Arbeit genommen hatte. Auf beiden Seiten des Weges sah man nichts als Baumstämme, darüber das Blaugrün der Nadelkronen.

Aber wo war Julika?

Dann hörte Dorothee ein Lachen. Sie ignorierte die Kiefernnadeln, die an den Flipflops hafteten und ihr in die Fußsohlen piekten, den Sand, der zwischen ihren Zehen scheuerte, und ging schneller. Weiter vorn gabelte sich der Weg: Links ging es zum See, rechts zurück zum Dorf. An dieser Gabelung begann Lohmüllers Galloway-Weide. Und genau dort entdeckte Dorothee Julika. Sie plauderte mit Gandalf, der gerade Heuballen von einem Hänger lud.

Die Galloways standen in einiger Entfernung und beobachteten die beiden. Gandalf stach mit einer gefährlich spitzen Heugabel in einen Ballen und wuchtete ihn schwungvoll herunter. Die Muskeln seiner nackten Arme spannten sich beeindruckend, fand Dorothee. Er warf den Ballen zu Boden und bückte sich, um die Schnur aufzuschneiden, die das Bündel zusammenhielt. Wieder spannten sich beeindruckende Muskeln ... dieses Mal andere.

»Hallo, Dorothee«, rief er ihr zu, als er sie kommen sah. Nele hatte dafür gesorgt, dass er ihre Namen kannte, er wusste sie sogar zuzuordnen. »Ihr wollt schwimmen gehen, sagt Julika? Wie geil ist das denn! Wie wär's mit einem Beischwimmer? Ich wünschte, ich könnte mit.«

Ich wünschte, ich nicht, dachte Dorothee. Aber dass Gandalf sich nach einem Bad sehnte, glaubte sie ihm aufs Wort. Er trug ein enges Feinrippunterhemd, das schweißdurchtränkt war. Dazu hatte er die obligatorische zerrissene Jeans und hohe Gummistiefel an – er sah wie ein Landmannmodel für einen Playgirl-Kalender aus, auf dem er sich gut neben sexy verrußten Feuerwehrmännern und smarten Polizisten mit interessanten Handschellen gemacht hätte.

»Wo habt ihr denn heute meine Nele gelassen?«, fragte Gandalf und hievte den nächsten Heuballen herunter.

»Sie arbeitet«, sagte Julika ein bisschen kurz angebunden, während Dorothee »Meine Nele? Sind wir schon so weit?« dachte.

Gandalf stützte sich auf die Gabel und wischte sich den Schweiß von der Stirn. »Ich muss weitermachen. Könnte sein, dass wir ein Gewitter bekommen. Hoffentlich nicht, bevor wir nachher das neue Heu reingebracht haben.«

»Gewitter? Der Himmel ist doch strahlend blau! Keine Wolke weit und breit«, wunderte sich Dorothee.

»Na, jetzt noch. Aber es ist so drückend, und das ist immer ein Zeichen, dass sich was zusammenbraut.«

Gandalf schaute prüfend zum Himmel. Dann kraulte

er Primus' breite Stirn. Der Bulle war nah an ihn herangekommen und lehnte seinen schweren Kopf vertrauensvoll gegen ihn.

»Hoh, hoh«, sagte Lohs Hobbyknecht. »Du bist mein Bester, was, Primus? Warte, ich hab was für dich.«

Er nahm einen alten, verschrumpelten Apfel vom Hänger, zerbrach ihn und hielt ihn dem Bullen hin, der danach schnappte und dann bedächtig zu kauen begann.

Julika und Dorothee blieben noch einen Moment abwartend stehen. Aber Gandalf war so damit beschäftigt, seinen Riesenteddy zu knuddeln, dass sie sich überflüssig vorkamen.

»Na dann, man sieht sich«, sagte Julika.

Sie waren außerhalb seiner Hörweite, als Julika unvermittelt zu kichern begann. »Ich habe Gandalf gefragt, was er eigentlich hauptberuflich macht. Wo er sich doch Hobbyknecht nennt.«

»Und?«

»Er hat Maurer gelernt. Jetzt ist er in Frührente! Mit fünfunddreißig!«

Dorothee blieb stehen und schaute sie erstaunt an. »Der? Der wirkt doch total gesund. Was hat er denn?«

»Er hat angeblich was mit seinem Rücken. Mein Gott, der muss den Amtsarzt geschmiert haben!« Julika lachte schallend. »Naja, vielleicht war es eine Amtsärztin.«

Und dann kam zwischen den Bäumen die kleine Badestelle des Sees in Sicht.

»Endlich!«, rief Julika.

Als sie zum Ufer gingen, wirbelte vor ihnen ein Eispapier her, vermutlich von jemandem zurückgelassen, der hier gebadet hatte. Jetzt dagegen war der See menschenleer. Der Wind hatte aufgefrischt und fuhr über die Wasseroberfläche. Kleine Wellen brachten die Seerosen am anderen Ufer zum Tanzen.

Rasch stellte Julika die Tasche ab, breitete ihr Badetuch aus und zog sich das Kleid über den Kopf. Ihren Badeanzug trug sie bereits darunter.

»Kommst du?«, fragte sie. Der Wannsee mochte nicht das Mittelmeer sein, aber sie konnte es trotzdem kaum abwarten, sich hineinzustürzen!

Doch Dorothee antwortete nicht, sie schaute unschlüssig auf die dunkle Fläche. Irgendwie war der See unheimlich …

10. Kapitel

»Nein«, sprach Schneewittchen,
»ich darf nichts annehmen.«
»Fürchtest du dich vor Gift?«, sprach die Alte.
»Siehst du, da schneide ich den Apfel
in zwei Teile; den roten Backen iss du,
den weißen will ich essen.«
GEBRÜDER GRIMM

Die kleine Glocke an der Tür bimmelte, als Marion Gaby's Friseursalon betrat.

»Guten Tag«, sagte sie laut in den leeren Raum hinein.

Sie blickte sich um. Im Fenster stand immer noch der Styroporkopf mit der staubigen Dolly-Parton-Perücke. Die rosafarbene Rüschengardine war aufgezogen, das Sonnenlicht fiel auf die farbgleichen Wände, der PVC-Belag war abgetreten. An der linken Seite des Raumes befanden sich drei Waschbecken mit schwarzen Kunststoffstühlen auf Rollen, rechts standen zwei vergilbte Trockenhauben, von deren Gestellen die Chromlegierung abblätterte. Noch zwei Minuten zuvor hätte Marion darauf gewettet, dass es diese Dinger nicht mehr gab. So was hatte sie zuletzt als Kind in einem Katalog eines Versandhauses gesehen. Auf beiden Seitenwänden hingen nierenförmige Spiegel, in denen sich ihr Gesicht bis in alle Ewigkeit fortsetzte. Und über der Kasse war eine gerahmte Meisterurkunde angebracht, ausgestellt auf Gabriele Schlomske, Potsdam, den 2. Februar 1974.

»Hallo, hallo«, sagte eine sehr korpulente Frau von vielleicht sechzig Jahren, die durch einen Perlenvorhang in den Salon gewatschelt kam und sich dabei einen rosafarbenen Nylonkittel zuknöpfte. »Wie kann ich helfen?«

»Haben Sie Zeit?«, fragte Marion. »Jetzt gleich? Waschen, Ansatz färben, föhnen?«

»Aber klar doch«, sagte die Frau und schaute sie kritisch an. »Blond hab ich noch ein paar Tuben da.« Anscheinend gab es für sie im gesamten Haarfarbenspektrum nur ein Blond. »Auch 'ne Dauerwelle?« Sie fingerte in ihrer eigenen haarspraygesteiften Lockenpracht.

»Nein, nein«, beeilte Marion sich zu sagen.

Die Friseurin kniff die Augen zu schmalen Schlitzen zusammen, sodass sie in ihrem speckigen Gesicht praktisch verschwanden. »Ich kenn dich. Du bist doch eine von denen, die jetzt in Annas Haus wohnen. Ich bin die Gaby Schlomske. Einfach Gaby. In Wannsee duzen wir uns alle. Bis auf Sauert.«

Marion nickte. »Ja, ich weiß. Ich bin Marion. Wo soll ich mich hinsetzen?«

Gaby machte eine ausholende Handbewegung. »Wo du magst. Moment, ich hol nur noch ein paar Handtücher.«

Marion nahm Platz, und die Friseurin verschwand zwischen den klimpernden Perlenschnüren. Kurz darauf kehrte sie zurück. Die bunten Handtücher, die sie neben das Waschbecken legte, erinnerten Marion an die Sorte, die sie zu Hause in Berlin hatte. Die sie gern zerschnitt, um sie als Putzlappen zu nehmen.

»Na, dann beug dich mal nach vorne«, sagte Gaby vertraulich.

»Bitte, was?«, fragte Marion alarmiert.

»Nach vorn beugen!«, sagte Gaby resolut. »So 'n modischen Kram wie 'n Waschbecken nach hinten gibt's hier nicht. Ich hab das immer so gemacht, so mit kopfüber. Und hier, stopf dir mal das Handtuch in den Kragen. Sonst wird deine Bluse ganz nass.«

Marion gehorchte. Sie starrte in ein rosafarbenes Porzellanbecken, durch das quer ein feiner Riss lief. Gaby hantierte eine ganze Weile an den Wasserhähnen herum, bis sie mit der Temperatur zufrieden schien, dann hielt sie den ausziehbaren Schlauch über Marions gebeugten Kopf.

»Gut so?«, fragte sie.

»Ja, danke.«

Mit geschlossenen Augen spürte Marion, wie Gaby Haarwaschmittel auftrug. Dann begann sie es so energisch zu verteilen, als sei Marions Haar ein alter Teppich, der dringend shampooniert werden musste. Vorsichtig öffnete Marion die Augen, lugte zwischen ihren nassen Haarfransen hervor – und zuckte zusammen. Denn der wässrige Schaum, der nun ins Waschbecken lief, war grau.

»Was ist denn das für ein Shampoo?«, fragte sie gedämpft.

»Ganz normales vom Discounter«, gab Gaby zurück. »Is' nich' so teuer.«

»Ist es für dunkles Haar?«

»Ach, weil es grau ist? Nein, nein. Ich war nur vorhin im Garten, Möhren verziehen. Beim Haarewaschen werden die Hände gleich mit schön sauber. Sicher, dass du keine Dauerwelle willst? Du hast sehr feines Haar.«

»Ganz sicher«, murmelte Marion und schloss ergeben die Augen.

Ein paar Minuten später war Gaby mit dem Waschen fertig.

»Ich würd dir einen Kaffee anbieten, aber die Kaffeemaschine ist kaputt«, sagte sie vertraulich, während sie nach einem Kamm griff und anfing, die nassen Haare zu kämmen. »Und Brühen dauert mir zu lang.«

»Macht überhaupt nichts«, gab Marion matt zurück.

»Na, ich versuch schon, Särviss zu bieten«, bemerkte Gaby selbstbewusst. »Sonst bleiben mir die Kunden weg. Du kommst doch aus Berlin. Wie sind denn da jetzt die Salons? Da war ich ewig nicht mehr! Das letzte Mal, als wir uns das Begrüßungsgeld abgeholt haben.« Sie teilte die Strähnen ab, rührte die Farbe an und begann sie mit einem Pinsel aufzutragen.

Dieses Feld war entschieden zu weit, um die Frage ehrlich zu beantworten, fand Marion. »Wie es da ist? So ähnlich wie hier. Manchmal gibt es beim Waschen noch eine Kopfmassage, und gelegentlich werden Pflegeserien verkauft.«

Gaby winkte ab. »Ich bin doch kein Massagesalon! Was sollen denn die Leute denken, wenn ich hier massiere! Das geht hier nicht. Ich schneide ja auch Männer! Das würd doch gleich Gerede geben. Und Pflegeserien? Die Proben nimmt nie jemand mit.« Sie zeigte auf eine angeschlagene Emailleschüssel neben der Tür, in der ein kunterbuntes Sammelsurium von Pröbchen, Haarreifen und -spangen lag. »Damit muss ich gar nicht erst anfangen. Das Zeug würde nur rumstehen. Und dann hab ich wieder die Arbeit mit dem Abstauben. Ne, ne, ich hab das immer so gemacht. Das ist eben nicht Stadt hier, sondern Land. Hauptsache, es ist hügenisch, das is' doch das Wichtigste. Ich meine, Kopfläuse und so sind ja blöd, wenn man die sich einfängt. Ne, ne, das gibt's bei Gaby nicht! Seid ihr fünf eigentlich verheiratet? Habt ihr die Männer in Berlin gelassen?«

Gaby sprach undeutlich, weil sie den Metallstiel des

Toupierkammes zwischen den Zähnen hatte, während sie emsig Marions Haaransatz bepinselte.

Der Themawechsel kam so plötzlich, dass Marion einen Moment stutzte. Dann sagte sie steif: »Nein. Wir sind auch ohne Männer glücklich.«

»Ah so. Keine Männer. Hmhm. Na, falls deine Freundinnen auch mal in meinen Salon kommen wollen, dann gern. Aber nicht in der nächsten Zeit. Da hab ich nichts mehr frei.«

»Warum nicht?«

»Na, demnächst ist doch Sommerfest in Wannsee! Dafür wollen sich alle schön machen.« Sie warf einen nachdenklichen Blick ins Regal. »Ich glaub, mein Blond reicht nicht.«

Morgens Paris, mittags London, abends Wannsee, dachte Marion, als sie später frisch geföhnt in den Spiegel schaute. Zwar war Gabys Ansatzfärbung einen Tick goldstichiger als der aschfarbene Ton, den ihr Haar hatte, aber es ging. Durchaus. Und der Preis, den Gaby Schlomske jetzt nannte, war so moderat, dass den Udo Walzens dieser Welt die Gesichtszüge entglitten wären.

Marion dagegen lächelte, als sie bezahlte. »Vielen Dank, Gaby, dass das heute geklappt hat. Und viel Spaß noch beim Möhrenverziehen!«

»Ach, dazu ist jetzt zu heiß. Ich geh in die Küche und mach Mittag für Erwin.«

»Erwin?«

»Ja. Erwin. Meinen Erwin. *Ich* habe einen Mann. Seit neununddreißig Jahren. Und was machst du heute noch Schönes?«

»Vielleicht gehe ich zum See. Mit den anderen schwimmen.«

Gaby, die gerade das Wechselgeld aus der Tasche ihres

Nylonkittels genommen hatte und es abzählte, zuckte zusammen. »Bloß nicht!«, sagte sie erschrocken.

»Wieso? Das macht der Färbung doch nichts.«

»Nein! Wegen dem Wannsee! Der Wannsee, der is' verflucht! Da sind schon mehrere Leute ertrunken!«

»Wirklich? Wann denn?«

»Das ist schon eine Weile her, Erwins Eltern haben den Jungen noch gekannt. Kaum dass er schwimmen konnte, ist er abgesoffen. Und davor soll es schon mal eine junge Frau gegeben haben! Lieber nicht! Es heißt …« Sie beugte sich vor und raunte Marion verschwörerisch zu: »Der Wannsee sucht sich seine Opfer.«

»Ach wirklich?« Marion lächelte in sich hinein.

»Ja doch, wenn ich es sage! Kannst ja mal hingehen. Da spürt man sofort, dass da was Böses lauert! Dass er es auf unerfahrene Schwimmer abgesehen hat!«

Gaby Schlomske schüttelte sich so heftig, dass alles an ihr zitterte, das Doppelkinn, der Hals, die massigen Unterarme, selbst die Ohrläppchen gerieten in Schwingung.

»Geht denn niemand im Wannsee schwimmen?«

Gaby sah sie ungehalten an. »Doch, leider. Ganze Kinderscharen planschen im Sommer da. Aber ich sehe es schon kommen, das Unglück, wenn der Fluch wieder zuschlägt. Das wird ein Heulen und Zähneklappern im Dorf geben, und dann ist es zu spät! Aber auf mich hört ja niemand!«

Interessant, so ein Ammenmärchen, dachte Marion amüsiert, als sie mit wippenden Haaren nach Hause ging. Das musste sie den anderen erzählen. Ein See, der sich seine Opfer suchte … so ein abergläubischer Blödsinn!

Als sie auf die Terrasse kam, sah Marion als Erstes Nele. Sie hatte sich umgezogen, ihr Outfit war jetzt einheitlich lässig – kurzer Jeansrock, knallrotes T-Shirt, barfuß. Sie unterhielt sich über den Zaun hinweg mit Gandalf, der aussah, als sei ihm sehr, sehr warm.

»Na, habt ihr für heute schon Schluss gemacht?«, fragte Marion.

Nele nickte. »Eva und ich setzen uns lieber heute Abend noch mal zusammen. Jetzt ist das Wetter so schön! Au ja, ich bin gleich da!« Letzteres sagte sie zu Gandalf. Sie wandte sich um und ging zum Haus.

»Was hat sie denn vor?«, fragte Marion.

»Sie will unbedingt beim Heueinholen helfen«, sagte Gandalf abwesend, während er Nele hinterherschaute.

Einen Moment später erschien sie, nun mit hohen roten Gummistiefeln zum Minirock, auf dem Nachbarhof. Dazu hatte sie sich ein rot-weißes Kopftuch um die Haare gebunden. Sie sah wie das sprichwörtliche Cowgirl aus, fand Marion.

»Ich bin so weit!«, rief Nele unternehmungslustig.

»Willst du wirklich so bleiben?«, fragte Gandalf und schaute auf ihre nackten Beine.

»Klar! Es ist doch warm genug!«

Gandalf sah aus, als wollte er etwas erwidern, sagte dann aber nur: »Na dann hopp. Auf den Traktor. Loh ist schon auf der Wiese.«

»Und was machen wir?«

Er zeigte auf den Hänger. »Wir holen das Heu ab, das Loh gebündelt hat, und laden es hier auf den Heuboden. Es ist nur eine Fuhre, die zweite bringt Loh, wenn er mit dem Pressen fertig ist. Muss aber schnell gehen. Wir bekommen ein Gewitter. Ich hab's doch gewusst.«

Nele nickte, dann kletterte sie auf den Beifahrersitz. Gandalf schwang sich hinter das Lenkrad, und so stürmisch, als säße er auf seinem Bike und nicht auf einem

Traktor mit Anhänger, donnerte er vom Hof. Das Letzte, was Marion sah, war die strahlende Nele, die sich am Sitz festhielt und das Landleben und dessen Männer ganz offensichtlich großartig fand.

Sie drehte sich um und ging ins Haus. Im Arbeitszimmer hörte sie Eva leise vor sich hin summen und das Klappern der Tastatur. Die Tür stand offen. Marion klopfte an den Türrahmen, und Eva sah auf.

»Wie läuft's?«, fragte Marion.

»Besser als gedacht«, antwortete Eva. »Via Skype ist Titus gut zu ertragen.«

»Und was hörst du da für Musik?«

»Pink Floyd.«

»Aha. Soll ich uns was zu essen machen?«

»Lass mal. Ich will noch weiterarbeiten. Wir können nachher zusammen kochen. Hey, deine Haare sehen gut aus. Bisschen sehr blond, aber nett.«

»Danke. Es war ... eine echte Erfahrung. Erzähl ich später.«

Eva nickte, und Marion ging in die Küche. Sie schenkte sich ein Glas Wasser ein, lehnte sich gegen den Tisch und schaute aus dem Fenster. Draußen war ein Sommertag wie aus dem Bilderbuch, und dass alle anderen beschäftigt waren, machte Marion nicht das Geringste aus. Sie hatte schließlich immer allein gewohnt, und im Vergleich dazu war sie hier geradezu unheimlich häufig mit Menschen zusammen. Auf der anderen Seite hatte sie in Berlin auch die Schule. Da hatte sie Trubel genug, und es war nur logisch, dass sie abends ihre Ruhe brauchte.

Sie überlegte gerade, ob sie sich mit diesem interessanten Buch über Pädagogik, das sie letztens gekauft hatte, auf die Terrasse setzen, sich mal wieder die Tarotkarten legen oder doch lieber mit Pfeil und Bogen in den

Apfelgarten gehen sollte, als sie in der Ferne eine Spaziergängerin entdeckte. Es war Julika, die gemächlich zwischen den Feldern aufs Haus zuschlenderte. Aber wo war Dorothee? Hatten sie nicht zusammen zum Wannsee gewollt?

Marion stellte das Glas ab, lief nach draußen und ging ihr entgegen.

Als Julika sie sah, winkte sie ihr zu. »*Ciao, Goldilocks!* Willst du auch schwimmen gehen?«

Marion schaute an ihr vorbei in Richtung Wald, aber sah auch dort niemanden. »Nein, eigentlich nicht. Wo hast du denn Dorothee gelassen?«

Julika zuckte mit den Schultern. »Die ist noch am See. Irgendwie ist sie heute seltsam drauf. Erst wollte sie nicht reingehen, sie hat sich richtig gegrault vor dem Wasser, fand es unheimlich. Kannst du dir das vorstellen? Und dann hat sie sich überwunden. Zuerst war sie ein bisschen unsicher, aber danach immer mutiger, und als ich wegwollte, hat sie gemeint, sie wolle einmal quer rüberschwimmen. Ist 'ne ganze Ecke, finde ich. Besonders für jemanden, der das nicht gewöhnt ist. Aber sie glaubt, ihr Trauma eher besiegen zu können, wenn ihr niemand zuschaut. Sie wollte unbedingt allein sein. Da bin ich gegangen. Sie kommt nach.«

Marion versuchte erst gar nicht, das beklemmende Gefühl zu unterdrücken, das sie bei Julikas Worten beschlich. »Wir gehen zurück zum See, sofort«, stieß sie aus.

»Was soll ich denn da noch mal? Ich denke gar nicht daran«, protestierte Julika. »Ich will duschen und dann meinen Umberto Eco weiterlesen.«

»Kannst du später machen. Komm schnell, bevor es zu spät ist! Der Wannsee sucht sich seine Opfer!«, erklärte Marion.

»Wie bitte? Du hast zu viel Esoterisches gelesen!«

Julika sah die Freundin an, als ob sie den Verstand verloren hätte, aber Marion lief schon los. Einen Moment starrte Julika ihr nach, dann beschloss sie, mehr über diese mysteriösen Opfer erfahren zu wollen. Während sie zum See hasteten, berichtete Marion, was Gaby Schlomske erzählt hatte.

Zuerst lachte Julika. »Und so einen Quatsch glaubst du?« Dann sagte sie nachdenklich: »Obwohl ... es stimmt irgendwie. Dorothee war nicht sie selbst vorhin.«

»An diesen tradierten Geschichten ist oft etwas dran«, erwiderte Marion besorgt und ging noch schneller. Sie sah zum Himmel. Die Sonne war verschwunden, dunkle Wolken zogen auf. Es war drückend schwül – und in dieser gewittrigen Stille hörten sie plötzlich ein seltsames Geräusch.

»Was ist das?«, fragte Julika beklommen und blieb stehen. Es wurde lauter und klang ... wie das Hecheln einer Hundemeute. Ängstlich spähten sie beide in das Dickicht der Schonung links und rechts des Weges, konnten aber im Dunkel nichts erkennen.

»Gibt's in der Mark Brandenburg nicht wieder Wölfe?«, flüsterte Marion. Das Hecheln wurde lauter.

Und dann sahen sie den Krähenschwarm, der dicht über den Kiefernwipfeln hinwegflog. Jeder Flügelschlag in der heißen Luft klang wie ein Atemholen eines wilden Tieres.

Julika holte tief Luft. »Also wirklich. Du mit deinen Märchen, Marion! Du kannst einem richtig Angst einjagen! Komm, weiter«, sagte sie lauter als nötig.

Sie kamen an die Weggabelung. Marion zeigte in Richtung Weideland, auf dem in der Ferne zwei Traktoren fuhren. Eine Staubwolke erhob sich in den immer dunkler werdenden Himmel. »Da ist Nele!«, erklärte sie, während sie weitereilten. »Mit dem Hobbyknecht im Heu.«

Und endlich tauchte vor ihnen der See auf. Sie rannten zur Badestelle. Dort lag Dorothees Handtuch, daneben ihr Rucksack. Aber keine Spur von Dorothee.

»Dorothee?«, rief Marion.

Sie spähte auf die Wasserfläche hinaus, die wie ein bleierner Spiegel vor ihnen lag. Bei ihrem Ruf platschte es im Schilf neben der Badestelle leise. Eine große dunkle Schlange mit heller Kopfzeichnung glitt ins Wasser und schwamm in Richtung Seemitte.

»Igitt, hier gibt's Schlangen! Stell dir vor, du ertrinkst und wirst gleichzeitig von einer giftigen Schlange gebissen«, sagte Julika erschrocken. »Dorothee!! Wo bist du?«

»Dorothee!!!!!« Marions Ruf hallte übers Wasser, aber sie erhielt keine Antwort. »Was machen wir denn jetzt?«, fragte sie aufgelöst. »Ob ihr was passiert ist? Ob der Fluch erwacht ist? Wie sollen wir das nur ihren Kindern beibringen, wenn sie ertrunken ist? Dorothee!«

»Mein Gott, brüllt doch nicht so. Hier bin ich«, erklang in diesem Moment eine Stimme hinter ihnen. Dorothee trat gesund, munter und mit einem Hauch Sonnenbrand auf der Nase, aus dem Gebüsch.

Marion plumpste ein Stein von der Größe eines märkischen Endmoränenfindlings vom Herzen. »Mensch, Dorothee, wo warst du denn?«, fragte sie ungehalten.

»Erst schwimmen, was echt wunderbar war. Ich hatte auf einmal überhaupt keine Angst mehr! Es war wie ein Wunder. Und dann war ich im Wald, weil ich mal musste. Da bin ich gleich noch ein Stück gegangen. Schaut mal, was es hier gibt!« Sie hielt ihnen die hohle Hand hin, in der reife Himbeeren lagen. »Sie schmecken wunderbar, sehr aromatisch. Probiert mal! Sind echt lecker!«

»Und es geht dir wirklich gut?«, fragte Marion noch einmal nach. Sie war noch so aufgewühlt, dass sie die Beeren ignorierte.

»Ja, klar. Warum fragst du?«, antwortete Dorothee erstaunt. »Abgesehen von den gefühlten hundert Stichen auf meinem Hintern. Bei der Gewitterluft beißen die Mücken wie verrückt. Einen Moment nur habe ich mich hingehockt, da haben sie sich schon auf mich gestürzt.« Sie kratzte sich energisch ihre Rückseite durch ihren Jeansrock hindurch.

In diesem Augenblick donnerte es in der Ferne.

»Ich glaub, ich habe gerade einen Regentropfen abbekommen!«, sagte Julika, bevor Marion noch etwas erwidern konnte. »Lasst uns schnell nach Hause gehen.«

11. Kapitel

Heute Blume, morgen Heu.
VOLKSMUND

Zuerst war alles ein wunderbarer Spaß.

Nele genoss den warmen Fahrtwind, während sie durchs Dorf fuhren, und stützte ihre Füße so auf Gandalfs Sitz, dass er bei jeder Kurve ihre nackten Beine berühren musste. Und es war eine sehr kurvige Strecke.

Dann kamen sie zu dem Feld, wo bereits der erste volle Hänger stand. Es duftete süß, eine staubige Heuwolke wurde vom Wind in die Luft gewirbelt. Nele nieste und lachte gleichzeitig, während der Traktor über das unebene Feld ruckelte.

»Die sind nie weit, wenn wir hier arbeiten«, sagte Gandalf und zeigte auf ein paar Störche, die auf der gemähten Wiese herumstolzierten, mit ihren langen roten Schnäbeln ins Gras stachen und sich von ihnen nicht stören ließen. »Sie picken auf, was sich unter dem Heu versteckt hat – Blindschleichen, Grillen, kleine Frösche, einfach alles.«

Bei dem vollen Hänger angekommen bremste Gandalf ab und sprang vom Traktor hinunter. Loh sah erstaunt zu Nele hoch und grüßte. Dann schauten die beiden Männer besorgt zum Himmel und koppelten die Hänger um.

Und schon saß Gandalf wieder hinter dem Steuer, wendete, und sie fuhren mit dem zweiten Hänger, auf dem nun ein Berg Heuballen hin- und herschwankte, zurück.

»Das war leicht«, sagte Nele und zupfte sich das Kopftuch über den blonden Locken zurecht, das im Fahrtwind verrutscht war. »Das hat Spaß gemacht!«

Gandalf lachte. »Dein Einsatz kommt ja erst noch.«

Mit seiner linken Hand lenkte er, seine rechte glitt über Neles Bein. Auf ihrer nackten Haut fühlten sich seine Handfläche rau und das Flanell seines langärmeligen Hemdes weich an. O ja, mach weiter, dachte Nele, aber da waren sie schon wieder auf dem Hof angekommen. Gandalf hielt direkt vor Lohs Scheune. »Also, pass auf. Ich werfe die Ballen hoch, und du nimmst sie oben entgegen und stapelst sie. Fang in den Ecken des Heubodens an, immer so zwei, drei Bündel aufeinander. Wir machen es erst mal zusammen, okay?«, erklärte er.

Nele nickte.

Gandalf kletterte auf den Hänger, nahm eine Heugabel, stach in das oberste Bündel und warf es durch die geöffneten Holzläden auf den Scheunenboden. Dann katapultierte er ein zweites hoch, schließlich ein drittes. Er arbeitete schnell und zielgerichtet. Es sah leicht aus.

»Du kannst schon mal runterklettern«, rief er Nele zu, die auf dem Beifahrersitz hockte und ihm andächtig zusah. Jetzt hangelte sie sich vom Traktor hinunter.

»Na komm«, sagte Gandalf und nahm sie an der Hand. Zusammen betraten sie die schummerige Scheune. Ein einsames Huhn, das auf dem Boden nach Körnern gepickt hatte, gackerte erschrocken und floh an ihnen vorbei ins Freie. »Da rauf«, sagte er und zeigte auf eine Holzleiter. »Du zuerst.«

Nele versuchte nicht daran zu denken, dass er einen hervorragenden Blick auf ihre rote Unterwäsche hatte, als sie hochkletterte, sich an den Holmen festhaltend. Sie betraten einen großen Holzboden. Über ihnen flitzten Vögel durch die offene Luke herein und gleich wieder hinaus.

»Mauersegler«, sagte Gandalf, der Neles Blicken gefolgt war. »Sie haben ihre Nester im Dachgebälk. Machen viel Dreck, aber Loh will nichts gegen sie unternehmen. Meine Eltern haben die Nester immer abgestoßen. Aber Loh mag sie. Falls er mal keinen Kalender hat, meint er.«

»Wieso Kalender?«, fragte Nele.

»Weil sie jedes Jahr am 1. Mai zurückkommen.«

Er ging zu den Heuballen, schnappte sich zwei, trug sie in die hinterste Ecke und legte sie ordentlich nebeneinander. Dann ging er zurück zur Luke, wo Nele stand und hinausspähte.

»Wem gehört eigentlich das ganze Land hier?«, fragte sie und zeigte auf den Flickenteppich aus Weiden, Wiesen, Feldern und Sommerblumen.

»Loh hat zwanzig Hektar. Sein Land zieht sich von hier zur Weide, wo die Galloways stehen und wo wir Heu gemacht haben. Damit kommt er schon zurecht. Aber das Land der anderen Bauern gehört Sauert … Was glaubst du denn, wovon er lebt? Von der Pacht – und davon nicht schlecht, dieser Mistkerl. Was er als Bürgermeister macht, kann man kaum als Arbeit bezeichnen, und mehr tut er ja nicht. Sein Haus hat er praktisch den Wannseern vom Munde abgespart …«

Ärgerlich schimpfte er vor sich hin, Nele schnappte nur einzelne Satzbrocken auf. Sie hatte unkonzentriert zugehört, weil sie schon beim nächsten Thema war.

»Was sind diese Galloways eigentlich für Kühe? Sie sind süß, aber diese Rasse habe ich noch nie gesehen.«

»Das sind Robustrinder, sie stammen aus dem Südwesten Schottlands. Bleiben das ganze Jahr draußen. Sind gut für die mageren Wiesen hier. Futtern alles ab.«

»Aber wie werden sie denn gemolken?«, fragte Nele.

Kühe waren für sie etwas, das im Stall stand und Milch gab. Oder lila war.

»Gar nicht. Sie werden nicht wegen der Milch gehalten, sondern wegen ihrem Fleisch. Als die Sache mit BSE hochgekocht wurde, hatte Loh es schwer. Da war er kurz vorm Aufgeben. Die Rasse stammt aus England, und da dachte man, sie könnten auch Rinderwahn haben. So ein Quatsch. Es lag doch an dem Futter, und Loh füttert immer nur sein eigenes Bioheu. Aber jetzt reißen sie ihm das Biofleisch aus den Händen.«

»Die Galloways werden gegessen?«

»Na klar. Es ist tolles Fleisch, fast ein bisschen wie Wild. Er kann euch ja mal was verkaufen.«

Während Nele ihm zuhörte, griff sie schon mal mit einer Hand nach einem Heuballen. Sie wollte ihn hochheben, aber … »Hey, der ist ja schwer«, ächzte sie. Sie musste die zweite Hand zu Hilfe nehmen.

»So im Schnitt wiegen sie zwölf Kilo. Kommt ein bisschen auf die Pressung an. Je härter, desto besser.«

Gandalf kam auf sie zugestapft und griff nach ihrem Bündel. Nur dass sich dort schon Neles Hände befanden. Also griff er nach ihrer Hand. Und dann zog er Nele über das Heubündel hinweg an sich und küsste sie. Sein Kuss kam unerwartet, war aber hochwillkommen.

»Auf die Pressung kommt es an. Je härter, desto besser. Ich verstehe«, sagte Nele genießerisch und bog den Kopf nach hinten, weil Gandalf jetzt mit der Zunge über ihren Hals fuhr. »Was man als Frau aus der Stadt nicht alles bei euch Jungs auf dem Land lernt.«

»Oh, da gibt es noch mehr zu lernen, mein Schatz.

Allerlei über deinen Herrn der Ringe«, murmelte Gandalf und biss sie sanft.

In diesem Augenblick blitzte es, zwei Sekunden später donnerte es, und zeitgleich begannen einzelne Tropfen zu fallen.

Gandalf ließ Nele los. »Verdammt! Wir müssen das Heu reinkriegen. Du hast kapiert, wie du stapeln musst? Halt dich ran, okay?«

In Windeseile kletterte er die Leiter hinunter. Von oben sah Nele ihn aus der Scheune stürmen – und dann regnete es wirklich, nämlich Heuballen. Sie griff sich einen, schleppte ihn in die Ecke, kehrte zurück, stapelte die ersten drei, begann dann mit dem nächsten Stapel, und immer so weiter ... weiter ... weiter.

Heu fiel ihr in die Gummistiefel hinein – oder waren es Disteln? So fühlte es sich jedenfalls an. Jeder Schritt wurde zur Qual, weil sich kleine spitze Dornen in ihre schweißnassen Füße bohrten. Draußen mochte der Regen für Abkühlung sorgen, aber unterm Dach war es stickig und staubig. Nele nieste, schwitzte, rieb sich die brennenden Augen, fluchte, keuchte – und dann kam Loh mit der zweiten Ladung Heu. Es wurde noch schlimmer, denn jetzt warfen die Männer die Bündel synchron in die Scheune.

»Nimm mal ein bisschen schneller die Bündel von der Luke weg! Die purzeln wieder runter!«, rief Gandalf ihr zu, während Nele mit hochrotem Kopf nach Luft schnappte.

Sie hätte gern etwas Schnippisches geantwortet, aber es ging nicht, weil ihr dazu der Atem fehlte. Eine gefühlte Ewigkeit später waren die Männer mit dem Abladen fertig. Sie kamen die Leiter hoch.

»Den Rest machen wir«, sagte Gandalf.

Neles erster Impuls war, sich in einer stillen Ecke des

Heubodens auf den Boden fallen zu lassen, um sich auszuruhen. Oder um unbeobachtet von der Welt zu sterben. Aber sie nahm ihren ganzen Stolz zusammen.

»Gut, dann gehe ich rüber«, sagte sie.

Hoch erhobenen Kopfes schritt sie zur Leiter. Gandalf, der gerade zwei Heuballen auf einen Stapel bugsierte, zwinkerte ihr zum Abschied zu.

Loh dagegen sah sie prüfend an, dann sagte er ernst: »Danke für deine Hilfe, Nele. Nett, dass du mit angefasst hast.«

Und damit war Nele entlassen.

Steifbeinig kletterte sie hinunter. Nett? Nett???, dachte sie. Das bewies es mal wieder: Nett war die kleine Schwester von Scheiße.

Mit knallrotem Gesicht und einem Rücken, der sich anfühlte, als ob er gerade bräche, stakste sie vom Hof.

Zu viert saßen sie in der Küche und tranken Pfefferminztee. Eva hatte die Minze in einem der Beete entdeckt, sie gepflückt und einfach im heißen Wasser ziehen lassen. Dazu gab es Apfelblütenhonig aus Annas Speisekammer und einen spektakulären Blick in den Gewitterhimmel, an dem die Blitze zuckten.

Marion hatte ihnen alles vom Fluch des Wannsees erzählt, und sie hatten beschlossen, sich nie, nie wieder von Ammenmärchen ins Bockshorn jagen zu lassen.

Nun warteten sie auf Nele. Eva, weil sie ihre Textvorschläge zu Neles psychedelischen Entwürfen zeigen wollte, die anderen, weil sie interessiert waren, ob das Heueinholen wirklich so war, wie sie es sich vorstellten. Sie vertrieben sich die Wartezeit damit, sich vorzustellen, wie Nele mit einem Kranz Kornblumen in den blonden Locken auf duftiges Heu gebettet wurde.

Denn so gut kannten sie die Freundin schließlich – Nele ließ auf Worte (flirten am Zaun) rasch Taten (im Heu!) folgen. Vielleicht war ja Gandalf so aufmerksam gewesen und hatte ein Picknick vorbereitet. Und wie romantisch musste es sein, wenn es dann noch regnete …

»Was kann man nur alles mit Heu machen«, sinnierte Dorothee und nippte an ihrem Tee. »Ganzkörperwickel zum Beispiel.«

»Und was man erst alles *im* Heu machen kann!«, sagte Marion versonnen.

»Was ist überhaupt der Unterschied zwischen Heu und Stroh?«, fragte Julika in die Runde.

»Stroh sind die Halme von gedroschenem Getreide, Heu ist getrocknetes Gras. Heu wird vom Vieh gefressen, Stroh zum Einstreuen genutzt«, erklärte Eva. Die anderen schauten sie überrascht an.

»Woher weißt du das denn nun schon wieder?«, fragte Marion.

»Als Kind hatte ich Meerschweinchen. Und Reiten war ich auch«, erwiderte Eva. »Ihr nicht?«

Die anderen drei schüttelten die Köpfe.

»Mir haben sie mal ein Heubad verschrieben«, erinnerte Marion sich an eine Kur, die sie vor vielen Jahren als gestresste Junglehrerin im Allgäu gemacht hatte. »Man kann auch Blümchenheu machen …«

In diesem Moment wurde die Küchentür aufgestoßen, und Nele wankte herein.

»Um Gottes willen!«, sagte Julika erschrocken. »Was ist denn mit dir passiert? Und was ist mit deinen Augen? Sie sind ganz geschwollen! Und dein Gesicht erst! Du bist knallrot!«

»Wasser«, krächzte Nele und ließ sich auf einen Küchenstuhl fallen. »Meine Füße! Meine Beine! Sie tun so weh!«

Marion sprang auf und holte eine Flasche Mineralwasser, die Nele in einem langen Zug halb leer trank. Dann nieste sie und sank wieder zurück.

Eva kniete sich vor sie auf den Boden und zog ihr vorsichtig die Gummistiefel aus. »Autsch«, schrie sie auf, »das sieht ja schrecklich aus!«

Neles Unterschenkel und Füße waren über und über mit winzigen, geschwollenen Rissen bedeckt.

»Mir ist Heu in die Stiefel gefallen. Es hat sich angefühlt, als ob ich auf Brennnesseln liefe!«, jammerte Nele kurzatmig.

»Ich tippe auf eine Heuallergie«, sagte Dorothee. »Warte, ich gebe dir Antihistamine. Hilft gegen den Juckreiz.« Sie eilte hinaus, um in ihrer Hausapotheke das Richtige zu suchen. »Und legt ihr einen Lappen mit Essigwasser aufs Gesicht!«, rief sie noch. »Das ist gut bei Nesselfieber!«

Während Julika die Essigkompresse machte, zog Eva vorsichtig einige kleine Dornen aus Neles Haut.

»Mir tut alles weh, alles«, klagte Nele. »Ich habe mindestens vierhundert Bündel gestapelt. Ich will nie, nie wieder das Wort Heu hören. Es war schrecklich. Die reinste Folter.«

»Kannst du heute noch am Computer arbeiten?«, fragte Eva.

»Vergiss es. Ich kann vor Muskelkater nicht mal die Computermaus schieben«, sagte Nele, nahm dankbar die Kompresse, die Julika ihr reichte, klatschte sie sich aufs Gesicht und schluckte die Pille, die Dorothee ihr entgegenhielt.

So blieb sie einen Moment sitzen, dann sagte sie dumpf: »Das hat keinen Wert. Ich muss erst mal duschen.« Sie hievte sich hoch und schleppte sich aus der Küche, barfuß, zerschunden, den Lappen auf dem Kopf.

»Tja. So romantisch war das Heumachen wohl nicht«, witzelte Dorothee und schaute ihr hinterher.

»Ach, ich weiß nicht. Nele wird schon auf ihre Kosten gekommen sein. Habt ihr nicht den Knutschfleck an ihrem Hals gesehen?«, erwiderte Julika grinsend.

»Und was machen wir?«, fragte Marion.

»Essen«, entschied Dorothee und stand auf, um den Abendbrottisch zu decken.

Auf Nele warteten sie an diesem Abend vergeblich. Nach dem Duschen war sie sofort ins Bett gegangen. Einmal sah Dorothee nach ihr – sie schnarchte gedämpft durch den Essiglappen, der auf ihrem Gesicht lag. Draußen goss es immer noch. Wald und Felder waren hinter einem Regenschleier verborgen. Dorothee hockte sich zu den anderen ins Wohnzimmer, nur Eva öffnete die Terrassentür und lief hinaus.

Es rauschte und gluckerte, die Regenrinne lief schon über. Längst war das Fass unter dem Fallrohr vollgelaufen. Ihre Terrasse glich einem See, von dem aus ein Bach zwischen den Beeten hindurch in Richtung Apfelgarten rann.

Eva folgte ihm und atmete tief den Duft der nassen Erde ein. Es tropfte von jedem Blatt der Sträucher, von jeder Blüte. Das vormals namenlose Grün, das sich als Rittersporn herausgestellt hatte, als es erste Knospen trieb, wurde von der Regenlast fast zu Boden gedrückt.

Noch bevor sie die Pforte zum Apfelgarten erreicht hatte, war sie bis auf die Haut nass. Von ihrem Haar tropfte es auf die Schultern, das T-Shirt klebte an ihrem Körper, Gras haftete an ihren nackten Füßen. Sie fühlte sich großartig.

Das letzte Mal, als sie im strömenden Regen herumgerannt war, war im Schrebergarten ihrer Großeltern gewesen. Das war schon lange her, aber sie erinnerte sich daran, dass sie ihr Wohlbefinden laut herausgeschrien hatte.

Eva stieß die Pforte zum Apfelgarten auf. »Nicht mehr lange, nicht mehr lange, dann seid ihr reif, so reif ...«, sang sie leise im Tropfentakt vor sich hin und tänzelte durch die Reihen der Bäume, deren Blätter und Früchte vor Nässe glänzten. Nur einmal unterbrach sie sich, um den großen Apfelbaum zu umarmen. Borkenstücke blieben an ihrem nassen T-Shirt hängen. Eva bemerkte es nicht einmal.

Zum Nachbarhof sah sie nicht. Sonst hätte sie Loh erblickt, der am Fenster stand, zufrieden an sein trockenes Heu dachte, ein Glas Bier trank und sie bei ihrem Regentanz beobachtete.

Es hatte ihn gerührt, dass Nele ihnen geholfen hatte. Er hatte gesehen, wie fix und fertig sie gewesen war. Er wusste, was Gandalf von ihr wollte – das, was er gewöhnlich von den Frauen wollte. Aber er machte sich überhaupt keine Sorgen. Zum einen war das Gandalfs Sache, zum anderen wirkte Nele auch nicht wie ein Kind von Traurigkeit.

Aber diese Eva ... die war anders. Sie war vorsichtiger, und ja, mit Vorsichtigsein kannte er sich aus. Sie hatte, obwohl sie aus der Stadt kam, Sinn für die Natur. Nicht, dass sie viel Ahnung hatte, aber es lag so etwas wie Andacht in ihrem Blick, wenn sie von Tieren und Pflanzen sprach, wenn sie im Garten werkelte oder die Blumen goss, wie sie es an den warmen Abenden immer tat. Nichts Religiöses, aber eben Respekt vor der Macht der Jahreszeiten, vor Erde und Sonne und Regen. Das war es, was seiner Meinung nach einen guten Landwirt ausmachte – und eine Frau, die auf dem Land glücklich sein konnte. Es war etwas, das Anja gefehlt hatte, obwohl sie auf dem Land groß geworden war.

Er trank noch einen Schluck, während Eva im Walzerschritt in der letzten Apfelbaumreihe verschwand. Keine Frage, Neles Einsatz beim Heueinholen hatte ihn gerührt, und wie sie vom Hof geschlichen war, hatte ihm leidgetan. Aber Eva im Regen zuzuschauen berührte ihn. Und das war ein großer Unterschied.

12. Kapitel

*Tanzen ist die Kunst,
einander im Takt
auf die Füße zu treten,
ohne betreten zu schauen.*
UNBEKANNT

Pünktlich zum Sommerfest schien wieder die Sonne über Wannsee. Alles sah wie frisch gewaschen aus. Die Wiesen waren gemäht, und nicht nur Lohs Heu, auch das der anderen Bauern war eingebracht worden. Der Sommer ging in diesem Jahr zeitig in die heiße Phase.

Es war früher Abend, als die Freundinnen zum Kirchplatz kamen, wo die Stände und die Tanzfläche aufgebaut waren. Fleischer Karoppke stand hinter einem großen Grill und wendete stoisch Nackensteaks, Thüringer und Schaschlikspieße, während seine Frau und Cindy Brötchen aufschnitten. Musik dröhnte aus großen Lautsprechern links und rechts der Tanzfläche. Es waren noch nicht viele Leute da, aber die, die da waren, standen entweder am Würstchenstand oder an der Biertheke an. Maik aus dem Bistro zapfte, so schnell es ging.

»Fünf kleine Bier«, sagte Nele, als sie an der Reihe war.

»Wir ham nur eine Größe – groß«, sagte er.

»Na, dann eben fünf große Bier.«

Sie stellte die Plastikbecher auf das Tablett, auf dem bereits fünf Thüringer lagen (»Viermal Senf, einmal Ketchup, bitte!«), und trug es zu den Freundinnen, die sich im Schatten der Friedhofsmauer an einen langen Biertisch gesetzt hatten. Von hier hatte man einen guten Blick auf das Geschehen.

»Das ist mein erstes Dorffest«, sagte Nele gespannt.

»Und wahrscheinlich auch dein letztes«, sagte Julika. »Weil wir nämlich die Hütte im Herbst verkaufen.«

Aus den Lautsprechern klang gerade *Du hast mich tausendmal betrooooooogen* …

»Ich mag deutsche Schlager nicht«, bemerkte Marion missbilligend. »Englische sind zwar nicht unbedingt niveauvoller, aber wenigstens versteht man sie nicht so gut.«

»Jede Wette, dass du dann auf der falschen Veranstaltung bist«, antwortete Dorothee und leckte sich Senf aus den Mundwinkeln. »Ach, übrigens … Kommen eigentlich unsere Nachbarn?«

Du hast mich tauuuuusendmal verletzt …

»Gandalf auf jeden Fall«, sagte Nele und biss herzhaft in ihr Würstchen. »Wir sind verabredet. Schaut mal, da ist er ja schon. Huhu, hier bin ich!« Sichtlich gut gelaunt sprang Nele auf und winkte ihm zu.

Ich bin mit dir so hooooooooooch geflogen …

Sie stieß an den Tisch, und die fünf Biergläser begannen gefährlich zu schwanken. Die anderen griffen hastig danach und beobachteten, wie Nele zu Gandalf lief, ihm die Arme um den Hals schmiss und ihn küsste.

… *doch der Himmel war beseeeeeetzt.*

Und nicht nur sie: Alle anderen schauten ebenfalls zu Nele und schienen sich, den nachdenklichen Mienen nach, einen Reim auf das zu machen, was sie da sahen.

In diesem Moment schmalzte es abschließend: *Ich würd es wieder tun mit dir, heuuuuuuute Nacht.*

»Genau deshalb mag ich Schlager nicht«, sagte Marion, die dem Songtext zugehört hatte. »Wie kann man nur darüber singen, dass weibliche Gefühle unverbesserlich sind! Als ob wir immer wieder auf Idioten reinfallen würden!«

»Ist das denn nicht so?«, fragte Dorothee und musterte Nele, die sich nur mit Mühe von Gandalf löste.

»Sie hat immer noch nicht verraten, wie intensiv das Heumachen war«, raunte Julika.

Der Hobbyknecht trug natürlich seine Cowboystiefel, aber zur Abwechslung mal nicht die zerrissene Blue Jeans, sondern eine schicke weiße Hose, dazu ein beiges Hemd. Er war sorgfältig rasiert und hatte sich die langen Haare zu einem ordentlichen Pferdeschwanz zusammengebunden. Die elbischen Zeichen auf seinen Armen stachen dunkelblau auf der gewaschenen Haut hervor.

Nele kam atemlos zurück. »Es geht gleich los!«, erklärte sie und ließ sich auf eine der Bänke fallen. Mit den Blicken folgte sie Gandalf, der mit weit ausholenden Schritten in Richtung Pfarrhaus ging.

»Was geht los?«, fragte Marion.

In diesem Moment kam eine Frau an ihren Tisch, die ein Wurstbrötchen in einer Hand und eine Cola in der anderen hielt. Sie mochte knapp dreißig sein, hatte ein rundes, frisches Gesicht und ein energisches Kinn. Die goldblonde Haartönung sah verdächtig nach Gaby's Friseursalon aus, das bunt geblümte Sommerkleid ließ tief blicken.

»Ist hier noch frei?«, fragte sie und sah in die Runde.

Die Freundinnen nickten, und sie setzte sich vorsichtig auf den äußersten Rand der Holzbank. Dann begann sie zu essen.

»Ihr wohnt in Annas Haus, stimmt's?«, fragte sie kauend.

»Ja, das tun wir«, gab Julika zurück und zog ihr Schultertuch enger zusammen. »Das scheint ja inzwischen jeder zu wissen.«

Die Frau kaute, nickte und schluckte – alles gleichzeitig. »Natürlich. Annas Testament war Dorfgespräch. Und außerdem war eine von euch letztens bei Gaby ...« Marion hob den Finger. »Stattdessen könnte man sich auch vor die Kirche stellen und alle Neuigkeiten per Megafon verkünden.«

»Und wer bist du?«, fragte Marion.

»Leonore. Leonore Wehnert. Ich bin hier Lehrerin. In der Dorfschule, da drüben«, antwortete die Frau und zeigte zu einem Backsteinhäuschen in der hintersten Ecke des Platzes.

»Ich heiße Marion Sonntag. Also, Marion. Lehrerin bist du? Das ist ja interessant«, sagte Marion.

»Warum?«

»Weil ich auch Grundschullehrerin bin.«

Die beiden Frauen sahen sich prüfend an.

»Und was machst du dann hier?«, fragte Leonore. »Es sind doch noch keine Ferien.«

»Ich brauchte eine Auszeit. Burn-out.«

Leonore hatte ihr Würstchen verputzt, zerknüllte die Serviette und legte sie nachlässig auf den Holztisch. »Das kann ich mir vorstellen. In Berlin muss es ganz schön heftig sein zu unterrichten. Da ist das bei uns auf dem Land friedlicher. Fünfzehn Kinder pro Klasse. Zwei Klassen insgesamt.«

Marion seufzte sehnsüchtig. »Traumhafte Bedingungen! Da schafft man es locker bis zur Pensionierung.«

»Na, so weit ist es ja noch lange nicht.« Leonore wandte sich fast ein bisschen pikiert ab.

»Oh, da sind sie!«, rief Nele. Die Tür der Pfarrei hatte

sich geöffnet, und eine Gruppe trat im Gänsemarsch heraus. »Das ist der Chor!«, fügte sie so aufgeregt, als sei Gandalf im Begriff, ihr persönlich ein Ständchen zu bringen, hinzu.

Als die Sänger sich auf der Tanzfläche aufstellten, seufzte Nele verzückt. Dann sagte sie nichts mehr, denn Pfarrer Lobetal gab den Einsatz, und vierstimmig ertönten Sommerlieder, die die Schönheit blühender Landschaften beschworen. Es waren wieder deutsche Lieder, aber ihnen allen war klar, dass Marions Kritik hier nicht galt. Diese Melodien stiegen hoch in den abendlichen Sommerhimmel hinauf. Eva ertappte sich bei der Frage, ob der eine oder andere Liederschreiber vielleicht sogar in Wannsee gewohnt hatte, so gut passten sie zur Landschaft, zur Atmosphäre.

Als das Konzert endete, waren bereits alle Tische besetzt, und immer noch strömten Menschen auf den Platz. Die Zuhörer klatschten, Pfarrer und Chor verbeugten sich, und schließlich löste sich die Gruppe auf.

Nele hatte erwartet, dass Gandalf direkt zu ihr kommen würde, aber er schlenderte in Richtung Bierstand. Er war noch nicht weit gekommen, als Cindy ihren Posten am Grillstand verließ, auf ihn zulief und ihn umarmte. Nele runzelte die Stirn.

»Das ist meine Friseurin«, sagte Marion leise zu den anderen und zeigte mit dem Daumen hinter sich. »Und der Mann daneben ist sicher ihr Erwin.«

Gaby Schlomske saß am Nachbartisch, neben ihr ein vierschrötiger Mann, der sich in seinem beigen Jackett sichtlich unbehaglich fühlte. Ständig fuhr er sich mit den Händen durch das schüttere Haar. Unwillkürlich zupfte Gaby einen Fussel von seinem Jackett, während sie sich mit der Frau neben ihr, die der steifen Dauerwelle nach zu urteilen genauso eine ihrer Kundinnen war wie Leonore, weiter unterhielt.

Erwin starrte jetzt zu den fünf Freundinnen herüber. Dann griff er nach dem Schnapsglas, das vor ihm stand, und kippte den Inhalt mit einem Schluck hinunter. Dabei wandte er seinen – fast vorwurfsvollen – Blick nicht von ihnen ab.

Ganz oder gar nicht ... du musst dich entscheiden ... dröhnte es jetzt wieder aus den Boxen.

Julika seufzte. »Ach, wenn's doch nur Paolo Conte wäre.«

»Schätzchen, wir sind auf einem deutschen Dorf, nicht irgendwo in der Toskana«, spöttelte Eva.

Nele sagte nichts. Mit den Blicken verfolgte sie Gandalf, der sich jetzt mit einem vollen Bierglas seinen Weg durch die Menge bahnte. Doch wieder kam er nicht weit. Und dann sah Nele ungläubig, dass Leonore ihren Tisch verließ, zu Gandalf eilte, sich ihm in den Weg stellte, ihn umarmte und ihn auf den Mund küsste.

»Küssen den alle?«, fragte sie ungehalten in Evas Richtung, die neben ihr saß. »Macht man das so auf einem Dorffest?«

Doch bevor Eva antworten konnte, tippte ihr jemand auf die Schulter. Sie drehte sich um.

Loh stand vor ihr. »Möchtest du tanzen?«, fragte er.

»Tanzen? Ich?« Eva schaute ihn verblüfft an.

»Ja, du. Dafür ist ein Dorffest da, oder?«

Eva schwieg so lange, bis Julika ihr einen Stoß in die Rippen gab. Da erst sagte sie »Gern!« und stand auf.

Loh führte sie auf die Tanzfläche, als gerade ein neues Stück begann. Und diesmal sogar eins, das Eva mochte. Bloß dass man danach nicht im gängigen Dorffoxtrott tanzen konnte. Sie sah Loh an, fast in der Erwartung, dass er entschuldigend die Achseln zucken und sie zurück zum Tisch geleiten würde. Aber das tat er nicht. Stattdessen zog er Eva dichter an sich heran. *Du hast mehr als jeden Schimmer von mir ...*, sang Adel, und Eva summte leise mit. Loh hatte ihre Hand in seine genommen und die andere auf ihren Rücken gelegt.

»Magst du das Lied?«, fragte er dicht an ihrem Ohr.

Er roch gut, fand sie. Und wenn er mal etwas anderes als seine Arbeitskluft anhatte, sah er auch gut aus. Und führen konnte er außerdem.

»Ja. Ich mag die Mischung aus Weggehen und Wiederkommen. Und dass der, der das singt, Verständnis für die Veränderung hat, die der andere vornimmt.«

»Du machst dir Gedanken über so eine Schnulze?«

»Ich finde den Song nicht schnulzig«, rechtfertigte Eva sich, während sie durch die anderen Tänzer dichter aneinandergedrückt wurden. »Und ja, ich mache mir Gedanken. Ich bin Texterin, da setzt man sich mit Texten auseinander.«

Loh schwieg, als ob er darüber nachdenken musste, dann fragte er: »Reist du gern?«

Eva sah ihn amüsiert an. »Klar reise ich gern. Aber ich komme auch gern zurück.«

Er machte einen Ausfallschritt, dem sie mühelos folgte, und sagte: »Die Hälfte der Leute hier kriegst du nicht von ihrer Scholle runter.«

»Und die andere Hälfte?«

»Die träumt beim Heumachen davon, mit dem Backpack durch Vietnam zu trampen«, sagte er nachdenklich.

»Und warum folgt diese Hälfte nicht ihren Träumen?«

»Vielleicht, weil immer was zu tun ist. Vielleicht, weil der Partner den Traum nicht teilt und man nicht allein reisen will. Vielleicht, weil es zum Flughafen zu weit ist.«

»Oder weil man nicht vier Freundinnen hat, die alles mitmachen«, lachte Eva.

»Ja, so wie ihr. Wie lange bleibt ihr eigentlich in Wannsee?«

»Bis die Apfelernte wenigstens zum Teil abgeschlossen ist. Bis zum 1. Oktober.«

»Und dann?«

»Dann gehen wir zurück nach Berlin. So ist es ausgemacht. Das weiß Sauert aber nicht. Er mag uns nicht besonders, wir lassen ihn mit Absicht im Glauben, dass wir für immer bleiben.«

»Und was macht ihr mit Annas Haus, wenn ihr wieder nach Berlin geht?«

»Mal sehen«, antwortete Eva ausweichend.

Statt einer weiteren Frage zog Loh sie wieder dichter zu sich hin. Seine Nähe fühlte sich ungewohnt an. Aber schön. Und weil es so schön war, tanzten sie auch zum nächsten Schlager. Und zum übernächsten.

»Eva«, sagte Loh zwischen Wolfgang Petry und Matthias Reim – und es war seltsam, ihren Namen aus seinem Mund zu hören –, »wenn ihr mal was braucht, kannst du mich gern fragen. Gandalf und ich haben Anna auch geholfen. Im Obstgarten gemäht, zum Beispiel.«

»Danke. Das wäre toll. Die Ernte macht sich sicher besser, wenn das Gras kürzer ist. Sonst ist das wie Eiersuchen.« Sie grinste.

»Ja. Der Klarapfel ist als Erstes so weit.«

Klarapfel? Den muss ich googeln, dachte Eva, während Loh sie über die Tanzfläche wirbelte.

Als er sie an den Tisch zurückbrachte und dann wegging, sah Eva ihm hinterher. Er schlenderte zu einem Mann, der allein vor dem Bierstand an einem runden Stehtisch lehnte. Freundschaftlich klopften sie sich gegenseitig auf die Schultern. Sie schienen sich gut zu kennen, aber Eva hatte den Mann noch nie im Dorf gesehen.

»Ich wusste gar nicht, dass du so gut tanzen kannst, Eva«, sagte Marion anerkennend.

»Ich tanze wahnsinnig gern«, erwiderte Eva und wandte sich ab. Sie strich sich die dunklen Locken hinters Ohr und zupfte sich das rosa Poloshirt zurecht. »Aber in Berlin wird man ja leider nie aufgefordert. Zu altmodisch. Dabei ist es nett, wenn man gefragt wird.«

Sie setzte sich wieder neben Nele, die inzwischen schäumte. »Jedes Mal, wenn Gandalf zu mir kommen will, wird er von einer anderen Tussi abgelenkt«, fauchte sie. »Und jede Einzelne küsst ihn ab!«

»Das ist auf Dorffesten bestimmt ganz normal«, sagte Dorothee und gähnte.

Das wiederum steckte Julika an, die es ihr gleichtat. »Es wird schon dunkel. Mir reicht's irgendwie. Ich würde lieber auf unserer Terrasse sitzen und auf die Lady warten.«

Eva hätte überhaupt nichts dagegen gehabt, noch mal mit Loh zu tanzen, sie konnte ihn jedoch nirgends mehr in der Menge entdecken. Außerdem meldete sich jetzt das Bier, und so stand sie auf und sagte: »Ich muss mal kurz verschwinden.«

Doch Eva kam nicht weit. Als sie am Nachbartisch vorbeiging, schoss eine Hand hervor. Mit eisernem Griff packte Erwin Schlomske sie am Oberarm und zog sie zu sich hinunter, bis sie direkt in sein großes haariges Ohr starrte.

»Du bist doch eine von denen, die in Annas Haus wohnen«, sagte er so leise, dass sie sich anstrengen musste, ihn gegen die laute Musik zu verstehen. »Habt ihr noch was?«

Eva sah ihn verwirrt an. »Was sollen wir denn haben?«

»Stoff!«

»Was denn für Stoff?« Eva verstand gar nichts.

»Na, du weißt schon«, antwortete er drängend.

»Nein, weiß ich nicht.« Vergeblich versuchte Eva, Erwin ihren Arm zu entziehen.

»Brand! Anna hatte den besten Apfelschnaps weit und breit«, wisperte er. »Massenweise hat sie den gebrannt. Jedes Jahr. Wenn ihr noch was habt, kauf ich es sofort. Alles, was noch da ist. Aber nicht Gaby sagen!«

»Anna hat gebrannt? Darf man das denn? Und wo hat sie das gemacht?«, fragte sie leise.

Erwin fuhr sich begierig mit der Zungenspitze über die Lippen. »In ihrer Scheune. Und was heißt darf ... Natürlich darf man das nicht. Aber unser Dorfschnüffler hat nie was mitbekommen.«

»Woraus brennt man eigentlich Schnaps?«

Erwin Schlomske sah Eva fast mitleidig an. »Aus Apfelwein. Vergorenem Apfelsaft.«

Eva fielen plötzlich die bauchigen Flaschen in der Speisekammer ein, die sie immer noch nicht ausgeleert hatten. Endlich ließ Erwin sie los. Sie rieb sich den Arm.

»Was ist denn, Erwin?«, fragte Gaby Schlomske jetzt von der Seite und sah Eva misstrauisch an.

»Nichts, nichts, Schatz«, beeilte er sich zu sagen. »Die junge Dame hier wollte nur wissen, wo sie mal austreten kann.«

So eine miese Ausrede, dachte Eva. Denn keine zwanzig Meter weiter reihte sich Dixiklo an Dixiklo. Nur ein Blinder konnte die blauen Häuschen nicht sehen.

Als Eva zurückkam, sah sie als Erstes Neles strahlendes Gesicht. Gandalf war an ihren Tisch gekommen – endlich! Aber irgendwas schien nicht in Ordnung zu sein. Er beugte sich kurz zu Nele hinunter, dann war er schon wieder weg.

Neles Gesicht verdüsterte sich. »Von mir aus können wir gehen«, sagte sie abrupt, »mir reicht's endgültig.«

»Was hat Gandalf denn zu dir gesagt?«, fragte Eva gegen den Lärm, als sie sich in Richtung Straße durchkämpften.

»Er hat heute Abend keine Zeit für mich«, antwortete Nele verärgert. »Er muss irgendetwas anderes tun!«

Und genau in diesem Moment entdeckten sie den Hobbyknecht: Breitbeinig und mit verschränkten Armen stand er vor einem Tisch, an dem drei Leute saßen: Bürgermeister Sauert mit einem ausgesprochen verkniffenen Gesichtsausdruck, der dicke Polizist und ihnen gegenüber die junge zarte Frau, die Eva an ihrem ersten Tag beim Schlachter gesehen hatte – Dani. Trotz der Sommerwärme trug sie ein Kleid mit langen Ärmeln und Rollkragen, und ihre Hände hatte sie in den Ärmeln versteckt.

»Ich warne Sie, Sauert. Ich vergess mich, und wenn Sie hundertmal der Bürgermeister sind!«, grollte Gandalf gerade. »Wehe, wenn ich was höre. Und Sie wissen, im Dorf gibt es wenig Geheimnisse.« Er stützte sich jetzt mit den Fäusten auf den Tisch. »Sie glauben doch nicht im Ernst, dass wir Ihr Geschrei in Ihrem *palazzo prozzo* nicht hören!«

»Nun bleib mal ruhig, Wolfdieter«, sagte der Polizist neben Sauert und plusterte seine dicken Backen noch ein bisschen mehr auf. »Sonst muss ich dich wegen Bedrohung der Staatsgewalt festnehmen.«

»Das versuch mal, Hans!« Unvermittelt donnerte Gandalf mit der Faust so heftig auf den Tisch, dass die Gläser darauf hüpften. Sauert und der Dicke zuckten zusammen, Dani saß wie erstarrt da. »Tschuldigung, Dani. Komm, wir tanzen. Hier stinkt es wie die olle Güllegrube hinter Lohs Hof.«

Sauert ignorierte Gandalf mit verkniffener Miene, er schaute demonstrativ zur Seite. Aber da hatten gerade die fünf Freundinnen den Tisch erreicht. Sie schauten ihn neugierig an, und das schien ihm auch nicht zu gefallen. Rasch wandte er den Blick ab und wandte ihn wieder dem dicken Polizisten zu.

»Was ist denn mit dem los?«, wunderte sich Eva, als sie ein Stück weiter waren, und drehte sich noch einmal um.

In diesem Moment flitzte ein Hund an ihnen vorbei. Sie erkannte ihn sofort: Es war der freche Fleischerhund Bodo. Wahrscheinlich war er wieder mal vom Hof ausgebüxt und nun auf der Suche nach seinem Herrchen, das immer noch am Grill stand. Eva beobachtete, wie er schwanzwedelnd von Tisch zu Tisch rannte, bis er schließlich in die Nähe von Sauerts Tisch kam. Der Bürgermeister beugte sich vor, als ob er Bodo etwas geben wollte. Doch als der Hund hoffnungsvoll näher kam, holte er unvermittelt mit dem Fuß aus und trat ihm so heftig in die Flanke, dass er jaulend unter den Tisch flog und winselnd dort sitzen blieb. Sauert begann schallend zu lachen.

Eva zuckte zusammen und drehte sich erschrocken zu Nele um, die ebenfalls zurückblickte. »Hast du das gesehen? Er hat den Hund getreten! Mann, ist der gemein!«

Aber Nele schien sie nicht gehört zu haben. Sie starrte Gandalf hinterher, der Dani in Richtung Tanzfläche zog. Er bahnte sich gerade einen Weg durch eine Gruppe Dorfjugendlicher, die zu viel getrunken hatten, grölten und anzüglich hinter ihnen herpfiffen. Bis Gandalf herumwirbelte und den glatzköpfigen Anführer am T-Shirt packte. Das kollektive Pfeifen brach abrupt ab.

Nele drehte sich um und ging zu den anderen, die ein paar Meter weiter stehen geblieben waren. Eva folgte ihr.

»Was hat er denn mit der schon wieder? Die sieht doch wie ein Schluck Wasser in der Kurve aus!«, maulte Nele böse. »Ich mag Dorffeste nicht!«

Marion kicherte. »Habt ihr gehört? Gandalf heißt Wolfdieter!«

Während der Lärm des Sommerfestes hinter ihnen leiser wurde, war Eva mit ihren Gedanken ganz woanders.

»Na, denkst du noch an deinen Traumtänzer?«, neckte Dorothee sie.

Damit lag sie zwar nicht völlig falsch, aber Eva dachte nicht nur an Loh. »Ich habe etwas Interessantes über Anna erfahren«, erklärte sie, während sie die vollgeparkte Dorfstraße entlangliefen. »Und ich weiß jetzt, was wir mit der komischen Apfelplörre in der Speisekammer machen können!«

»Endlich weggießen?«, fragte Nele, immer noch ungehalten.

»Auf keinen Fall! Das ist vergorener Apfelsaft. Damit brennen wir Schnaps! Brandenburger Calvados! Anna hat einen schwungvollen Handel mit dem Zeug betrieben! Erwin Schlomske ist ganz wild darauf. Und was Anna konnte, können wir auch.«

»Schnaps brennen! Bist du verrückt geworden?« Julika starrte Eva ungläubig an.

»Das ist illegal«, gab Dorothee zu bedenken.

»Wir haben doch keine Ahnung, wie das geht«, warf Marion ein.

Aber das wollte Eva erst recht nicht gelten lassen. »Dann lernen wir es eben! Was soll denn passieren? Das ist eine tolle Landfrauenerfahrung.«

Sie breitete die Arme aus und schaute dabei in den dunklen Himmel. Und genau in diesem Moment entdeckte sie eine Sternschnuppe. Sie flitzte quer übers Firmament und verglühte einen Augenaufschlag später im Nordosten, irgendwo da, wo Berlin lag.

13. Kapitel

*»Und jetzt, Freunde«, sagte d'Artagnan,
ohne sich die Mühe zu machen,
Porthos sein Verhalten zu erklären,
»einer für alle, alle für einen!
Das soll unser Wahlspruch sein,
einverstanden?«*
ALEXANDRE DUMAS

»In Kuba werden die Leute reihenweise blind von gepanschtem Fusel. In Russland auch. Wenn sie nicht gleich sterben!« Dorothee war besorgt.

»Ja, weil die Kubaner und Russen schon besoffen sind, wenn sie den Schnaps brennen«, sagte Marion trocken.

Das Sommerfest lag einige Wochen zurück. Während im Obstgarten die Äpfelchen ordentlich gewachsen waren, hatten die Freundinnen lange hin und her diskutiert, ob sie sich ans Schnapsbrennen wagen sollten. Julika und Dorothee waren dagegen gewesen, die anderen drei dafür. Sie hatten nichts unversucht gelassen, die beiden Zögernden zu überzeugen, wobei sie mehr oder weniger logisch vorgegangen waren. Einmal zum Beispiel hatte Eva Julika vor dem Beet überrascht, in dem inzwischen der Rittersporn blühte. »Blau wie das Mittelmeer«, hatte Julika sehnsüchtig gemurmelt, während sie versunken die üppigen tiefblauen Blüten betrachtet hatte. Blau? Das hatte

Eva als Stichwort genommen, Julika für ihr Vorhaben zu gewinnen.

Nele hatte sich um Dorothees Zustimmung bemüht. »Das staubt ja mehr, als die Polizei erlaubt«, hatte Dorothee ungehalten an einem heißen Nachmittag protestiert. Sie war gerade dabei gewesen, frisch gewaschene Wäsche aufzuhängen, während ein Bauer auf einem nahegelegenen Feld das reife Getreide gemäht hatte. Schon war Nele zur Stelle gewesen, um sie davon zu überzeugen, dass es ja eigentlich nicht wirklich ungesetzlich war, Alkohol für den eigenen Gebrauch zu brennen.

Zum Schluss hatten sie einfach abgestimmt. Und dann hatte Eva ein schlaues *Schnapsbrennen-für-Dummies*-Buch bestellt. Zusammen hatten sie es durchgearbeitet, bis sie sicher waren, zumindest theoretisch alles verstanden zu haben.

Heute nun standen sie zu fünft in der Scheune um die aufgebaute Destillieranlage herum. Damals hatte Eva sich auf Thermometer, Rohre und Kessel keinen Reim machen können. Jetzt schon. Licht fiel durch die offen stehende Tür in den schummrigen Raum, und das Kupfer blitzte auf. Dorothee hatte kapituliert und es sich nicht nehmen lassen, die Anlage auf Hochglanz zu polieren. Kupfer musste es sein, weil das beim Brennen für den besten Geschmack sorgte. So stand es in dem Buch.

»Hast du denn nicht zugehört, Dorothee? Es kommt auf die Grundlage an. Die muss aus Früchten sein, die wenig Methanol-Bindung haben. Zuckerrohr und Kartoffeln haben viel, Äpfel haben wenig – es sei denn, du haust Blätter und Zweige mit in den Saft rein«, erklärte Marion geduldig. »Methanol ist giftig. Davon kann man blind werden oder sogar sterben. Es siedet bei 68 Grad, Ethanol erst bei 75. Das ist das Zeug, was wir haben wollen. Natürlich nicht reines Ethanol, sondern mit einem schönen Apfelaroma. Da müssen wir eben genau aufs Thermometer schauen. Den Vorbrand kippen wir weg, das klappt schon.«

»Außerdem wird Anna doch gewusst haben, was sie macht. Ich habe noch keinen Blinden im Dorf gesehen, also wird sie wohl kein Methanol gebrannt haben«, ergänzte Nele.

»Wir sollten vielleicht auf dem Buchenfriedhof schauen, ob da etwas über Todesursachen der Verstorbenen steht, bevor wir anfangen«, schlug Julika vor. Sie war immer noch nicht von ihrem Vorhaben überzeugt.

Eva dagegen wurde schon ungeduldig. »Ach was!« Ein letztes Mal schaute sie in das aufgeklappte Buch, das vor ihr auf dem Schuppentisch lag. »Lasst uns noch mal checken, ob wir alles haben. Alles aufgebaut? Ja. Ersatzgefäß, wenn wir eins wegnehmen? Flaschen, in die wir den Brand füllen? Ja. Wasser, um runterzukühlen? Ja. Die Maische oder wie man das vergorene Zeugs nennt, ist wo?«

»Hier«, sagte Marion und zeigte auf die vier bauchigen Flaschen.

Es war nicht leicht gewesen, sie in den Schuppen zu schleppen – Eva hatte den Verdacht, dass Anna die Hilfe von Gandalf und Loh nicht nur beim Grasmähen in Anspruch genommen hatte.

»Alles da«, sagte sie. »Okay. Jetzt geht's los.« Sie drehte die Gasflasche auf und entzündete die Flamme unter dem Kupferbehälter. »Kippt die Plörre rein.«

Mit vereinten Kräften gossen Dorothee, Marion und Julika den Inhalt der ersten Flasche in den Kessel, der auf dem Tisch stand. Schweigend standen sie da und beobachteten, wie das Thermometer langsam stieg. Und dann war es endlich bei 68 Grad.

»Jetzt wird's spannend«, rief Eva. »Schaut!«

In den kupfernen Auffangbehälter tropfte Flüssigkeit. Erst sehr langsam, dann etwas schneller. In der Scheune machte sich der Geruch von warmem Apfelsaft und beißendem Alkohol breit.

»Bäh, das ist das Teufelszeug!«, sagte Nele und hielt sich die Nase zu. »Ist es eigentlich gefährlich, das einzuatmen?«

»Ich würde es nicht schnüffeln«, sagte Marion. »So. Das Thermometer ist bei 75 Grad. Jetzt lasst uns das Methanol wegkippen.« Sie nahm den Behälter unterm Tropfrohr weg und ging nach draußen.

»Kipp es links ins Beet!«, rief Eva ihr nach. »Vielleicht verrecken davon die Quecken! Ich hasse dieses Unkraut!«

»Zumindest werden sie blind«, murmelte Dorothee.

Mit dem leeren Kupfertopf kehrte Marion zurück und stellte ihn wieder hin. Munter tropfte es weiter, während Eva das Thermometer im Auge behielt. Stieg es auf über 80 Grad, kühlte sie, damit das Wasser nicht anfing zu kochen.

Nele spähte in den Kupfertopf, in dem sich nun klare Flüssigkeit befand. »Ich probier mal.« Sie tunkte den Finger hinein und lutschte ihn ab. »Hilfe!«, keuchte sie. »Ist das scharf!«

»Je länger der Brennvorgang dauert, desto schwächer wird es, steht im Buch. Da kommt immer auch etwas Wasserdampf mit rein«, sagte Marion. »Schmeckt es denn?«

»Wenn du scharf und brennend magst, dann ja«, sagte Nele und wischte sich die Tränen aus den Augen. »Mir persönlich schmeckt Apfelkorn vom Discounter besser.«

»Geh nicht mehr mit dem Finger rein«, wies Dorothee sie zurecht. »Das macht man nicht.«

»Keine Angst, in dem Zeug haben Bakterien kaum eine Chance«, erwiderte Nele spitz. »Damit kannst du Wunden desinfizieren.«

»Deshalb heißt es ja auch Wundbrand«, witzelte Marion.

»Riechen tut es jetzt besser. Hmmmh, gut. Nach Apfel und Schnaps und Sommer«, fand Julika und schnupperte. »Einen halben Liter haben wir bestimmt schon.«

»Dann ab damit in die erste Flasche. Hey, das macht echt Spaß!« Evas Wangen glühten, ihre Augen blitzten vor Vergnügen.

Julika griff nach einer der vielen Halbliterflaschen, die sie in der Speisekammer gefunden, gründlich gereinigt und in die Scheune gebracht hatten, füllte den Brand ab und verkorkte ihn energisch.

»Numero uno.«

Und so machten sie weiter. Als das Aroma nachließ, das vom Brand aufstieg, beschloss Eva, den Inhalt der zweiten Glasflasche zu destillieren.

Vormittag und Mittag verrannen, während in der Scheune die Temperatur durch das Feuer unter dem Kupferbehälter stieg. Schwitzend füllten sie eine Flasche nach der anderen. Dorothee brachte die Ausbeute in die Speisekammer. Der Nachmittag brach bereits an, als Eva das Gas abdrehte. Die Flamme erlosch.

»So, das war's«, sagte sie hochzufrieden. »Wie viel ist es denn geworden, Dorothee?«

Dorothee hatte gerade die letzte Batterie Flaschen ins Haus gebracht. »Haltet euch fest«, sagte sie andächtig. »Es sind vierundzwanzig!«

»Das reicht ja, um das ganze Dorf ins Delirium zu versetzen«, fand Marion.

»Genau das wird Anna gemacht haben«, spekulierte Nele und montierte das Kupferrohr von der Destille ab. »Kein Wunder, dass alle ein bisschen wehmütig sind, wenn ihr Name fällt.«

»Besonders Erwin Schlomske«, meinte Eva. »Kommt, wir machen sauber. Es reicht für heute.«

»Geht klar, du Meisterbrennerin«, sagte Julika, und Marion fügte hinzu: »Ich wette, es gibt nicht viele Frauen, die Schnaps brennen. Mädels, wir haben Neuland betreten!«

»Genau. Für diesen feministischen Einsatz wird dir jede männliche Leber danken«, sagte Nele.

»Das war der erste Erntestreich«, sagte Nele und spähte vorsichtig über Evas Schulter in die Speisekammer, wo die Flaschen sauber aufgereiht im Regal standen. Noch immer erfüllte sie die Erinnerung an die Mäuse mit Grauen.

»Lasst uns unseren Brand probieren«, schlug Eva vor.

»Muss der nicht eine Weile lagern?«, fragte Dorothee skeptisch.

»So stand es im Buch. Ja. Ein Jahr wäre schön. Dann wird das Aroma ausgeprägter, der Geschmack runder. Am besten in Eichenfässern. Aber daran kann Anna sich nicht gehalten haben, ich hab hier keine gesehen. Und da ihre Vorräte alle weg waren, kann sie sich auch nicht an das Jahr gehalten haben.«

Eva ging zum Küchenschrank, nahm fünf Schnapsgläser heraus und stellte sie auf den Tisch. »Glaubt ihr, Anna hat gewollt, dass wir Schnaps brennen?«, fragte Dorothee und griff nach einer besonders hübsch geformten Flasche.

»Ich weiß nicht. Aber ich glaube, wenn man viele Jahre einen solchen Obstgarten besitzt, kann man gar nicht anders, als sich Gedanken darüber zu machen, was mit der Ernte geschieht, wenn man mal nicht mehr ist«, meinte Eva nachdenklich. »Sie wusste ja, dass sie bald stirbt, und trotzdem hat sie den Saft angesetzt. Sicher in der Hoffnung, dass wir da weitermachen, wo sie aufhören musste.«

»Trotzdem denke ich, sie hat uns das Haus nicht nur

deshalb vermacht«, grübelte Nele. »Wenn ihr die Verwertung der Äpfel so wichtig gewesen wäre, dann hätte sie es jemandem aus dem Dorf vererbt. Die Leute hier kennen sich damit doch besser aus als wir. Was sie sich dabei nur gedacht hat?«

»Wir werden es nie erfahren«, sagte Julika.

Dorothee gab Eva die Flasche, und sie hob sie gegen das Licht. Der Brand war klar mit einem Hauch Blau, was ihm etwas Mystisches gab. Zu Recht, fand Eva. Was gab es Geheimnisvolleres, als das Aroma des Sommers und das Licht der Sonne zu konservieren?

Sie schenkte allen ein. Dann hob sie feierlich ihr Glas. »Ich weiß, es ist nicht das erste Mal, dass wir zusammen etwas trinken …«

»Hört, hört«, sagte Julika grinsend.

»… aber es ist das erste Mal, dass es unser eigener Stoff ist«, fuhr Eva fort. Die anderen wollten schon ansetzen, aber Eva hob die Hand, sie war noch nicht fertig. »Ich finde, wir sollten auf etwas trinken.«

»Wir trinken *immer* auf etwas«, sagte Nele erstaunt.

»Ja, in der letzten Zeit meistens auf Anna«, ergänzte Marion.

Eva suchte nach den richtigen Worten. »Nein, ich meine auf so etwas wie die Beständigkeit unserer Freundschaft. Oder auf die Hoffnung, dass wir das Richtige mit dem Haus machen und uns einvernehmlich auf eine Lösung einigen.«

»Oder auf den Weltfrieden«, ergänzte Julika mit leiser Ironie.

»Auf dass der Feminismus gewinne. Und der Buddhismus gleich mit«, fügte Marion hinzu.

»Nun entscheide dich mal für eins, Marion«, mahnte Nele sie.

Dorothee sah in die Runde. »Ich weiß, worauf wir trinken«, sagte sie, und in ihren Augen glänzte es verdächtig. Feierlich hob sie ihr Glas: »Alle für eine, eine für alle! In Zeiten der Freude sowieso, aber wenn irgendwann mal Not an der Frau ist, sollten wir füreinander da sein. Lasst es uns schwören.«

»Dorothee, du bist großartig. Genau das meinte ich.« Eva erhob ihr Glas. »Also: Wir schwören!«

»Alle für eine, eine für alle«, murmelten sie.

Brennend heiß rann es durch ihre Kehlen, sodass sie kollektiv nach Luft schnappten. Als die Freundinnen ihre Gläser wieder absetzten, schwiegen sie einen Moment. Sie spürten es – das war mehr als ein Trinkspruch gewesen.

»Ich glaube, das wollte Anna. Dass wir in diesem Haus in ihren Schuhen stecken, dass wir machen, was sie gern gemacht hat. Mit dem Unterschied, dass wir uns gegenseitig haben.« Nele überlegte kurz. »Moment mal«, sagte sie dann, stand auf, ging aus der Küche und die Treppen hoch.

Über ihren Köpfen rumpelte es, dann wurde etwas über den Boden geschleift.

»Was treibt sie da bloß?«, fragte Dorothee.

Sie lauschten weiter, bis sie Nele auf der Treppe keuchen hörten, als würde sie eine Last herunterschleppen. Aber sie kam nicht in die Küche, sondern ging ins Wohnzimmer. Auch dort rumorte sie herum. Und dann rief sie nach ihnen.

»Kommt, Leute, es ist Bescherung! Bringt die Gläser mit!«

»Was wird denn das jetzt?«, fragte Marion. Sie stand auf, die anderen folgten ihr.

»Ta daaaaa! Willkommen zur großen Wir-stecken-in-Annas-Schuhen-Show!«

Nele strahlte, als die anderen vier das Wohnzimmer

betraten. Sie hatte Annas Schuhschränke geplündert, die Schuhe in zwei großen blauen Taschen nach unten geschleppt und war gerade dabei, in ein Paar hineinzuschlüpfen.

»Modell ›Letzter Versuch‹«, sagte sie, während sie in schwarzen Lackschuhen mit klobigem Absatz auf dem zerschlissenen Teppich wie auf einem Catwalk entlangschritt. »Wer hat noch nicht und will noch mal?«

Julika stürzte zu der schweren Tragetasche und kramte darin herum. Bei einem Paar lila Pumps mit Keilabsatz wurde sie schwach: »›Modell Florenz‹ – die geheime Schwarzbrandkasse macht's möglich«, säuselte sie, zwängte sich hinein – sie hatte Schuhgröße 41 – und tänzelte an den anderen vorbei.

»Seid ihr frivol! Da nehm ich lieber ›Modell Kittelschürze‹«, meinte Dorothee und schlüpfte in beige Gesundheitsschuhe. Die schien Anna oft getragen zu haben.

»Diese hier sind stark!« Marion fischte kichernd dunkelgrüne, sehr spitze Stiefeletten mit Goldknöpfen, die brandneu aussahen, aus der Tasche. »Richtige Hexenschuhe sind das. Moment!«

Sie stöckelte in die Küche und kam mit einem Turban aus einem rot-weiß karierten Küchentuch zurück, den sie dramatisch mit einigen von Lady D'Arbanvilles Federn dekoriert hatte. Marion setzte sich zu Eva, die gerade ein paar Winterstiefel aus Robbenfell mit silbernen Schnallen anprobierte, und griff nach deren Hand.

»Ich sehe einen hochgewachsenen dunkelhaarigen Fremden, mein Kind«, raunte sie verheißungsvoll. »Ihr werdet bis ans Ende eurer Tage glücklich miteinander tanzen, und euch wird ein reicher Kindersegen beschert sein. Viele, viele Nachkommen mit weißem lockigem Fell und dunklen Schnäuzchen …«

»Na super«, sagte Eva und entzog ihr die Hand, die anderen lachten.

»Oh, schau doch mal, ob du bei mir auch was siehst«, sagte Julika begeistert und hielt ihr die Hand hin.

»Verrate mir deinen Herzenswunsch, und ich werde dir sagen, ob dir die Erfüllung vom Schicksal bestimmt ist.«

Marion rückte den Turban zurecht, während Nele aufstand und allen noch einen Schnaps einschenkte. Marion trank ex und keuchte, Eva machte es ihr nach. Dorothee nippte vorsichtshalber nur.

»Ich ... ich wüsste gern ... wie es Lolli geht«, sagte Julika. Das zweite Gläschen Brand ließ sie sentimental werden. Vielleicht war es auch schon das dritte.

Marion starrte konzentriert in ihre Hand, als lese sie darin die Antwort. Dann plauderte sie drauflos: »Er hat dich immer geliebt. Er hat dich nie vergessen. Er wünscht sich, alles wiedergutmachen zu können.«

»Wieso macht er's dann nicht?«, fragte Julika.

»Wahrscheinlich traut er sich nicht, weil er feige wie die meisten Männer ist«, sagte Dorothee, die nun doch einen ordentlichen Schluck genommen hatte. Der Schnaps machte sie offenbar kämpferisch. »Und jetzt bin ich dran! Ich wünsche mir, dass meine Mimi endlich innere Ruhe findet. Siehst du was?«

»Ich erkenne etwas in deinen Handlinien, weil die Mutter-Tochter-Bindung sehr eng ist«, sagte Marion und kniff die Augen zusammen.

»Was denn?«

»Eine Prüfung wartet auf deine Mimi. Wenn sie die besteht, wird sie, ob sie will oder nicht, sesshaft werden.«

»Was denn für 'ne Prüfung?«, fragte Dorothee beunruhigt und trank schnell ihr Glas leer. »In der Schule war Mimi nie gut.«

»Die Lebenslinien verraten nicht alles«, sagte Marion geheimnisvoll und ließ Dorothees Hand los. »Nele, meine Freundin, willst auch du uns deinen Herzenswunsch verraten?«

»Ich wünsche mir, dass ich endlich mal vor dem ersten Sex kapiere, ob ein Mann gut oder schlecht für mich ist. Und nicht erst hinterher, wenn es zu spät ist«, gestand Nele und hielt ihr die Hand hin.

Ernsthaft fuhr Marion mit dem Finger die Lebenslinie in ihrer Handfläche entlang. »Nun, du bist eine Frau mit großer Erfahrung im zwischenmenschlichen Bereich«, sagte sie bedeutungsschwanger und drückte so fest in den Daumenballen, dass Nele zusammenzuckte. »Und wenn nicht du das Rätsel von männlichem Verhalten in deinen vielen langjährigen Fallstudien lösen kannst, dann keine von uns ...«

»Haha, sehr witzig ...« Nele riss ihre Hand weg.

»Und was wünschst du dir, du weise Eulenfrau?«, fragte Dorothee.

»Ich?« Marion griff nach ihrem Glas und leerte es hastig. »Ich wäre heilfroh, wenn ich wieder Spaß am Unterrichten bekäme.«

»Ihr wisst schon, dass es gefährlich ist, sich etwas zu wünschen ...«, sagte Eva bedächtig. »Es könnte sich erfüllen.«

»Wir hätten bessa was Fettes essen solln. Jede 'ne Büxe Ölsardinen. Oder Räucheraal. Oder Schw... Schw... Schweinebraten mit Kruste«, lallte Nele eine gute Stunde später.

Sie lag auf dem Wohnzimmerteppich und starrte mit zusammengekniffenen Augen an die Decke, die sich beharrlich drehte. Zwei leere Flaschen standen auf dem

Tisch, überall im Wohnzimmer lagen Schuhe herum. Sie hatten gelacht, bis sie nicht mehr konnten, und waren dann erschöpft auf die Couch, in den Fernsehsessel und, in Neles Fall, zu Boden gesunken.

»Iss doch ganz schön starkes Zeug«, bemerkte Dorothee. Die anderen nickten bedächtig. »Nich' gut, was wir hier machen. Jede vier Schnäpse ...«, sinnierte sie weiter, hielt sich die Hände vor die Augen und wackelte mit den Fingern. »Aber ich seh noch prima. Alle zwanzich.«

»Sieben ...«, sagte Marion, die mitgezählt hatte, »... sieben mal fünf, wie viel issn das?«

»'ne ganze Menge«, sagte Julika.

»Wir brauchen Wasser zum Verdünnen. Innerlich.« Eva stand auf. »Hoppsela«, entfuhr es ihr. Sie hielt sich am Fernseher fest, der bisher auf dem Sideboard gestanden hatte, jetzt aber gefährlich ins Rutschen kam. Dann ging sie schwankend in die Küche. Mit drei Wasserflaschen kam sie zurück. »Hier, trinkt!«, sagte sie so würdevoll wie möglich.

»Wossa, Wadka ...« Julika kicherte.

»Büschn klein, die Wassagläser.« Nele setzte die Flasche an und nahm einen langen, langen Zug. »Guckt ma', da hat eben wer reingeschaut. Lustig ... Kasperletheater.« Sie zeigte zum Fenster und schnitt eine Grimasse.

»Nele sieht Geista«, verkündete Marion.

»Gar nicht wahr«, schmollte Nele. Eine Sekunde später klingelte es an der Tür. »Siehste. Da iss wer.«

»Ich mach ma' auf. Dann kann ich gleich noch wem aus der Hand lesen.« Marion stemmte sich hoch, rückte sich den Turban zurecht, der ihr verwegen überm rechten Auge hing, ging zur Tür und öffnete.

»Ach herrje«, hörten die anderen sie im Flur sagen.

»Wer issn da?«, rief Nele. »Isses 'n Mann? Dann schick ihn rein.«

Die Tür wurde aufgestoßen, und herein kam Bürgermeister Sauert in Begleitung seiner Tochter Dani. Er funkelte böse in die Runde, Dani sah aus, als wünschte sie sich weit weg.

»Den will ich nich'. Der iss gemein«, maulte Nele und hickste. »Weg mit dir, weg!« Sie machte Handbewegungen, als scheuche sie eine lästige Mücke fort. »Ich will lieber Gandalf.«

Dani zuckte zusammen.

»Sie werden sich fragen, warum ich Sie persönlich aufsuche«, hob Sauert zu sprechen an und nestelte an seiner Krawatte.

»Nich' wirklich«, sagte Marion und kitzelte ihn von hinten mit einer Eulenfeder am Ohr.

»Lassen Sie das«, zischte der Bürgermeister und schlug die Feder weg. »Meine Tochter verwaltet die Einwohnermeldekartei im Rathaus. Uns ist aufgefallen, dass sich keine von Ihnen im gesetzlich festgelegten Rahmen angemeldet hat. Das müssen Sie aber, wenn das Ihr erster Wohnsitz ist. Die Zahlungsaufforderung für die Mahngebühr ist bereits auf dem Weg zu Ihnen.«

»Wenn das Wörtchen wenn nicht wär, wären alle Männer fair«, intonierte Marion im Singsang und wiegte sich vor und zurück.

»Dann iss das schon die dr... dritte Zahlungsaufforderung aus Wannsee, die wir nich' be... beßahlen«, sagte Julika fröhlich und legte ihre nackten, nicht sehr sauberen Füße auf den Tisch. Sie hatten sich angewöhnt, wann immer es ging, barfuß zu laufen.

»Auf der anderen Seite ...«

Der Bürgermeister ließ den Blick schweifen: von Marion, die sich jetzt mit einem Eulenfederkiel im Ohr bohrte, zu Dorothee, die mit dem Kopf in Julikas Schoß lag und laut schnarchte, zu Eva, die versuchte, mit dem Fernseher zu tanzen, zu Nele, die sich Wasser in ihr Schnapsglas goss und ex trank, und schließlich zu Julika, die ihn als Einzige ernst anschaute, dabei aber laut *Cantare ohoho, volare ohoho* sang.

»… auf der anderen Seite habe ich nicht mit einem so unmoralischen Saustall gerechnet!«

»Wie bitte?«

Dorothee schlug die Augen auf. Julika verstummte. Eva hielt mitten im Tanzschritt inne. Nele setzte die Wasserflasche ab, und Marion ließ die Hand sinken.

»Ja, Sie haben richtig gehört. Ein Haus der Sünde von Frauen, die gleichgeschlechtlicher Liebe frönen, fanden wir im Grunde schon schlimm genug, nicht wahr, Daniela? Leider kann man da nicht gesetzlich gegen vorgehen. Dass Sie ein offensichtliches Problem mit Alkohol haben, überrascht mich auch nicht. Und das Letzte, was Wannsee gebrauchen kann, sind arbeitslose, triebhafte Trinkerinnen, die der Ortskasse zur Last fallen.«

»Passen Sie mal auf, Sauert.« Nele schien plötzlich wieder nüchtern zu sein. Sie ging einen Schritt auf den Bürgermeister zu.

»Nein, *Sie* passen jetzt auf«, spie Sauert eisig aus. Er wurde hochrot, auf seiner Stirn schwoll eine Ader gefährlich an. »Ich werde alles daransetzen, dass Sie so schnell wie möglich wieder dahin verschwinden, wo Sie hergekommen sind. Mir ist zu Ohren gekommen, dass Sie rituelle Tänze auf Ihrer Terrasse veranstalten und im Garten illegale Schießübungen vornehmen. Frauen wie Sie, die sich ihren natürlichen Bestimmungen entfremdet haben, gehören unter Beobachtung. So was hat man früher Hexen genannt und öffentlich verbrannt!«

Er drehte sich zu seiner Tochter um, die mit gesenktem Blick hinter ihm stand. »Komm, Daniela, wir gehen. Und wenn dir dein eigener Ruf etwas wert ist, machst du um diesen Sündenpfuhl einen Bogen. Das kann ich dir als Vater nur raten, und als Bürgermeister ordne ich es an.« Sauert drehte sich um und marschierte, gefolgt von der beschämt schweigenden Daniela, aus dem Zimmer und zur Haustür hinaus.

Sprachlos starrten die fünf Freundinnen ihm hinterher. Auf einen Schlag waren sie alle wieder nüchtern – fast.

»Der hat sie doch nicht alle«, sagte Eva fassungslos. »Wie redet der denn mit uns? Und warum erlauben wir ihm überhaupt, so mit uns zu reden? Wir haben doch bei Sven gelernt, wie man auf so was reagiert.«

»Weil wir einen im Tee haben, deshalb. Das verlangsamt die Reflexe. Und das Hirn sowieso. Dem Feind sollte man besser nüchtern gegenüberstehen«, bemerkte Julika. »Sündenpfuhl! Also wirklich!«

»Lesbische Trinkerinnen ...« Nele kicherte.

»Triebhafte Hexen ...«, sagte Marion, aber es klang gar nicht verächtlich, fast als wäre sie mit dieser Bezeichnung durchaus einverstanden. »Wenn der erst die Hexenschuhe gesehen hätte!«

»Wir schröpfen die Ortskasse?«, empörte sich Dorothee. »Wie denn?«

»Weil er glaubt, dass wir bald auf Wannsee-Stütze gehen! Was für ein Arsch. Er weiß immer noch nicht, dass er uns im Oktober schon wieder los ist. Von wegen Hauptwohnsitz! Na, das werden wir ihm auch nicht verraten. Schmoren soll er. Am besten in der Hölle!« Eva ließ sich neben Dorothee auf die Couch fallen. »Loh und Gandalf mögen ihn auch nicht. Und die Fleischverkäuferin von Karoppke, Cindy, hat Dani ganz offen bemitleidet.«

»Gaby Schlomske auch«, sagte Marion.

»Mir tut sie auch leid«, meinte Dorothee. »Jedes Mal, wenn sie irgendwo auftaucht, wirkt sie so bedrückt. Sie arbeitet für ihn? Das heißt, dass sie vierundzwanzig Stunden mit ihm zusammen ist!«

»Bei so einem Vater wäre ich auch bedrückt.« Eva begann, Flaschen und Gläser wegzuräumen.

»Hat sie denn keine Mutter?«, wunderte sich Dorothee.

»Sie ist bestimmt Mitte zwanzig, da sollte sie wohl imstande sein, sich gegen ihren Vater zu behaupten«, meinte Marion.

»So wirkt sie aber nicht«, sagte Nele. »Erinnert ihr euch noch ans Sommerfest? Da kam es mir vor, als ob Gandalf sie beschützen wollte, so wie er sich aufgeplustert hat. Jetzt frage ich mich, wovor eigentlich ...«

14. Kapitel

»Ach, schüttel mich, schüttel mich,
wir Äpfel sind alle miteinander reif.«
Da schüttelte es den Baum,
dass die Äpfel fielen, als regneten sie,
und schüttelte, bis keiner mehr oben war.
GEBRÜDER GRIMM

An diesem Abend schafften sie es kaum bis zum Wetterbericht (»Ein Hoch über Skandinavien sorgt weiterhin für trockenes und heißes Wetter in Brandenburg«), die Augen offen zu halten. Sie torkelten die Treppe hoch und fielen völlig erschöpft in ihre Betten.

Als Lady D'Arbanville vom Wald über die Felder zu ihrem bevorzugten Jagdgebiet schwebte und im Apfelgarten mit messerscharfen Krallen nach einer Maus griff, schliefen die fünf Frauen schon tief und fest.

Eva wachte früh am nächsten Morgen auf. Außer einem leichten Kopfschmerz war von der Schnapsverkostung – um es vorsichtig auszudrücken – nichts zurückgeblieben. Der bittere Nachgeschmack kam entweder von den zwei Aspirin, die sie schlauerweise vor dem Schlafen geschluckt hatte, oder von Sauerts unmöglichem Auftritt.

Kann es uns schaden, den Bürgermeister zum Feind zu haben?, überlegte Eva unter der Dusche. Nein, entschied sie, während sie in ein mohnrotes Sommerkleid schlüpfte und sich die feuchten Locken bürstete. Was sollte schon passieren? In gut zwei Monaten würden sie wegziehen und den Dorftyrannen nie wiedersehen. Sie waren nicht so alt geworden, um sich von so einem ins Bockshorn jagen zu lassen. Über so einen lachte man am besten.

Auf keinen Fall sollten sie Sauert ernst nehmen! Sie waren zu fünft und er allein, sah man mal von seiner scheuen Tochter ab. Sie waren gestandene Frauen, Freundinnen, die sich aufeinander verlassen konnten. Und er? Ein unsympathischer Bürohengst, den niemand im Dorf ausstehen konnte und der sich mit abstrusen Behauptungen wichtigmachte.

Eva ließ die Bürste sinken.

Die Zeit flog. In zwei Monaten würde der Sommer in Wannsee vorbei sein und sie wieder in Berlin. Denn dass sie das Haus behielten, war ausgeschlossen. Es passte einfach nicht dauerhaft in ihre Leben. Wenn sie es erst mal verkauft hatten, konnten sie in der Stadt den ersten Schritt zu ihrem Plan tun, zu fünft gemeinsam durchzustarten, in Richtung ... bestes Alter.

Eva schaute aus dem Fenster und versuchte sich vorzustellen, wie es in Wannsee später im Jahr aussah. Wo jetzt Singvögel zwitscherten und Schwalben durch die Luft schossen, war vielleicht der raue Schrei der Kraniche zu hören, die in den Süden flogen. Wo jetzt betörender Sommerduft von wilden Blumen und reifem Getreide, von warmem Sand und trockenem Heu in der Luft lag, würde man vielleicht den herben Geruch von Holz wahrnehmen, wenn die Wannseer ihre Kamine heizten. Wo die Galloways jetzt mit ihren Kälbern über die Weide zogen und gemütlich wiederkäuten, würden sie vielleicht im Raureif stehen, ihr Atem eine frostige Wolke in der kalten Luft, ihr lockiges Winterfell ein wärmender Schutz gegen die Kälte. Und der Wannsee, in dem man jetzt baden konnte, wäre im Dezember bestimmt zugefroren, hervorragend zum Schlittschuhlaufen. Mal davon abgesehen, dass sie nicht mehr gelaufen war, seit sie ein Kind war, und keine Schlittschuhe mehr besaß ... Plötzlich tat ihr der Gedanke, Annas Haus zu verkaufen, regelrecht weh.

Eva startete die Kaffeemaschine, und während der Kaffee durchlief, checkte sie ihre E-Mails. Seit sie und Nele das Home Office betreiben, waren Titus' Kommentare ausnahmslos positiv. Es war, als würde sich die Leichtigkeit, die das Leben auf dem Land mit sich brachte, in ihrer Arbeit widerspiegeln. Die Ideen flogen Eva nur so zu, und Nele wusste immer sofort, wie man sie grafisch umsetzen konnte.

Sie überflog die Änderungsvorschläge, die der Boss geschickt hatte, grübelte einen Moment darüber nach und machte sich dann an die Arbeit. Es war Samstag, vor Montag würde er ihre Mail nicht erwarten. Auch das hatte etwas mit Entspannung zu tun: arbeiten zu können, wann immer es einem passte.

Als Eva fertig war, herrschte im Haus immer noch Stille. Also nahm sie sich einen Kaffee und ging hinaus auf die Terrasse. Zuerst lief sie zu den beiden Beeten. Inzwischen verstand sie, wie Anna sie angelegt hatte. Links die Kräuter – Minze, Thymian, Lavendel, Oregano, Wein- und Eberraute hatte Eva inzwischen identifiziert –, rechts hatte Anna Blumenstauden gesetzt. Dazwischen wuchsen die Dahlien, die sich inzwischen zu respektablen Büschen entwickelt hatten.

Orangefarbene Tagetes, hellblaue Jungfern im Grünen und gelb blühende Kapuzinerkresse hatten sich überall wild ausgesät. Nach dem Regen hatte sich besonders die Kapuzinerkresse ordentlich vermehrt. Ihre Ranken wanden sich auf dem Weg, durch die Beete und quer durchs Gras in Richtung Obstgarten. Selbst die untersten Sprossen der Holzleiter, die am Schuppen lehnte, hatte die Kapuzinerkresse für sich entdeckt und kletterte munter an ihnen hoch.

Eva beobachtete zwei Bläulinge, die aufgeregt um den Lavendel flatterten. Sie dachte an ihre eigene Ungeduld, an ihre hektischen Versuche, den Beeten über Nacht ein Blütenmeer abzuringen, und musste über sich lächeln. Wo doch das Geheimnis eines Gartens die Zeit war und jeder Tag eine Momentaufnahme. Jetzt wusste sie es – damals noch nicht.

Sie schlenderte weiter zum Apfelgarten. Nach dem Sommerfest und kürzlich noch ein zweites Mal war Loh mit dem Traktor samt Mähwerk durch die hintere Pforte auf ihr Land gekommen. Er hatte lächelnd gegrüßt, dann war er zwischen den Bäumen hin- und hergefahren, wortlos, rasch und effizient.

Mittlerweile kannte Eva sein schräges Lächeln gut. Immer wenn sie sich sahen, warf er es ihr zu. Er lächelte nur, wenn sie es war, die er jenseits des Zaunes entdeckte. Wenn er mit ihr sprach. Wie damals, als er mit ihr getanzt hatte. Er lächelte, als ob er eigentlich nicht lächeln wollte, aber nicht anders konnte.

Heute war auf dem Nachbarhof nichts außer Hühnergackern zu hören, und den Bauern konnte sie nirgends entdecken. Hatte Loh nichts zu tun? Schlief er am Samstag aus? Und überhaupt – mit wem? Der Gedanke, dass Loh vielleicht nicht allein im Bett lag, versetzte Eva einen kleinen Stich, den sie jedoch ignorierte. Er konnte ja nun wirklich machen, was er wollte. Sie war schließlich nicht Nele, die sich kopfüber in ein Abenteuer stürzte, das zu nichts führte. Und sie war sich sicher, dass Loh das genauso sah.

Eva wandte den Blick vom Nachbarhof ab und ging zu ihrem Lieblingsbaum, dem großen knorrigen in der ersten Reihe – und auf einmal machte ihr Herz einen Satz.

Denn unter dem Baum lagen drei hellgelbe Äpfel im Gras. Vorsichtig näherte Eva sich und hob den größten von ihnen auf. Makellos lag er in ihrer Hand, noch feucht vom Tau. Sie wischte ihn an ihrem Kleid trocken und hielt ihn unter die Nase. Mit geschlossenen Augen atmete sie tief das zarte Aroma ein, das mehr an Blüten als an Apfel erinnerte, ein bisschen an Zitrone, an Honig, an Vanille.

Dann biss sie hinein. Es knackte, und der Saft lief ihr übers Kinn. Der Apfel schmeckte süßsäuerlich, einfach himmlisch. Während Eva kaute, sah sie sich das Fruchtfleisch an. Es war schneeweiß, uneben und glitzernd zugleich in seiner Struktur, glatt und dunkel leuchteten die Kerne im Gehäuse. Immer noch kauend schaute sie nach oben. Überall strahlten die hellen Äpfel, wie kleine Sterne am dunklen Blätterhimmel.

Es war der Klarapfel, von dem Loh beim Tanzen gesprochen hatte. Sommerscheibe, Jacobiapfel, Kornapfel, Klaras Apfel: Poetisch klangen die Namen, die Eva im Internet gefunden hatte – neben dem Hinweis, dass er außergewöhnlich war. Als letzter Apfelbaum blühte er, und als erster trug er. Aber sie hatte auch gelesen, dass die reifen Äpfel nicht lange hielten und rasch mehlig wurden. Was hieß, dass man sie am besten abpflückte, wenn man sie verarbeiten wollte.

Was wiederum hieß, dass es an der Zeit war, die Freundinnen aus dem Bett zu werfen.

Eva hob die anderen beiden Äpfel auf und lief zum

Haus zurück. Den abgeknabberten Kriebsch warf sie auf den Kompost.

»Huhuhhhh, ihr da oben«, rief sie hoch. »Jetzt geht es los! Die Ernte beginnt! Wer hilft mit?«

Als Antwort hörte sie ein leises Stöhnen auf der Treppe. Dort saß Nele, fix und fertig angezogen. Aber ihr schien es nicht gutzugehen, sie hatte den Kopf in die Hände gestützt.

»Sag bloß nicht, dass du was Alkoholisches aus den Äpfeln machen willst. Dann schreie ich«, warnte sie.

»Oh, bitte, mach das«, ermunterte Eva sie. »Dann sind die anderen auch gleich wach.«

Nele schrie nicht, sie schlich stattdessen in die Küche und nahm sich einen Kaffee. Kurz darauf stolperten die anderen die Treppen herunter.

»Wie geht's euch?«, fragte Eva.

»Pssst, nicht so laut«, erwiderte Julika matt. Ihre Augen, sonst immer hellblau strahlend, waren trüb, aber sie sah immer noch bedeutend besser aus als Dorothee, die stark an ein Angorakaninchen erinnerte.

»Und das passiert mir, die ich mich immer für Suchtprävention stark gemacht habe. Gesunde Schule 2000 …«, murmelte Marion und schüttelte über sich selbst betrübt den Kopf.

»Na, nun kommt mal, es war doch nur ein Mal«, beschwichtigte Eva sie. Dann stellte sie einen Teller auf den Frühstückstisch. »Hier, probiert!« Sie hatte die beiden Kläräpfel geviertelt und das Kerngehäuse herausgeschnitten.

»Ah, die Äpfel der Erkenntnis!«, sagte Julika. Alle griffen zu.

»Und welche Erkenntnis gewinnen wir dadurch? Dass

wir nackt sind und der Sündenfall so schlimm nicht war? Dass wir schon längst aus dem Paradies vertrieben wurden und dass es uns trotzdem gut geht, weil keine von uns einen Adam hat, der ihr das Feigenblatt aufs Auge drückt?« Marions kämpferische Lebensgeister, die bis jetzt oben ihren Rausch ausgeschlafen hatten, waren offenbar inzwischen die Treppe heruntergeschlichen und zu ihr zurückgekehrt.

»Nee. Nur, dass der Apfel gut schmeckt«, meinte Nele kauend. »Außerdem hat er das Feigenblatt ja wohl niemandem aufs Auge gedrückt, sondern sich selbst und Eva woanders hin. Und … was machen wir jetzt mit diesen Äpfeln?«

»Alles, wofür man Früchte braucht, die beim Kochen schnell zerfallen. Und wir müssen es bald tun, denn der Klarapfel muss schnell verbraucht werden.«

»Apfelmus«, meinte Julika und griff nach einem zweiten Stück.

»Noch mehr Apfelmus«, sagte Marion.

»Ich steh nicht so auf Apfelmus«, maulte Nele.

»Ach, ihr seid ja langweilig«, sagte Dorothee mit leuchtenden Augen. »Wir machen Apfelstrudel! Nach österreichischem Rezept! Mit Vanilleeis! Oder Vanillesoße!«

Plötzlich hatte Eva eine Idee. »Was haltet ihr davon, wenn wir Loh und Gandalf einladen?«

»Gaaaaaaaaaaaandalf?«, fragte Nele gedehnt. Seit dem Dorffest hatte sie nicht mehr mit dem Hobbyknecht gesprochen. Eva fand das nicht schlimm. Nele arbeitete jetzt bedeutend konzentrierter.

»Ja, Gandalf. Und Loh. Als Dankeschön, dass er den Obstgarten gemäht hat. Als freundliche Geste unter Nachbarn«, nickte Eva. »Und als Auftakt für die Erntezeit. Wer weiß, wozu wir die Kerle noch brauchen.«

»Pfffffffffft«, machte Nele abwertend. Als wüsste sie genau, wozu sie einen gewissen Kerl nicht brauchte.

»Finde ich eine gute Idee«, sagte Dorothee. »Eine kleine Party im Apfelgarten! Frischer Apfelkuchen, gedeckter Tisch unter schattigen Bäumen, wilde Blumensträuße, heißer Kaffee und kalte Limonade – das ist sehr romantisch. Wer geht rüber und lädt sie ein?«

»Pffffffffffft«, machte Nele wieder. »Ich denk gar nicht daran.«

Alle schauten Eva an. »Na gut, ich mach's«, sagte sie fröhlich.

»Findet ihr nicht auch, dass das wahnsinnig viele Äpfel sind?«, fragte Nele. »Eine gigantische Menge? Eine unglaubliche Naturverschwendung? Kein Mensch kann so viel essen!« Sie hatte den Kopf in den Nacken gelegt und starrte nach oben.

»Wenn ich grüne Äpfel sehe, muss ich immer an das Shampoo von früher denken, das nach grünen Äpfeln gerochen hat«, sagte Julika.

»Stimmt. Dann kam Aprikose und Pfirsich. Jetzt heißen sie alle grüner Tee mit tropischen Orchideen und Sternanis oder so. Ich mochte grüner Apfel«, sagte Eva.

Nach dem Frühstück waren sie in den Obstgarten gegangen, jetzt standen sie versammelt unter dem Klarapfelbaum. »Wie viele Äpfel brauchst du für einen Apfelstrudel, Dorothee?«, wollte Nele wissen.

»Ein Kilo, das sind ungefähr fünf bis sieben.«

»Sagen wir mal, du backst drei Apfelstrudel, dann sind das maximal fünfundzwanzig Äpfel. Wie viele mögen hier hängen?«

»Mindestens ein Zentner, wenn nicht anderthalb«, schätzte Marion. »Also genug für siebzig Apfelstrudel.«

»Ja, und das ist erst ein Baum. Hier stehen aber bestimmt fünfzig Bäume! Und manche tragen noch viel mehr als der hier. Das wären dann ungefähr viertausend Apfelstrudel«, rechnete Marion hoch.

»Was ist das, eine neue Dorfwährung?«, ulkte Julika.

»Seid mal ein bisschen innovativ. Es gibt noch anderes als Apfelstrudel. Irgendwie hat Anna es ja auch geschafft, die Früchte zu verwerten. Selbst wenn ich nicht die leiseste Ahnung habe, wie sie das gemacht hat. Wir sollten mal die Nachbarn fragen. Loh wird das hoffentlich wissen.« Eva ließ die anderen stehen, ging zum Schuppen und öffnete die knarrende Tür.

»Was machst du?«, rief Dorothee ihr nach.

»Hier steht so ein komisches Teil«, rief Eva zurück. »Ich habe mich gefragt, wozu es gut ist. Jetzt weiß ich es.« Sie trat wieder ins Sonnenlicht, in der einen Hand einen langen Holzstiel, an dem wie eine kleine Krone ein Drahtkörbchen befestigt war. In der anderen Hand hatte sie einen der vielen Körbe, die im Schuppen standen. »Das Ding ist garantiert zum Apfelpflücken. Damit kommt man auch an die, die weiter oben hängen.« Sie reckte den Pflücker hoch, sodass ein Apfel im Drahtkorb hing. Dann machte sie eine leichte Drehung, und der Apfel fiel hinein.

»Das geht auch so«, sagte Nele und begann am Stamm zu rütteln. Er bewegte sich nur ein bisschen, aber es genügte, um einige reife Kläräpfel ins Gras plumpsen zu lassen.

»Nein, mach das nicht«, sagte Eva alarmiert. »Die kriegen sonst Druckstellen!«

»Wenn schon. Auf ein paar mehr oder weniger kommt es doch nun wirklich nicht an«, rechtfertigte sich Nele, aber sie hörte auf zu rütteln.

»Fühlst du dich übermütig, Nele? Willst du deine Kräfte messen? Dann schau mal, wer da ist!« Julika wies mit dem Daumen hinter sich.

Keine von ihnen musste sich umblicken. Mittlerweile kannten sie alle das Knattern des Motorrads, das Gandalfs Ankunft oder Abfahrt vom Nachbarhof ankündigte. Mit rotem Gesicht begann Nele die Äpfel aus dem Gras aufzulesen und nachlässig in den Korb zu werfen.

»Mach das vorsichtig«, zischte Eva und ging zum Zaun.

Gandalf hielt und nahm den Helm ab. Sie winkte ihm zu. »Habt ihr Lust, morgen Nachmittag rüberzukommen? Wir wollen den Ernteauftakt feiern. Mit Apfelstrudel.«

»Am Nachmittag? Geht nicht. Wir müssen bei den Gallos den Unterstand neu eindecken. Das dauert zwei volle Tage. Aber so ab sechs, das ginge«, sagte Gandalf und schüttelte sein dunkelblondes Haar, das er heute zur Abwechslung nicht zusammengebunden hatte.

Sein Blick flog zu Nele, die ihm beharrlich den Rücken zuwandte – den verlängerten, denn sie sammelte immer noch Äpfel auf.

»Gut, dann kommt doch morgen um sechs.«

Der Erntetag lief gut an. Sie machten eine Liste, was sie unbedingt brauchten oder was sie brauchen könnten – Mandeln, Zimt, Rosinen, Zucker, Vanille, Mehl, Zitronensaft, Rum, Semmelmehl –, und schickten Julika und Nele zum Discounter ins überübernächste Dorf.

In der Zwischenzeit pflückten Eva und Marion die Äpfel. Eva brachte es nicht über sich, die Leiter zu nehmen, weil sie sonst die Kapuzinerkresse abgerissen hätte, aber sie hatten ja den Apfelpflücker.

Dorothee bereitete in der Küche alles vor. Sie spülte die staubigen Schraubgläser, die sie in der Speisekammer gefunden hatten, suchte Backformen, Messer und Schüsseln heraus.

Als die anderen beiden schwer bepackt vom Einkaufen zurückkamen (»Wir hatten kein Bier, und das trinken die Männer doch, oder? Und wir dachten, wir können grillen! Da brauchen wir noch einen Salat! Und Tzaziki! Und Kräuterbutter! Und frisches Baguette! Und Karoppke hatte soooo leckere Würstchen! Da haben wir noch ein paar mehr eingekauft!«), waren die Obstmesser buchstäblich gewetzt. Dorothee hatte einen kleinen, abgenutzten Schleifstein gefunden und die Klingen geschärft. Zwei Körbe mit frisch gepflückten Kläräpfeln standen neben dem Tisch. Nun, da wieder alle versammelt waren, machten sie sich auf der Terrasse an die Arbeit. Einträchtig begannen sie zu schneiden und zu schälen. Der Berg mit Schalen und Gehäusen auf der Mitte des Tisches wurde allmählich größer. Unzählige Apfelstücke schwammen in einer Schüssel mit Wasser. Dorothee hatte Zitronensaft dazugegeben, damit das helle Fruchtfleisch nicht braun wurde.

»So was machen Frauen seit Jahrhunderten«, sagte Dorothee in die Sommerstille hinein. »Zusammenhocken und Äpfel schälen.«

»Klar. Weil Frauen soziale Wesen sind. Dabei kann man nämlich gut quatschen.« Nele warf eine Handvoll Apfelviertel in die Schüssel, dass es nur so spritzte. »Während die Männer mit dem Traktor hin- und herfahren und das Mammut jagen.«

»Und weil Frauen immer für die Vorratswirtschaft verantwortlich waren«, sagte Eva und warf eine Schale, die sie spiralförmig abgeschnitten hatte, auf den Haufen. »Pökeln, einmachen, einlegen … musste ja alles sein, bis die Tiefkühltruhen erfunden wurden.«

»Und die Supermärkte«, meinte Nele und hielt sich

eine dünne Apfelscheibe wie eine sehr futuristische Sonnenbrille vors Auge. »Ich frage mich, wie Pökelapfel schmeckt.«

»Meine Oma hat grüne Bohnen immer eingemacht«, fuhr Eva fort. »In ihrem Schrebergarten wuchsen sie wie verrückt. Ich glaube, es waren Buschbohnen. Sie haben gut geschmeckt. Dazwischen hatte sie Bohnenkraut gesät.« Sie ließ das Messer sinken und sah nachdenklich auf die Beete.

»Vergiss es«, meinte Julika und schnitzte an einem Apfelstück herum, bis es vage an einen Stiefel erinnerte. »Ich habe zwar keine Ahnung, wann Bohnen wachsen. Aber wir haben Ende Juli, da pflanzt man nicht mehr, da erntet man nur noch.«

»Dann versuche ich es eben nächstes Jahr auf dem Balkon«, sagte Eva trotzig.

Dorothee ließ das Messer sinken. »O Gott.«

»Was ist?«, fragte Marion alarmiert.

Dorothee zeigte in Richtung Obstgarten. »Da! Im Baum!«

Jetzt sahen es auch die anderen. Zwischen den Zweigen des Klarapfelbaumes – unter dem schon wieder einige Äpfel im Gras lagen – summten Insekten. Sie sahen aus wie Wespen. Nur viel, viel größer.

»Das sind ja Monster!«, stieß Nele aus.

»Mutanten!«, rief Marion.

»Wespenköniginnen?«, riet Julika.

»Glaube ich nicht. Dazu sind es zu viele«, meinte Dorothee. »Da gibt's ja immer nur eine von.«

Eva beobachtete, wie sich einige Insekten aus der Baumkrone lösten und in Richtung Schuppen schwirrten, von dort flogen welche zum Baum. Sie legte das Messer hin und stand auf.

»Ich frage mich …«

»Die stechen dich ab, Eva!«, »Bleib hier!«, »Bist du verrückt?«, riefen die anderen ihr hinterher, aber Eva achtete nicht auf sie. Behutsam folgte sie dem Brummer, der vor ihr hersurrte. Er verschwand hinter dem Schuppen.

Eva blieb stehen und suchte die hölzerne Rückseite mit Blicken ab.

»Ganz oben, links. Hinter dem Holunderstrauch«, sagte jemand leise hinter ihr. Sie wirbelte herum. Loh stand mit einer Werkzeugkiste in der Hand regungslos im Schatten der Scheune.

»Loh! Du hast mich erschreckt!«

»Entschuldigung. Das wollte ich nicht. Aber ich beobachte sie schon eine Weile. Es wird jeden Tag größer. Es ist das erste Mal, dass sie es hier bauen. Sonst waren sie bei mir auf dem Heuboden. Jedes Jahr an einer anderen Stelle«, sagte er und stellte die Werkzeugkiste vorsichtig ab.

Was wird jeden Tag größer?, wollte Eva gerade fragen, doch da sah sie es selbst – ein kunstvolles Gebilde, das halb an der Schuppenwand, halb am Dachüberstand hing, verborgen hinter dem Holunderstrauch, dessen Blütendolden so schön geduftet hatten.

Das Gebilde war so groß, dass es kaum in einen Eimer gepasst hätte. Es sah aus wie aus grauem Papier gefaltet, mit Rundungen, Ecken und Kanten, ein bisschen wie eine Miniaturgemeinschaftsarbeit von Hundertwasser und Jahn, dem Architekten des Sony-Gebäudes.

»Das ist ein Hornissennest. Schön, oder?«, sagte Loh und beobachtete, wie die Tiere hinein- und wieder herauskrabbelten.

»Um Gottes willen! Die sind doch gefährlich! Was machen wir denn jetzt?«, fragte Eva erschrocken.

Loh sah sie an. »Stören sie dich denn?«

»Nein, nicht, wenn sie da oben bleiben. Aber Hornissen – sind die nicht aggressiv?«

»Nicht, wenn du ihnen nicht zu nah kommst.«

»Aber sie fliegen in unseren Bäumen herum! Wenn wir Äpfel ernten, kommen wir ihnen zu nah!«

»Zu nah heißt, dass du ihren Larven zu nah kommst. Ihrem Nest. Ihrem Nachwuchs. Ihrer Brut. In euren Bäumen jagen sie nur und knabbern an den Ästen und Äpfeln. Das machen sie jedes Jahr im Obstgarten. Das war bei Anna auch nicht anders.«

Vorsichtig ging Eva einige Schritte zurück. »Was jagen sie denn?«

»Kleine Insekten. Ihre Larven brauchen tierisches Eiweiß, die ausgewachsenen Tiere ernähren sich von süßen Säften. Sie machen eine ganz schöne Sauerei.« Loh zeigte auf die Erde hinter dem Holunderbusch. »Ein Volk verputzt pro Tag ein Pfund Insekten. Das ist praktisch. Man hat weniger Mücken. Oder in euerm Fall weniger Schädlinge an den Apfelbäumen.«

»Und im Winter? Was fressen sie da?«

»Nix. Sie sterben beim ersten Frost. Dann liegt hier alles voller toter Hornissen. Nur ein paar junge Königinnen überleben. Sie graben sich tief in die Erde. Im Frühjahr bauen sie die ersten Waben eines neuen Nestes, legen ihre befruchteten Eier hinein, und alles beginnt von vorn.«

Eva starrte Loh an. »Woher weißt du das?«

Er zuckte mit den Schultern. »Ich hab's nachgelesen. Hat mich interessiert.« Dann nahm er seine Werkzeugkiste wieder hoch. »Ich muss zurück. Gandalf hockt auf dem Unterstand und wartet auf mich.« Plötzlich lächelte er, als sei ihm überraschend etwas eingefallen. »Hornissen stehen übrigens unter Naturschutz. Und ... bis morgen. Danke für die Einladung.«

»Sehr gern. Fallt nicht vom Dach, Loh.«

»Wir werden uns Mühe geben«, versprach er und ging zum Traktor.

Das Sterben der Hornissen im Spätherbst – das ist noch etwas, das ich nicht sehen werde, dachte Eva, während sie zum Tisch zurückschlenderte. Die anderen schauten ihr entgegen.

»Wir haben ein Hornissennest am Schuppen. Es sieht unglaublich aus«, sagte sie.

»Hornissen? Sieben Stiche können ein Pferd töten!«, sagte Nele entsetzt.

»Also reichen drei für jede von uns«, meinte Julika.

»Für mich brauchen sie vier«, murmelte Dorothee düster und kniff sich in eine Bauchfalte.

»Loh meint, wir bräuchten keine Angst vor ihnen zu haben. Sie sind nur aggressiv, wenn man ihrer Brut zu nah kommt.«

»Wir könnten sie ausräuchern«, schlug Nele vor, ein gefährliches Glitzern in den Augen. »Wie das geht, steht garantiert im Netz. Trägt man dabei nicht so ein seltsames Outfit? Ganz in Weiß wie ein Virologe, mit einer Art Gardine um den Kopf?«

Eva sah sie entnervt an. Dass Nele die Äpfel, die allerersten Äpfel, so nachlässig behandelt hatte, war ihr gegen den Strich gegangen. Dieser Vorschlag hier war noch schlimmer.

»Ich glaube, dass die Hornissen Ausräuchern definitiv als aggressiven Akt verstehen. Du findest übrigens auch im Netz, dass sie unter Naturschutz stehen, Nele! Bleib einfach weg von der Schuppenrückwand, und alles ist gut.«

»Du hast gut reden. Du bist ja auch nicht allergisch gegen alles, was hier kreucht und fleucht«, murrte Nele und zerschnitzelte heftig den Apfel, den sie gerade geschält hatte.

Die anderen sahen sich an, überrascht von den Spannungen zwischen Eva und Nele.

»Ich glaube, wir haben jetzt genug Äpfel für mindestens vier Apfelstrudel«, lenkte Dorothee ab, griff nach der Schüssel mit den Apfelschnitzen und stand auf.

»Und was machen wir mit dem Rest?«, fragte Julika und zeigte zum zweiten Weidenkorb, der noch zur Hälfte voll war.

»Apfelmus«, meinten Marion und Nele wie aus einem Munde.

»Ich komme mit rein«, sagte Eva knapp und stand auf.

Nele wollte auch aufstehen, aber Julika hielt sie zurück.

»Bleib hier«, sagte sie leise, und zu ihrer Überraschung sank Nele gehorsam zurück auf ihren Stuhl und griff nach dem nächsten Apfel.

Als Marion, Nele und Julika mit den restlichen Äpfeln ins Haus kamen, schlug ihnen der köstliche Duft von Zimt, Äpfeln und einem Hauch von Rum entgegen. Eva stand an der Spüle und wusch ab, Dorothee beugte sich über den Tisch und wischte das Mehl weg, das nach dem Ausziehen des Strudelteigs liegen geblieben war. Mit rosig angehauchten Wangen sah sie den dreien entgegen.

»Zwei sind gerade im Ofen. Die da müssen wir noch backen«, erklärte sie und zeigte auf zwei längliche Strudel, die auf einem Blech lagen. Durch den dünnen Teig schimmerten die Äpfel hindurch. Aber offensichtlich war Dorothees Tatendrang noch nicht gestillt, denn sie nahm Julika die nächste Schüssel Äpfel ab und verkündete: »Und hiermit geht es weiter!«

»Mach du nur«, sagte Nele. »Mir reicht's. Ich gehe ins Büro.«

»Tja«, meinte Eva und sah ihr vom Abwasch aus hinterher. »Ich glaube, Nele hat das Land-Gen genauso wenig wie das Haushalts-Gen.«

»Ganz ehrlich? Ich auch nicht«, sagte Julika und wusch sich die klebrigen Hände. »Ich mach das, weil wir es uns vorgenommen haben, aber manchmal wünschte ich, es wäre schon Ende September und wir könnten langsam mit dem Packen anfangen.«

»Wirklich?« Julikas Worte gaben Eva einen Stich.

»Ja, wirklich. So schön es mit euch ist, ich vermisse Berlin. Im Internet über Ausstellungen und Kinofilme zu lesen ist ein magerer Ersatz. Irgendwann reicht es mir mit frischer Luft, Blümchen und stiller Dorfstraße. Und dass wir zusammen kochen, macht Spaß, aber sich in einem eleganten Restaurant bedienen zu lassen, fände ich auch mal wieder schön.« Sie seufzte, und es klang tatsächlich ein bisschen wehmütig.

»Und ich, ich bräuchte beim Bogenschießen einen Meister, der es mir erklärt. So laienhaft, wie ich das mache, wird das nichts mit meiner Erleuchtung. Da wird's höchstens was mit einem Tennisarm. Und meine Tai-Chi-Gruppe fehlt mir auch. Wir haben uns immer sonntags im Tiergarten getroffen. Hoffentlich habe ich mir nicht schon komplett falsche Bewegungsabläufe angewöhnt«, bemerkte Marion und machte kreisende Bewegungen mit den Armen. Es sah aus, als putze sie ein besonders schmutziges, unsichtbares Fenster.

»Ich finde es hier herrlich«, erklärte Dorothee kategorisch.

»Du findest es überall herrlich, wo du jemanden bemuttern kannst«, erfasste Julika scharfsinnig. »Aber dazu musst du nicht auf dem Land wohnen. Das geht überall.«

»Ach komm, mach mich nicht gluckiger, als ich bin«, beschwerte sich Dorothee. »Ich habe mich geändert, ist dir das nicht aufgefallen?«

Es stimmte. Sie hatte sich die Kritik ihrer Freundinnen zu Herzen genommen und telefonierte nur noch selten mit Mimi. Es war nicht leicht gewesen, ihren liebevollen Kontrollmodus abzustellen, und allein hätte sie das wahrscheinlich nicht geschafft. Aber nun hatte sie seit über zwei Wochen nichts mehr von ihrer Tochter gehört, und auch die Telefonate davor waren ungewöhnlich kurz gewesen. Mimi hatte offensichtlich verstanden, warum Dorothee sich zurückhielt. Es tat Dorothee ein bisschen weh, aber sie wusste: Es war gut und richtig so. Mimi war schließlich eine erwachsene Frau. Sie brauchte sie nicht mehr.

15. Kapitel

Ein Appel am Tach hält den Doktor in Schach.
REDEWENDUNG AUS BRANDENBURG

Fünf Frauen, zwei Salate, eine Kräuterbutter – kein Problem. Es war eine ihrer leichtesten Übungen, am nächsten Tag alles für das Essen vorzubereiten. Einen heiklen Moment gab es nur, als Dorothee am späten Nachmittag in einem ärmellosen Oberteil aus ihrem Zimmer kam und auf dem Treppenabsatz auf Nele traf, die sich ebenfalls umgezogen hatte. Neles Blick sprach Bände, und Dorothee begriff sofort, wahrscheinlich, weil er ihre eigenen Befürchtungen bestätigte. Sie hatte schließlich einen Spiegel in ihrem Zimmer.

»Meine Oberarme? So schlimm?«, fragte sie mit banger Stimme. »Ich war mir nicht sicher … aber es ist so warm … Und ich habe im Moment diese Hitzewellen … Es geht nicht, oder? Du meinst, wer Äpfel verarbeitet, sollte lieber seine Orangenhaut verbergen?« Dorothee hob ihre Arme an. Dass sie bis jetzt immer T-Shirts mit kurzem Arm getragen hatte, machte es noch schlimmer: Durch die braunen Unterarme wurden ihre weißen Oberarme nur noch mehr betont.

Nele, knackig braun in ihrem ebenfalls ärmellosen orangefarbenen Baumwollkleid, wiegte bedächtig den Kopf, auf der Suche nach Worten, die die Freundin nicht verletzten. »Weißt du, es gibt immer drei Bilder von einem selbst. Eins, wie wir glauben auszusehen, eins, wie die anderen uns sehen, und eins, wie wir wirklich sind. Ich glaube, diese Bluse gehört in die erste Kategorie. Ich würde an deiner Stelle etwas Langärmeliges anziehen. Deine Oberarme sind – sehr wenig definiert.«

Resigniert verschwand Dorothee wieder in ihrem Zimmer. »Definiert! Das klingt so nach Mathe! Was für ein Scheißalter, wenn man sich zwischen Zellulitis und aufsteigender Hitze entscheiden muss! Ich bin schon seit Jahren unsichtbar für Männer, da ist es doch wohl egal, ob ich hässlich oder hübsch unsichtbar bin ...«, murmelte sie vor sich hin.

Aber Nele hörte sie. Ich werde die Zeit, in der mir überhaupt noch Blicke zugeworfen werden, nutzen, schwor sie sich. Und heute Abend damit anfangen! Heute würden die Freundinnen endlich erfahren, was in dem geheimnisvollen Päckchen war, das sie sich letztens hatte schicken lassen.

Hoffentlich gefiel der Inhalt auch Gandalf.

»Lass mich mal. Dafür braucht ihr Weiber einen richtigen Mann«, sagte Gandalf und nahm Marion das Feuerzeug aus der Hand.

Sie hob die Augenbrauen und musterte ihn von Zopf und Dreitagebart bis hinunter zu der zerrissenen Jeans. Im Gegensatz zu Loh, dessen dunkle Haare noch feucht vom Duschen waren und der in sauberer Jeans und T-Shirt gekommen war, hatte der Hobbyknecht sich nicht umgezogen. Und sich offensichtlich auch nicht die Mühe gemacht, sich zu waschen, denn seine Hände waren schwarz wie die Teerpappe, die er den ganzen Tag über auf das Dach genagelt hatte.

»Ach, du glaubst, wir Frauen wären zu dumm, um ein ordentliches Feuer zu machen?«, fragte Marion honigsüß, während er den weißen Block anzündete, auf den sie zuvor vorbildlich geknülltes Papier, dünne Holzspäne und dickere Holzscheite geschichtet hatte. Daneben stand die Tüte mit Grillkohle bereit.

Die Flammen loderten auf, genau so, wie sie es geplant hatte, genau so, wie sie bei unzähligen Grillfeuern auf Klassenfahrten aufgelodert waren, die Marion organisiert hatte.

»Das hab ich nicht gesagt. Das Herdfeuer von mir aus. Aber Grillen und Lagerfeuer, das ist doch Männersache. Du verstehst schon, was ich meine«, sagte er.

Klar, Marion verstand: Gandalf war ein Macho – und Ironie war an ihm komplett verschwendet.

Punkt sechs waren die beiden herübergekommen, Loh mit einem großen Strauß Sonnenblumen, die jetzt in einem Steintopf auf dem Tisch standen, mit strahlend gelben Blütenblättern und samtig-braunem Innenleben.

»Im Gegensatz zu den Leuten, die frech mit ihrem Wagen an das Feld fahren, um Riesensträuße zu klauen, darf ich sie pflücken«, hatte er erklärt, als er sie Eva überreicht hatte. »Ich bau sie schließlich selbst an.«

Als das Holzfeuer heruntergebrannt war, schüttete Gandalf die Grillkohle auf. Sie hatten den Tisch im Apfelgarten gedeckt, in respektvoller Entfernung zu den schwirrenden Hornissen im Klarapfelbaum.

»Loh, wir haben uns gefragt, was Anna eigentlich mit den vielen Äpfeln gemacht hat. Weißt du das?«, erkundigte sich Eva, als sie sich hinsetzten. »Was wir gestern und heute verarbeitet haben, war ja nur ein Bruchteil. Da kommt noch viel, viel mehr. Wie konnte das eine einzelne Frau bewerkstelligen?«

Loh, entspannt in einem Gartenstuhl zurückgelehnt, überlegte kurz. »Das Fallobst hat Anna jedes Jahr verschenkt. Sie hat es aufgesammelt und in Kiepen vors Haus gestellt«, sagte er. »Man konnte sich nehmen, so viel man wollte. Ich habe jeden Tag einen Korb für die Gallos bekommen.«

»Primus ist verrückt nach Äpfeln, und Erwins Schafe sind es auch«, mischte Gandalf sich ein. Mit einer Bierflasche in der Hand (»Na hör mal! Echte Kerle nehmen doch kein Glas!«) stand er neben dem Grill und bewachte die Thüringer, die leise zischend vor sich hin brutzelten. »Und Wehnerts Schweine erst recht.«

»Es war ein bisschen wie die fünfte Jahreszeit, wenn die Äpfel in Annas Garten reif wurden«, sagte Loh und schaute die Baumreihe entlang. »Egal, was im Dorf gerade los war, wer gerade auf wen sauer war – irgendwann ab Ende Juli hieß immer: Hast du gesehen? Anna stellt raus.«

»Und was war mit den Äpfeln, die nicht als Fallobst bei den Tieren gelandet sind? Hat sie die auch verschenkt?«, fragte Eva weiter nach.

»Nein, die nicht. Viele hat sie zur Mostpresse gebracht und den Saft dann zu Wolter's in den Laden gegeben«, überlegte Loh. »Dafür bekam sie Rabatt. Diese Abmachung hatten sie, solange ich denken kann. Annas Apfelsaft war der beste. Ich schätze mal, jeder im Dorf hat noch ein paar Flaschen davon im Keller.«

»Und einen Teil hat sie …«, rief Gandalf vom Grill rüber, nahm die ersten Würstchen herunter und legte sie auf eine Platte, »… vergären lassen und dann gebrannt. Schade, dass das vorbei ist.«

»Nein, wirklich! Schwarzbrennen ist doch verboten«, sagte Nele gespielt entsetzt und nippte an ihrem Wasser. Keine von ihnen schien heute große Lust auf den Prosecco zu haben, den Dorothee im Cooler auf den Tisch gestellt hatte.

»Ja, wirklich«, sagte Loh und grinste quer übers Gesicht. »Schon der Rauch, der beim Brennen vom Schuppen aufstieg, hat mich fast besoffen gemacht. Er hatte immer eine ganz spezielle Farbe. So einen Tick bläulich.« Er zwinkerte Eva zu.

Er weiß, dass wir gebrannt haben, dachte sie perplex. Er hat uns beobachtet. Und er hat Gandalf nichts verraten.

»Und dann hat Anna natürlich immer viel eingemacht. Kompott. Und sie hat Apfelgelee gekocht. Im Herbst Apfelringe getrocknet, Apfelkuchen gebacken, das auch. Allerdings – in den letzten Jahren nicht mehr. Da hat sie eine ganze Menge Äpfel verderben lassen.«

»Warum?«

»Wahrscheinlich, weil es ihr schon lange nicht mehr gut ging. Körperlich, aber auch seelisch. Sie hat es sich sehr übel genommen, dass sie Sauert hergebracht hat.«

»Wieso hat sie Sauert hergebracht?«, fragte Eva erstaunt. »Was hatte sie denn mit dem zu tun?«

»Sie sind verwandt. Wusstet ihr das nicht?«

Die Freundinnen schüttelten die Köpfe.

»Die Staudenroos' haben immer hier in Wannsee gelebt, die sind ganz alte Märker«, erklärte er. »Sie hatten zwei Töchter, Anna und Marie. Irgendwann noch vor dem Mauerbau hat Marie in Westdeutschland eine Stelle als Haushälterin angenommen. Sie wollte weg vom Land, ist über die grüne Grenze, und dann konnte sie nicht mehr zurück. Die Mauer hat sie von ihrer Familie getrennt. Das war bitter, die Schwestern standen sich sehr nah.«

»O wie tragisch!« Eva musste an das Foto der beiden Mädchen denken, das oben hing.

»Später hat Marie dann geheiratet, einen gewissen Sauert, der in Frankfurt am Main ein Schuhgeschäft hatte. Sie hat ihrer Schwester immer Schuhe geschickt. Habt ihr keine im Haus gefunden?«

»Ooh doch, haben wir«, rief Nele, und die anderen nickten.

»Und mit diesem Sauert hat sie einen Sohn bekommen, Ulrich.«

»Das ist der Trottel, der jetzt Bürgermeister ist?«, fragte Julika.

Loh nickte. »Genau der. Irgendwann in den Achtzigerjahren ist Marie dann gestorben. Ich weiß noch, dass Anna zu ihrem Begräbnis fahren durfte. Es war Thema im Dorf. Anna im Westen! Viele haben sich gefragt, ob sie wiederkommt. Aber sie hätte ihren Garten nie im Stich gelassen. Und kaum fiel die Mauer, stand Ulrich Sauert bei uns auf der Matte. Mit der kleinen Dani im Schlepptau. Anna war zuerst überglücklich. Schließlich war Ulrich der Sohn ihrer Schwester, die einzige Familie, die sie noch hatte. Sie hat immer gesagt, dass Dani Ähnlichkeit mit Marie hat.«

»Wo ist denn die Mutter von Dani?«, fragte Nele.

»Es heißt, seine Frau hat sie und Sauert bei Nacht und Nebel verlassen und ist mit einem anderen Mann nach Kanada gegangen. Und ganz ehrlich, das kann ich mir gut vorstellen. Als er hier ankam, hat Sauert eine Menge Versprechungen gemacht. Aber statt sie zu halten …« Loh beugte sich vor und nahm einen Schluck Bier.

»Jaaaa?«, fragte Eva gedehnt.

»… hat er sich hier wie eine Zecke in unser Fell gesetzt. Viele sind auf ihn reingefallen. Er hat zugesehen, dass er einen Großteil der LPG-Ländereien bekommt und sie den Bauern verpachtet – für ordentliches Geld. Dabei gehörte das Land ursprünglich ihnen. Im Westen war Sauert Versicherungsvertreter, vielleicht hat er deshalb die Leute im

Dorf so gut bequatschen können. Er hat Wannsee praktisch übernommen. Ich habe Glück gehabt. Mein Vater ist nicht auf ihn reingefallen.«

»Wieso haben sich denn die Wannseer auf ihn eingelassen?«

»Wir hatten die Wende, vergessen? Er kam aus dem Westen, und er kannte die Spielregeln, die wir erst lernen mussten. Viele hier haben verloren, weil Sauert sie über den Tisch gezogen hat. Gleichzeitig hat er die Leute unter Druck gesetzt, dass sie ihn zum Bürgermeister wählen, als Gräbert zu alt wurde. Und als er dann tatsächlich Bürgermeister war, hat er Dani eingestellt. Sie ist nicht zu beneiden, wenn ihr mich fragt.«

Nele warf Gandalf einen raschen Seitenblick zu.

»Dann hat er auch noch diesem bescheuerten Hans den Job als Dorfpolizist verschafft«, fuhr Loh fort.

»Mit dem bin ich in die Schule gegangen. Der war schon damals ein Idiot«, spie Gandalf verächtlich aus. »Keiner wollte mit dem spielen, weil er alle verpetzt hat. Hat sich irgendwie nicht geändert. Grima Schlangenzunge, durch und durch.« Nur Nele verstand, was er damit meinte.

»Vorgestern stand Sauert mit Dani bei uns auf der Matte. Er war einfach unmöglich!«, ereiferte sich Julika.

»Ja, euch hat er gefressen«, sagte Gandalf grinsend und stellte den Teller auf den Tisch.

»Warum eigentlich?«, fragte Nele und angelte sich eine Thüringer.

»Weil er dachte, dass Anna ihr Haus ihm hinterließe«, erklärte Loh. »Sie war ja seine Tante. Aber Anna hat ihn nicht bedacht.«

Eva schlug sich mit der Hand vor die Stirn. »Stimmt! Rechenberger hat so was erwähnt, erinnert ihr euch? In seinem Brief stand etwas von einem Neffen, der nicht erbberechtigt ist. Damit war Sauert gemeint! Warum hat Anna das Haus nicht einfach Dani vermacht?«

»Das haben wir uns auch alle gefragt«, antwortete Loh. »Zumal Dani sie jeden Tag besucht hat. Sie waren sehr eng verbandelt, die beiden. Sauert mochte das nicht. Ich persönlich glaube, Anna hat befürchtet, dass Sauert seiner Tochter das Haus wegnehmen würde. Er hätte niemals zugelassen, dass sie hier allein wohnt. Dazu kontrolliert er sie viel zu sehr. Er hätte sie bestimmt unter Druck gesetzt, bis sie es verkauft, damit er das Geld einstreichen kann. Oder sie gezwungen, dass sie ihm gleich Haus und Grundstück überlässt.«

»Ich sag's ja, er ist ein Widerling«, sagte Julika, bestrich eine Scheibe Baguette mit Kräuterbutter und beäugte sie dann misstrauisch. »Was ist das für lila Zeugs in deiner Butter, Eva?«

»Das sind Thymianblüten. Du musst sie nicht rauspopeln, Julika! Die kannst du mitessen. Das ist Kräuterblütenbutter!«, erklärte Eva. Dann schweiften ihre Gedanken wieder zu dem, was Loh gesagt hatte. »Also war die Bedingung, dass wir uns um die Apfelernte kümmern, nur ein Vorwand?«, wollte sie von ihm wissen.

»O nein. Ihr Apfelgarten lag Anna sehr am Herzen, sie hat bestimmt gehofft, dass ihr euch darum kümmert. Aber das war sicher nicht der einzige Grund für ihr Testament. Ihr fünf – ein größerer Gegenpol zu Sauert ist kaum vorstellbar. Er fühlt sich von euch bedroht«, erwiderte Loh. »Ihr passt nicht in sein Weltbild. Da ist sich das Dorf sogar einig.«

»Ach, wird über uns gesprochen?«, fragte Dorothee.

Loh antwortete nicht, aber die Art und Weise, wie er die Augenbrauen hob, sprach Bände.

»Man könnte auch sagen ...«, meinte Gandalf, setzte

sich neben Nele, packte sich drei Würstchen auf den Teller und klatschte einen gewaltigen Schlag Tzaziki darauf, »... dass ihr fünf Weiber aus der Stadt Annas späte Rache seid.«

Marion sah sehr zufrieden aus.

Nele, die Gandalf beobachtete, nahm sich ebenfalls einen Schlag Tzaziki. Bei so viel Knoblauch, wie da drin war, sollte sie besser gewappnet sein. Man konnte ja nie wissen.

»Habt ihr genug Apfelrezepte?«, fragte Loh, als Dorothee später den Apfelstrudel aufschnitt, um jedem ein Stück auf den Teller zu geben. Würstchen und Salate waren verputzt, die Glut im Grill glomm nur noch, und die Sonne war im Begriff, hinter dem Kiefernwäldchen zu versinken.

Dorothee hielt mitten in der Bewegung inne. »Ja, jede Menge!«, sagte sie und begann aufzuzählen, was sie alles im Internet gefunden hatte.

»Dorothee, mach weiter! Ich will auch ein Stück«, drängte Nele und zupfte am Ärmel ihrer Bluse.

Aber Eva war der Unterton in Lohs Stimme aufgefallen. »Wieso?«

Loh sah sie quer über den Tisch hinweg an. »Mich haben sie praktisch mit Apfelmus aufgezogen ...«

»Damit bist du also so groß und stark geworden«, sagte Nele anerkennend.

»... und Anna und meine Mutter haben viele Apfelrezepte ausprobiert. Wenn du willst, kann ich dir ihr Kochbuch geben. Jetzt gleich.«

Er hatte du und nicht ihr gesagt – es war eine Botschaft, da war Eva sicher.

»Ich komme mit«, sagte sie und stand auf.

Sie ignorierte die Blicke der anderen, als sie gemeinsam mit Loh das Grundstück verließ. Schweigend überquerten sie den Hof, schweigend schloss er die Tür auf, schweigend betrat Eva zum ersten Mal sein Haus.

Sie sah sich neugierig um. Keine kleinen Gummistiefel, keine Handtaschen oder Regenmäntel. An der Flurgarderobe hing nur Lohs speckige Jacke, die sie inzwischen gut kannte. Die Aufteilung, die Größe des Wohnzimmers, die Treppe in den ersten Stock waren Annas Haus nicht unähnlich, wenn auch alles ein bisschen kleiner war. Aber das Wohnzimmer war hübscher als Annas, was daran lag, dass es keinen fadenscheinigen Teppich gab, sondern frisch abgezogene Holzdielen. Die einzigen Möbelstücke waren eine abgewetzte Cordsamtcouch vor dem Fenster, auf der Caruso zusammengerollt schlief, und ein Regal. Darin stand eine Musikanlage von einem sehr teuren Hersteller, ringsherum lagen stapelweise CDs.

»Musik?«, fragte Loh, wartete Evas Antwort aber nicht ab. Er hantierte an der Anlage, und einen Moment später erklangen Bachs Brandenburgische Konzerte.

»Wie passend!«, sagte Eva lachend. »Ich habe mich schon gefragt, was du hörst, wenn du auf dem Feld arbeitest. Auf Klassik wäre ich nicht gekommen.«

»Vermutet man nicht bei einem Bauern, meinst du? Ich habe immer schon Musik gemocht, sogar mit dem Gedanken gespielt, Musik zu studieren. Das wäre aber nur gegangen, wenn wir den Hof aufgegeben hätten. Und das konnte ich meiner Familie nicht antun. Also bin ich geblieben. Das ist für mich die Musik, die zur Landschaft passt. Schön, oder?«

Er machte eine Handbewegung in Richtung Abendhimmel und abgeerntetem Feld, von dem in diesem Moment ein Schwarm Krähen aufflog.

Er stand so dicht neben Eva, dass sie seine Wärme fühlte. Es war eine stille, intime Situation. Sie schienen im

Gleichklang zu atmen. Ob er mich jetzt küsst?, dachte Eva.

Aber da wandte Loh sich wieder ab. »Ich hole mal das Kochbuch.« Weg war er, und Eva fragte sich, wie sie mit ihren zweiundvierzig Jahren die Situation so missdeuten konnte.

Kurz darauf kehrte Loh zurück und drückte ihr eine zerfledderte Loseblattsammlung zwischen zwei alten Pappdeckeln in die Hand. Vorsichtig blätterte Eva die vergilbten Seiten um. Einige Rezepte begannen mit »Man nehme ...«, andere bestanden nur aus knappen Zutatenlisten und Gradangaben. So als ob die Köchin wusste, was sie machen sollte, und weitere Erklärungen überflüssig waren.

»Du kannst es behalten. Ich brauche es nicht mehr«, erklärte Loh. »Ich koche nur selten, und wenn, bestimmt nicht nach Rezept. Ich dachte, Anja wollte es haben, aber sie ...« Mitten im Satz brach er ab. Er mied Evas Blick, als er zur Anlage ging und sie ausschaltete, aber sie spürte gleich, dass sie jetzt besser keine Fragen stellen sollte. »Lass uns wieder rübergehen«, sagte er in die plötzliche Stille.

Nele hätte sie beide wahrscheinlich mit hochgezogenen Augenbrauen empfangen, wäre sie nicht viel zu beschäftigt damit gewesen, sich unauffällig-auffällig an Gandalf zu kuscheln. Er hatte seinen Stuhl dicht an ihren gerückt und den Arm besitzergreifend auf die Rückenlehne gelegt. Und die brandneuen knallroten Cowgirlstiefel, die in dem Päckchen gewesen waren und die sie nun zu ihrem kurzen Sommerkleid trug, schienen ihm sehr zu gefallen.

Irgendwer – wahrscheinlich Dorothee – hatte Windlichter auf den Tisch gestellt, die den Platz unter den Bäumen sanft erhellten. Von ihr selbst war nichts zu sehen, dafür aber zu hören: In der Küche klapperte Geschirr.

»Sie kann's nicht lassen«, sagte Julika achselzuckend zu Eva, als sie und Loh sich wieder hinsetzten. »Wenn sie nicht sofort nach dem Essen abwäscht, fehlt ihr was. Sie hat ihre Familie zu lange umsorgt, um es bei uns anders zu halten.«

»Das ist nicht fair, was du sagst, Julika«, rügte Marion. »Sie hat einen Haushaltsplan aufgestellt, damit es genau so nicht abläuft. Eigentlich sind wir die Antifeministinnen, wenn wir aus Bequemlichkeit auf Dorothees Geduld setzen.«

»Und wer ist heute dran?«

»Ich«, sagte Nele in einem Ton, der die Rückfrage, warum sie dann hier mit Gandalf saß und nicht allein in der Küche stand, strengstens verbot.

In diesem Moment schellte es an der Haustür. Die Frauen sahen sich überrascht an.

»Wer kann denn das sein? So spät?«, fragte Marion.

Sie lauschten. Die Tür wurde geöffnet, leises Gemurmel erklang. Dann trat Dorothee auf die Terrasse, noch mit dem Geschirrtuch in der Hand. Neben ihr stand die hübsche blonde Lehrerin Leonore Wehnert und spähte suchend zu ihnen hinüber.

Nele spürte plötzlich einen kalten Hauch. In Erinnerung daran, wie innig Leonore Gandalf auf dem Sommerfest geküsst hatte, setzte sie sich aufrecht hin.

»Was will die denn hier?«, fragte sie leise. »Die sucht doch bestimmt dich, Gandalf.«

Der Gedanke schien ihm auch gerade gekommen zu sein, denn hastig nahm er seinen Arm von der Rückenlehne ihres Stuhls, während Dorothee mit dem überraschenden Besuch auf sie zusteuerte.

»Guten Abend«, sagte Leonore Wehnert, als sie den Tisch erreicht hatte. Man sah ihr an, dass ihr unbehaglich zumute war. »Ich hoffe, ich störe nicht. Aber ich habe gesehen, dass bei euch noch Licht ist. Und da dachte ich ...«

Sie führte nicht aus, was sie gedacht hatte, während ihr Blick von einem zum anderen wanderte. Bei Gandalf und Nele verweilte er etwas länger, und die anderen hielten den Atem an. Gleich würde sie etwas sagen, etwas Ungeheuerliches, das Nele zickig werden ließ, dass sie mit Gandalf verheiratet war oder ein Baby von ihm erwartete ... Aber nein.

Es war Marion, an die Leonore sich schließlich wandte. Sie holte tief Luft. »Ich muss etwas mit dir besprechen, Marion. Dringend. Geht das? Vielleicht unter vier Augen?«

»Mit mir? Jetzt sofort?«, fragte Marion verblüfft.

»Ja. Jetzt sofort.« Dabei rang sie die Hände auf eine Art und Weise, die keinen Zweifel ließ: Es ging um Leben und Tod. Mindestens.

»Was kann sie von Marion wollen?«, fragte Julika verwundert, als die beiden im Haus verschwunden waren.

»Keine Ahnung«, sagte Dorothee. »Aber wir werden es sicher bald erfahren.«

Sie setzte sich, dann griff sie nach der Glasschüssel mit dem Tzaziki. Sie begann den kläglichen Rest zusammenzukratzen, was Gandalf anscheinend als Aufforderung auffasste zu gehen.

»Tja, dann werd ich mal los«, sagte er und erhob sich.

»Mach das«, gab Nele schnippisch zurück.

Dass Gandalf so plötzlich einen Abgang machte, konnte ihrer Meinung nach nur an Leonore liegen. Es lag auf der Hand: Er war froh, dass er wegkonnte, bevor sie erneut in den Garten kam. Nele verstand das nicht. Warum ging jeder ihrer Versuche, mit ihm anzubandeln, schief? Irgendwas kam immer dazwischen: Lehrerinnen, Fleischereifachverkäuferinnen, Töchter von Bürgermeistern. Oder ein Gewitter.

»Willst du vielleicht mitkommen?«, fragte er, als sei ihm plötzlich ein Gedanke gekommen. »Wir könnten vor der Glotze noch ein Bierchen zischen und dabei den *Herrn der Ringe* schauen.«

Dorothee hörte auf, mit dem Löffel in der Schüssel herumzufuhrwerken, und sah auf. Auch die anderen warteten gespannt auf Neles Antwort. Wenn sie jetzt Ja sagte, musste sie sehr verzweifelt sein. Oder sehr verliebt …

»Nein, danke. Vielleicht ein anderes Mal«, sagte Nele kühl.

»Na gut, dann nicht. Tschüss und bis bald mal wieder.«

Er ging nicht zum Hoftor, sondern zum Zaun, wo er, lässig auf einen Pfahl gestützt, eine Flanke machte. Loh sah ihm kopfschüttelnd nach, sagte aber nichts.

In der beleuchteten Küche sah man Marion und Leonore am Tisch sitzen. Leonore sprach lebhaft auf Marion ein, während die gelegentlich den Kopf schüttelte oder nickte.

Alle fühlten es: Die Party war vorbei. Sie standen auf, griffen, was immer sich noch auf dem Tisch befand, und trugen es zum Haus. Loh und Eva kamen als Letzte. Sie gingen gerade auf dem Weg zwischen den Beeten hindurch, als plötzlich vor ihnen, über einer Staude, ein winziges Licht schwebte. Dann noch eins. Und noch zwei. Sie leuchteten und erloschen mal hier, mal dort, flackerten wieder auf und erloschen erneut, helle Punkte in der Nacht.

»Was war das? Hast du es auch gesehen?«, fragte Eva und blieb stehen.

»Das sind Glühwürmchen«, sagte Loh. »Man sieht sie nicht mehr oft. Keine Ahnung, warum eigentlich nicht. Wahrscheinlich liegt's an dem Einsatz von Insektiziden. Früher gab es hier Leuchtkäfer in rauen Mengen. Als Kinder haben wir sie in Marmeladengläsern gesammelt.«

»Die sind ja hübsch! Warum leuchten sie?«, fragte Eva und folgte einem Lichtlein, das durch die Nacht in Richtung Trockenmauer tanzte. »Es sieht aus, als ob sie morsen würden.«

»Genau das tun sie. Sie locken sich gegenseitig an. Jede Art hat ihr bestimmtes Signal.«

»Wirklich?«, fragte Eva amüsiert.

Und so bezaubernd der Lichtertanz auch aussah – im Moment war Eva heilfroh, dass sie kein Glühwürmchen war. Denn sonst hätte ihr Hinterteil verräterisch »kurz, lang, kurz, kurz« gefunkt. Was für L stand. L wie Loh.

16. Kapitel

*Drei Dinge sind uns
aus dem Paradies geblieben:
Sterne, Blumen und Kinder.*
DANTE ALIGHIERI

»Sie hat was?«

Julikas fassungsloser Gesichtsausdruck spiegelte wider, was die anderen dachten. Kurz nachdem Loh das Haus verlassen hatte, war auch Leonore gegangen – und zu viert waren sie in die Küche gestürmt, wo Marion in Gedanken versunken am Küchentisch saß.

»Ihr habt es doch gehört«, sagte Marion verhalten. »Sie hat mich gebeten, bei der Ferienbetreuung in Wannsee einzuspringen. Na, angefleht trifft es besser. Die Erzieherin, mit der sie das sonst macht, hatte gestern einen Bandscheibenvorfall und muss operiert werden. Danach geht sie in die Reha. Sie fällt komplett aus, bis die Schule wieder anfängt.«

»Die hat ja vielleicht Nerven«, ereiferte sich Nele, die mit Leonore noch lange keinen Frieden geschlossen hatte. »Sie weiß doch, dass du ein Sabbatjahr machst. Wegen Burn-out! Hast du ihr selbst auf dem Sommerfest gesagt! Und was hast du mit den Kindern aus dem Dorf zu tun? Die siehst du doch ab Herbst nie wieder! Sie wird hier wohl irgendeine Mutti finden, die als Hilfskraft einspringt!

Dann können sie die Gören auf den Bauernhöfen rumrennen lassen, und gut ist.«

»Das stellst du dir ein bisschen zu leicht vor, Nele. Leonore setzt auch in den Ferien auf strukturierte Pädagogik, und ich finde, da hat sie völlig recht«, antwortete Marion reserviert.

Nele zuckte mit den Schultern. »Es wird ihr ja wohl nichts übrig bleiben, als jemand anderen zu finden oder die Dorfkinder allein zu betreuen. Kommt nicht infrage, dass du dir deine hart erarbeitete Freizeit kaputt machen lässt! Mann, diese Frau ist ja wirklich dreist. Denkt sie, wir tanzen nach ihrer Pfeife? Ooooh nein, da haben wir Besseres zu tun!«

Marion antwortete nicht. Sie schaute in den dunklen Garten, als gäbe es dort etwas, das ihre ganze Aufmerksamkeit verlangte.

»Alles okay?«, fragte Eva.

»Was hast du ihr geantwortet?« Marions Schweigen machte Dorothee nachdenklich.

»Du hast doch Nein gesagt, oder?«, wollte Julika, plötzlich unruhig, wissen.

Endlich sah Marion ihre Freundinnen an. »Nein«, sagte sie, und ihre Stimme klang hart, »ich habe gesagt, ich übernehme eine Gruppe.«

»Du machst Witze.« Nele starrte sie an.

»Tue ich nicht«, widersprach Marion.

»Aber warum?«, fragte Eva. »Du machst die Zeit, die wir hier zusammen haben, kaputt! Wir haben uns doch vorgenommen, den Sommer über WG-Erfahrung zu sammeln, damit wir wissen, ob wir gut zusammenwohnen können!«

»Nun mach mal halblang, Eva. Du und Nele, ihr arbeitet doch auch. Das tut doch unserem gemeinsamen Wohnen keinen Abbruch«, erwiderte Marion.

»Ja, aber nur, weil wir müssen! Glaubst du denn im Ernst, ich würde freiwillig Titus' blöde Ideen bedienen, wenn nicht meine Existenz davon abhinge?« Eva verstand Marion nicht. Aber sie war so gut mit ihr befreundet, dass sie verstehen *wollte*.

»Ich mach's, weil ich hoffe, dass es mir den Idealismus zurückgibt, den ich in Berlin verloren habe. Begreift ihr das denn nicht? Heile-Welt-Kinder unterrichten! Wissenshungrige Fragen statt null Bock auf gar nichts! Astrid Lindgren vorlesen! Über gesunde Ernährung sprechen und daran glauben, dass sie zu Hause Kartoffeln mit Quark essen und nicht nur Tiefkühlpizza und Fastfood! Auf den Rückhalt im Elternhaus zählen können! Was bewirken!«

»Nein, das begreifen wir nicht«, sagte Julika. »Wenn du ausgebrannt bist, ist doch egal, was du bewirken könntest. Du wolltest dich erholen und mit uns zusammen sein. Das allein zählt.«

»Seht es, wie ihr wollt. Ich habe Leonore zugesagt, und dabei bleibe ich. Am Montag geht es los. Um sieben.«

»Um sieben?«, quiekte Nele schockiert. »Warum denn so früh?«

»Weil wir auf dem Land sind, deshalb.« Marion stand auf. »Da geht der Tag früh los.«

»Und wie lange?«

»Bis vier Uhr nachmittags … für vier Wochen. Bis die Schule Anfang September wieder anfängt.«

»Du spinnst komplett«, sagte Nele mit Inbrunst.

Doch Eva dachte schon weiter. »Du wirst uns bei der Apfelernte fehlen, Marion.«

»Tja, da müsst ihr leider durch. Ich werde anderweitig gebraucht. Zu viert werdet ihr das ja wohl schaffen, wenn Anna es früher allein hinbekommen hat.«

»Lohnt es sich wenigstens finanziell?«, fragte Julika.

»Wie viel ich bekomme, muss Leonore noch mit Sauert besprechen.«

»Dann lohnt es sich garantiert nicht! Wahrscheinlich will der, dass du Geld mitbringst!«

Aber Marion hatte keine Lust mehr, ihren Entschluss zu rechtfertigen. »Seht es, wie ihr wollt. Mein Entschluss steht.« Sie stand auf, stellte ihr Glas in die Spüle und rauschte hinaus.

»Sie ist verrückt geworden«, murmelte Nele. »Eine Wahnsinnige, die Kinder betreuen will! Das kann nicht gutgehen!«

»Es ist schade«, gab Eva ihr recht. »Aber wisst ihr, worum ich sie beneide?« Die anderen schüttelten die Köpfe. »Dass sie etwas hat, für das sie wirklich brennt.«

17. Kapitel

Ein Buch ist wie ein Garten,
den man in der Tasche trägt.
ARABISCHES SPRICHWORT

»Was sind denn Apfelnüttchen?«, fragte Dorothee.

»Wir?«, schlug Eva vor, und sie kicherten.

Zu zweit saßen sie am Küchentisch über Mutter Lohs Kochbuch. Auf der Suche nach neuen, beziehungsweise alten Apfelrezepten hatten sie begonnen, die Handschrift der Bäuerin zu entziffern. Auch wenn es gelegentlich nicht leicht war, sich einen Reim auf die seltsamen Überschriften zu machen.

»Oder hier: Apfelplunsen – schon mal was von Apfelplunsen gehört? Apfelkrüllen? Das hier ist auch gut: Apfelfritzkuchen. Wer oder was ist Fritz? Und was hat der im Kuchen verloren?« Dorothee sah von den Zetteln auf, die sie auf dem Küchentisch ausgebreitet hatten.

Inzwischen hatte die Ernte richtig begonnen. Sie hatten keinen Vergleich, ob es eine gute oder schlechte Ernte war, aber alle im Dorf versicherten ihnen, dass es ein Apfeljahr war. Die Bäume trugen schwer an ihrer Last. Ein gewaltiger Ast voller Früchte hatte sich bis zur Erde geneigt, eines Tages war er mit einem lauten Krachen abgebrochen.

Jeden Morgen lasen sie die Äpfel auf, die über Nacht

heruntergefallen waren. Das Fallobst stellten sie in Körben vors Haus auf die Straße. Nele hatte ein Schild gemalt (Bitte bedient euch!), und die Äpfel verschwanden schneller, als sie sie hinstellen konnten. Innerhalb eines Tages hatte es sich herumgesprochen, dass die Frauen aus Berlin das Dorf mit Fallobst versorgten, genau wie die alte Anna es getan hatte.

Was seitdem geschah, war wunderbar: Plötzlich wog Cindy ihre Fleischwaren besonders großzügig ab, Männer, die sie vorher auf der Dorfstraße ignoriert hatten, hoben in stummem Gruß die Hand, Frauen, die sie früher misstrauisch angeschaut hatten, blieben auf einen Plausch stehen. Und als Dorothee vor einigen Tagen bei Wolter's ein Brot gekauft hatte, hatte Frau Wolter gefragt, ob sie schon daran gedacht hätten, Apfelsaft zu machen. Dorothee bejahte das, woraufhin sie gleich fünf Mohnbrötchen extra bekam.

Nur Sauert war genauso ekelhaft wie sonst zu ihnen, wenn sie ihm mal im Dorf über den Weg liefen. Als sie eines Abends in Maik's Bistro ein Bier tranken, saß der Bürgermeister beim Skatspiel am Nebentisch. Unter seinen eisigen Blicken war Maik viel weniger freundlich als sonst in letzter Zeit. Sie mussten ewig warten, bis er ihnen die fünf Biere brachte – als er sie endlich auf den Tisch knallte, war die Blume praktisch weg. Sauerts gehässiger Gesichtsausdruck verriet, wem sie das zu verdanken hatten. Es war sonnenklar, dass er sie mobbte.

Seit Eva ein Bestimmungsbuch gekauft und versucht hatte, ihre Apfelsorten zu benennen, konnte sie über ihre Naivität nur lachen. Die Äpfel, mit denen sie die Dorfbewohner zumindest außerhalb Sauerts Reichweite für sich einnahmen, waren nicht gleich Äpfel. Hatte sie wirklich gedacht, es gäbe nur vier, fünf verschiedene Sorten? So ein Blödsinn! Es gab mehlige Äpfel, knackige Äpfel, aromatische Äpfel, honigsüße Äpfel, säuerliche Äpfel – Äpfel in allen Geschmacksrichtungen. Große Äpfel, kleine Äpfel, kugelrunde und längliche Äpfel, Äpfel, deren Schale sich spiegelglatt oder samtig anfühlte. Äpfel in allen Farben von fast Weiß bis Dunkelrot, von Grasgrün bis Knallgelb und in allen Farbkombinationen.

Und die Namen erst … Eva fand sie hinreißend: Schlotterapfel, Schafsnase und Hasenkopf, Eisapfel, Rosenapfel und Silberapfel, Mecklenburger Herrenapfel, Lausitzer Nelkenapfel, Sommerparmäne und Winterprinz, Hausmütterchen und Zimtapfel, Goldrenette und Himbeerapfel. Sie klangen wie ein romantisches Gedicht.

Eva bezweifelte stark, dass sie die Äpfel in ihrem Garten korrekt benennen konnte. Relativ sicher war sie beim Gravensteiner, dem Pfannkuchenapfel und dem Elstar. Und was da ganz hinten am Zaun, fast schon am Feld, reifte, konnte sehr gut ein Ontario sein. Aber vielleicht war es auch ein Berlepsch.

»Wir brauchen einen Pomologen!«, hatte Eva eines Morgens zu den anderen gesagt, während sie im Obstgarten umherwanderten und Fallobst aufsammelten.

»Her mit dem Kerl!«, hatte Nele lachend geantwortet und sich nach einem rotbackigen Apfel gebückt, der vor ihr im Gras lag.

»Du weißt doch gar nicht, was das ist«, hatte Eva gemeint.

»Stimmt. Aber es klingt, als ob man bei ihm was lernen könnte.«

»Ein Pomologe ist ein Obstbaumkundler«, hatte Eva erklärt. »Er wüsste sicher, was das hier für Äpfel sind, und könnte uns sagen, ob alte, seltene Sorten dabei sind.«

»Ach soooo«, hatte Nele enttäuscht geantwortet. Sie hatte Popologe verstanden.

Sie alle halfen. Aber es waren Dorothee und Eva, die die Ernte organisierten, und das nicht etwa aus leidiger Pflicht, sondern voller Begeisterung.

Wenn auch aus unterschiedlichen Gründen: Dorothee liebte den Rausch des Kochens und die schier unerschöpfliche Menge an Äpfeln, die ihr vorgaukelten, dass ihre Freundinnenzeit in Wannsee unendlich lange so weiterging.

Eva dagegen fand es faszinierend, wie sich die vollen Bäume allmählich leerten und sie dieser Fülle der Natur gerecht wurden. Es wäre ihr entschieden gegen den Strich gegangen, die Äpfel vergammeln zu lassen. Sie war neugierig auf jede neue Sorte, die sie entdeckte und mit dem Apfelpflücker vom Baum nahm. Ihre Speisekammer füllte sich, und sie hatten sich inzwischen durch sämtliche Apfelkuchenarten gefuttert: durch gedeckten Apfelkuchen, Apfelkuchen mit Streuseln, Apfelkuchen altdeutsch, amerikanischen Pie, französische Tarte Tatin, schwedischen Apfelkuchen, toskanische Torta di Mele (Julikas Favorit). Und heute hatten sie sich die Rezeptsammlung von Lohs Mutter vorgenommen.

»Ich glaube, es heißt Apfelplinsen und nicht Apfelplunsen«, sagte Eva. »Das ist so was wie ein Pfannkuchen. Wahrscheinlich hatte Mutter Loh es deshalb in ihrer Sammlung. Weil sie von Anna Pfannkuchenäpfel bekommen hat.«

»Ach so. Das macht Sinn«, sagte Dorothee und schrieb das Rezept in ihrer ordentlichen Schrift auf ihren Block.

In diesem Moment kam Nele in die Küche.

»Na, was gibt's heute?«, fragte sie.

Bei der Ernte half sie, weil sie die Freundinnen mit der Arbeit nicht allein lassen wollte und es schließlich in Annas Testament stand. Mit Julika war sie schon einige Male zur Mosterei gefahren, einige Dörfer weiter. Sie hatten in Julikas Mercedes Körbe mit Äpfeln verstaut und waren mit Kisten voller Apfelsaft zurückgekehrt.

Aber den Verwertungshype, wie sie ihn insgeheim nannte, teilte Nele nicht. Die paar Äpfel, die sie aß, hätten auch vom Supermarkt stammen können. Und ob sie einen Boskop oder einen Granny Smith pflückte, war ihr herzlich egal. Hauptsache, er hatte keine Maden. Das fand sie eklig. Wenn sie Äpfel schälten und aus einem Gehäuse kroch ihr ein Wurm entgegen, entsorgte sie grundsätzlich den ganzen Apfel. Ganz anders als Dorothee, die sich die Mühe machte, die madige Stelle sorgfältig auszuschneiden.

»Es gibt Apfelpfannkuchen, so wie es aussieht«, sagte Dorothee.

Nele seufzte. »Ganz ehrlich? Ich hätte mal Appetit auf etwas Herzhaftes. Ewig dieses süße Rumgeapfele mit Zucker und Zimt …«

»Ich kann ja mal im Internet schauen, ob ich was Deftiges finde«, bot Eva an. Sie stand auf und ging ins Büro. Nach kurzer Zeit kam sie zurück, mehrere bedruckte Bögen Papier in der Hand. »Bingo«, sagte sie. »Der Apfel macht auch vor Salzigem nicht halt. Also, Nele, wie wäre es mit Apfel-Ingwer-Suppe? Oder hier: Rindfleischeintopf mit Apfel. Oder Kassler mit Apfelsauerkraut. Oder natürlich Apfelrotkohl. Und fürs Brot – Apfelschmalz!«

»Hmmmmmh!«, machte Nele genießerisch.

»Was – hmmmh? Welches Rezept klingt gut?«, wollte Eva wissen.

»Alle!«, sagte Nele, der das Wasser im Munde zusammenlief.

»Ich könnte zu Karoppke gehen und Kassler holen«, sagte Dorothee eifrig, allzeit bereit, die Freundinnen zu bekochen.

»Gute Idee. Mach das!«, gab Nele enthusiastisch zurück und setzte sich an den Tisch. »Dann helfe ich solange Eva. Gib mal den Block her.«

Dorothee schob ihn zu ihr hinüber und band sich die Schürze ab. In letzter Zeit stand sie so häufig in der Küche, dass sie sie gleich morgens umband. Jetzt hängte sie sie an einen Haken hinter der Tür und verließ die Küche, um sich auf den Weg ins Dorf zu machen.

»Ihr habt ja schon eine Menge Rezepte zusammen«, sagte Nele anerkennend, während sie durch den Block blätterte.

»Es gibt haufenweise davon im Netz. Und nun noch die von Lohs Mutter! Wahrscheinlich, weil Äpfel seit Jahrtausenden zu unserer Kultur gehören. Sie sind leicht anzubauen und tragen reichlich. Und gesund sind sie auch noch.«

An apple a day keeps the doctor away«, rezitierte Nele.

»Du sagst es!« Eva nickte. »Und dann ist da noch der Liebesapfel, der Apfel der Schönheit, Weihnachtsäpfelchen am Baum«, zählte sie auf. »Der Giftapfel von Schneewittchen, der goldene Reichsapfel, der Apfel der Unsterblichkeit, der Paradiesapfel, die verbotene Frucht. Der Apfel ist das Symbol der Reife, der Fülle und der Fruchtbarkeit. Und der sexuellen Attraktivität.«

»Genau. Man denke nur an das schöne Wort Apfelarsch.« Nele sah Eva an. »Hast du das alles nachgelesen?«, fragte sie beeindruckt.

»Na klar. Du kennst mich doch.«

»Das reicht ja fast für ein Buch, was du darüber weißt!«

Eva schlug sich an die Stirn. »Da sagst du was, Nele. Ein Buch! Ein Apfelbuch!«

Jetzt war auch Nele interessiert. »Meinst du ein Kochbuch?«

»Nein, viel mehr! Ein Apfelgeschichtsbuch. Ein Kulturbuch. Mit Fotos von unserem Apfelgarten. Von uns, in Aktion! Fünf Frauen zwischen Stadt und Land. Fünf Suchende nach dem Apfel der Erkenntnis. Mit Aufnahmen von malerischen Büfetts, die wir unter den Apfelbäumen aufbauen. Und den entsprechenden Rezepten dazu! Ein Buch voller Sommerseele und Reifearoma«, brainstormte Eva drauflos.

»Du, das ist eine Superidee!« Nele war Feuer und Flamme. »Weißt du noch, als wir für Titus das Buch zum Thema *Oldtimer polieren – aber richtig* gemacht haben, sein doofes Give-away für die Kunden? So ähnlich könnten wir es doch machen! Nur viel schöner! Mit besseren Grafiken und schöneren Fotos! Und mit einem Poster zum Ausklappen mit dem Thema: Wie brenne ich Apfelschnaps?«, fügte Nele versonnen hinzu.

»Das lieber nicht. Das ist unser Geheimnis.«

»Na gut, dann das nicht. Hast ja recht. Wie viele Seiten wollen wir anpeilen? Meinst du, wir finden einen Verlag? Oder wollen wir es im Eigenverlag herausgeben? Bei Books on Demand einstellen? Und wie nennen wir es? Hast du einen guten Titelvorschlag?« Mit Nele gingen die Bücherpferde durch.

Eva lächelte. Genau das war der Grund, weshalb sie gern mit Nele zusammenarbeitete: Es waren nicht Neles Liebesgeschichten, in die sie sich viel zu schnell verstrickte. Es waren auch nicht ihre Ironie und bestimmt nicht ihre Dickfelligkeit, über die Eva sich gelegentlich ärgerte, sondern die Einfälle, die manchmal aus ihr heraussprudelten, die Überzeugung, dass man das Unmögliche möglich machen konnte, wenn man es nur genug wollte, die gleiche Wellenlänge, auf der ihre Kreativität gelegentlich surfte.

»Wie wäre es mit *Das Apfelfrauenbuch*?«, schlug Eva vor.

»Oder *Eva und die Apfelfrauen!*«, meinte Nele. »Es muss ja nicht immer Adam sein.«

Eva nickte. »Genau das würde Marion sagen, wenn sie hier wäre!«

Wieder war Dorothee schwach geworden.

Karoppkes Laden war jedes Mal ihr Untergang, aber solange sie in Wannsee waren, würde sie es genießen, dort einzukaufen. Damit war ja sowieso bald Schluss. Und dann würde sie endlich mit einer Diät anfangen! Der viele Apfelkuchen half nicht wirklich dabei, den Rettungsring um ihre Hüften kleiner werden zu lassen.

Dorothee verstand gar nicht, wie die anderen das machten. Naja, vielleicht doch. Die Freundinnen kümmerten sich nicht um die köstlichen Reste auf dem Backblech, während es ihr in der Seele wehtat, ein halbes Stück Kuchen hier, ein paar Löffelchen Sahne dort wegzuwerfen. Naschen hatte so etwas Tröstliches, wenn man allein in der Küche stand.

»Huhu, ich bin wieder daa-haa!«, rief Dorothee, als sie die Haustür aufschloss.

Niemand antwortete. Als sie in die Küche ging, sah sie auch, warum: Nele und Eva waren so vertieft in ihre Arbeit, dass sie sie gar nicht gehört hatten. Der Tisch war bedeckt von Blättern mit farbigen Skizzen, rasch hingeworfenen Überschriften und Nummerierungen, die für

Dorothee überhaupt keinen Sinn ergaben. Sie stellte die Tüten ab und trat näher.

»Wir könnten ein Pseudonym nehmen«, schlug Eva gerade vor. »Wie hieß dein erstes Haustier?«

Nele überlegte. »Warte mal, das war ein Meerschweinchen, das nachts immer furchtbar laut quiekte und am liebsten Schokolade fraß … Ich hab's gleich … Bessi! Bessi hieß das Vieh!«

»Und in welcher Straße habt ihr gewohnt, als du klein warst?«

»In der Steinmetzstraße. Da wohnen meine Eltern immer noch.«

»*Voilà*, fertig ist unser Pseudonym: Bessi Steinmetz!«

Nele lachte. »Ich hab mich immer gefragt, wie man sich so was ausdenkt!«

»Was macht ihr eigentlich?«, fragte Dorothee.

»Wir haben beschlossen, ein Apfelbuch zu schreiben! Wir sammeln Rezepte, und dann wollen wir …«

In diesem Moment klingelte es an der Tür. »Da will bestimmt wieder wer Fallobst für seine Hühner oder so. Wir haben heute nur wenig rausgestellt«, sagte Nele und stand auf. »Ich sag, sie sollen nachher noch mal wiederkommen. Wir sind gerade so schön dabei.«

Dorothee werkelte in der Speisekammer herum, als Nele zurückkehrte. Aber sie war nicht allein: Neben ihr stand eine junge Frau mit platinblondem langem Haar und dunkelbraunen Augen, einem schwarzen Minirock und einem Tanktop, dessen Farbe perfekt zu ihrem Lidschatten passte – königsblau. Sie hatte lange, pinkfarbene Fingernägel und einen höchst seltsamen Ausdruck im geschminkten Gesicht.

»Dorothee, komm mal«, sagte Eva, als sie erkannte, wer es war. »Du hast Besuch.«

Dorothee kam aus der Kammer – und blieb wie angewurzelt stehen. »Mimi! Kind!« Da stürmte Mimi auch schon auf ihre Mutter zu, warf sich in ihre Arme und brach in Tränen aus. »Was hast du denn, meine Kleine? Ist was passiert? Wie kommst du hierher?«, fragte Dorothee erschrocken und strich ihr beruhigend über den Rücken.

»Mit meinem Auto.« Mimi sah hoch, wischte sich mit der Hand über die Augen und verschmierte so die heruntergelaufene Wimperntusche noch mehr. »Verdammte Scheiße! Ich bin schwanger!«, rief sie.

»Du bekommst ein Baby?« Dorothee ließ die Arme sinken und sah ihre Tochter wie vom Donner gerührt an.

»Jaaaahaha!«, heulte Mimi auf. »Ich bin schon im dritten Monat! Aber ich weiß nicht, ob ich's haben will! Kann ich erst mal bei dir bleiben, Mama?«

»O mein Gott, ein Baby! Werde ich jetzt Oma? Aber natürlich kannst du bleiben, Süße. Solange du willst. Wir haben ja ein Gästezimmer«, gurrte Dorothee und schloss Mimi gleich noch einmal in die Arme.

»Lennart wird stinksauer sein, weil ich einfach abgehauen bin!«, jammerte Mimi.

»Ach, das wird er schon verstehen. Ihr findet eine Lösung, ganz bestimmt«, meinte Dorothee zuversichtlich.

Da brach es aus Mimi heraus: »*Wir* sollen eine Lösung finden? Aber es ist doch alles nur *deine* Schuld, Mama! *Du* hast mir geraten, wir sollen abends mehr zu Hause bleiben …«, rief sie vorwurfsvoll.

»Ja und?« Dorothee verstand nicht, worauf Mimi hinauswollte.

»… und das haben wir getan und Günther Jauch geschaut! Dreimal gibt's den manchmal pro Woche, mindestens! Aber der ist so langweilig. Und dann hatten wir Sex. Auf der Couch«, schluchzte Mimi verzweifelt.

Eva und Nele sahen sich verblüfft an. Aber Dorothee schien mit der seltsamen Logik ihrer Tochter, die ihr als Mutter die alleinige Schuld zuschob, vertraut zu sein.

»Komm, wir holen erst mal deine Sachen herein!«, beschwichtigte sie Mimi. »Dann sehen wir weiter. Hast du heute schon was gegessen?« Hand in Hand verließen sie die Küche.

»Dieses Baby wurde mit Günther Jauchs Hilfe gezeugt? Das nenn ich mal einen Publikumsjoker!« Eva rang um Fassung.

»Oh Mann, das darf doch nicht wahr sein!« Nele wusste nicht, ob sie lachen oder weinen sollte. »Dorothee, dieses Muttertier! Warum schickt sie sie nicht sofort zurück? Das Mädchen muss das mit seinem Freund ausmachen, nicht mit Mami! Und so ein Blödsinn, dass Dorothee schuld ist. Zum Vögeln gehören immer noch zwei Hauptakteure. Das ist eine ganz billige Nummer, sich aus der Eigenverantwortung zu ziehen.«

»Finde ich auch«, gab Eva zu.

»Was haben wir geredet, dass Dorothee mal ein bisschen Abstand zu ihrer Brut wahrt!«, schimpfte Nele weiter. »Ich bin gespannt, was Marion und Julika dazu sagen.«

»Da brauchen wir nicht gespannt zu sein. Das wissen wir doch! Sie sind unserer Meinung, was denn sonst! Hoffentlich dauert es nicht allzu lange, bis Mimi weiß, was sie will, und wieder zurück nach Berlin fährt. Und außerdem ... solange sie hier ist, sind wir wenigstens eine mehr beim Ernten.« Eva war entschlossen, das Beste aus der Situation zu machen.

Nele schnaubte. »Mimi und Ernten? Mit den Krallen? Damit kann man die Äpfel höchstens aufspießen!«

»Nele, du übersiehst da was.«

»Ach ja? Was denn?«

»Mimi ist nicht nur Dorothees Problem. Mimi ist ab sofort auch unser Problem.«

Nele krakelte ungehalten mit einem Buntstift an einer Skizze herum. Dann sah sie auf. »Verstehe. Alle für eine, eine für alle. Der Schwur.«

Eva nickte. »Genau.«

18. Kapitel

*Whoever said happiness comes
with sunshine,
has never danced in the rain!*
UNBEKANNT

Am Tag nach Mimis Ankunft begann es zu regnen.

Zuerst perlten die Tropfen auf dem mageren Boden ab. Dann sickerten sie allmählich ein und tränkten die Erde, bis sie nicht mehr wusste, wohin mit dem Wasser, und es in großen Pfützen stehen ließ.

Nach den trockenen Wochen war der Landregen zunächst eine willkommene Abwechslung. Aber als es nicht aufhören wollte zu regnen, ging ihnen das Wetter auf die Nerven.

Marion stöhnte, dass es keinen Spaß mache, mit den Schulkindern spazieren zu gehen, Pflanzen zu sammeln und zu bestimmen, was sie sich als Ferienprogramm ausgedacht hatte. Nele maulte, wenn sie morgens im Regen die Äpfel aufsammeln mussten und klitschnass ins Haus zurückkehrten. Julika fröstelte bei der feuchten Kühle so sehr, dass Eva immer häufiger in die Scheune ging, um trockenes Holz für den Kaminofen zu holen und ein Feuer zu machen.

Dorothee und Mimi dagegen fanden das Wetter nicht weiter tragisch. In der Küche war es warm und trocken

(Dorothee), im Bett auch (Mimi). Wenn sie nicht über Stunden das Bad belegte, verbrachte sie die Tage dort. Sie döste, machte Gesichtspackungen, feilte und lackierte sich die Nägel und schrieb unendliche Mengen SMS. Ihr Handy klingelte so oft mit einem nervigen Harfenton, dass die anderen bei jedem Anruf nervös zusammenfuhren. Meistens war Lennart dran, der zunehmend ungehaltener wissen wollte, wann sie wiederkäme.

Mimi im Haus zu haben war nicht leicht. Es war erstaunlich, wie jemand, der praktisch nur zu den Mahlzeiten aus dem Zimmer kam, die Atmosphäre so verändern konnte. Es half auch nicht, dass Dorothee einerseits mit Mimi nicht zufrieden war, es aber auch nicht aushielt, wenn die anderen etwas Negatives über sie sagten.

»Ich kenne Mimis Schwächen, das könnt ihr mir glauben. Nur weil ich Mutter bin, muss ich mich nicht immer freuen, wenn ich die Kinder sehe. Aber sie ist nun mal meine Tochter«, hatte sie gesagt, einen märtyrerhaften Unterton in der Stimme.

»Aber genau das machst du. Du freust dich, dass Mimi gekommen ist, und du tust nichts, damit sie wieder wegfährt und ihre Sachen regelt«, hatte Marion geantwortet, und schon war Dorothee eingeschnappt gewesen.

»Was für ein verwöhntes Ding!«, schimpfte Julika, während sie an einem verregneten Sonntagnachmittag vorm Kaminofen saßen und sich wärmten.

Marion antwortete: »Mimi erinnert mich sehr an meine Sechstklässlerinnen. SMS, Freundinnen, Jungs, Make-up, an sehr viel mehr scheint sie nicht zu denken.«

»Aber sie ist dreiundzwanzig! Und sie bekommt ein Baby!«

»Na, ob sie es bekommt, ist noch nicht sicher.«

»Ich verstehe diese Generation nicht«, sagte Nele, die sich bis zu Mimis Auftauchen eher die Zunge abgebissen hätte, als zuzugeben, dass sie nicht mehr zur jungen Generation gehörte. »Wir waren doch anders, oder?«

»Natürlich waren wir anders. Die Zeit war anders. Es gab noch keine Handys. Es gab nicht mal schnurlose Telefone!«, sagte Julika und nippte an dem Yogi-Tee, den Marion gekocht und für sie alle in einer großen Kanne auf den Wohnzimmertisch gestellt hatte. »Vom Internet ganz zu schweigen. Wir waren gezwungen, vorher zu planen. Wenn wir samstags auf eine Party gingen, haben wir es mittwochs schon gewusst. Dann blieb anständig Zeit, um sich zu überlegen, was man anzog.«

»Das braucht Mimi nicht. Sie ist immer so zurechtgemacht, als ob sie gleich auf eine Party ginge«, sagte Nele missbilligend.

»Möchtet ihr noch mal jung sein?«, fragte Marion nachdenklich.

»Ach, um Gottes willen, bloß nicht«, entfuhr es Eva. »Wir sind sowieso viel zu alt, um noch hip zu sein. Weil es nämlich alles, worauf sich junge Leute was einbilden, bereits gegeben hat. Und richtig hip kann man sich nur fühlen, wenn man etwas zum ersten Mal entdeckt. Wisst ihr noch – sonnendurchlässige Bikinis? Miniröcke? Hatten wir alles.«

»Stricken – hatten wir auch«, sagte Julika. »Wenn ich jetzt höre, dass es total angesagt ist, sich lange Schals zu stricken, kann ich nur lachen. Ich habe schon auf der Verwaltungsschule gestrickt. Besonders in Bilanzbuchhaltung. Anders war das überhaupt nicht auszuhalten! Und das ist fast dreißig Jahre her. Wir sind die lebende Renaissance.«

»Ich möchte nicht mehr so jung sein und ernsthaft glauben, dass meine Generation die Welt neu erfindet«, sinnierte Eva. »Bei Frenz & Friends war ich mal in der Kaffeeküche zusammen mit einem Praktikanten. Das Radio lief, und auf einmal fängt er an zu singen und sagt, dass dieser neue Song ultracool ist. Neu?, frage ich, was meinst du mit neu? Es war ein Remake von einem alten Supertramp-Hit! Neu! Ich bitte euch!« Sie lachte. »Aber wisst ihr, wie wir klingen?«

»Na?« Die anderen sahen sie erwartungsvoll an.

»Wir klingen alt. Mimi ist nun mal die Generation, die nach uns kommt. Wie wir früher alles gemacht haben, war nicht unbedingt besser. Es war nur anders. Zugegeben, ohne Handy konnten wir auch nicht so spontan sein.«

»Wenn du ein Baby hast, kannst du auch nicht mehr so spontan sein«, sagte Julika. »Das habe ich bei den Besuchen in Italien immer gesehen. Lollis Schwester hatte bei ihren vier Kindern die Ruhe weg, aber hat auch alles geplant. Die konnte nicht von einer Sekunde auf die andere etwas machen, wie es ihr gerade in den Sinn kam.«

»Genau. Das wird wahrscheinlich der Grund sein, warum Mimi sich nicht entscheiden kann. Das und ihre Angst, dass sie endlich erwachsen werden muss.«

An diesem Tag hatte Dorothee es wenigstens geschafft, Mimi aus dem Bett zu locken. Doch als ihre Tochter in die Küche geschlichen kam, band sie sich nicht etwa die Schürze um, griff nicht nach einem Messer und setzte sich auch nicht an den Tisch, sondern hielt Dorothee ihre frisch lackierten blutroten Krallen unter die Nase.

»Schau mal, Mama.«

»Rot sieht immer gut aus«, sagte Dorothee anerkennend. »Aber was bedeuten diese kleinen schwarzen Punkte?«

Mimi sah enttäuscht aus. »Wo hast du denn deine Brille?«

Dorothee fuhr sich reflexartig in die Haare, aber da war sie nicht. »Wahrscheinlich im Wohnzimmer. Wieso?«

»Dann hol sie! Ich will hören, was du dazu sagst!«

»Na gut. Aber du kannst ruhig schon mal anfangen«, sagte Dorothee und zeigte auf den Apfelberg auf dem Tisch. Vor den Spannungen im Haus flüchtete sie sich lieber in die Arbeit. »Es warten rund achtzig Gläser. Wir machen heute Apfelgelee.«

Widerwillig griff Mimi nach dem Messer. »Ich will mir nicht die Nägel kaputt machen«, sagte sie bockig, fing aber trotzdem an zu schälen.

Dorothee verließ die Küche. Sie ging ins Wohnzimmer, wo die anderen verstummten, als sie eintrat. Was nur den Schluss zuließ, dass sie über Mimi oder sie selbst gesprochen hatten. Dorothee schaute ungehalten in die Runde, suchte ihre Brille, fand sie, setzte sie auf und ging, ohne ein Wort zu sagen, zurück in die Küche.

»Dann zeig mal her.« Sie griff nach der Hand ihrer Tochter, an der jetzt Apfelklümpchen klebten. »Oha. Ein winzig kleiner Vogel. Niedlich.«

»Das ist kein Vogel, das ist der märkische Adler! Der aus dem Lied! Das hab ich extra für dich gemacht!« Mimi warf das Messer hin und brach in Tränen aus. »Weißt du, wie schwer es ist, das auf die Nägel der rechten Hand zu malen? Ich hab Stunden dafür gebraucht!«

»Mimi, Schatz, hör bitte auf zu weinen«, sagte Dorothee, mit ihrer Geduld allmählich am Ende. Sie hatte sich so gefreut, ihre Tochter wieder um sich zu haben. Aber mittlerweile fühlte sie sich nur noch zwischen ihren Freundinnen und der ewig launischen Mimi hin- und hergerissen. Sie sehnte sich nach der harmonischen Stimmung, die im Haus geherrscht hatte, bevor Mimi gekommen war. »Das ist doch kein Grund! Sei nicht so empfindlich! So warst du doch sonst nicht. Das sind die Hormone, bestimmt. Wenn du dich erst mal entschieden hast, wird das sicher besser. Hast du dich denn schon entschieden? So lange kannst du nicht mehr warten, das weißt du, oder?«

Mimi schüttelte den Kopf. Dann warf sie das Messer hin. »Mir wird schlecht von diesem Apfelgeruch«, sagte sie trotzig und machte Anstalten, die Küche zu verlassen.

»Mimi! Du bleibst hier und hilfst mir!«

Aber da war ihre widerborstige Tochter schon an der Treppe und zurück auf dem Weg in den sicheren Hafen ihres Bettes.

Sie hatten alles gehört.

Als Mimi die Treppe hochstürmte, hob Nele vielsagend die Augenbrauen. »Das war nix«, sagte sie.

»Würde ich auch sagen«, bestätigte Eva und lehnte sich im Fernsehsessel zurück. Dorothee tat ihr leid.

Sie alle fühlten sich etwas lethargisch von dem eintönigen Geräusch des Regens und der Wärme des Feuers.

»Ach, was könnte man bei einem verregneten Sonntag in Berlin alles Schönes machen!«, schwärmte Julika. »Ich frag mich, wann wir endlich mit der Ernte durch sind und zurückkönnen. Vielleicht schon vor dem 1. Oktober? Und ... Wie will Rechenberger eigentlich kontrollieren, ob wir die gesamte Zeit hier absitzen?«

»Vor Oktober können wir nicht weg, ausgeschlossen«, erwiderte Eva. »Und was Rechenberger angeht – das habe ich mich auch schon gefragt.«

»Wahrscheinlich taucht er irgendwann unangemeldet auf«, meinte Marion.

»Von mir aus kann er das ruhig. Wir haben nichts zu verbergen.«

»Hoffentlich vergeht der September schnell!« Julika seufzte. »Dann können wir wieder nach Hause.«

»In Berlin hätte mich so ein Wetter geärgert. Aber hier finde ich es richtig schön«, sagte Eva. Geistesabwesend spielte sie mit einem Kugelschreiber, mit dem sie kurz vorher eine Idee für das Apfelfrauenbuch notiert hatte. »So bekommen die Bäume Wasser, und die Äpfel können noch weiterwachsen. Der Boskop lässt sich bestimmt besonders gut einlagern, so richtig saftig wird er sein und sich den Winter über halten. Versteht ihr, was ich meine?«

Sie blickte in Richtung Apfelgarten. Wirklich sehen konnte man ihn in dem trüben Wetter kaum. Er war hinter einer Regenwand verborgen.

»Nein«, widersprach Julika entschieden. »Ich finde, das ist richtiges Scheißwetter. Und was wollen wir mit Winteräpfeln? Im Winter sind wir doch längst nicht mehr da! Ob der Boskop sich gut einlagern lässt, ist mir ungefähr so wichtig, wie ob in China ein Sack Reis umfällt!«

»Langkorn oder Spitzkorn?«, fragte Nele.

Aber Julika war noch nicht fertig. »Es soll endlich aufhören zu regnen. Es ist August, da will ich Sonne, versteht ihr? Wärme! Laue Nächte! Das ist doch für einen Sommer in diesem Kaff nicht zu viel verlangt!«

Mit düsterer Miene schaute sie auf die große Regenlache, die sich auf der Terrasse gebildet hatte. »Letzte Nacht habe ich übrigens miserabel geschlafen«, fügte Julika übellaunig hinzu und warf von ihrem Platz aus einen weiteren Scheit ins Kaminfeuer.

Das merkt man, dachte Eva, sagte aber: »Wegen des Regens? Weil er so laut aufs Dach trommelt?«

»Nein, wegen der Eule. Habt ihr sie nicht gehört? Ich

glaube, sie hat auf meinem Fensterbrett gesessen und die halbe Nacht durch geschrien.«

»Unsere Lady?«, fragte Marion.

»Ich denke mal, dass sie das war. Sie hat geschrien, einen Moment Ruhe gegeben, und dann ging es wieder von vorn los. Immer, wenn ich gerade dabei war wegzuduseln. Es war wie chinesische Folter.«

»Wahrscheinlich hat sie sich bei dir beschwert, weil die Mäuse im Moment so wässrig schmecken«, sagte Eva.

Nele schüttelte sich.

»Gut, dass das der Bürgermeister nicht gehört hat«, sagte Marion. »Eulen gelten als Hexenvögel, das wäre Wasser auf seine Mühle, wenn er von Lady D'Arbanville wüsste. Dann würde er uns den Prozess machen.«

»Warum sind Eulen eigentlich Hexenvögel – weißt du das, Marion? Du kennst dich doch mit so was aus«, fragte Eva.

Die Freundin nickte. »Eulen sind nachtaktiv, und die Nacht war immer schon eine Urangst der Menschen. Im Mittelalter bedeutete das lateinische *strix*, also Eule, auch Hexe. Sie galt als Vogel, deren Ruf den Tod ankündigt und die Seele ins Jenseits begleitet. Wenn man sie hörte, bedeutete das, dass der Tod unmittelbar bevorstand.«

»Na super! Und ausgerechnet vor meinem Fenster muss das Vieh rumschuhuen«, sagte Julika unbehaglich. »Wahrscheinlich bekomme ich eine Lungenentzündung bei dem Wetter, und das war's dann.«

»Quatsch. Den Tod kündigt der Eulenruf nur an, wenn du eine Maus bist«, sagte Eva.

»Eulen stehen auch für Weisheit und Verstand, Julika«, fuhr Marion fort. Sie fuhr unablässig mit dem Zeigefinger über ihr Kinn. »Vielleicht saß die Lady auf deinem Fensterbrett, weil dir bald eine Erkenntnis kommt.

In der Esoterik bedeutet die Eule, dass der Schleier von der Seele genommen wird, dass einem Zusammenhänge klarer werden.«

»Besonders bei Schleiereulen«, witzelte Nele. »Warum fummelst du dir die ganze Zeit am Kinn rum? Ist das deine Denkerpose?«

Marion sah unangenehm überrascht aus und ließ rasch die Hand sinken. »Quatsch. Ich hab da ein Hexenhaar. Es ist fies und schwarz und hart und wächst nach, egal, wie oft ich es rauszupfe. Habt ihr das etwa nicht? Bin ich die Einzige mit unerwünschtem Bartwuchs? Mit welchen Pinzetten arbeitet ihr? Es ist so gemein: Auf dem Kopf werden die Haare immer dünner und am Kinn immer dicker ...«

Den anderen blieb eine ehrliche Antwort erspart, weil Dorothee in diesem Moment zum zweiten Mal ins Wohnzimmer kam.

»Kann mir wer helfen, das Apfelgelee abzufüllen?«, fragte sie reserviert. Alle vier standen auf.

»Eine reicht«, sagte Dorothee, und alle außer Eva ließen sich wieder auf die Couch und den Stuhl fallen.

»Das sieht ja mächtig nach Arbeit aus«, staunte Eva, als sie die Küche betraten.

Es war warm, und berauschender Apfelduft hing in der Luft. Auf dem Herd stand ein großer Metalltopf, in dem eine dunkelgoldene Flüssigkeit leise vor sich hin blubberte. Auf dem Tisch standen, auf frischen Küchenhandtüchern, ausgespülte Marmeladengläser und Deckel. Eine Schöpfkelle lag bereit.

»Soll ich mit dem Einfüllen anfangen, und du machst die Gläser zu? Und soll ich sie bis zum Rand füllen oder zum Deckel hin etwas Platz lassen? Was sagt die Spezialistin?«, fragte Eva. Dann fiel ihr was ein. »Sag mal, wollen wir nicht ein paar Lavendelblüten in einige Gläser geben? Das sieht bestimmt hübsch aus und schmeckt gut.«

Aber sie bekam keine Antworten auf ihre Fragen. Denn Dorothee runzelte die Stirn und winkte Eva zum Fenster. »Da ist wer«, sagte sie.

Eva folgte ihrem Blick, schräg am Haus vorbei. Jetzt sah sie es auch. Jemand war in die Einfahrt gefahren und parkte direkt hinter Julikas Auto. Es war ein silbergrauer Sportwagen, ein Cabrio mit schwarzem Verdeck.

Aus diesem rasanten Gefährt stieg jetzt ein Mann. Er hatte dunkles längeres Haar, in das er eine verspiegelte Sonnenbrille geschoben hatte, die keinen Zweck zu erfüllen schien, außer, dass sie sein Haar an Ort und Stelle hielt und ihm äußerst gut stand. Einen Moment lang blieb er stehen und musterte mit schief gelegtem Kopf das Haus. Dann kam er auf die Terrasse zu. Elegant umging er die größten Regenlachen. Auf sein sandfarbenes Jackett, das er offen trug, fielen Regentropfen, ebenso auf seine dunkle Hose, doch das schien ihm wenig auszumachen.

Der Mann war vielleicht Ende zwanzig und sonnengebräunt, und was Dorothee und Eva schon erfasst hatten, als sie ihn in der Entfernung entdeckt hatten, wurde mit jedem Schritt in ihre Richtung zu größerer Gewissheit: Er sah gut aus.

Nein. Das stimmte nicht.

Fantastisch traf es eher. Es war, als hätten sich die Göttinnen des Olymp in einer launigen Prosecco-Runde zusammengefunden, um sämtliche Merkmale eines Latin Lovers zu vereinen und das Ergebnis zur Erde zu senden. Einzig zu dem Zweck, um sich ins Fäustchen zu lachen und zu beobachten, wie dieser Mann sterbliche Frauen himmlisch beglücken und höllisch unglücklich machen würde – in dieser Reihenfolge.

Es war Eva und Dorothee komplett rätselhaft, was der Fremde bei ihnen wollte. Dass er aus Wannsee stammte, war ausgeschlossen. Diesen Mann hätten sie in den vergangenen Wochen bestimmt nicht übersehen. Von diesem Mann hätten Gaby Schlomske ebenso wie Frau Wolter, Cindy und Leonore ihnen nicht nur einmal vorgeschwärmt.

Als er die Terrasse erreicht hatte, ging er schnurstracks zur Tür, hob die Hand gegen die Spiegelung und spähte, als ob er wen suchte, ins Wohnzimmer.

Dann klopfte er.

Eva und Dorothee hörten das Pochen bis in die Küche. Sie ließen das Apfelgelee Apfelgelee sein und gingen eilends zu den anderen.

»Wer ist das?«, fragte Marion.

Nele folgte ihrem Blick. »Aber hallo.«

Der Mann, der draußen auf der Terrasse stand, hob die Hand und winkte ihnen durchs Fenster zu.

»Warum habe ich inzwischen jedes Mal, wenn irgendwer vor unserer Tür steht, so ein unbehagliches Gefühl?«, fragte Julika, stand aber trotzdem auf, ging zur Tür und öffnete sie.

Der Fremde trat ein. Mit einem Lächeln, bei dem die abgebrühtesten Frauen weiche Knie bekommen hätten, sagte er: »*Ciao! Scusi* die Störung. Und da biste du, *cara zia*! Endlich – es war ein langer Weg von Firenze! Ich ware gestern schon in Berlin, aber da warste du nicht. Deine Nachbarin hate mir gegeben deine neue Adresse *in campagna*. Erinnerst du dich an mich? Ich binne Sergio!« Sein italienischer Akzent war so dick wie eingekochte Pastasoße.

Julika war wie zu Eis erstarrt.

19. Kapitel

Ein Pessimist ist ein Mensch,
der sofort nach dem Sarg Ausschau hält,
wenn er Blumen gerochen hat.
HENRY LOUIS MENCKEN

Julika blinzelte, aber es dauerte einen Moment, bis sie sich fasste. Dann fragte sie: »Sergio – bist du das wirklich?«

Er trat auf sie zu, griff nach ihrer Hand und führte sie sanft zu seinem Mund. »Si, *zia* Julika. Es ist lange herre, ja? Bestimmte fünfzehn Jahre. Du und *zio* Lorenzo waren dreimal ssu Weihnachte bei *mamma*. Mitte die ganze *famiglia*.«

Julika nickte. »Das stimmt, ja. Aber ... ich hätte dich niemals wiedererkannt, Sergio!«

Er lächelte reumütig: »Ja, *mamma* hate immer zu gute für uns gekocht, ja? Früher war ich dick. Ssu viele Pasta.« Er tätschelte sich den beneidenswert flachen Bauch. »Aber dann ich war lange bei die Cousins in Dusseldorfe. Haben Baugeschäfte. Da binne ich dünner geworden.«

»Auch sonst siehst du völlig anders aus.« Julika konnte nicht aufhören, Sergio anzustarren. »Du warst damals ...«

Sie sprach nicht aus, was sie dachte. Er war ein pickliger, fetter Mops mit strähnigen langen Haaren gewesen. Nichts, aber auch gar nichts an ihm hatte diesen späteren Traummann erahnen lassen. Nur wenn man ganz genau hinsah, entdeckte man noch die eine oder andere Aknenarbe.

Julika riss sich zusammen. »Sergio ist mein Neffe. Na, eigentlich Lollis Neffe. Der älteste Sohn seiner Schwester«, erklärte sie jetzt den Freundinnen, die Sergio stumm in die großen dunklen Augen schauten. Zu Sergio sagte sie: »Das sind meine Freundinnen Dorothee, Nele, Eva und Marion. Wir wohnen hier den Sommer über zusammen.« Dann fragte sie endlich: »Was machst du eigentlich hier, Sergio?«

Von einer Sekunde auf die andere verzog Sergio sein hübsches, markantes Gesicht. »*Zia* Julika, ich bin wegen die *zio* Lorenzo hier …«

»Lolli? Warum? Wo ist er?«, unterbrach Julika ihn.

Sergio dämpfte die Stimme: »*Zio* Lorenzo iste im Auto … er iste …« Er schien nach dem richtigen Ausdruck auf Deutsch zu suchen.

Julika schrie auf. »Mein Gott, Lolli ist da? Warum sagst du das jetzt erst, Sergio? Mädels, habt ihr das gehört? Habe ich nicht neulich gesagt, ich möchte ihn noch mal sehen? Ich fasse es nicht! Lorenzo sitzt draußen im Wagen und wartet, dass ich zu ihm komme!«

Und schon stürmte sie zur Terrassentür. Sie riss sie auf und rannte, nur in Socken, ein Wolltuch um die Schultern, durch die Wasserlachen auf den silbergrauen Sportwagen zu.

»Ah, *cazzo*«, murmelte Sergio und ging ihr rasch nach.

Julika spürte nicht den Regen, der ihr ins Gesicht schlug, spürte nicht, wie nass und kalt ihre Füße wurden. Sie meinte, Lolli hinter der beschlagenen Autoscheibe zu erkennen, aber als sie näher kam, sah sie, dass sie sich getäuscht hatte. Da saß niemand. Suchend sah sie sich um. Wo steckte Lorenzo?

Sie blickte wieder in den Wagen, aber alles, was sie sah, war eine unsäglich hässliche weiß-goldene Vase, die seltsamerweise auf dem Beifahrersitz angeschnallt war. Ein protziges Kitschobjekt wie aus einem italienischen C-Film oder aus einer Berlusconi-Villa. Sie konnte nur hoffen, dass das kein Gastgeschenk von Lorenzo und Sergio war! Grässlich! Falls doch, würde sie dieses Monstrum bei nächster Gelegenheit einfach auf die Steinfliesen der Terrasse fallen lassen ...

Jemand berührte sie an der Schulter. Mit angehaltenem Atem wirbelte sie herum, überzeugt, dass es Lorenzo war, der sich irgendwo versteckt hatte, um sie zu überraschen. Aber es war nicht Lorenzo, sondern Sergio.

»Wo ist er denn?«, fragte Julika ungeduldig, die langsam nichts mehr verstand.

Wortlos öffnete Sergio die Beifahrertür und zeigte auf die hässliche Vase. Julika sah jetzt, dass sie einen Deckel hatte. War das etwa gar keine Vase? Nein, es war ...

»Da iste *zio* Lorenzo«, sagte er traurig.

»Nein!«, schrie Julika und schlug sich entsetzt die Hand vor den Mund. »Nein! O mein Gott! Lorenzo! Das kann nicht sein!«

»Doch«, antwortete Sergio leise. »*Si*. Das iste *zio* Lorenzo. Da iste seine Asche drin. Wir haben genommen Carrara-Marmor. Die ganze *famiglia* hate gesammelt. *Elegante, no?*« Behutsam griff er mit beiden Händen nach der Urne und nahm sie hoch. »Bringe ich in Haus, ja? Iste wärmer für ihn.«

Julika sah Sergio entgeistert an. Machte er morbide Witze? Sie bezweifelte, dass Lorenzo sich in seinem Zustand an dem kühlen Wetter störte. Aber er sah sie vollkommen ernst an, und schließlich nickte sie.

»Wie ist er gestorben?«, fragte sie leise, während sie

neben Sergio, der vorsichtig die Urne trug, zurück zum Haus ging.

Sechs Jahre hatte sie Lorenzo nicht gesehen und nichts von ihm gehört, war wütend und enttäuscht bei der Trennung gewesen. Und ja, im Nachhinein hatte sie sich vieles schöngeredet. Das wusste Julika bei aller Schwärmerei genau, und falls sie es zwischendurch mal vergaß, hatten ihre Freundinnen sie immer, wenn sie das I-Wort in den letzten Wochen erwähnt hatte, daran erinnert.

Was blieb, war der erstaunliche Schluss, dass sich in der Urne die Asche eines Fremden befand, mit dem sie vor vielen Jahren sehr glücklich gewesen war. Trotzdem stiegen ihr unvermittelt Tränen in die Augen, liefen ihr über die Wangen und vermischten sich mit den Regentropfen, die unablässig vom Himmel fielen. Keine Frage, sie galten Lorenzo. Oder zumindest dem Anfang ihrer Ehe, der sich in ihrer Erinnerung in ein italienisches Sommermärchen verwandelt hatte.

»Er hatte gehabte eine Herzinfarkte. Ging *presto*. Er hate zu viele gerauchte.«

Julika nickte. Lolli war ein Kettenraucher gewesen. »Und ... war seine Frau bei ihm?«, fragte sie und versuchte erst gar nicht, das Zittern in ihrer Stimme zu unterdrücken. Plötzlich war ihr furchtbar kalt.

Sergio sah sie verwundert an. »Welche Frau? Lorenzo war nichte verheiratet.«

»Nicht?«, sagte Julika überrascht. »Ich dachte, er hätte diese junge Frau aus Florenz geheiratet. Um mit ihr Kinder zu bekommen.«

»*No, no*, hate er nichte. Hate gelebt allein seit sechs Jahre. Keine Frau. Keine Kinder. Nur gearbeitet. Aber er hatte gehabte eine letzte Wunsch. Deshalb binne ich hier.«

Das Wohnzimmertischchen wackelte, als Sergio die Urne mit einem leisen Rums abstellte.

Die Freundinnen, die um den Tisch herumsaßen, starrten auf das Marmorgefäß mit den hässlichen Goldrosen wie vier Kaninchen im besten Alter auf eine Schlange.

»Ist es das, was ich denke?«, fragte Nele bestürzt.

»Wenn du ›Urne‹ denkst, dann ja«, sagte Julika.

»Ist da Lorenzo drin?«, fragte Marion, nicht weniger erschrocken.

»Na, er nicht. Aber seine Asche«, gab Julika gefasst zurück.

»Ach, herrje!«, rief Marion.

»Das ist ja schrecklich«, sagte Eva betroffen.

Unvermittelt stieg in Julika ein hysterischer Lachreiz auf. Sie konnte nichts dagegen tun. Die Situation war einfach zu grotesk. Hastig nahm sie einen Schluck von dem inzwischen kalten Yogitee, während Dorothee, die ihr seltsames Röcheln falsch deutete, ihr tröstend über den Rücken strich.

Sergio schaute von einer Freundin zur nächsten. Etwas länger blieb sein Blick an Nele hängen, die heute ganz in Schwarz angezogen war, was zu ihrem blonden Wuschelhaar hübsch aussah. Plötzlich hörten sie Schritte auf der Treppe.

Sergio schaute zur Tür: »Noch eine Signora?«, fragte er.

Als Mimi hereinkam, sah er aus, als hätte ihn ein elektrischer Schlag getroffen.

»Das ist meine Tochter Mimi«, erklärte Dorothee, während Sergio die dunklen Augen aus dem Kopf fielen. Kein Zweifel möglich: Er stand auf Blond. Und Mimi, die mit den blutroten Märkischer-Adler-Krallen die platinblonde Mähne zurückstrich, erwiderte seinen Blick überrascht.

»*Bon giorno, signorina*«, murmelte er und sprang auf, um ihr seinen Platz anzubieten.

Woraufhin Mimi näher trat und Sergio anstrahlte. Mimi kann ja lächeln!, registrierten die anderen überrascht. Woraufhin Sergio verzückt stolperte und gegen den Tisch stieß. Woraufhin die Urne gefährlich zu wackeln begann und Julika mit beiden Händen beherzt zugreifen musste, um eine Katastrophe mit viel verstreutem Lorenzo zu verhindern.

Als sich die Situation beruhigt hatte (Mimi saß, Sergio und die Urne standen wieder sicheren Fußes), fragte Julika: »Warum genau bist du denn nun hier, Sergio?«

Statt einer Antwort zog er aus der Innentasche seines Jacketts ein Kuvert. Er öffnete es, zog ein Schriftstück heraus und hielt es Julika hin. »*Ecco.*«

Zögernd nahm sie das Blatt entgegen.

»*Testamento*«, las sie die Überschrift laut vor.

Sie erkannte Lorenzos Handschrift sogleich, in Erinnerung an all die *ti-amo*-Zettelchen, die sie sich damals geschrieben hatten, die letztendlich nichts bedeutet hatten. Hätte er sie sonst verlassen?

Julika begann zu lesen, aber gab nach ein paar Zeilen auf und hielt Sergio das Blatt hin. »Kannst du das bitte übersetzen? Ich habe seit Jahren kein Wort Italienisch mehr gesprochen, geschweige denn gelesen.«

»Wir wollen es alle hören«, sagte Eva, und die anderen nickten eifrig. Julikas erstaunten Blick ignorierten sie geflissentlich.

»*Si*«, sagte Sergio und nahm das Papier. »*Zio* Lorenzo schreibt ...« Er begann auf Italienisch mit der Geschwindigkeit eines Maschinengewehrs zu lesen und stoppte dann ebenso abrupt, wie er angefangen hatte.

»Er sagte, dass die Zeit gekommen iste, seine letzte Wunsch …«

»Willen«, korrigierte Marion.

»… Willen ssu schreiben.« Wieder begann Sergio laut zu lesen. »Und er sagte, wer aus der *famiglia* wie viele *soldi* bekommte.« Sergio murmelte nacheinander Namen, die Julika noch von früher kannte: »Fulvia, Silvia, Benito, Mauro, Carina … ah, und hiere biste du, Julika!«

»Er hat mir was vermacht?«, fragte Julika verblüfft.

»*Si*. Unter eine *condizione*«, sagte Sergio.

»Unter welcher Bedingung?«, fragte sie ungeduldig. Warum ließ er sich eigentlich jedes Wort aus der Nase ziehen?

Sergio ließ das Blatt sinken. »Er vermachte dir seine Haus. Wenn du *la urna* behältst.«

Julika sah ihn ungläubig an. »Ein Haus? Für mich? Und ich – seine Urne? Aber er hat mich verlassen! Wir sind geschieden! Er wollte weg aus Deutschland, es hat ihm hier nie gefallen! Warum will er denn hier bestattet werden? Warum nicht in Italien? Was soll das denn?«

Sergio lächelte sie an. »Erre wollte nicht zurück nach Deutschland. Er will bei dire sein. *Per sempre*. Bei seine …«, er überflog das Testament, »*la mia amore grande tedesca* – bei seine große deutsche Liebe.«

»Das hat er geschrieben?« Julika konnte es nicht fassen.

»*Si*.«

»Und warum hat er sich dann nie wieder bei mir gemeldet? Warum hat er mich in dem Glauben gelassen, dass er mit dieser Italienerin zusammen ist?«

Sergio sah sie seelenvoll an. »Deine Liebe für ihn war ssu Ende, *finito*, als du nicht wolltest nach Italia, ja? Eine Frau gehte mit ihre Mann.«

Julika schwieg einen Moment. »Ja, so hat er das gesehen«, murmelte sie dann. »Das weiß ich noch genau.«

»Typisch italienisches Machogehabe«, kommentierte Marion kühl. »Wenn du nicht machst, was er will, dann liebst du ihn nicht. Na, das hat er nun davon.«

»Die Asche vom Ex erben – so was habe ich noch nie gehört«, mischte sich Nele in die Unterhaltung. »Hey, ich hab neulich gelesen, dass man die Totenasche pressen lassen kann, bis ein Diamant entsteht. Mach doch das! Dann kannst du dir Lorenzo um den Hals hängen!«

»Hör auf, Nele. Das ist ja krank! Pietätlos«, fuhr Dorothee sie an.

»Aber praktisch!«, fand Marion. »Das schmückt. Und wenn du jemals pleite bist, kannst du Lorenzo noch versetzen. Der Ex im Pfandhaus.«

Julika sagte nichts. Sie starrte nachdenklich auf die Urne.

»Frag, was er dir für ein Haus vermacht hat«, raunte Dorothee ihr von der Seite zu.

Endlich wandte Julika den Blick von der Urne. »Was ist das für ein Haus, das er mir vermacht hat? Und wo steht es?«, fragte sie Sergio, der in der Zwischenzeit von einer zur anderen geschaut hatte und offensichtlich versuchte, sich auf das halblaute Gemurmel einen Reim zu machen.

»Er hat gekauft eine kleine *palazzo*. In Firenze.«

Jäh verstummten alle Geräusche.

»Wow«, sagte Nele bewundernd.

Julikas Augen schimmerten plötzlich türkisblau. »Einen *palazzo*! War Lolli denn ... so reich?«

»*Si*. Er hate beliefert die Formel eins drei Jahre. Hate gemacht kleine Erfindung, wie Reifen besser rollen.«

»Aaaaah«, sagte Nele süffisant. »Das war schlau. Rollende Reifen. Da rollt der Rubel.«

»Und jetzt, du behältst *la urna*?«, fragte Sergio angelegentlich.

»*Si, si*«, sagten Julika, Nele, Marion, Dorothee und Eva wie aus einem Munde.

An diesem Abend gab es Lorenzo zu Ehren Spaghetti mit selbstgemachtem Pesto. Petersilie und Basilikum wuchsen im Garten. Pinienkerne hatten sie zwar nicht im Haus, aber dafür Walnüsse aus Annas Vorjahresernte. Dorothee gab sie zusammen mit Kräutern, Knoblauch, Olivenöl und Parmesan in die Küchenmaschine, wo alles blitzschnell zu einer köstlichen Paste zerkleinert wurde.

Dazu gab es Salat von Tomaten, die vermutlich aus Erwin Schlomskes Gewächshaus stammten. Seitdem Eva ihn einmal, als er am Haus vorbeigelaufen war, hineingewunken und ihm eine kleine Flasche Apfelbrand zugesteckt hatte, fanden sie gelegentlich kleine Spankörbe mit Tomaten vor ihrer Haustür. Sie liebten diese Morgengaben. Die Tomaten waren süß und aromatisch, schmeckten nach purer Sonne und ähnelten in keinster Weise den wässrigen Supermarkttomaten, die sie aus Berlin kannten.

Es schmeckte ihnen, trotzdem herrschte am Küchentisch beklemmende Stille. Schweigend drehten die fünf Freundinnen die Gabeln, schweigend nippten sie an ihrem Rotwein. Was einerseits daran lag, dass es ein Leichenschmaus war, andererseits daran, dass ein Mann in ihrer Runde saß. Das veränderte etwas.

Erst nach dem zweiten Glas Rotwein brach es plötzlich aus Julika heraus: »Wie stellt Lorenzo sich das eigentlich vor? Soll ich seine Urne auf den Kaminsims stellen? Und wenn ich das überhaupt nicht will? Darf man in Deutschland überhaupt die Asche von Toten zu Hause aufbewahren? Lolli ist immer so ...«, ereiferte sie sich, stellte das Glas mit einem Rums ab und sah herausfordernd in die Runde.

»*War* immer so«, sagte Marion.

Sergio wandte den Blick von Mimi ab, was ihm sichtlich schwerfiel. Seit er da war, war sie ganz ausgelassen, warf ihr blondes Haar in den Nacken und strahlte den Italiener an, als sei er der einzige Grund, weshalb sie in diesem Haus war und in diesem Moment an diesem Tisch saß. Aber wenigstens verzichtete sie auf Rotwein.

»Du musste sie nicht haben zu Hause«, erklärte er jetzt geduldig. »Lorenzo hate das nicht gemacht, um diche zu ärgern. Seine *cuore* wollte sein bei dir. Eine letzte Mal.« Er zeigte auf sein Herz.

»Wir können ihn in den Schuppen stellen. Hinter die Destille. Dann musst du ihn nicht jeden Tag sehen«, schlug Nele vor.

»Nein, nachher machen sich noch die Mäuse über ihn her. Er soll würdevoll bestattet werden.« Julika pickte verärgert in ihrem Tomatensalat herum.

»Anna«, sagte Eva plötzlich.

»Was ist mit ihr?«, fragte Nele.

»Annas Urne ist auf dem Buchenfriedhof.«

»Ja, und?« Nele verstand nicht, worauf Eva hinauswollte.

Aber Julika hatte verstanden. Sie schaute Eva erleichtert an. »Du bist genial. Das ist die Lösung.«

»Perfekt«, ergänzte Marion, die ebenfalls schnell von Begriff war.

Dorothee schlug die Hände vors Gesicht. »Das darf jetzt nicht wahr sein«, murmelte sie. »Ihr seid verrückt.«

»Könntet ihr mir mal bitte sagen, worum es geht?«, fragte Nele entnervt. »Ihr sprecht in Rätseln.«

Langsam legte Eva die Gabel neben ihren Teller. »Julika will die Urne nicht im Haus haben. Und wahrscheinlich auch nicht in ihrer Wohnung in Berlin, oder?«

Julika schüttelte heftig den Kopf.

»Aber wir haben den Buchenfriedhof hier in Wannsee. Einen Urnenfriedhof. Frei zugänglich. Zu jeder Tageszeit«, fuhr Eva fort.

»Und vor allem zu jeder Nachtzeit«, ergänzte Marion.

Endlich dämmerte es Nele. »Oooooohh«, sagte sie. »Ich verstehe!«

Mimi sah von einer zur anderen. »Was wollt ihr denn machen?«

»Wir setzen heute Nacht Lorenzos Urne bei. In geweihter Erde. Dann ist er untergebracht, und Julika kann ihren Frieden machen«, sagte Dorothee und schob ihr Kinn herausfordernd vor.

Sergio traute seinen Ohren nicht. So hatte sich der Onkel das sicher nicht vorgestellt! Er suchte gerade nach den richtigen Worten auf Deutsch, um gegen diesen skandalösen Plan zu protestieren, als ihm Dorothees Gesichtsausdruck auffiel. Schnell schluckte er den Protest herunter. Er hatte schließlich auch eine *mamma* zu Hause in der Toskana. Und wenn die ihn mit ihren funkelnden dunklen Augen so ansah wie diese Dorothee ihn jetzt, hielt er besser den Mund.

Wir hätten besser nicht drei Flaschen Rotwein leeren sollen, dachte Eva, als sie den Spaten aus dem Schuppen holte. Ein beschwipstes Kichern unterdrückend stolperte sie über eine lose Bodenplatte. Sie konnte sich zwar fangen, aber der Spaten glitt ihr aus den Händen, genau gegen zwei Türme ineinandergestapelter Tontöpfe. Sie schwankten, und dann stürzten sie scheppernd durch den stillen Abend und zersprangen in tausend Scherben.

Ungehalten schippte Eva die Tonscherben aus dem Weg. Plötzlich vernahm sie eine Stimme. »Alles okay bei euch da drüben?«

Eva zuckte zusammen. Wie machte Loh das bloß, dass ihm praktisch nichts entging, was bei ihnen los war? Er tauchte immer dann auf, wenn man ihn am wenigsten erwartete. Sie wusste, dass ihre kleinen Geheimnisse bei ihm in besten Händen waren, doch wie war es mit größeren Geheimnissen? Und war das nicht der Moment, um es herauszufinden?

Eva stützte sich auf den Spaten und sprach in die Dunkelheit. »Ja, alles okay. Julika hat Besuch aus Italien.«

»Ich weiß. Ich habe den schönen Wagen gesehen – mit italienischem Kennzeichen.«

Sie nickte, auch wenn sie nicht sicher war, ob er es überhaupt sah. »Und … Loh … wir haben was vor.«

»Das dachte ich mir schon. Sonst arbeitest du nicht im Dunkeln im Garten. Brauchst du Hilfe?«

Jetzt endlich trat er aus dem Schatten an den Zaun. Der Mond war noch nicht aufgegangen, aber Eva brauchte kein Himmelslicht, um zu wissen, wie Loh aussah: ein bisschen zurückhaltend, ein bisschen streng – und zugleich mit diesem speziellen Eva-Ausdruck.

Sie holte tief Luft. »Wir müssen heute Nacht noch eine Urne begraben«, sagte sie leise. »Und ja, wir können deine Hilfe gebrauchen. Du kennst schließlich jeden Stock und jeden Stein bis zum Buchenfriedhof und zurück.«

Als sie zu acht die Dorfstraße entlanggingen, begegneten sie keinem Menschen. Nirgendwo brannte ein Licht – sonntagabends gingen die Wannseer früh ins Bett.

Sie versuchten so leise wie möglich zu sein. Loh und Eva liefen mit dem Spaten vorneweg, dahinter Julika mit Sergio, dem designierten Urnenträger. Danach kamen Nele und Marion, und das Schlusslicht bildeten Dorothee und Mimi. Mimi hatte eigentlich vorn bei Sergio gehen wollen, aber Dorothee hatte sie davon abgehalten. Sergio musste sich schließlich auf die Aufgabe konzentrieren, die vor ihm lag.

Als sie bei der Kirche ankamen, riss der Himmel auf, und zwischen den dunklen Wolkenfetzen schimmerten einzelne Sterne hervor. Sie ließen den Kirchhof links liegen und gingen den Weg entlang, der am Pfarrhaus vorbei zum Buchenfriedhof führte.

Alles ging gut, bis sie zum Pfarrhaus kamen. Auch hier waren die Fenster dunkel, bis auf eines, hinter dem es bläulich flimmerte. Der Pfarrer schien noch fernzusehen. In diesem Moment sahen sie den Mond. Hell stieg er hinter dem Wald auf und warf seinen silbernen Strahl auf den Weg. Nele, die zum Leichenschmaus noch mehr Rotwein als die anderen getrunken hatte, begann unvermittelt leise zu heulen. Sie klang wie ein Wolf, der zur Jagd rief.

»Spinnst du? Halt den Mund, Nele«, flüsterte Eva über die Schulter.

Auch die anderen zischten sie empört an. Nele verstummte erschrocken, doch es war zu spät. Im Pfarrhaus ging das Licht an, und hinter dem erleuchteten Fenster erschien die rundliche Figur des Dorfpfarrers. Wie erstarrt schauten sie hoch.

Loh fing sich als Erster.

»Geht!«, raunte er. »Schnell, macht, dass ihr auf den Friedhof kommt! Ich lenke Lobetal ab.«

Sie hasteten los, den Weg entlang auf eine Baumgruppe zu. Nur Loh blieb stehen. Er musste nicht lange warten. Das Fenster des Pfarrhauses wurde aufgestoßen.

»Hallo? Ist da wer?«, rief Pfarrer Lobetal in die Stille.

Loh gab sich einen Ruck und trat näher heran, sodass Lobetal ihn von oben sehen konnte und gar nicht erst versucht war, den Weg hoch- und wieder herunterzuspähen.

»Pfarrer Lobetal? Ich bin's, Simon Lohmüller«, rief er nach oben. »Entschuldigen Sie die späte Störung. Aber ich habe da eine Frage.«

»Um halb elf abends? Hat das nicht Zeit bis morgen, Simon?«, fragte Pfarrer Lobetal ungläubig.

»Nein, hat es nicht«, antwortete Loh. Aus den Augenwinkeln sah er, wie die anderen in Richtung Buchenfriedhof huschten.

»Na gut. Warte. Ich lass dich rein.«

Der Pfarrer schlug das Fenster zu, und Loh atmete tief durch. Jetzt musste ihm nur noch einfallen, was er den Pfarrer fragen konnte. Etwas Wichtiges. Etwas Dringendes. Etwas Überzeugendes. Los, mach, denk nach, beschwor er sich, während er hörte, wie Lobetal die Treppe herunterkam. Ein Schlüssel drehte sich im Schloss, und dann stand der kleine rosige Pfarrer vor ihm, in Jogginganzug und Pantoffeln und mit Krümeln um den Mund, die verrieten, dass er beim Fernsehen genascht hatte.

»Wäre es nicht der fromme Simeon gewesen, der Jesus Christus als unseren Messias erkannte – wer weiß, ob ich den Sonntagabendkrimi für dich unterbrochen hätte! Was gibt es denn, mein Sohn, dass du dich zu so später Stunde auf christliche Nähe besinnst?«, fragte er. Er musste den Kopf ein bisschen in den Nacken legen, um Loh anzuschauen.

»Ich … ich wollte wissen, wie ich es anstellen muss, um kirchlich zu heiraten. Um Ihren Segen zu bekommen. Welche Papiere brauchen wir dazu?«, stotterte Loh. Es war das Allererste, was ihm gerade einfiel.

Der Pfarrer starrte ihn entgeistert an. Dann sagte er langsam: »Niemals hätte ich von dir diese Frage erwartet, Simon. Komm rein! Wer ist denn die Glückliche? Und wann soll es so weit sein?«

20. Kapitel

*Im Moment des Zusammenkommens
beginnt die Trennung.*
SINGHALESISCHES SPRICHWORT

»Wir müssen den Boden so abheben, dass wir ihn hinterher wieder aufsetzen können. Damit nicht auffällt, dass wir hier gegraben haben«, sagte Eva.

Sie hatten sich für einen Baum entschieden, der am hinteren Ende des Buchenfriedhofs stand und an dem noch kein Namensschildchen hing. Eva hatte Sergio den Spaten in die Hand gedrückt. Als Neffe konnte er seinem Onkel ruhig diesen letzten Dienst erweisen, fand sie. Die Urne stand auf dem Boden. Sanft schimmerte sie im Mondlicht.

»*Si*«, sagte er, stach vorsichtig ein Rechteck bemooste Walderde ab und legte es zur Seite. Dann begann er zu graben. Sein Jackett hatte er an einen Buchenzweig gehängt, seine Hemdsärmel hochgekrempelt.

Schweigend standen sie um ihn herum und beobachteten, wie das Loch allmählich tiefer wurde. Gelegentlich schrammte das Spatenblatt knirschend an einer Wurzel entlang, aber es dauerte nicht lange, und Sergio hatte ein gut ein Meter tiefes Loch gegraben. Er lehnte den Spaten gegen den Stamm und schaute in die Runde. »*Finito*«, sagte er. »Julika?«

Julika nickte. Sie nahm die Urne, kniete sich hin und ließ sie vorsichtig hinunter. Dann rappelte sie sich wieder auf und klopfte sich die Blätter von den Knien. Sergio begann, das Loch zuzuschippen. Als die Erde auf die Urne traf, hörte man ein dumpfes Geräusch – und einen Schluchzer. Alle schauten alarmiert zu Julika.

Aber es war nicht sie, die weinte, sondern Mimi.

»Mimilein, was hast du denn?«, fragte Dorothee erschrocken, während Mimis Schluchzen immer heftiger wurde. Eva warf einen beunruhigten Blick in Richtung Pfarrhaus, aber sie waren so weit entfernt, dass Lobetal sie unmöglich hören konnte.

»Es ist soooo trau... trau... traurig«, stammelte Mimi. Ihre Wangen glänzten tränennass.

»Du kanntest Lorenzo doch gar nicht«, bemerkte Julika nüchtern.

Sergio war jetzt fertig. Er nahm die Moosplatte und legte sie sorgfältig auf die nackte Stelle zwischen den Wurzeln. Dann trat er sie behutsam fest.

»Ich wei... heiß«, schluchzte Mimi. Sie weinte so sehr, dass es sie schüttelte. »Aber trotzdem – sein Leben war so ku... hurz.«

»So kurz nun auch wieder nicht. Er war schließlich achtzehn Jahre älter als ich«, sagte Julika. »Fast siebzig. Das ist für einen Kettenraucher nicht schlecht.«

Mimi unterbrach ihre Heulattacke abrupt. »Ach, echt? So alt?«, fragte sie.

Sergio legte ihr den Arm um die bebenden Schultern. »Ja, er nicht ware der Jüngste mehr.«

Julika fand, dass der Fokus auf Mimi alles andere als gerechtfertigt war. Hier ging es schließlich um Lorenzo. Oder höchstens noch um sie, seine Fastwitwe. Keineswegs aber um diese verwöhnte Stadtgöre!

»Lasst uns ein Gebet für Lorenzo sprechen«, sagte sie ungehalten. »Und dann sollten wir zusehen, dass wir nach Hause kommen. Es ist schon spät. *Vater unser, der du bist um Himmel* …«

Murmelnd und mit gefalteten Händen fielen die anderen ein. Mimi hatte den Kopf gegen Sergios Schulter gelehnt. Sie blieb auch an seiner Seite, als sie den Buchenfriedhof verließen und sich auf den Rückweg machten. Es entging keiner der Freundinnen, dass Sergio nach Mimis Hand gegriffen hatte und nicht die Absicht zu haben schien, sie in absehbarer Zeit wieder loszulassen.

»Jemand sollte ihm mal stecken, dass unsere kleine Drama Queen ein *bambino* erwartet«, zischte Julika Eva zu.

Plötzlich erklang ein zartes Zirpen.

Julika blieb stehen. »Hört mal!«, flüsterte sie.

»Was ist denn?«, fragte Eva.

»Eine Zikade!«, sagte Julika verzückt. »Lollis letzter Gruß an uns!«

»Hoffen wir mal, dass er nicht als Grille reinkarniert wird. Das wäre ein echter Abstieg auf der buddhistischen Leiter. Dann muss er schon sehr mies gewesen sein«, murmelte Marion, die vor ihnen lief.

Eva ging nicht darauf ein. Sie hatte am Ende des Weges, dort, wo er in die Dorfstraße mündete, Loh erblickt.

»Hallo«, sagte er, als sie ihn erreichten. »Hat alles geklappt?«

»Ja, klar. Friede seiner Asche«, erwiderte Eva ein bisschen atemlos. »Und bei dir? Welches Märchen hast du Pfarrer Lobetal aufgetischt? Was hat denn so lange gedauert? Ich dachte, du kämest nach.«

Doch Loh beantwortete ihre Frage nicht. Als sei er mit seinen Gedanken ganz woanders, sagte er: »Ich habe lieber hier auf euch gewartet. Und eben ist ein Wagen vorbeigekommen. Wenn mich nicht alles täuscht, hat er vor euerm Haus gehalten.«

»Nicht schon wieder Besuch!«, murmelte Nele erschöpft und schleppte sich weiter.

Inzwischen war sie ausgenüchtert und schrecklich müde. Sie wollte nichts lieber, als sich in ihr gemütliches Bett zu werfen und am nächsten Morgen so tun, als hätten sie niemals die Asche eines italienischen Exmannes heimlich begraben, nachdem sie viel zu viel Rotwein getrunken hatten ... Außerdem war morgen Montag, was eine Telefonkonferenz mit Titus bedeutete.

Doch Loh hatte richtig beobachtet: Vor ihrem Haus, hinter Mimis altem Polo, parkte ein uralter Kombi. Eine Rostlaube. Daneben stand eine große Gestalt. Unheimlich sah sie aus, denn sie hatte die Kapuze des dunklen Sweatshirts tief ins Gesicht gezogen. Sergio und Mimi, die Hand in Hand vorneweg schlenderten, erreichten die Gestalt zuerst. Und dann sahen die Freundinnen, wie der Kapuzenmann auf Sergio zustürzte, ausholte und ihm seine Faust aufs Auge schlug. Sergio stöhnte auf und ging in die Knie. Hart schlug er auf dem Pflaster auf.

Und dann zerriss Mimis Schrei die Stille der Nacht: »Lennart!«, kreischte sie. »Was machst du denn hier?«

»Ach, und das ist dein netter Schwiegersohn in spe, Dorothee?«, fragte Marion angelegentlich, während Loh den vor Wut schnaubenden Lennart mit eisernem Griff daran hinderte, noch einmal auf Sergio loszugehen.

Die Kapuze war ihm vom Kopf geglitten. Er war ein hübscher junger Mann, sah man davon ab, dass es in seinen Augen mordlustig glitzerte und um seinen Mund ein ausgesprochen hässlicher Zug lag, als er Sergio betrachtete, der sich gerade mühsam hochrappelte.

»Lennart, bist du verrückt geworden?«, fuhr Mimi ihren Freund an. Sie baute sich vor ihm auf und stützte die Hände in die Hüften. »Hör sofort auf, dich zu prügeln! Was fällt dir ein, du Rindvieh!« Immerhin schienen ihre scharfen Worte Lennart zu besänftigen.

»Beleidige nicht meine Galloways. Die haben mehr Verstand als der hier«, warf Loh ein. Er hatte Lennart den Arm auf den Rücken gedreht.

»Ich bin gekommen, damit wir endlich reden!«, gab Lennart heftig zurück und warf Sergio einen wütenden Blick zu. »Über unsere Beziehung! Über das Baby! Ist dieser Schönling der Grund, weshalb du mir seit Tagen am Telefon ausweichst? Lass! Mich! Los!« Letzteres galt Loh.

»Nein, ist er nicht! Er ist nur ein guter Freund. Er hat mich getröstet, weil wir gerade auf einem Begräbnis waren, wenn du es genau wissen willst«, gab Mimi scharf zurück, während Eva kurz darüber sinnierte, was Mimi so unter »guter Freund« verstand.

»Mitten in der Nacht?«, fragte Lennart ungläubig.

»Ja! Hier ticken die Uhren anders als in Berlin!«

Vorsichtig befingerte Sergio sein Auge und zuckte zusammen. Er fühlte bereits, wie es zuschwoll. »Was will diese *idiota* von mir? Warum er schlägt mich?«, fragte er verwirrt. »Und welche Baby?«

»Lennart ist Mimis Freund«, erklärte Dorothee ihm leise. Wenn ihre Tochter ihm nicht auf die Sprünge half, würde sie es eben tun. »Und sie ist schwanger.«

»Kommt, wir gehen ins Haus. Das muss nicht das ganze Dorf mit anhören«, drängte Julika und schloss die Tür auf. Keinen Augenblick zu früh: Schräg gegenüber ging gerade ein Licht an.

»Kommt ihr mit diesem Typen zurecht, oder soll ich

lieber mit reinkommen?«, fragte Loh Eva. Er gab Lennart frei, der rieb sich das schmerzende Handgelenk.

»Das ist nicht nötig. Wir sind nicht so hilflos, wie wir aussehen. Danke für deine Hilfe.«

»Ihr und hilflos aussehen?« Loh schnaubte amüsiert. »Gute Nacht. Es war ... ein interessanter Abend.«

Er verschwand in seiner Hofeinfahrt, und zu spät fiel Eva ein, dass sie immer noch nicht wusste, was er mit dem Pfarrer besprochen hatte. Sie ging hinter den anderen her ins Haus.

»Ich will nicht vor allen Leuten mit dir sprechen. Und schon gar nicht vor dem da«, sagte Lennart eigensinnig und wies mit dem Kopf auf seinen Kontrahenten.

Mimi musterte ihren Freund, als sähe sie ihn zum ersten Mal. Dann antwortete sie resolut: »Gut. Dann komm mit nach oben in mein Zimmer.«

»Oooooh nein«, rief Julika empört. »Erst mal entschuldigt er sich bei Sergio!«

Die Freundinnen gingen mit ihrem italienischen Gast ins Wohnzimmer, nur Dorothee verschwand in der Küche.

»Für mich keinen Rotwein mehr«, rief Nele ihr nach. »Auf gar keinen Fall!«

»Bekommst du auch nicht«, sagte Dorothee, als sie kurz darauf zurückkam. »Hier.«

Sie hielt Sergio einen Beutel hin, den sie mit Eiswürfeln gefüllt hatte. Sie konnte nicht anders – sie fühlte sich für das Dilemma mitverantwortlich. Hätte sie Mimi sofort nach Hause geschickt, wäre es schließlich nie so weit gekommen. Aber vielleicht wurde ja jetzt alles gut ...

»*Grazie*«, sagte er und hielt sich das Eispack ans Auge.

Nele gähnte. »Ich verschwinde. Ich kann echt nicht mehr«, erklärte sie.

In diesem Moment drangen aus Mimis Zimmer Geräusche zu ihnen herunter, die ihnen verrieten, dass sich das junge Paar gerade leidenschaftlich versöhnte.

Marion rollte mit den Augen. »O nein! Bitte nicht!«, entfuhr es ihr.

»Bunga bunga«, murmelte Sergio kopfschüttelnd und richtete den Blick zur Decke.

Dorothee lief rosig an. »Soll ich mal nach oben gehen?«

Sergio wehrte ab. »*Ragazzi*«, sagte er, als erkläre das alles.

»Gute Nacht allerseits!«, meinte Marion. »Ich muss auch dringend schlafen. Morgen früh geht's im Hort weiter. Wenn wir uns nicht mehr sehen, Sergio – gute Reise. Du fährst doch morgen zurück?«

Sergio warf Julika einen raschen Blick zu.

»*Si*«, sagte er knapp, während Dorothee das Zimmer verließ, um Bettzeug zu holen. Marion, Eva und Nele verschwanden nach oben.

Seltsam, dachte Dorothee, als sie, den Arm voller Decken und Kissen, zurückkam: Julika und Sergio waren in ein Gespräch vertieft, das sie sofort unterbrachen, als sie das Wohnzimmer betrat. Neugierig blickte Dorothee von einem zum anderen. Julika sah nachdenklich aus, Sergio wirkte entschlossen. Und als Dorothee das Bettzeug auf dem Sofa arrangiert hatte, machte Julika keine Anstalten, das Zimmer zu verlassen.

Am nächsten Morgen schien die Sonne, als hätte es niemals Regen gegeben. Marion war schon weg, als Eva sich in der Küche einen Kaffee machte und nach draußen ging. Es war noch immer Sommer, aber jetzt, am frühen Morgen, lag ein erster Hauch Herbstkühle in der Luft. Sie war froh, dass sie Jeans, Sweatshirt und Gummistiefel anhatte.

Noch zwei Tage, und der September würde anbrechen

und damit ihr letzter Monat in Wannsee. Sie wusste, wie die anderen darüber dachten, besonders Marion und Julika. Aber sie persönlich hatte Berlin nicht einen Tag vermisst. Und sie war sich sicher, dass sie, wenn sie wieder in Berlin war, das von Wannsee nicht würde sagen können.

Mit einem leeren Korb in der einen Hand und einem Kaffeebecher in der anderen machte Eva sich auf den Weg in den Apfelgarten. Im Vorbeigehen warf sie einen kritischen Blick auf ihre Dahlien. Die feuerroten Kaktusdahlien sahen gut aus, aber die Blüten der orangefarbenen Pompondahlie hatten im Regen gelitten. Wenn ihr heute Nachmittag Zeit blieb, würde sie sie abschneiden und die Stängel, die noch Knospen trugen, hochbinden. Es juckte sie in den Fingern, die Gartenschere, den Bindebast und die Bambusstäbe zu holen.

Das Gras unter den Bäumen war durch den Regen ordentlich gewachsen. Spinnen hatten die Halme genutzt, um zwischen ihnen dichte Netze zu weben, in denen der Tau gefangen war. Die Morgensonne ließ jeden einzelnen Tropfen wie einen Diamanten glitzern.

Bevor Eva den ersten Apfel im feuchten Gras aufgelesen hatte – sie war ziemlich sicher, dass es sich dabei um einen Elstar handelte –, hörte sie über sich raue Vogelschreie. Sie stellte den Korb ab und schaute hoch: Am Himmel zog ein großer Schwarm in V-Formation dahin, gefolgt von einem zweiten, einem dritten.

»Das sind die Wildgänse. Sie ziehen dieses Jahr früh in den Süden«, hörte sie von nebenan. »Es wird einen kalten Winter geben. Nicht mehr lange, dann hauen auch die Schwalben ab.«

Eva lächelte Loh zu und hob die Kaffeetasse in seine Richtung, als wolle sie mit ihm auf den sonnigen Morgen anstoßen. Den Bauern nebenan und ihre Gespräche über den Zaun würde sie in Berlin ebenfalls vermissen. Sehr sogar.

»Das haben wir fünf mit den Wildgänsen und Schwalben gemein. Wir verschwinden auch bald«, sagte sie.

»Ja. Ich weiß«, meinte er und wandte den Blick von ihr ab, um den davonziehenden Vogelschwärmen nachzuschauen. »Schade.«

»Ja, sehr.« Sie seufzte und wandte sich zum Gehen. »Bis dahin müssen wir aber noch viele Körbe mit Fallobst hinausstellen.«

»Den ersten nehme ich gleich«, sagte Loh. »Dann kann Gandalf ihn nachher zu den Gallos mitnehmen.«

Als Eva ins Haus zurückkehrte, war Nele bereits wach und angezogen. »Eine neue muntere Titus-Woche steht uns bevor«, begrüßte sie Eva.

»Und ein paar Seiten für unser Buch«, bestätigte Eva.

Immer, wenn sie ein bisschen Zeit hatten, arbeiteten sie daran. Ländliche süße und deftige Rezepte, Apfelmythologie, Märchen, Einmach- und Lagerungstipps samt spektakulären Fotos aus ihrem Apfelgarten fanden sich inzwischen in ihrem Apfelbuch. Auch Julika hatte etwas beigesteuert, das alle begeisterte: Sie hatte rotgrüne Apfelsocken entworfen und angefangen, sie zu stricken. Sogar ein hübsches Schnittmuster für eine Apfelschürze hatte sie entdeckt und Marion eine Anleitung, wie man aus Apfelkernen eine Kette basteln konnte.

»Also los«, sagte Nele beschwingt. »Zieh dich um. Ich bin so weit.«

Bewaffnet mit einem Kaffee verschwand sie im Büro und fuhr den Computer hoch. Doch statt Eva standen plötzlich Julika und Sergio in der Tür. Sergio war frisch geduscht, das dunkle Haar noch feucht. In seinem weißen

Hemd und der Designerjeans sah er aus wie einem italienischen Modemagazin entsprungen. Abgesehen von dem Veilchen rund ums Auge, das in allen Pink- und Lilatönen schimmerte.

Auch Julika war fix und fertig angezogen, doch ganz anders als sonst frühmorgens in Wannsee: keine Spur von Schlabbershirt und Jogginghose. Sie trug eine weiße Hose, eine hellblaue Bluse, eine Perlenkette und eine dunkle Kostümjacke. Außerdem war sie geschminkt, was ihre regelmäßigen Gesichtszüge zwar betonte, sie aber zugleich etwas älter aussehen ließ. Nele fand das höchst unpraktisch. Denn schließlich musste Julika gleich im Apfelgarten herumstapfen und Äpfel aufsammeln.

»Kannst du mal kommen?«, fragte Julika.

Nele sah sie neugierig an. »Warum?« Aber da waren sie und Sergio bereits im Wohnzimmer verschwunden.

Nele folgte ihnen. Das Bettzeug auf der Couch war ordentlich zusammengelegt. Eva saß im Fernsehsessel und warf Nele einen Blick zu, der verriet, dass sie ebenso wenig verstand wie sie, was hier vorging. Jetzt kamen auch Dorothee, eine überraschend sanft lächelnde Mimi und Lennart. Wenigstens Dorothee sah in ihrem rosa Morgenmantel genauso aus wie jeden Morgen, Lennart trug zu seiner Pyjamahose nur nackte Haut und ein Sixpack. Er und Sergio vermieden es sorgfältig, sich anzusehen. Lennarts Entschuldigung mochte einen Waffenstillstand hergestellt haben, aber Freundlichkeit sah anders aus.

»Also, passt auf, Mädels«, sagte Julika und schaute von einer Freundin zur anderen. Mimi und Lennart ignorierte sie völlig. »Sergio und ich haben gestern Abend noch eine Weile zusammengesessen und etwas besprochen. Er fährt heute zurück nach Florenz. Und …«, sie holte tief Luft, »… ich werde ihn begleiten.«

Das Schweigen, das auf Julikas Worte folgte, wurde nur von einem weit entfernten Rufen der Wildgänse unterbrochen. Eva bezweifelte, dass die anderen es überhaupt hörten.

Nele fing sich als Erste. »Wie, du fährst mit? Du kannst doch erst ab Oktober hier weg!«

Julika sah nervös, aber entschlossen aus. »Nein, das geht auch jetzt schon. Sergio will mir Lollis *palazzo* zeigen, und es gibt da noch einiges zu regeln. Ich brauche seine Hilfe. Eigentlich hat er mehr Zeit für Deutschland eingeplant. Aber nach gestern Abend …« Sie warf Lennart einen schrägen Blick zu. »Jedenfalls fahren wir schon heute. Jetzt gleich. Ich habe alles gepackt.«

»Wie lange bleibst du?«, wollte Eva wissen.

Julika zuckte mit den Achseln. »Keine Ahnung. Drei, vier Wochen vielleicht.« Sie rieb sich die Hände. »Mit einem bisschen Glück ist der September in Florenz richtig warm. Ihr glaubt gar nicht, wie sehr ich mich nach Hitze sehne! Von Regen hab ich die Nase erst mal voll.« Sie schien an diesem Morgen noch nicht aus dem Fenster geschaut zu haben. Oder vielleicht sah sie auch nur das, was sie sehen wollte.

»Drei, vier Wochen! Aber Julika, das ist unmöglich! Wenn Rechenberger kommt, müssen wir alle hier sein!«, warf Dorothee ein. »Sonst verlieren wir das Haus. Das weißt du doch!«

Julika warf die rote Mähne zurück. »Ganz ehrlich, ich glaube, der taucht nicht mehr auf. Und wenn, dann müsst ihr euch eben was ausdenken. Dann bin ich für einen Tag beim Arzt in Berlin. Mit deinen Kontakten kannst du mir sicher ein Attest besorgen, Dorothee.«

Dorothee sah die Freundin mit verschränkten Armen ungehalten an. »Das finde ich nicht okay von dir, dass ich dir den Rücken freihalten soll, weil du dich einfach so vom Acker machen willst.«

»Nun tu mal nicht so empört«, erwiderte Julika gelassen. »Letztendlich muss jede von uns für sich entscheiden, was sie will, oder? Und so eine Chance bekomme ich nicht ein zweites Mal.«

»Aber wir fünf auch nicht! Wir wollten doch herausfinden, wie es ist, zusammenzuleben! Und mit dem Erlös des Hauses eine WG in der Stadt gründen! Du lässt uns im Stich!«, sagte Nele heftig.

Julikas Temperament geriet in Wallung. »Weißt du, Nele, ich dachte, du würdest mich verstehen. Ich entscheide mich gerade für die Gegenwart und nicht für die Zukunft. Für das, was mir von meinen besten Jahren bleibt, und nicht für das Alter. Mit fünfzig muss ich nicht schon alles darauf ausrichten, fünfundzwanzig Jahre später mit netten Frauen zusammenwohnen zu können. Außerdem weiß ich inzwischen, wie das ist. Schön ist es, aber …«

Viel schwang in ihrem Aber … mit: die Hitze des Südens, der Vanilleduft der Oleanderblüten, das Mittelmeer bei Nacht, schöne Männer, alte Kirchen, Fresken, Prosecco mit Aperol auf einer *piazza* und Trüffelscheibchen auf hauchdünnem Carpaccio.

Eva schüttelte langsam den Kopf. »Nein, Julika. Ich glaube, du machst dir was vor. Wenn du jetzt gehst, dann hast du unsere Idee niemals mitgetragen. Weißt du, woran ich denken muss? An unseren ersten Tag hier. Eigentlich wolltest du gar nicht hierherziehen, es tat dir um die paar Monate, die du nicht in Berlin sein würdest, leid. Und letztendlich hast du nur aus Trotz zugestimmt. Du wolltest es Sauert beweisen. Die WG war dir nicht wichtig.«

Julika sah die Freundin herausfordernd an. »Das ist nicht wahr. Es war und ist mir wichtig, mit euch zusammenzuwohnen, irgendwann mal. Aber versteht ihr nicht, was Lorenzos Erbe für mich bedeutet?«

»Doch, schon«, sagte Dorothee bekümmert. »Nur … manchmal muss man Träume gegeneinander aufwiegen. Das machst du gerade. Und wir sind dir weniger wichtig, als ich gedacht habe. Wir sind dein kleinerer Traum.«

Unvermittelt stiegen Julika die Tränen in die Augen. »Ich will gehen, aber ich will euch auch nicht verlieren. Wirklich nicht. Ihr seid meine allerbesten Freundinnen und werdet es immer bleiben«, sagte sie leise.

»Dann geh«, sagte Eva traurig. »Wir können dich nicht zwingen zu bleiben. Und selbst wenn wir es könnten, würden wir es nicht tun, weil du es uns nicht verzeihen würdest. Du würdest nicht glücklich werden.«

»Danke.« Mit gesenktem Kopf stand Julika da, dann schaute sie wieder hoch. »Ihr wisst, wie ihr mich erreichen könnt. Ich habe mein Handy dabei. Und wenn Rechenberger auftaucht, dann fällt euch was ein. Versprochen?« Dabei schaute sie Dorothee an. »Bitte sagt Marion einen lieben Gruß. Ich denke, sie wird mich verstehen. Sie hat ja ihre Wahl schon getroffen, als sie sich entschlossen hat, die Ferienbetreuung zu organisieren. Ach, und noch was.« Sie griff in die Tasche ihrer Kostümjacke. »Hier sind Autoschlüssel und Papiere.«

»Brauchst du dein Auto nicht?«, fragte Eva verwundert.

»Nein. Ich fahre mit Sergio.« Sie wandte sich ihrem Neffen zu.

»*Finito?*«, fragte er.

»*Si. Finito.*« Julika wandte sich ab. »Ich hole nur noch meine Tasche.«

Eva, Nele und Dorothee standen auf dem Bürgersteig vor dem Haus und winkten, als das silberne Cabrio, wegen des herrlichen Sonnenscheins mit geöffnetem Verdeck, aus der Einfahrt rollte. Sergio hupte zwei Mal zum Abschied. Er und Julika trugen ihre Sonnenbrillen, Julika hatte sich ein Tuch um die Haare geschlungen. Sie sahen aus, als würden sie eine italienische Küstenstraße und nicht eine märkische Dorfstraße entlangbrausen.

»Erinnert ihr euch, wie sie bei ihrem Geburtstag gesagt hat, sie ist Single, weil für sie nur ein gut aussehender, jüngerer Mann infrage käme?«, fragte Nele, als sie endlich den Arm sinken ließ. »Eigentlich komisch. Jetzt fährt sie mit genau so einem nach Italien.«

»Ich gönn's ihr. Auch wenn wir nur noch vier sind. Und auch, wenn sie uns ein bisschen verraten hat«, sagte Eva, als sie ins Haus zurückgingen. Vergeblich versuchte sie, die leise Wehmut zu ignorieren.

»Fühlt sich mehr wie dreieinhalb an. Marion macht auch kaum noch mit«, meinte Dorothee. »Aber ganz ehrlich – bei der Apfelernte werde ich Julika nicht vermissen. Sie war immer ziemlich lustlos.«

»Du bist kein Maßstab«, sagte Nele. »Niemand schält so gern Äpfel wie du.«

»Doch. Eva!«, gab Dorothee zurück.

»Das stimmt nicht. Eva mag die Nähe zur Natur, das Ernten und den Garten. Du magst das Kochen. Das sind zwei unterschiedliche Paar Schuhe.«

»Stimmt«, sagte Eva.

Wie das wohl ausgehen mag?, überlegte sie bei sich. Aber sie würde einen Teufel tun, die Frage laut zu stellen. Dieser Tag hatte gerade erst angefangen und schon genug Aufregung gebracht …

Julikas Abfahrt legte einen Schatten über das Haus, über den Tag, über Wannsee, über ihr ganzes Vorhaben. Dass

Marion in Tränen ausbrach, als sie ihr am Nachmittag erzählten, dass Julika weg war, machte es nicht besser.

Abends hatte niemand Lust auf Pasta oder Rotwein. Selbst Dorothee, die sonst beim Abendessen immer am lebhaftesten war, weil sie sich freute, alle an einem Tisch zu haben, war schweigsam. Nur Mimi und Lennart unterhielten sich, als sei nie etwas gewesen. Es ist einfach nicht richtig, dass die beiden hier wie im schönsten Sommerurlaub sitzen und sich von Dorothee bedienen lassen, während Julika weg ist, dachte Eva. Schließlich reichte es ihr.

»Wie geht es eigentlich mit euch weiter?«, fragte sie Mimi – schärfer als beabsichtigt.

Die stocherte mit ihren Krallen in der blonden Mähne herum, den warnenden Blick ihrer Mutter vollkommen ignorierend. »Es ist totaaal klasse hier«, sagte sie im Plauderton, und Lennart nickte. »Wir würden gern noch ein paar Tage bleiben. Es ist richtig toll auf dem Land, finden wir. Und ihr habt ja jetzt genug Platz, wo eure Freundin und der Italiener weg sind.«

Eure Freundin und der Italiener? Hatte sie sich nicht am Tag zuvor noch schluchzend an Sergio geschmiegt und war mit ihm Hand in Hand durch nächtliche Wannseer Straßen geschlendert?

»Gern könnt ihr bleiben«, sagte Marion zuckersüß. »Wir brauchen jetzt jede Hand bei der Apfelernte, *wo unsere Freundin und der Italiener weg sind*. Das ist doch was für dich, Mimi. Du machst dich ja gern nützlich. Und du, Lennart – kannst du eigentlich Rasen mähen? Sicher kannst du das. Das müsste nämlich dringend mal wieder gemacht werden! Im Schuppen steht ein Rasenmäher. Wenn du dich beeilst, schaffst du jetzt noch ein gutes Stück, bevor es dunkel wird. Du bist stark. Das hast du uns ja gestern allen bewiesen.«

21. Kapitel

Nicht jeder, der danach aussieht,
ist ein Gammler.
Vielleicht hat er vier Töchter
und nur ein Badezimmer.
MARKUS M. RONNER[*]

Während Lennart lustlos den rostigen Rasenmäher aus dem Schuppen holte und Bahn für Bahn unter den Apfelbäumen entlangratterte und Mimi ebenso lustlos den Tisch abräumte, saßen die Freundinnen im Wohnzimmer und schauten Nachrichten.

»Sorry, dass ich nicht sehr nett zu Mimi war«, sagte Marion entschuldigend an Dorothee gewandt. »Sie ist deine Tochter, ich weiß, ich weiß, aber ganz ehrlich – sie und ihr Freund gehen mir auf die Nerven.«

»Das weiß ich selbst. Aber die Situation ist im Moment nicht leicht. Irgendetwas muss passieren«, gab Dorothee geknickt zurück.

In diesem Moment klapperte der Briefkastenschlitz an der Haustür. Dorothee stand auf, um nachzusehen, wer ihnen um diese Uhrzeit noch Post brachte.

»Es ist ein Brief von der Dorfverwaltung«, erklärte sie, als sie zurückkam.

[*]© Benteli Verlag, Sulgen

Die anderen drei seufzten im Chor.

»Was will Sauert denn diesmal?«, fragte Marion.

Nele studierte die Wetterkarte. »Egal was. Morgen soll's noch mal 24 Grad werden. Da lass ich mir von dem nicht die Laune verderben!«

Dorothee riss den Umschlag auf. Ungehalten las sie, was in dem Schreiben stand. »Es sind drei neue Anzeigen«, sagte sie. »Zwei wegen Falschparkens. Hier, das sind Mimis und Lennarts Kennzeichen. Und eine wegen Ruhestörung gestern Abend! Als Zeuge ist Hans Hartel angegeben. Habt ihr den dicken Dorfbullen irgendwo gesehen?«

Marion und Nele schüttelten die Köpfe, aber Eva wusste mehr. »Ich glaube, seinen Eltern gehört die Schweinezucht auf der anderen Straßenseite. Da ist doch gestern Abend das Licht angegangen.«

»Das passt ja«, sagte Marion verächtlich. »Wahrscheinlich stand er hinter der Gardine und hat ein Protokoll geschrieben.«

»Was machen wir jetzt mit dieser Anzeige?«, fragte Dorothee und drehte das offizielle Schriftstück in den Händen.

»Wir sammeln sie«, gab Nele unbesorgt zurück. »Leg sie auf den Fernseher, da liegen schon die anderen. Dieses Papier ist bestimmt prima dafür geeignet, den Ofen anzuheizen, dünn und holzhaltig wie es ist. Wir ignorieren den Inhalt einfach.«

Sauert hatte in den letzten Wochen keine Gelegenheit ausgelassen, ihnen Anzeigen und Mahnbescheide zu schicken. Er schien einen privaten Rachefeldzug gegen sie gestartet zu haben, der umso heftiger wurde, je mehr sie ihn ignorierten und je freundlicher sie im Dorf dank der Apfelgaben behandelt wurden.

Aber Eva war ganz und gar nicht einverstanden. Sie

stand auf und nahm Dorothee die Anzeigen aus der Hand. »Nein«, sagte sie bestimmt.

»Nein? Was nein?«, fragte Nele erstaunt.

»Nein, wir ignorieren sie nicht! Wir gehen morgen zu Sauert und fragen ihn, was das soll. Das geht doch nicht, dass er sich hier wie ein Despot aufführt! Wo kommen wir denn da hin? Wir leben in einem Rechtsstaat! In einer Demokratie! Wenn wir einen Strafzettel bekommen, weil wir im Halteverbot stehen, na gut. Von mir aus. Aber so ist es in unserem Fall ja nicht! Hier steht weit und breit kein Verbotsschild! Und habt ihr euch mal die Kontonummer angesehen? Das ist wahrscheinlich seine eigene!«

Nele, Marion und Dorothee sahen sie erstaunt an. »Warum willst du dich mit diesem Idioten anlegen, wo wir nur noch so kurz hier sind?«, fragte Marion.

»Weil ich ihn unfair finde! Ungerechtigkeit kann ich nicht ausstehen. Und Machtmissbrauch auch nicht. Genug ist genug«, fauchte Eva. »Wer kommt mit morgen früh?«

»Ich nicht«, meinte Dorothee zögernd. »Ich muss endlich mal in Ruhe mit Mimi reden.«

»Und ich muss um sieben zur Schule, das weißt du doch«, sagte Marion. Alle drei schauten zu Nele.

»Also gut. Ich mach's. Ich begleite dich«, seufzte Nele und stand auf. »Auch wenn ich nicht weiß, wozu das nützen soll. Und jetzt setze ich mich noch mal an einen Entwurf für Titus. Dann habe ich morgen Zeit, schwimmen zu gehen … mit Gandalf.«

»Mit Gandalf?« Evas Wut war schon verraucht. »Was ist eigentlich mit dem? Das wollte ich dich die ganze Zeit schon fragen«, hakte sie nach.

Eine Weile war Nele Gandalf aus dem Weg gegangen, aber in letzter Zeit hatte Eva die beiden häufig am Zaun plauschen sehen, und zwei Tage zuvor war sie mit ihm abends ein Bier bei Maik trinken gegangen. Danach war sie sehr aufgekratzt nach Hause gekommen.

Nele blinzelte ihr zu. »Nichts. Wir gehen einfach zusammen schwimmen.«

»Verstehe. Du nutzt die Restzeit vor Ort, die dir noch bleibt.«

»Genau. Carpe diem mit dem Herrn der Ringe.« Sie lachte vergnügt und rauschte hinaus.

»Ich setze mich noch ein bisschen ans Apfelbuch«, sagte Eva und verließ das Wohnzimmer.

»Ich gehe auf die Terrasse und mache ein bisschen Tai-Chi. Vielleicht kommt ja heute mal wieder die Lady vorbei.« Marion war immer noch auf der Suche nach fernöstlicher Gelassenheit.

Als sie allein war, zündete Dorothee die Duftkerzen an, die sie überall im Wohnzimmer verteilt hatte. Nachdenklich starrte sie in eine der Flammen. Morgen, dachte sie, morgen muss ich eine Entscheidung fällen. Die Kinder können hier nicht auf Dauer bleiben. Das ist für sie nicht gut, für mich nicht und für die anderen erst recht nicht.

Am nächsten Morgen verließen Eva und Nele um kurz vor acht das Haus. Ohne sich abzusprechen, hatten sie sich beide für High Heels entschieden.

»Das ist es, was gute Schuhmode ausmacht«, sagte Nele zufrieden, während sie die Dorfstraße entlangstöckelten. »Sie gibt einem Selbstbewusstsein. Äußere Größe.«

»Genau. Um Männern wie Sauert auf den Kopf spucken zu können«, bestätigte Eva. In ihrer Handtasche raschelte der Packen Strafzettel.

Sie passierten das Dorfzentrum, winkten durch die Ladenscheibe Frau Wolter zu, die gerade der Friseurin eine Tüte frischer Brötchen über die Theke reichte, kamen an

Maik's Bistro vorbei, das zu so früher Morgenstunde noch geschlossen war. Dahinter kam das Rathaus in Sicht, weißklassizistisch-neureich mit seinem Rollrasencharme.

»Weißt du noch, als wir bei unserem ersten Besuch in Wannsee hier vorbeigefahren sind?«, fragte Eva Nele, als sie zur Eingangstür gingen. Bei jedem Schritt bohrten sich ihre hohen Absätze in den Kiesweg.

»Klar«, antwortete Nele. »Schon damals haben wir geahnt, dass in diesem Ort seltsame Leute wohnen.«

»Und jetzt wissen wir es«, fügte Eva hinzu.

Gerade als sie die Tür öffnen wollte, wurde sie von innen aufgerissen, und unvermittelt stand Frau Karoppke vor ihnen. Sie presste ein Blatt Papier gegen ihre Brust und sah die Freundinnen mit weit aufgerissenen Augen an.

»Es ist so unfair«, stammelte sie und drängte sich an ihnen vorbei. »Wenn ich das dem Uwe erzähle …«

»Was ist denn, Frau Karoppke?«, rief Nele ihr besorgt hinterher, aber da war die Fleischerfrau schon an ihnen vorbeigestürmt und zur Pforte hinaus.

Mit gerunzelter Stirn öffnete Eva die schwere Tür, und sie standen beide in einer großen Halle mit hellem Marmorboden. Eine geschwungene, majestätische Treppe führte nach oben. PRIVAT stand auf einem großen Schild, das auf der ersten Stufe aufgestellt war.

Nele stieß Eva sanft in die Seite und zeigte auf ein kleines Messingschild zur Linken. »Bürgeramt« stand darauf.

»Da lang.«

Sie folgten dem Schild, öffneten die nächste Tür und standen in einem leeren, nüchtern eingerichteten Büro. Stimmen erklangen aus dem daneben liegenden Raum, und Nele öffnete bereits den Mund, um etwas zu rufen, aber Eva griff nach ihrem Arm. Nele sah sie fragend an, aber da hörte sie es auch.

»Ha, der blöden Kuh hab ich es gezeigt«, erklang gedämpft die gehässige Stimme des Bürgermeisters. »Kommt die mir hier mit ihrem Rentenbescheid! Bevor Karoppke mir nicht das Stück Land am Wald gibt, kann sie lange auf die Unterlagen aus unserem Amt warten. Sind eben ... verschwunden.«

Mit einem Rums wurde eine Schublade geschlossen, es herrschte einen Moment lang Stille. Und dann hörten Nele und Eva eine zweite Stimme, so leise, dass sie beide näher an die angelehnte Tür gingen, um besser zu hören.

»Das ist nicht richtig. Ihr steht die Rente zu. So viel Geld haben Karoppkes nicht, und seit seinem Infarkt vor zwei Jahren soll er doch nicht mehr so viel arbeiten. Hier liegen die Unterlagen, ich habe sie extra rausgesucht, als Frau Karoppke um den Termin bat ...«

»*Wie* bitte«, unterbrach Sauert da auch schon die Sprechende. »Willst du mir etwa in den Rücken fallen?«

»Nein, natürlich nicht«, beeilte sich die Frau zu sagen.

Aber Sauert war noch nicht fertig. »So nicht! Nicht mit mir!«, rief er jetzt schneidend.

Jemand durchquerte mit schweren Schritten den Raum. Ein Stuhl wurde hastig verschoben, dann rumste irgendetwas, dicht gefolgt von einem Poltern, bei dem man sich nur wünschte, es käme nicht von einem Menschen. Eva musste daran denken, wie Bodo gewimmert hatte, als Sauert ihn getreten hatte, und bekam eine Gänsehaut. Sie sah Nele erschrocken an. Dann gingen sie beide auch schon auf die Tür zum Nachbarzimmer zu.

»Hallo?«, rief Nele. »Ist alles in Ordnung da drinnen?«

Die Tür wurde einen Spaltbreit geöffnet, der Bürgermeister schlüpfte heraus und schloss sie hinter sich. Er hatte ein hochrotes Gesicht.

»Was geht da drinnen vor?«, fragte Nele sofort.

Sauert musterte sie von oben bis unten und gab sich nicht mal den Anschein, höflich zu sein. »Was geht denn *Sie* das an? Was wollen Sie hier überhaupt?«

»Mit Ihrer Tochter sprechen«, sagte Eva entschieden.

»Bitte, wenn Sie wollen.« Er zuckte mit den Achseln, öffnete die Tür erneut und rief hinein: »Kommst du mal?«

Eva und Nele hielten die Luft an, als Daniela aus dem Raum trat. Schmal sah sie aus, aber anders als sonst war sie adrett gekleidet und scheinbar völlig entspannt.

»Ja?«, sagte sie, gewinnend lächelnd.

Eva wusste auf einmal nicht mehr, ob sie sich das eben Gehörte nur eingebildet hatten, ob die junge Frau eine verdammt gute Schauspielerin war oder ob sich noch eine dritte Person in dem Amtszimmer befand. Schlimmer noch, sie würde es nie herausfinden, weil sie schlecht in den Raum stürmen konnte.

Seufzend zog sie das Bündel Strafzettel und Mahnbescheide aus ihrer Tasche und legte es entschlossen auf den Tresen. »Hier, Herr Sauert. Wir weigern uns, die Bescheide in dieser Form anzunehmen. Das entspricht nicht den gesetzlichen Vorschriften.«

Daniela Sauert wurde leichenblass.

Als Dorothee gegen neun in die Küche kam, deckte Mimi gerade den Frühstückstisch. Sogar ein kleiner Strauß Blumen stand darauf. Das war noch nie vorgekommen, seit sie in Wannsee war. Leise begannen Dorothees Alarmglocken zu schrillen.

»Wo sind die anderen?«, fragte sie.

»Die sind gerade vom Bürgermeister zurück und arbeiten schon. Lennart duscht noch. Setz dich doch, Mama. Darf ich dir einen Kaffee einschenken?«

Woher kam diese Fürsorglichkeit? Die Alarmglocken schrillten noch lauter.

»Gern«, sagte Dorothee vorsichtig und nahm auf einem der Küchenstühle Platz.

Mimi eilte hin und her, schreckte Eier ab, arrangierte Wurst auf einem Teller, schnitt eine Tomate auf, öffnete ein Marmeladenglas, so wie sie selbst es in ihrem langen Familienleben Tausende Frühstücke lang getan hatte. Mimi trug ein enges T-Shirt, und Dorothee glaubte, zum ersten Mal eine zarte Wölbung an ihrem Bauch zu sehen.

Jetzt schenkte Mimi ihnen Kaffee ein, sich selbst gab sie viel von Wolters guter Landmilch hinzu.

»Mama«, sagte sie und setzte sich ebenfalls, »ich will was mit dir bereden.«

Dorothees Alarmglocken brüllten durch die ländliche Morgenstille.

»Lennart und ich haben gestern beschlossen, dass wir das Baby bekommen wollen.«

»O mein Schatz, das freut mich ehrlich!«

Dorothee griff nach der Hand ihrer Tochter, und die Alarmglocken verstummten abrupt. Tränen schossen ihr in die Augen. Gott, als sie Moritz bekommen hatte, war sie nicht älter als Mimi gewesen! Sie sehnte sich plötzlich danach, ein Baby im Arm zu halten.

»Aber ... ich möchte, dass du dabei bist.«

»Ja, ja, natürlich werde ich dabei sein. Die letzten Wochen können beschwerlich sein. Du kannst dich auf mich verlassen.«

Mimi lächelte schief. »Du verstehst mich nicht, Mama. Ich möchte, dass du die ganze Zeit dabei bist. So, wie wir die letzten Tage zusammen waren. Das hat mir gefallen! Lennart und ich brauchen eine neue Wohnung. Auch da musst du mir helfen. Und überhaupt.« Ihre Stimme klang eindringlich.

Dorothee wusste immer noch nicht, worauf ihre Tochter hinauswollte. »Ich bin in einem Monat zurück. Dann bist du im vierten oder gerade mal im fünften Monat. Bis dahin wirst du es ja wohl ohne mich aushalten.« Den letzten Satz sagte sie, ohne nachzudenken.

»Nein.«

»Wie ... nein?«

Jetzt bekam Mimis Ton etwas Flehendes. »Ich will, dass du gleich mit uns mitkommst, Mama.«

Dorothee lächelte. »Aber Kind, das geht doch nicht. Du weißt doch, dass wir hier bis zum 1. Oktober wohnen müssen.«

»Das fand Julika aber nicht!« Mimi verlegte sich auf Trotz. »Die war schneller weg, als ihr Ciao sagen konntet. Weil ihr nämlich Florenz wichtig war. Wichtiger, als ich dir bin.«

»Quatsch«, brauste Dorothee auf. »Wie kannst du so was sagen, Mimi. Ihr vier seid mir das Wichtigste auf der Welt, das weißt du doch! Aber bis der Oktober beginnt, bleibe ich hier.«

Oben ging eine Tür. »Das ist Lennart«, sagte Mimi knapp. »Moment, ich muss ihm mal was sagen.« Sie verließ die Küche.

Dorothee rührte nachdenklich in ihrem Kaffee, während sie wartete, dass die werdenden Eltern zurückkehrten. Es dauerte lange. Sie fragte sich gerade, was die beiden da oben anstellten, als es über ihr laut krachte. Als ob etwas Schweres fiel. Oder ein Mensch der Länge nach hingeschlagen wäre. Sie lauschte. Ein leises Wimmern drang an ihr Ohr, und sie stand alarmiert auf.

»Alles okay bei euch da oben?«, rief sie in den Flur.

Auch Eva und Nele waren aus ihrem Büro gekommen.

»Dorothee, komm mal. Schnell«, hörte sie jetzt Lennarts verängstigte Stimme.

Dorothee stürmte die Treppen hoch. Auf dem Boden im Gästezimmer lag eine ausgekippte Tasche, daneben feuchte Handtücher, schmutzige Cargo-Hosen, ein schwarzes Sweatshirt – und auf dem Bett lag Mimi, zusammengekrümmt, leise weinend, beide Hände vors Gesicht geschlagen.

»Ich bin über die Tasche gestolpert«, schluchzte sie. »Voll hingeknallt! Hoffentlich ist nichts mit dem Baby! In meinem Bauch zieht es plötzlich so schrecklich!«

Zu Tode erschrocken kniete Dorothee sich neben das Bett. »Wir müssen einen Arzt holen.«

»Nein, nein, das will ich nicht. Ich will nach Berlin!«, jammerte Mimi und setzte sich auf.

Vergeblich versuchte Dorothee, sie zurück aufs Bett zu drücken. Schreckensvisionen schossen ihr durch den Kopf: Mimi in entsetzlichen Krämpfen, Mimi in einer Blutlache, die immer größer wurde, und ihr winzig kleines Enkelkind, für immer verloren!

»Worauf wartest du, Lennart? Pack eure Sachen. Na los, schnell. Und fahr den Beifahrersitz in deinem Kombi runter, damit wir Mimi transportieren können!«, wies sie den jungen Mann an, der in sauberer Jeans und frischem T-Shirt, aber kreidebleich an der Tür stand.

Sie stand auf und sagte zu Mimi: »Du bleibst, wo du bist, hörst du! Beweg dich nicht! Ich mach mich nur schnell fertig, und dann sehen wir zu, dass wir dich so schnell wie möglich zu deiner Gynäkologin in die Stadt bekommen. Oder noch besser gleich ins Krankenhaus!« Sie wirbelte aus dem Zimmer. »Mimi ist gestürzt! Ihr Bauch schmerzt! Hoffentlich sind es keine Wehen! Ich fahre mit den Kindern nach Berlin«, rief sie Eva und Nele zu, die am Fuß der Treppe standen und erschrocken nach oben schauten.

»Wie kommst du wieder zurück?«, fragte Eva. »Ruf uns an, dann holen wir dich vom nächsten Bahnhof ab.«

Aber noch während sie es sagte, ahnte sie, was kommen würde. Und ihr Gefühl täuschte sie nicht.

Dorothee baute sich am oberen Treppenende auf und stemmte die Hände in die Hüften. »Zurückkommen, sagst du? Glaubt ihr denn, ich lasse meine Tochter in diesem Zustand allein? Das kommt ja ü-ber-haupt nicht infrage! Ich weiß nicht, ob ich zurückkomme. Wenn Mimi liegen muss, dann natürlich in meiner Wohnung! Damit ich sie umsorgen kann! Wenn's sein muss, bis zur Niederkunft!«

»Aber unsere Wohngemeinschaft ...«, sagte Nele hilflos, »das Haus, die Äpfel, die Ernte ...«

»Das Haus! Die Ernte!«, brauste Dorothee auf. »Hat sich Julika darum geschert, als sie mit ihrem Latin Lover auf und davon ist? Wie könnte ich denn jetzt an das Haus denken, wo es um meine Tochter und mein Enkelkind geht! Klar, das versteht ihr nicht! Wie auch! Ihr habt ja keine Kinder!«

Sie richtete sich auf dem Treppenabsatz hoch auf, so als ob sie einige Zentimeter gewachsen wäre. Ihr Busen hob sich unter ihrem rosafarbenen Bademantel, während sie mit dem Zeigefinger die Treppen hinunterwies, direkt auf Nele und Eva.

»Ich sag euch jetzt mal was: Blut ist dicker als Wasser. Und vor allem dicker als Apfelsaft!«

22. Kapitel

*Männer legen ihre Gefühle auf Eis,
als könnten sie dadurch
ihre Haltbarkeit verlängern.*
FRAUENMUND

»Da war'n es nur noch drei«, sagte Nele und starrte auf den Monitor.

»Ich fasse es nicht«, antwortete Eva. »Ich wünsche Mimi natürlich, dass sie das Baby nicht verliert. Aber wirklich leid tut es mir um Dorothee und um uns. Ohne sie ist das hier mit der Ernte nicht zu schaffen. Bei ihr dachte ich am wenigsten, dass sie das Handtuch schmeißt. Von dir natürlich abgesehen«, fügte sie eilig hinzu.

»Wir sind für sie nur Kinderersatz gewesen«, sagte Nele.

Sie ließ die Finger über die Tastatur fliegen, legte den Kopf schräg und betrachtete das Ergebnis. Ja, mit dem leichten Schlagschatten sah die Grafik besser aus.

»Was für ein Muttertier! Das ist wie bei dieser Bankwerbung: Jeder hat etwas, das ihn antreibt. Mimi wirkte vorhin, als sie losfuhren, eigentlich schon wieder ganz fröhlich«, fügte sie dann nachdenklich hinzu. »Im Gegensatz zu Dorothee. Hast du gehört, worum es in ihrem Gespräch in der Küche ging?«

Eva nickte. »Na klar. Die Türen standen offen.«

Lennart und Dorothee hatten Mimi vorsichtig die Treppe hinunterbugsiert und in Lennarts alten Kombi gebettet, der mit Bettzeug weich ausgepolstert worden war. Sie hatten beschlossen, Mimis Auto in Wannsee zu lassen.

Die Aussicht, dass ihre Mutter nun doch mit nach Berlin kam, schien Wunder gewirkt zu haben. Mimi ging es von einer Sekunde zur nächsten sehr viel besser. Dorothee dagegen sah unter ihrer Sommerbräune blass aus. Sie umflatterte Mimi wie eine besorgte Glucke, die den Fuchs wittert.

»Dorothee war kühl beim Abschied«, bemerkte Nele. »Dabei haben wir ihr nichts getan.«

»Ich denke, sie ist es einfach leid, sich immer vor uns wegen Mimi zu rechtfertigen. Besonders, weil sie weiß, dass wir recht haben. Die Wahrheit kränkt am meisten.«

Nele schwieg. Dann fragte sie vorsichtig: »Was meinst du? Ist Mimi wirklich gestürzt?«

Eva warf ihrer Freundin einen raschen Seitenblick zu. »Keine Ahnung. Aber wenn sie es nur vorgespielt hat, dann war es ein linker Trick, um Dorothee zurück in die Stadt zu bringen.«

»Und was machen wir jetzt? Geben wir die Ernte auf?«, fragte Nele hoffnungsvoll und speicherte den nächsten Entwurf.

»Auf keinen Fall«, erwiderte Eva entschlossen. »Wir haben noch einen Monat, und den werden wir nutzen.«

»Aber wofür eigentlich?«, erwiderte Nele. »Wir schaffen es niemals, alle Äpfel zu verwerten! Wir haben genug für Titus zu tun, und an dem Apfelbuch wollen wir auch noch arbeiten. Ehrlich, ich habe keine Lust, völlig groggy nach Berlin zurückzukehren. Wieder jeden Tag bei Frenz & Friends anzutanzen wird anstrengend genug.«

Mit zusammengepressten Lippen sah Eva auf den Bildschirm. Nele hatte recht. Wenn sie alles schaffen wollten, was sie sich vorgenommen hatten, würde die Zeit niemals reichen. Und selbst wenn – wofür überhaupt? Damit sie hundert Gläser Apfelmus und Gelee und Saft mehr im Wagen hatten? Auf der anderen Seite – die Früchte auf den Kompost zu werfen oder sie einfach im Gras verrotten zu lassen ging ihr gründlich gegen den Strich.

»Wir werden das nachher mit Marion besprechen«, sagte sie.

Nele machte den Computer aus.

»Was ist?«, fragte Eva.

»Ich treffe mich mit Gandalf. Schon vergessen? Bei dem Wetter – wer weiß, wie oft man noch schwimmen gehen kann.«

Ja, Eva hatte es vergessen.

Nele war noch nicht wieder da, als Dorothee anrief und Entwarnung gab: Ja, Mimi hatte nach dem Sturz wohl leichte Wehen gehabt, aber inzwischen hatte sich ihr Zustand stabilisiert. Dorothee war also nicht von Mimi manipuliert worden. Eva freute sich für die Freundin.

Kurz nach vier kehrte Marion von der Arbeit zurück. Seit Julika weggefahren war, war sie auffallend schweigsam, als beschäftige sie irgendwas.

»Wo sind denn alle?«, fragte sie, als sie Eva allein vor dem Computer sitzen sah.

»Ach, Marion«, seufzte Eva. »Dorothee ist mit Mimi und Lennart zurück in die Stadt gefahren. Gerade heute Morgen hat Mimi entschieden, das Baby zu behalten, und kurz darauf ist sie gestürzt. Dorothee war in heller Aufregung. Jetzt will sie in Berlin bleiben, falls Mimi ihre Hilfe braucht.«

»Ach so«, sagte Marion gedankenverloren. »Und Nele?«

»Die ist mit Gandalf unterwegs.«

»Aha. Ich gehe mich mal umziehen.« Sie wandte sich ab.

Eva starrte ihr nach. Was war denn das für eine lapidare Reaktion, obwohl sich wieder eine von ihnen von ihrer gemeinsamen Lebensplanung verabschiedet hatte und sie kurz davor waren, das Haus zu verlieren? Bei Julika hatte sie noch geweint. Und bei Dorothee reichte ein »Ach so«?

Als Marion die Treppe herunterkam, war Eva bereit. Sie hatte einen Kräutertee gemacht. »Komm, wir setzen uns auf die Terrasse.«

Die Sonne schien noch sehr warm, und die Insekten waren emsig dabei, ihre Vorräte aufzustocken. Es summte und brummte in den Beeten, im Gras, in den Bäumen und in der Luft. Das Hornissennest hinterm Schuppen war zu einer unglaublichen Größe angewachsen. Aber vieles deutete darauf hin, dass der Herbst nicht mehr weit war. Der Gesang der Vögel, der in den letzten drei Monaten allgegenwärtig gewesen war, hatte nachgelassen – es gab nicht mehr so viele Reviere zu verteidigen, so viele Weibchen zu beeindrucken. Die Zugvögel saßen gewissermaßen auf gepackten Koffern. Abends wurde es deutlich früher dunkel, und wenn die Sonne untergegangen war, wurde es empfindlich kühl. Die lauen Nächte auf der Terrasse gehörten ebenso wie das Lachen der fünf Frauen, das Wir-schaffen-das-irgendwie-Gefühl, der Vergangenheit an.

»Was ist denn los, Marion?«, fragte Eva, als sie das Tablett mit Tee, Tassen und Honig auf den Tisch gestellt hatte, auf dem noch ein Glas mit einem kläglichen Kerzenstummel stand – ein letzter Gruß von Dorothee.

»Am nächsten Montag fängt die Schule in Wannsee wieder an. Jetzt brauchen sie mich hier nicht mehr. Leonore hat eine neue Erzieherin für den Hort gefunden. Sie kommt aus Potsdam«, sagte Marion abwesend und rührte ihren Tee um.

Mehr schien sie nicht sagen zu wollen. Das Schweigen zog sich in die Länge.

»Und ... tut es dir leid, dass du hier nicht mehr gebraucht wirst?«, fragte Eva. Das wäre eine Begründung für Marions gedrückte Stimmung.

Marion schüttelte den Kopf und rührte weiter in ihrer Tasse, der Honig musste sich inzwischen längst zu Honigatomen aufgelöst haben. »Nein, eigentlich nicht. Das ist schon okay. Die Zeit mit den Dorfkindern war schön, und die neue Erzieherin macht das sicher auch wunderbar.«

Eva atmete tief durch. Dann war ja alles gut. »Freu dich! Du hast dich wacker geschlagen. Ein paar letzte Wochen auf dem Land hast du noch, und das hast du dir redlich verdient. Jeden Tag Tai-Chi und Bogenschießen«, versuchte Eva erneut, die seltsame Stimmung aufzulockern. »Nele und ich haben vorhin über die Ernte gesprochen. Nele sieht nicht ein, dass wir uns damit stressen sollen. Ich finde es zwar schade, wenn wir die Äpfel einfach liegen lassen, aber wenn du auch der Meinung bist, dass ...«

»Nein.«

»Was ... nein? Bist du Neles Meinung? Willst du dich auch nicht mehr um die Äpfel kümmern?«, fragte Eva ein bisschen enttäuscht.

Zum ersten Mal, seit sie an dem Tisch saßen, sah Marion Eva direkt an. »Nein. Ich meine etwas anders. Was mit den Äpfeln geschieht, ist mir eigentlich egal. Ich habe einen Entschluss gefasst. Ich werde auch früher nach Berlin zurückgehen.«

Eva starrte Marion an. »Wieso denn?«

»Das will ich dir sagen.« Sie hörte endlich auf zu rühren und legte den Löffel neben die Tasse. »Ich habe mit der Ferienbetreuung angefangen, weil ich mir gewünscht habe, wieder Freude am Lehren zu finden. Das ist gelungen. Aber dabei habe ich etwas über mich herausgefunden. Ich will nicht Kinder unterrichten, die wissen, was eine Amsel und was eine Tanne ist, die abends um sieben ins Bett geschickt werden und für die eine deutsche Tageszeitung nichts Besonderes ist. Ich weiß jetzt, dass mein Herz für … die anderen schlägt. Für die, die mich wirklich brauchen. Die sonst kaum Chancen haben, die Schule zu schaffen, eine Lehre zu machen, ein gutes Leben zu leben.« Sie senkte die Stimme. »Für Kinder wie Jihad.«

»Ist das der arabische Minimacho? Der immer ›du Opfer‹ sagt?«

Marion nickte. »Ja, genau der. Der braucht eine engagierte Lehrerin wie mich mehr als alle anderen.«

»Aber du warst komplett ausgebrannt *wegen* Kindern wie ihm!«

»Ja, das war ich. Es lag wahrscheinlich daran, dass ich das Gefühl hatte, ich unterrichte diese Kinder gegen ihren Willen. Aber inzwischen weiß ich mehr, vor allem über mich selbst. Dieser Aufenthalt auf dem Land war großartig, Eva. Dafür bin ich unendlich dankbar.«

War … hat sie gesagt, registrierte Eva. Als sei es bereits abgeschlossen, ihr Abenteuer. Sie fröstelte.

»Aber das Haus brauche ich nicht, und auf die frische Luft kann ich gut verzichten. Dafür weiß ich wieder, was ich wirklich will – das ist ein großes Geschenk. Wenn in Berlin die Schule anfängt, will ich wieder dabei sein!« Herausfordernd sah sie Eva an.

»So bald schon?«, fragte Eva entsetzt. »Das ist ja die reinste Landflucht, was hier vor sich geht!«

»Das hat Dorothee und Julika auch nicht gestört, oder? Sind wir doch mal ehrlich: Unsere Land-WG ist gescheitert. Es besteht kein Grund, noch hierzubleiben, außer, man hat vom Leben auf dem Land immer noch nicht genug. Aber ich habe genug.« Sie stand auf. »Ich fange jetzt mit dem Packen an. Ich denke, ich fahre morgen gegen Mittag ab, dann können wir noch zusammen frühstücken. Mimi wird froh sein, wenn ich mit ihrem Auto fahre, dann hat sie es wieder in Berlin.«

Eva sah ihr sprachlos hinterher. Dann griff sie nach der Teekanne und schenkte sich ein. Sie musste etwas trinken. Vielleicht half das ja gegen den Kloß in ihrer Kehle.

Die warme Nachmittagssonne trocknete ihre nassen Körper. Sie waren nackt, und Nele fand nichts dabei. Das Schwimmen war herrlich gewesen, und jetzt mit Gandalf faul auf der Decke zu liegen war womöglich noch besser.

Es knisterte zwischen ihnen, und Nele überlegte, ob irgendetwas dagegensprach, dass sie an diesem verträumten See, an dem allenfalls eine Ringelnatter Zeugin war, Sex hatten. Es war untypisch für sie, so lange zu warten. Über drei Monate ging das jetzt schon mit ihnen, aber irgendetwas hatte sie bis jetzt zurückgehalten, mit dem Hobbyknecht zu schlafen. Sein Verhalten auf dem Dorffest hatte sie geärgert, denn so albern es klang: Sie war streng monogam. Auch wenn manche ihrer Beziehungen nur eine Woche gehalten hatten – in dieser Zeit war jeder Freund der einzige für sie gewesen, und das verlangte sie auch im Gegenzug.

Warum sie nun bei Gandalf zögerte, verstand Nele nicht. Es war bestimmt nicht die Aussicht, dass ihre Zeit hier fast abgelaufen war. Es war mehr eine unbestimmte Vorsicht, die sie noch immer nicht den letzten Schritt hatte gehen lassen. Aber heute, heute würde es geschehen …

Gandalf streichelte ihren Busen. »Wie alt bist du eigentlich?«, fragte er.

»Neununddreißig«, antwortete Nele blitzschnell. Ihr wahres Alter ging ihn ja nun wirklich nichts an, fand sie.

»Für eine Frau von fast vierzig hast du noch einen geilen Körper«, sagte er und beugte sich über sie, um sie zu küssen. »Gut, dass du nicht älter bist. Tanten über vierzig sind nicht mein Ding.«

Nele erwiderte den Kuss, auch wenn sie sich über das »noch« ärgerte, na ja, und über die »Tanten«. Gandalf mochte ja eine tierische Sinnlichkeit ausstrahlen, aber ein Gentleman war er nicht gerade.

»Du bist rasiert, das ist der Hammer«, sagte er und schob seine Hand zwischen ihre weichen, nackten Oberschenkel.

»Ach, Gandalf.« Sie hatte sich entschieden und nahm seine Hand weg. Hier und jetzt war nicht der richtige Ort. »Lass mal. Wir könnten doch bei Maik's was trinken und danach zu dir gehen, *Herr der Ringe* schauen.«

Er stützte den Kopf auf die Hand und sah sie an. Aus dem dunkelblonden Zopf tropfte Seewasser auf Neles Haut. »Echt, hast du Lust, dir eine DVD reinzuziehen? Cool. Dann lass uns abhauen.«

Kurze Zeit später fuhren sie auf Gandalfs Motorrad über den sandigen Feldweg zurück nach Wannsee. Nele hatte ihre Arme um Gandalfs Taille geschlungen. Sie strich über das schwarze Leder und hatte blendende Laune – eine Mischung aus Erwartung, Erregung und Risikobereitschaft. Oh, sie kannte diesen Mix! Es war schließlich nicht das erste Mal, dass sie mit einem Mann das erste Mal erlebte.

Zehn Minuten später bockte Gandalf die Maschine vor Maik's Bistro auf. Ihre Badesachen ließen sie auf dem

Motorrad liegen: Niemand in Wannsee würde auch nur im Traum daran denken, sie zu stehlen.

Gandalf riss die Tür auf, wartete, bis Nele hindurchging, und ließ sie schwungvoll hinter sich zukrachen. Alle Blicke wandten sich ihnen zu. Vom Sehen kannte Nele die meisten, dem Namen nach nur Erwin Schlomske und die Bedienung Mandy, die hinter dem Tresen stand und gerade Bier für die Stammtischrunde zapfte. Drei-, viermal war sie mit den Freundinnen hier gewesen, und solange nicht Sauert in der Nähe war, waren sie von Mandy oder Maik immer freundlich bedient worden.

»Hey, nicht so forsch, Gandalf. Die Tür soll noch ein bisschen länger halten«, sagte Mandy.

»Bleib entspannt, Mandy«, erwiderte Gandalf aufgekratzt. »Und mach mir auch ein Bier, wenn du schon stehst. Was willst du, Nele? Sicher einen Sekt, oder? Ihr Weiber wollt ja immer Sekt. Gib mal der Süßen hier ein Rotkäppchen.« Er klatschte Nele, die abwartend neben ihm stand, deftig auf den Hintern.

Die fand das alles andere als lustig. Es war ... billig. Plötzlich fragte sie sich, ob sie hier wirklich das Richtige tat. Auf der anderen Seite: Wer sich auf Gandalf einließ, konnte nichts anderes erwarten. Und das hier war schließlich nur eine Bettgeschichte. Was verlangte sie da schon? Nur, dass sie die Einzige war, während es lief. Was er machte, wenn sie wieder weg war, konnte ihr egal sein.

Der Blick der Kellnerin wanderte von Gandalf zu Nele und wieder zurück. »Ach, so ist das«, sagte sie langsam und zapfte weiter. Der Schaum lief ihr über die Hände, aber sie schien es nicht zu merken.

Gandalf drückte Nele das Sektglas in die Hand, das Mandy genau bis zum Eichstrich gefüllt hatte. »Such uns mal einen Platz. Ich muss mal für große Königstiger.«

Nele setzte sich an einen Tisch, von dem aus sie einen guten Blick zum Tresen und auf die Tür der Herrentoilette hatte. In ihrem Nacken prickelte es, was, wie sie wusste, daran lag, dass die Kerle am Stammtisch sie anschauten.

Als die Biere fertig waren, kam Mandy hinter dem Tresen hervor. Sie brachte vier Gläser zum Stammtisch, mit dem letzten kam sie zu Nele, stellte es ab und zog sich den hässlichen Holzstuhl im Tiroler Bauernstil heran. Schließlich setzte sie sich. Aus stark geschminkten Augen sah sie Nele an.

»Was läuft denn zwischen dir und Gandalf?«

»Was geht dich das an?«, fragte Nele und schaute über Mandys Schulter in Richtung Herrentoilette. Wie lange konnte ein »großer Königstiger« dauern?

»Eigentlich nichts. Außer, dass Cindy meine Schwester ist und mit Gandalf verlobt war.«

»Wenn sie mit ihm verlobt *war*, dann kann es ihr ja wohl egal sein, was zwischen uns läuft«, schnappte Nele.

»O ja, das ist es ihr auch. Aber weißt du, warum sie mit ihm Schluss gemacht hat?«

»Na?«

»Weil Gandalf ein Hallodri ist. Weil er alles in Wannsee und Umgebung ins Heu schleppt, das nicht bei drei auf dem Baum ist. Auf dem Apfelbaum, in deinem Fall.«

»Und warum sollte mich das interessieren?«, fragte Nele kühler, als ihr zumute war.

»Weil …«, Mandy beugte sich so dicht zu Nele über den Tisch, dass diese jede einzelne ihrer dick getuschten Wimpern sehen konnte, »… er trotzdem nicht frei ist. Er ist verliebt. Sehr sogar. Aber er kann sie nicht haben. Und so lenkt er sich seit Jahren ab, indem er uns unglücklich macht. Ich dachte, du solltest das wissen, bevor er dir seinen kleinen, großen Hobbit zeigt. Wenn er das nicht schon getan hat.«

Nele nahm einen langen Schluck Sekt. Danach war das Glas leer. Sie stellte es ab. »Was ist das? Eine Warnung, mein Herz nicht an euern Dorfplayboy zu verlieren? Oder euch nicht in den Weg zu kommen?«

Mandy schnaubte ungehalten und stand auf. »Was du mit dieser Info machst, ist mir egal. Du musst meinen Ratschlag nicht annehmen. Du kommst doch aus der Großstadt, und da seid ihr sicher viel schlauer als wir Landfrauen! Nicht so naiv. Und was die Gefühle angeht, sicher viel härter im Nehmen.« Ihre Stimme troff vor Ironie.

»Stimmt, naiv bin ich wohl nicht«, sagte Nele und stand langsam auf. »Trotzdem, danke für die Aufklärung, Mandy.«

»Was ist mit dem Sekt?«, fragte Mandy.

»Den zahlt Gandalf«, antwortete Nele und stieß die Tür nach außen mit einem Tritt auf. Irgendwo weit hinter sich hörte sie das Rauschen einer Toilettenspülung. Sie schnappte sich ihr Badezeug von Gandalfs Maschine und marschierte die Dorfstraße entlang.

Es dauerte nicht lange, bis sie hinter sich das Knattern eines Motorrads hörte. Kurz darauf hatte Gandalf sie erreicht und fuhr langsam neben ihr her. »Nele, was ist denn los?«, rief er. »Wo willst du denn auf einmal hin?«

»Nach Hause«, gab sie schnippisch zurück. »Ich hatte plötzlich keine Lust mehr auf einen Abend zu dritt.«

»Spinnst du? Wieso denn zu dritt?«, antwortete er und beschleunigte ein bisschen, um mit Nele Schritt zu halten. Er sah zu ihr, doch sie weigerte sich, auch ihn anzuschauen.

»Weil dein wahlloses Anbaggern nur einem Zweck dient!«

»Und welchem?«, rief er, um den Motorenlärm zu übertönen.

Am Ende der Straße kam Annas Haus in Sicht. Nele wollte nichts lieber, als darin zu verschwinden. Aber sie war nicht fünfundvierzig geworden, um einen Ärger dieser Größe herunterzuschlucken. Also blieb sie stehen, stemmte die Hände in die Hüften und funkelte Gandalf an.

»Pure Ablenkung von echten Gefühlen! Es war verdammt knapp, Gandalf! Fast wäre ich in deinem Bett gelandet. Und dann hätte ich zu spät entdeckt, dass da eine andere Frau liegt. Weil ich nämlich nicht die bin, die du willst. Du bist ein Ochse, damit du Bescheid weißt! Und ein verdammt unehrlicher noch dazu. Unehrlich zu den Frauen, die du bezirzt, und vor allem unehrlich zu dir selbst. Du solltest ein T-Shirt tragen, auf dem *Körper frei, Herz besetzt* steht!«

Gandalf sah aus, als hätte er eine Ohrfeige bekommen. Dann fing er sich und hielt an. Finsteren Blickes ließ er den Motor aufheulen.

»O nein, mein Schatz, wenn schon, bin ich ein Bulle! Hab ich dich im Heu geknutscht, bis du glücklich warst, oder nicht?«, gab er wütend zurück.

»Ja, mich und den Rest der Kühe von Wannsee. Und nenn mich nicht ›mein Schatz‹, ich bin kein blöder Ring, den du irgendwo gefunden hast!« Jetzt wurde Nele richtig wütend.

»Ach, ich dachte, du magst den *Herrn der Ringe*!« Jetzt sah Gandalf bitter enttäuscht aus.

»Das war, bevor ich nach Wannsee gekommen bin«, gab Nele hitzig zurück. »Und deinen Namen, den fand ich von Anfang an doof. Gandalf! Wo bist denn du ein Zauberer? Pah! Du bist und bleibst ein Wolfdieter! Und ein feiger dazu!«

Sie stürmte los. Als sie die Haustür erreicht hatte, schloss sie sie schnell auf und schmiss sie hinter sich zu, bevor Gandalf auch nur die Möglichkeit hatte, sie davon abzuhalten. Schäumend vor Wut lehnte Nele sich gegen die Tür und lauschte. Gandalf gab Gas und fuhr davon.

»Was war denn das für ein Geschrei?«, fragte Eva, als Nele ins Wohnzimmer gerauscht kam. Sie las gerade ein Buch über alte Apfelsorten.

»Das war mein Beitrag zu Männern, die zu feige sind, sich ihre Gefühle einzugestehen!«, sagte Nele mit blitzenden Augen. »Um ein Haar hätte ich einen Fehler gemacht. Gott, ich bin dieses Kaff so unendlich leid. Ich wünschte, mich hätte es nie in diese Heuschnupfenhölle verschlagen! Wenn jetzt noch das Geringste passiert, bin ich weg. Mir reicht's. Ich schwör's!«

In diesem Moment schlug in der Speisekammer eine Mausefalle zu. Drei Monate hatten die Mäuse Ruhe gegeben. So lange hatte es gedauert, sich durch ihre verbarrikadierten Löcher zu knabbern. Und sie wollten durch, denn auf der anderen Seite versprachen köstliche Düfte Futter in rauen Mengen. Die Maus, die mit viel Ausdauer dieses Ziel erreicht und sich auf den Speck in der immer noch gespannten Falle gestürzt hatte, hätte sich keinen dramatischeren Moment für ihren finalen Auftritt aussuchen können.

Nele schrie auf und hielt sich die Ohren zu. »Nein! Ich halte das hier keinen Tag länger aus! Jetzt auch noch diese verfluchten Biester!« Sie stürzte die Treppe hoch.

Eva und Marion sahen sich an. Sie hörten, wie die Freundin oben hektisch hin und her lief.

Eva ging ihr nach. »Was machst du da?«, fragte sie vorsichtig und blieb im Türrahmen stehen.

»Packen natürlich! Was glaubst du denn! Warum sollte *ich* hierbleiben, wenn Julika und Dorothee auch schon weg sind? Wegen der blöden Äpfel? Oder um beim Ernten jeden Tag den bescheuerten Gandalf auf der anderen Seite des Zaunes zu sehen? Nein! Die falschen Männer finde ich auch in Berlin«, tobte Nele. »Da gibt es deutlich mehr davon! Da hab ich die freie Auswahl an Idioten und dazu keine ekligen Mäuse!« Wütend warf sie die roten Cowboystiefel, die sie sich für die aufregenden Seiten des Landlebens gekauft hatte, in die Reisetasche. Dann überlegte sie es sich anders, nahm sie wieder heraus und donnerte sie in die Zimmerecke. »Hier, die sponsere ich für Annas Schuhschrank!«

Eva nahm die Stiefel an sich. »Bist du sicher?«, fragte sie.

»Hundertprozentig! Tu sie weg, sonst landen sie in der Tonne.«

Eva ging schweigend mit den Stiefeln nach unten. »Nele packt auch. Sie hatte Streit mit Gandalf. Wieder hat sie sich auf eine Welt eingelassen, die nicht ihre eigene ist«, sagte sie und setzte sich zu Marion auf die Couch. Die nur ein einziges Mal getragenen Cowboystiefel hielt sie im Schoß und streichelte sie abwesend.

»O nein, jetzt wird Nele bestimmt auch kein Biorindfleisch mehr essen. Und nie wieder *Herr der Ringe* anschauen!«, murmelte Marion. »Ich werde ihr mal sagen, dass ich morgen ebenfalls abhaue. Sie kann ja gleich mit mir mitkommen.« Bevor sie das Zimmer verließ, drehte sie sich noch mal um. »Was ist eigentlich mit dir, Eva? Du hockst doch jetzt ganz allein hier. Willst du nicht auch packen und mit uns nach Berlin kommen?«

23. Kapitel

*Komm in meinen Garten. Ich möchte,
dass meine Rosen dich kennenlernen.*
RICHARD B. SHERIDAN

Wannsee lag noch ruhig da, als Nele und Marion sich am nächsten Morgen auf den Weg nach Berlin machten. Mimis Auto war voll: Sie hatten so viel wie möglich eingepackt. Es fehlte nur noch, dass sie ihre Betten aufs Dach geschnallt hätten. Dafür würden sie später einen Umzugswagen beauftragen, der auch die Sachen der anderen mit nach Berlin transportieren konnte.

»Wir sind dann so weit«, sagte Nele und umarmte Eva. »Mach's gut. Wenn es dir hier zu einsam wird, schmeiß dich einfach in Julikas Wagen und komm auch früher nach Berlin. Wenn nicht, sehen wir uns Anfang Oktober bei Titus. Und wir telefonieren! Ein bisschen leid tut es mir schon, dass wir alle früher fahren. Aber es macht einfach keinen Sinn für mich zu bleiben. Verstehst du, was ich meine?«

»Hör auf, Nele. Du hast dich entschlossen, und damit ist es gut. Wir sind keine Teenager mehr, die ständig eine Rückversicherung von den anderen brauchen«, antwortete Eva, doch sie spürte, dass sie dennoch verärgert war.

»Sicher, dass es dir nichts ausmacht, allein zu bleiben?«,

versuchte Marion, sich selbst ein letztes Mal zu beruhigen.

Auf einmal sträubte sich alles in Eva dagegen, der Freundin das schlechte Gewissen zu nehmen. »Nein. Im Gegenteil. Ich bin sicher, dass es mir was ausmacht. Trotzdem bleibe ich.«

Einen Moment lang sahen sie sich schweigend an, dann stiegen Nele und Marion in den Wagen. Eva wandte sich ab. Sie wollte nicht winken. Man winkte ja auch nicht bei einem Begräbnis.

Es war ein Samstag, an dem sie allein in Wannsee zurückblieb. Sie hatte beschlossen, den Tag mit Gärtnern zu verbringen. Wenn es irgendetwas gab, das sie von dem Gefühl ablenken konnte, gescheitert zu sein, dann war es Erde zwischen den Fingern.

Der nahende Herbst setzte zunehmend Zeichen. Die Hochdrucklage würde für einen traumhaften Altweibersommer sorgen. Der Wind riss die weißen Gespinste der Baldachinspinnen aus dem Gras, trieb sie vor sich her und wehte sie in Büsche und Bäume. In Evas Beeten waren die violetten Strahlenastern aufgegangen, ansonsten blühten nur noch vereinzelt rote Dahlien. Die anderen Blumen waren verblüht, wollten abgeschnitten oder hochgebunden werden. Das hatte Eva sich für diesen Tag vorgenommen, auch wenn sie nicht sagen konnte, wofür sie es machte. Es war sowieso nur eine Frage der Zeit, bis auch sie wegfuhr und das Haus Rechenberger überließ.

Als sie mit dem löchrigen Strohhut und dem Gartenwerkzeug aus dem Schuppen kam, waren Gandalf und Loh auf der anderen Seite des Zaunes damit beschäftigt, alles für die Ernte der frühen Kartoffeln vorzubereiten.

Loh koppelte gerade den Hänger an den Traktor. Er hob die Hand zu einem stummen Gruß, und Eva lächelte ihm zu, bevor sie sich an die Arbeit machte.

Das Mittagessen ließ Eva ausfallen. Stattdessen setzte sie sich ins Gras, lehnte sich mit dem Rücken gegen einen Baumstamm und aß einen Ontario, während sie durch die Äste hindurch den Himmel beobachtete. Von den Wildgänsen und den Kranichen war nichts zu sehen. Dafür entdeckte sie einen Raubvogel, der weite Kreise zog. Sein hoher Schrei drang bis zu ihr hinunter.

Am späten Nachmittag räumte sie auf, ging ins Haus und schrubbte sich kräftig die Hände. Ganz sauber wurden sie nie. Es war, als weigere sich die Erde, sich völlig von ihnen zu lösen.

Als sie in der Küche saß und lustlos ihr Abendbrot aß, verstand Eva auf einmal, wie Dorothee sich gefühlt haben musste, als alle Kinder ausgezogen waren. Das erste Mal seit über einem Vierteljahr war sie abends allein. Zu Hause in Berlin war das nie ein Problem gewesen. Da kam sie müde von der Arbeit in ihr Apartment, war froh, wenn sie die Tür hinter sich schließen konnte, schaffte es bestenfalls, noch ein bisschen zu telefonieren, und ging dann schlafen. Manchmal hörte sie im Halbschlaf die Schritte des Mieters über sich oder Fränzchens Gebell, wenn Frau Biegel mit ihm noch mal rasch Gassi ging. Da war niemand außer ihr in der Wohnung, aber es fühlte sich nicht so ... leer an.

Das war jetzt anders. Sie fühlte sich allein. Sie vermisste das Lachen der anderen, das Schwatzen in der Küche, das Scheppern der Teller und das leise Klirren der Gläser beim Abwasch. Sie vermisste die Diskussionen darüber, was sie am nächsten Tag kochen wollten und wer dafür einkaufte, vermisste die Vertrautheit untereinander, die

Selbstverständlichkeit, mit der sie sich morgens an der Kaffeemaschine eingefunden hatten und mit der Marion ihre Tai-Chi-Übungen auf der Terrasse gemacht hatte, vermisste das Klappern von Julikas Strickzeug und Dorothees halblautes Gemurmel, wenn sie Apfelrezepte studierte. Sogar das Geplänkel untereinander vermisste Eva. Die Stille zerrte an ihren Nerven.

Um acht schaltete sie den Fernseher an und ließ sich auf die Couch fallen, um dann rasch wieder hochzuspringen. Etwas Spitzes hatte sich in ihre Pobacke gebohrt ... Julikas Strickzeug lag noch da.

Nachdenklich hielt Eva die zweite halb fertige Apfelsocke in der Hand. Dass Julika nicht daran gedacht hatte, ihr geliebtes Strickzeug mitzunehmen, war der beste Beweis, dass es ihr mit einem neuen Leben ernst war. Dass auch Marion Pfeil und Bogen im Schuppen hatte stehen lassen, bedeutete das Gleiche: Jede ihrer Freundinnen hatte sich für ein individuelles statt für ein gemeinsames Lebensziel entschieden.

Wie jeden Tag schaute Eva den Wetterbericht (bis 21 Grad am Tag, keine Niederschläge, kaum Wind, klarer Himmel, Vollmond). In Berlin war das nur wichtig, um zu wissen, ob man am nächsten Tag einen Regenschirm mitnehmen sollte, wenn man zur Arbeit ging. Auf dem Lande dagegen spielte das Wetter eine andere Rolle. Da entschied es über die Obsternte, die Gartenarbeit und das Ofenheizen und über das Wachsen der Blumen, für einen Landwirt wie Loh über die Getreideernte, das Einlagern der Kartoffeln, das Galloway-Futter – eigentlich über alles.

Eva machte den Fernseher aus und setzte sich in die Küche, um noch etwas an ihrem Apfelbuch zu arbeiten. Ein Monat blieb ihr hier, und diese Zeit wollte sie nutzen, um es fertigzustellen. Sie schenkte sich ein Glas Rotwein ein, doch er schmeckte bitter, und sie kippte ihn kurz entschlossen weg. Dann vergewisserte sie sich, dass sie die Türen abgeschlossen hatte, und ging nach oben.

Unentschlossen schlenderte Eva von Raum zu Raum. Im Gegensatz zu Marions und Neles Zimmer sahen die von Julika und Dorothee aus, als ob deren Bewohnerinnen jede Minute wiederkommen könnten. Sie hatten nur das Nötigste mitgenommen, während Nele und Marion so viel wie möglich zusammengepackt hatten.

»War es für dich auch so, als deine Schwester wegging, Anna?«, fragte sie leise, als sie im Gästezimmer, in dem Mimi gewohnt hatte, vor der alten Schwarz-Weiß-Fotografie stehen blieb.

Aber Eva bekam keine Antwort. Plötzlich wünschte sie, sie fünf hätten auch ein Foto gemacht, auf dem sie zusammen zu sehen waren. Das hätte sie neben Annas Foto hängen können.

Obwohl sie noch immer nicht müde war, ging Eva zu Bett. Sie beobachtete durch das weit geöffnete Fenster, wie der Mond aufging und hinter den Apfelbäumen höher stieg. Einmal flog ein großer Vogel vorbei. Als der Schatten eines Flügels über den Dielenboden glitt, fühlte Eva sich ein bisschen getröstet. Wenigstens Lady D'Arbanville war noch da.

Sie streckte sich seufzend und spürte, wie der Schlaf näher kam. Ihr letzter Gedanke war, wo jetzt wohl die anderen vier sein mochten und wie es ihnen ging ...

Eva erwachte abrupt von einem lauten Schrei. Dann registrierte sie, dass sie selbst es gewesen war, die geschrien hatte. Jemand hatte sie hart am Oberarm gepackt.

»Pst, alles okay«, flüsterte es an ihrem Ohr.

Verwirrt blinzelte Eva in den hellen Mond und versuchte, sich zu orientieren. Der kalte Nachtwind umwehte ihre nackten Arme und Beine. Unter ihren Füßen war sandiger Untergrund. Sie stand im Freien. Hinter ihr lagen Haus und Apfelgarten, vor ihr die Felder und der Weg, der hinter den Gehöften vorbeiführte. Und neben ihr stand Loh.

»Was mache ich hier?«, fragte sie alarmiert. Ihr Herz schlug viel zu schnell und vertrieb ihre Schläfrigkeit im Nu. »Eben war ich noch im Bett!«

»Da bist du schon eine ganze Weile nicht mehr«, sagte Loh. »Du bist im Apfelgarten zwischen den Bäumen herumgewandert. Ich dachte, du gehst spazieren, weil du nicht schlafen kannst. Aber dann bist du langsam durch die Pforte raus und den Feldweg entlanggekommen. Da wusste ich Bescheid. Das konnte ich nicht zulassen.«

Die Kälte kroch von der Erde in ihre Füße und breitete sich von dort in ihrem ganzen Körper aus. Loh schien das zu spüren und zog seine Jacke aus, um sie ihr über die Schultern zu legen. Dankbar fühlte sie die Wärme des weichen Innenfutters.

»Ich hab noch Musik gehört und aus dem Fenster geschaut. Da hab ich dich gesehen. Ich hatte Angst, dass du in die Grube fällst.« Er stand vor ihr und knöpfte die Jacke umsichtig zu, als sei Eva ein Kind.

Sie schaute an ihm vorbei zu den brüchigen Bohlen, die keine drei Meter vor ihr quer über dem Weg lagen. Darunter war die Grube, Sauerts nicht eingehaltenes Versprechen an Loh. Wie war das gewesen? Wie viele Kubikmeter abgestandener Gülle waren darin? Eva schauderte bei dem Gedanken, dass sie beinahe dort hineingefallen, im Schock erwacht und dann in dieser Jauche ertrunken wäre.

»Wusstest du, dass du schlafwandelst?«

Eva nickte. »Ja. Aber bis jetzt nur selten. Wenn mich was sehr mitnahm oder beschäftigte. In unserer ersten Nacht hier bin ich auch herumgewandert.«

»Komm, ich bring dich ins Haus zurück.«

Er legte seinen Arm um ihre Schultern, und so gingen sie durch die mondhelle Septembernacht, durch die Gartenpforte, durch den Apfelgarten, über den Weg und durch die Terrassentür, die weit offen stand, ins Haus hinein und schließlich in die dunkle Küche.

Eva machte Licht. Die Lampe über dem Tisch warf einen hellen Lichtkreis, während der Rest der Küche im Schatten lag.

»Ich mach uns einen Tee«, sagte Eva und setzte Wasser auf.

Lohs Blick fiel auf Evas nackte Beine und ihre roten Espadrilles, in die sie geschlüpft war, als sie ins Haus gekommen waren. Er wusste nicht mehr, wann er eine Frau so gesehen hatte. In Nachtshirt und Hausschuhen, mit verwuschelten Haaren und trotzdem auf weiche, verschlafene Weise unendlich reizvoll. Seltsam, dass er ausgerechnet in diesem Moment daran denken musste, wie lange er schon allein war.

Es war still in der Küche. Nur das Rauschen des Wassers, das zu kochen begann, war zu hören, und das Ticken der Küchenuhr, die über der Tür zur Speisekammer hing. Sie zeigte halb eins.

Loh schnupperte, als Eva zwei Becher auf den Tisch stellte. Das hier roch anders als Kamille, Pfefferminze oder schwarzer Tee. Eher wie ein Blumenbeet im Regen oder ein Obstgarten, in dem die Früchte reiften. Es war eine Sinfonie von Düften, die ihm da in die Nase stieg.

»Was ist das für ein Tee?«, fragte er, als Eva sich ihm gegenübersetzte.

»Selbstgemachter. Ich habe den Sommer über ein bisschen mit Kräutern experimentiert. Und mit Äpfeln sowieso. Das hier sind getrocknete Apfelstückchen, Lavendelblüten und Zitronenverbene. Das Rezept kommt auch in unser Apfelbuch.«

Eva sagte nicht, was sie dazu getextet hatte: dass dieser Tee gut für die Seele war, wenn man sich niedergeschlagen und von aller Welt verlassen fühlte. Sie wärmte sich die Hände an ihrem Becher, dann trank sie.

»Deine Freundinnen sind weg.« Es war keine Frage, sondern eine Feststellung.

Eva nickte. »Ja. Heute sind auch noch Nele und Marion weggefahren. Ich glaube, deshalb bin ich schlafgewandelt.« Sie trank noch einen Schluck. Wann half dieser Tee endlich? »Es hat sich herausgestellt, dass wir alle von etwas anderem träumen. Ich sollte das meinen Freundinnen nicht übel nehmen«, fuhr sie fort. »Sie sind ja nicht weggegangen, um mich zu kränken, sondern weil sie etwas gefunden haben, das für sie in diesem Moment wichtiger ist.« Sie ärgerte sich darüber, wie wenig überzeugend sie klang.

»Träume sind nie deckungsgleich«, sagte Loh nüchtern. »Schon was ihr euch bei einer Wohngemeinschaft vorgestellt habt, war vermutlich verschieden.«

»Ganz so war es nicht«, widersprach Eva. »Am Anfang stand eine gemeinsame Idee. Nicht allein sein, zusammen zu frühstücken, sich im Blick zu haben, den Alltag zu organisieren. Das ist doch ein geteilter Traum, oder? Naja, unser Landaufenthalt war sowieso nur auf Zeit geplant. Das wusste ich. Ein paar Wochen weniger machen nicht viel aus. Jedenfalls nicht auf die Lebenszeit gerechnet.«

»Warum bist du nicht mit den anderen zurück nach Berlin gefahren?«

Eva schenkte sich nach. »Weil ich mich hier wohler fühle als in der Stadt. Ich habe es vorher nicht gewusst, ich habe immer in Berlin gewohnt. Es wird verdammt schwer sein wegzugehen. Ich bin die Einzige von uns fünfen, die sich von ihrem Traum verabschieden muss, aber ich sollte das wohl nicht so schwernehmen. Das ist albern.« Sie strich ruhelos über den Tassenrand und sah Loh dann wieder an. »Gibt es etwas, wovon du träumst?«

Eva wusste, dass die Frage indiskret war, aber die Situation, in der sie sich befanden, war so unwirklich. Es war, als könnten sie über alles sprechen, und am nächsten Morgen wäre es aus der Erinnerung des anderen ausgelöscht.

»Ob ich einen Lebenstraum habe, meinst du? Sicher, die Musik. Ein bisschen was von der Welt sehen, mit dem Backpack durch Vietnam trampen, wäre auch ganz schön, das weißt du ja schon. Dass mein Hof noch ein bisschen besser läuft. Und eine Frau, die nicht wie Anja ist.«

Da war der Name wieder, den er schon einmal unachtsam hatte fallen lassen. Damals war er hastig darüber hinweggegangen, heute warf er ihn ihr wie einen Köder zu – er wusste genau, dass sie nachfragen würde.

»Wer ist Anja?«

»Anja war meine Freundin. Wir waren seit der Schulzeit zusammen, und nach dem Tod meiner Eltern ist sie bei mir eingezogen. Es war abgemacht, dass wir heiraten. Sie stammt aus dem Nachbardorf.«

»Was ist passiert?«, fragte Eva neugierig,

»Ihr ist plötzlich klar geworden, dass das Landleben nichts für sie ist. Einfach so. Sie hat ihre Sachen gepackt und ist nach Berlin gezogen. Eine Woche vor unserer Hochzeit.«

»Autsch«, sagte Eva.

Loh lächelte. »Ja, autsch. Aber ich denke, es war besser so.«

»Wieso?«

»Was, wenn sie erst nach der Hochzeit herausgefunden hätte, dass sie nicht in Wannsee bleiben will? Was, wenn wir schon Kinder gehabt hätten?«

Eva schwieg, dann sagte sie vorsichtig: »Bist du immer noch wütend auf sie?«

»Nein. Ich war nie wütend. Warum sollte ich? Weil sie erkannt hat, was sie wirklich will? Die Tiere, das Land, die Natur, die harte Arbeit auf einem Hof, ich ... das war für sie die falsche Welt.«

»Was macht sie in Berlin?«

»Ihr geht's gut. Sie hat eine Boutique aufgemacht, ist verheiratet und hat eine Tochter. Jedenfalls war das der Stand der Dinge beim Dorffest neulich. Da habe ich ihren Bruder getroffen, und er hat es mir erzählt.«

Eva spürte, wie Neid in ihr hochstieg. Nicht darauf, dass Anja mit Loh zusammen gewesen war. Oder doch, aber nur ein kleines bisschen. Viel neidischer war sie auf Anjas Mut. Sie hatte die alte Brücke abgerissen. Sie hatte sich ihren Traum von einem anderen Leben erfüllt.

Gedankenverloren drehte Eva sich eine ihrer dunklen Locken um den Finger. »Vermisst du sie?«

»Nein. Sie war die Falsche für mich. Man kann jemanden nicht von seiner Welt überzeugen. Entweder er fühlt sich darin zu Hause oder eben nicht.«

Sie schwiegen einen Moment, dann sagte Eva: »Ich vermisse meine Freundinnen. Und ich finde es jammerschade, dass wir das Haus verlieren, wenn demnächst Rechenberger aufkreuzt und mich allein antrifft. Dann wird er es sicher jemandem im Dorf zum Kauf anbieten. Um den Apfelgarten tut es mir besonders leid.«

Loh schnaubte ungehalten. »Wahrscheinlich kauft es der einzige Mann im Ort, der Geld auf der Kante hat ... Sauert.«

Eva setzte ihre Tasse so abrupt ab, dass der Tee überschwappte. »Weißt du, was eigentümlich ist, Loh?«, fragte sie. »Als wir den Schnaps gebrannt haben, hat Marion sich als Wahrsagerin verkleidet und uns aus der Hand gelesen.«

»Ich habe euch bis in die Scheune lachen hören«, sagte Loh.

»Ja, wir waren gut drauf. Und ziemlich betrunken.« Eva lächelte wehmütig. »Jede von uns wollte etwas wissen: Julika hat sich gefragt, was mit Lolli ist, Dorothee, ob ihre Tochter jemals Verantwortung übernehmen würde, Nele, ob sie endlich kapiert, wann ein Mann gut oder schlecht für sie ist, und Marion hat gehofft, dass sie wieder Lust am Unterrichten bekommt. Ist es nicht unheimlich, dass all unsere Fragen beantwortet, all unsere Wünsche erfüllt wurden?«

»Und was hast du dir gewünscht?«, fragte Loh. Er stützte das Kinn in die Hand, und zum ersten Mal fiel Eva auf, dass er dunkelgrüne Augen hatte.

Sie holte tief Luft. »Ich habe mir nichts gewünscht. Ich glaube, ich war in diesem Moment wunschlos zufrieden. Aber Marion hat mir etwas prophezeit.«

Loh sah sie fragend an.

»Dass ich einen hochgewachsenen dunkelhaarigen Fremden treffe, mit dem ich glücklich sein werde.«

Evas Worte hallten in der Küche wider. Es war, als ob die Wände leise mitmurmelten.

»Und, was glaubst du?«

Eva sah Loh an. »Ich glaube, Marion hat bei uns allen recht behalten.«

Irgendwann während ihres Gesprächs hatte Loh über den Tisch gelangt und nach ihrer Hand gegriffen. Er hatte sie nicht mehr losgelassen. Und wieso standen eigentlich ihre Füße auf seinen Stiefeln? Eva sah zur Uhr, es war Viertel nach eins.

Loh folgte ihrem Blick. »Es ist schon spät. Soll ich hier schlafen? Nur, um sicherzugehen, dass du nicht noch einmal auf Wanderschaft gehst?«

Ein vorsichtiges Lächeln glitt über Evas Gesicht.

24. Kapitel

Liebe besteht nicht darin,
dass man einander ansieht,
sondern darin,
dass man gemeinsam
in die gleiche Richtung blickt.
ANTOINE DE SAINT-EXUPÉRY*

Es war ein Glück auf Zeit, aber das war noch lange kein Grund, es nicht zu genießen. Eva hatte sich verboten, über eine Lösung zu grübeln, die es ihr ermöglichen würde, in Wannsee zu bleiben. Es schien keine zu geben.

Ihr Job wartete in Berlin.

Falls Rechenberger kam, würden sie das Haus verlieren. Wenn er nicht kam, würden sie es verkaufen.

Eine Fernbeziehung mit Loh schien illusorisch. Sie würde sich ein Auto kaufen müssen, und er würde sich niemals jedes Wochenende für sie freinehmen können. Also verdrängte Eva ihre Gedanken. Die Stunden verrannen, während sie jeden Augenblick auskostete, sich an der Gegenwart erfreute und versuchte, die Zukunft zu vergessen.

Sie und Loh unternahmen viel. Sie fuhren zu einem klassischen Konzert ins Kloster Lehnin, wo gleichzeitig

---

*Antoine de Saint-Exupéry, »Wind, Sand und Sterne«
© 1939 und 2010 Karl Rauch Verlag, Düsseldorf

ein großer Kürbismarkt stattfand. Erst versanken sie in den Klängen von Brahms' Musik, dann, auf dem Markt, stand Eva vor Dutzenden von Samentütchen und musste sich zurückhalten, von jeder Sorte nicht wenigstens eines zu kaufen. Wofür brauchte sie den Ölkürbis, Sultans Hut, Rondini oder den Butternusskürbis? Für ihren Balkon? Das war lachhaft. Kürbisse wuchsen am besten auf einem großen Komposthaufen, wo ihre großen Blätter den Untergrund beschirmten und von wo aus ihre Ranken langsam durch den Garten wanderten. Seufzend legte sie die Tütchen wieder zurück.

Sie machten ein Picknick bei den Galloways, unter einer Eberesche, deren Beeren sich in der Spätsommersonne leuchtend rot verfärbt hatten. Einmal musste Loh aufstehen, um zwei neugierige Kälber wegzuscheuchen. Mit ihren dunklen, feuchten Mäulern waren sie der Gemüsequiche und dem Rosé zu nahe gekommen.

Die Kälber waren über den Sommer mächtig gewachsen, aber immer noch deutlich kleiner als ihre Mütter. Sie wurden mit viereckigen gelben Ohrmarken gekennzeichnet, mit denen sie wie überdimensionale Steiff-Tiere aussahen. Eva beobachtete, mit welcher Ruhe Loh dabei vorging, um sie nicht zu verschrecken. Inzwischen wusste sie, dass er auf die Zutraulichkeit der Tiere angewiesen war, auch wenn der Tierarzt oder der Schlachter kamen. Ungern dachte Eva daran, dass Loh im Herbst vier Kühe schlachten lassen wollte, doch sie verstand auch, dass er von etwas leben musste. Wenigstens hatten es die Galloways bis zum letzten Moment auf der großen Weide mit dem Unterstand und dem angrenzenden Wäldchen schön.

Genießt die Wiese, solange ihr sie noch habt, dachte sie bei einem ihrer Spaziergänge zur Weide, und meinte sich selbst damit.

Mitte September fand das Erntedankfest in Wannsee statt. Die Anhänger hinter den Traktoren waren mit Blumen, Früchten und Getreide geschmückt worden. Die Bauern fuhren die Dorfstraße einmal hoch, wendeten auf einem abgemähten Feld und zuckelten langsam zurück. Loh beteiligte sich nicht am Umzug.

»Das habe ich noch nie gemacht«, sagte er kurz angebunden, als Eva ihn fragte.

Nach dem Umzug gab es, genau wie im Juni, ein Fest auf dem Kirchplatz. Als Pfarrer Lobetal und seine kleine Schar nach dem Erntedankgottesdienst aus der Kirche traten, war es bereits in vollem Gang.

Eva und Loh gingen zusammen hin. Immer wieder kamen Leute an ihren Tisch und setzten sich zu ihnen. Eva spürte, dass sich etwas geändert hatte. Beim letzten Fest war sie »eine von den Frauen aus der Stadt« gewesen. Jetzt war sie »die, die mit Loh, dem Biobauern, gekommen war«. Wie damals tanzten sie zu deutscher Schlagermusik, die ihnen beiden nicht gefiel. Einmal, als sie gerade an Gandalf und Dani vorbeitanzten, glaubte Eva so etwas wie Besorgnis im Blick des Hobbyknechtes zu sehen. Oder sogar Mitleid.

Aber am meisten gefiel Eva, dass sie Loh nichts erklären musste. Er verstand, dass sie die Eulenfedern der Lady sammelte und was sie am Gehäuse der Gallwespe auf dem Eichenblatt faszinierend fand. Gemeinsam beobachteten sie die Störche, die sich in weiten Schleifen in den Himmel schraubten, um zu ihrer langen Reise nach Afrika aufzubrechen.

»Die Eltern geben ihnen in den letzten Tagen, bevor sie flügge werden, weniger zu essen«, sagte Loh. »Wusstest du das?«

»Nein. Warum das denn?«

»Weil sie das Nest bereitwilliger verlassen, wenn sie Hunger haben.«

Eva fragte sich, ob sie womöglich auf Nulldiät gehen sollte, um Annas Haus leichter verlassen und nach Berlin zurückkehren zu können.

Loh schaute nicht erstaunt, als sie eines Tages von einem Spaziergang mit einem großen Korb Pilze zurückkehrte, deren Namen sie nicht kannte, aber die sie bestimmen wollte. Er half ihr, einen Dörrapparat zu bauen, den sie über den Ofen schieben und so Apfelscheiben trocknen konnte. Er trank bereitwillig Tee ihrer selbst kreierten Kräutermischungen, aber war ehrlich, wenn ihm etwas nicht gefiel (»Schmeckt, als ob Caruso dir geholfen hätte …«). Wenn er Zeit hatte, unterstützte er sie sogar bei der Ernte, auch wenn Eva längst eingesehen hatte, dass sie die Menge nie würde bewältigen können. Es waren einfach zu viele Äpfel, und sie hatte den Eindruck, dass es nicht weniger, sondern immer mehr wurden.

Abends kochten sie zusammen. Loh arbeitete sorgfältiger als Eva, dafür überließ er ihr gern den kreativen Teil des Kochens. Ein Großteil dessen, was sie aßen, stammte aus seinem Anbau oder dem, was die anderen Bauern anboten. Wenn es Fleisch gab, kam es von den Galloways, und es war köstlich.

Wenn sie abends bei Loh waren, lagen sie auf seiner Couch, hörten Musik und schauten der Sonne dabei zu, wie sie über dem abgeblühten Sonnenblumenfeld unterging. Manchmal döste Loh dabei weg, während Eva noch las oder für Titus Frenz textete. Das Leben eines Landwirts war anstrengend, und der Tag fing frühmorgens an.

Sie schliefen abwechselnd bei ihm oder in Annas Haus. Caruso hatte das am Anfang etwas befremdlich gefunden.

Aber seit er zwei dicke Mäuse in Evas Küche erlegt hatte, wartete er immer schon an der Terrassentür und maunzte abends, um hineingelassen zu werden. Selbst wenn sie bei Loh waren, tat Caruso das – woraus Eva schloss, dass der Kater nicht bis zwei zählen konnte.

Noch eine Woche, zwei Tage und einundzwanzig Stunden – dann brach der Oktober an, und Eva würde wieder bei Frenz in Berlin aufkreuzen müssen.

Sie saßen in Annas Küche und schälten Äpfel. Eva wollte noch ein paar Gläser Apfelchutney für ihren Wintervorrat haben. Irgendwas, das sie an einem grauen Dezemberabend öffnen konnte, um an den Apfelgarten in Wannsee zu denken.

»Warum bist du nicht verheiratet?«, fragte Loh.

Er zerteilte gerade mit äußerster Präzision einen Apfel in Sechzehntel, was Evas Meinung nach keinen Einfluss auf den Geschmack des Chutneys hatte.

»Ich habe keinen Mann gefunden, den ich heiraten wollte«, antwortete sie.

»Und warum hast du keinen Freund?« Jetzt sah er auf.

»Habe ich doch.«

»Ich meine, warum hast du keinen Freund in Berlin? Bist du schon lange Single?«, verbesserte er sich.

Sie lächelte. Natürlich hatte sie gewusst, was er meinte. »Meine letzte Beziehung ist vor einem knappen Jahr auseinandergegangen. Mit Martin war ich immerhin neun Jahre zusammen. Aber je länger es dauerte, desto deutlicher wurde, dass wir nicht zusammenpassten. Er hat für eine Bank gearbeitet. Und Erfolg hat er mit Geld gemessen, mit Luxus. Ich brauche auch Geld zum Leben, aber ich kann daraus nicht all meine Bestätigung ziehen.«

»Ja, das Luxusweibchen sehe ich in dir auch nicht«, sagte Loh und legte die sechzehn Apfelschnitze sorgfältig in die Schüssel mit Wasser. »Aber Berlin ist so groß. Da muss doch irgendwer dabei sein, der dir gefällt.« Er stützte das Kinn in die Hand.

Eva ließ das Messer sinken. »Loh, ich hatte noch nie einen Freund, mit dem ich mich über Gallwespen unterhalten konnte, geschweige denn über Hornissen oder Schirmpilze. Reicht dir das als Erklärung?«

Er nickte. Eine Weile arbeiteten sie schweigend weiter. In der Schüssel häuften sich die Apfelschnitze. Hoffentlich haben wir genug Ingwer und Chili für das Chutney, dachte Eva, aber Loh riss sie aus ihren Gedanken.

»Weißt du, was ich mir wünsche?« Er sah sie eindringlich an. »Eine gute Texterin.«

»Wozu das denn?«, fragte Eva erstaunt.

»Zum Ausfüllen der EU-Subventionsanträge. Schon allein die Anträge auf die Umstellung von intensiver auf extensive Weidewirtschaft ... Also echt, dabei ist einiges an Fantasie vonnöten. Ich dachte, das könntest du übernehmen.«

Eva fragte sich, ob er das gemeint hatte, von dem sie annahm, dass er es gemeint hatte. Vielleicht hatte sie ihn auch missverstanden, und er hatte ihr einen Job als Büroleiterin auf dem Lohmüller-Hof angeboten. Dass »Loh« sich nicht auf »romantischen Antrag« reimte, glaubte sie aufs Wort. Für so etwas war er zu ... realistisch. Er steckte mit den Gummistiefeln zu tief in der Erde, als dass sein Kopf bis in rosarote Wolken reichte.

Loh beobachtete sie eine Weile, dann stand er auf, ging um den Tisch herum, zog sie hoch und küsste sie. Und Eva wusste plötzlich, dass er wirklich das gemeint hatte, was sie dachte. Wenn es auch ein seltsamer Auftakt war.

Gleich, fuhr ihr durch den Kopf, gleich formuliert er es noch mal anders ...

Und genau in diesem Moment klingelte es an der Haustür. Loh öffnete die Augen. »Erwartest du Besuch?«, fragte er.

Eva schüttelte den Kopf. Es klingelte wieder, länger dieses Mal. »Ich schau mal, wer das ist«, sagte sie und löste sich von ihm.

Es war Dani. Sie trug ein unförmiges rotes Sweatshirt, das ihr von den schmalen Schultern herunterhing, und dazu einen langen Jeansrock, der um ihre Beine schlackerte. An den nackten Füßen hatte sie schwarze Crocs, die glatten blonden Haare hatte sie so nachlässig zu einem Zopf zusammengebunden, dass sie ihr in Fransen um den Kopf hingen. Sie sah aus, als wäre sie in aller Eile in die Kleidung geschlüpft und hergerannt.

»Dani!«, sagte Eva erstaunt. »Wo kommst du denn her? Musst du nicht arbeiten?«

»Ich bin heute nicht ins Bürgeramt gegangen. Kann ich reinkommen?«, fragte Dani mit zittriger Stimme und schaute unruhig die Straße hoch und wieder hinunter.

Wortlos öffnete Eva die Tür weiter, und Dani schlüpfte an ihr vorbei ins Haus.

»Wir sind in der Küche«, sagte Eva.

Dani ging eilig voran. Da erst fiel Eva ein, dass die junge Frau Annas Haus viel länger kannte als sie selbst. Aber sie verstand nicht, was sie hier wollte. Sie hatten sich noch nie unterhalten, hatten sich nur gelegentlich zugenickt, wenn sie sich im Dorf begegnet waren. Nichts also, was ihre Anwesenheit erklärte.

»Hallo, Loh«, sagte Dani, als sie die Küche betrat.

»Daniela, was ist denn mit dir passiert?«, fragte Loh. »Du siehst ja aus, als wär dir die Petersilie verhagelt.«

Dani ließ sich auf den Küchenstuhl sinken. Sie schlug

die Hände vors Gesicht und fing so bitterlich an zu weinen, dass ihre Schultern bebten. Eva und Loh sahen sich über den Tisch hinweg erschrocken an, dann legte Eva einen Arm um sie.

Es dauerte eine Weile, bis Dani sich wieder so weit gesammelt hatte, dass sie sprechen konnte.

»Mein Vater … Ich halte es nicht mehr aus bei ihm«, schluchzte sie mit tränennassem Gesicht. »Er tyrannisiert mich seit Jahren. Es wird immer schlimmer. Und das hier war er auch.« Sie schob die Ärmel ihres Pullis hoch.

Eva sog scharf die Luft ein. Auf Danis mageren Armen waren hässliche Flecken verschiedener Färbung zu sehen – rot, blau, violett, grün.

»Ich kann nicht mehr. Entweder ich bringe ihn um … oder mich. Eine Weile war Ruhe, aber seit ich mich ab und zu mit Gandalf treffe … Er hasst ihn. Und ich bekomm's zu spüren. Dass er mich anschreit, kenne ich von klein auf. Aber dass er auf mich losgeht …« Sie schluchzte so sehr, dass es sie schüttelte.

»Du musst ihn nicht selbst umbringen. Wenn Gandalf das sieht, macht der das schon«, sagte Loh und wies auf ihre Blessuren.

Und da begriff Eva endlich, warum Nele niemals mit Gandalf glücklich geworden wäre.

»Dein Vater schlägt dich?«, fragte sie, und die Wut ließ ihre Stimme zittern.

»Er stößt mich rum, wenn er einen seiner cholerischen Anfälle hat. Neulich … da bin ich gegen eine Türklinke geknallt«, versuchte sie sich zu erklären, was Eva fassungslos machte. »Als Tante Anna noch lebte, war es besser. Da hat er sich nicht getraut. Ich bin einfach zu ihr gegangen, habe bei ihr übernachtet. Aber seit sie nicht mehr da ist, ist er unerträglich.«

»Das kann ich mir gut vorstellen. Ich hab ihn ja hier im Haus erlebt. Hexen hat er uns genannt.«

»In seinen Augen sind alle Frauen Hexen«, sagte Dani bitter und wischte sich die Tränen von den Wangen.

»Kannst du nicht weggehen?«, fragte Eva.

»Wohin denn? Ich habe mittlere Reife und keine Ausbildung. Nicht mal den Führerschein durfte ich machen! Er hat mich eingestellt, aber mein Gehalt geht auf sein Konto.« Ihre Augen sahen viel zu groß für das schmale Gesicht aus. »Kann ich erst mal hierbleiben?«

»Natürlich, du wirst auf keinen Fall nach Hause gehen«, sagte Eva und fragte sich im selben Moment, warum nicht jedes Dorf auf der Welt ein Frauenhaus hatte. Auf der anderen Seite war Annas Haus ein Frauenhaus.

Als sie mit Dani hochging, fiel Eva auf, dass die junge Frau tatsächlich viel Ähnlichkeit mit ihrer Großmutter Marie hatte. Und – Gandalf hatte damals beim Grillen vielleicht unrecht gehabt. Dass Anna ihnen das Haus vermacht hatte, war nicht aus später Rache geschehen. Sondern in der Hoffnung, dass sie fünf ihrer Großnichte nach ihrem Tod beistehen würden.

Julika,

erinnere dich an unseren Schwur in Annas Küche. Ich nehme dich beim Wort: Alle für eine, eine für alle. Du musst so schnell wie möglich nach Wannsee kommen. Lass alles stehen und liegen. Wir müssen hier etwas regeln.

Alles Liebe, Eva

PS: Wir haben einen ausgesprochen warmen September!

Dorothee,

erinnere dich an unseren Schwur in Annas Küche. Ich nehme dich beim Wort: Alle für eine, eine für alle. Du musst

so schnell wie möglich nach Wannsee kommen. Lass alles stehen und liegen. Wir müssen hier etwas regeln.
  Alles Liebe, Eva
  PS: Wie geht es Mimi? Ich bin sicher, sie kommt einen Tag ohne dich aus!

Marion,
  erinnere dich an unseren Schwur in Annas Küche. Ich nehme dich beim Wort: Alle für eine, eine für alle. Du musst so schnell wie möglich nach Wannsee kommen. Lass alles stehen und liegen. Wir müssen hier etwas regeln.
  Alles Liebe, Eva
  PS: Sag, du gehst zu einem Brandenburger Lehrertreffen!

Nele,
  erinnere dich an unseren Schwur in Annas Küche. Ich nehme dich beim Wort: Alle für eine, eine für alle. Du musst so schnell wie möglich nach Wannsee kommen. Lass alles stehen und liegen. Wir müssen hier etwas regeln.
  Alles Liebe, Eva
  PS: Nichts, was Titus sagt, kann wichtiger sein!

Zugegeben, die SMS-Texte waren nicht die stärksten, die sie jemals geschrieben hatte. Aber sie sagten das, was wichtig war: Eva brauchte die vier in Wannsee. Und zwar sofort.

Sie musste nicht lange auf Antworten warten. Dorothees kam als Erste, (*Fahre morgen früh los!*) gefolgt von Neles (*Ich sag Titus, ich bin krank. Dorothee holt mich ab.*). Marions Antwort ließ länger auf sich warten – sie saß in einer Konferenz, als die SMS kam (*Habe morgen sowieso frei. Studientag. Nele und Dorothee holen mich ab.*). Julikas Antwort kam erst vier Stunden später. (*Flug gebucht. An-*

kunft Tegel von Pisa morgen 10:20 Uhr. Dorothee, Marion und Nele holen mich ab.)

»Morgen Mittag sind sie da«, sagte Eva, als sie an diesem Abend zu Loh ins Bett schlüpfte. Sie waren in Annas Haus, im Gästezimmer schlief Dani. Eva wollte sie nicht allein lassen.

»Was habt ihr vor?«

»Ich weiß noch nicht. Aber das wird er bezahlen. Unterstützt du uns?«

»In welcher Hinsicht?«, wollte Loh wissen.

»Ich weiß noch nicht. Generell.«

»Klar. Generell.«

Sie schwiegen einen Moment, dann fragte Eva: »Hast du es gewusst?«

»Dass er cholerisch ist? Klar. Dass Dani nicht besonders glücklich mit ihm als Vater ist? Klar. Dass er sie regelrecht tyrannisiert? Nein.«

»Warum hat ihr niemand geholfen?«

»Anna hat getan, was sie konnte. Auf einem Dorf wissen viele vieles, aber nicht jeder kümmert sich um alles. Sich einzumischen kann gefährlich sein. Eine Dorfgemeinschaft hat ein langes Gedächtnis, das ist anders als in der Stadt. Und wenn ein Geheimnis bewahrt werden soll, dann mag das gelingen. Daniela hat sich niemandem anvertraut. Außer Anna, natürlich.«

»Klar«, sagte Eva.

»Wir sind vorhin unterbrochen worden. Ich wollte dich was fragen.« Er zog sie an sich. »Willst du bei mir in Wannsee bleiben? Ich glaube, du gehörst hierher, Eva. Meinst du, wir schaffen das? Ich möchte es so gern.«

»Klar«, sagte Eva noch einmal, dieses Mal etwas erstickt, weil sie sich so eng an ihn schmiegte.

25. Kapitel

*Der Freund ist einer,
der alles von dir weiß und
der dich trotzdem liebt.*
ELBERT HUBBARD

Knapp vierundzwanzig Stunden, nachdem Eva den Freundinnen gesimst hatte, saßen sie zu fünft in der Küche. Ihre Begrüßung war herzlich gewesen, aber auch ein bisschen, als hätten sie sich viel länger als drei Wochen nicht mehr gesehen. Es war, als hätte jede von ihnen in der Zwischenzeit viel erlebt, wovon die anderen nichts wussten.

»Du hast uns gerufen, und wir sind gekommen«, sagte Nele, und es war ihr anzusehen, dass sie sich wünschte, sie hätte sich nicht zu diesem Schwur hinreißen lassen. »Und jetzt erzähl, warum wir alles stehen und liegen lassen mussten.«

»Moment«, sagte Eva, stand auf und verließ die Küche. »Kommst du mal?«, rief sie die Treppe hoch und kehrte zurück. Kurz danach hörte man Schritte.

»Wer ist denn da?«, fragte Dorothee.

»Daniela Sauert.«

»Und warum?«

»Das soll sie euch selbst erzählen«, sagte Eva.

In diesem Moment betrat Dani die Küche. Eva hatte ihr ein kurzärmeliges T-Shirt geliehen. Die Flecken auf ihrem

Arm schimmerten in allen Regenbogenfarben. Die Freundinnen holten erschrocken Luft.

»Wer war das?«, fragte Julika.

»Mein Vater«, sagte Dani leise und setzte sich auf den Küchenstuhl, den Eva ihr hinschob. »Ich habe mich mit Gandalf getroffen. Das hat ihm nicht gepasst. Er hasst Gandalf. Fast so sehr wie euch.«

Dani wiederholte, was sie am Vortag Loh und Eva erzählt hatte. Als sie damit fertig war, sagte Nele: »Jetzt verstehe ich, warum wir kommen sollten. Und du hast recht gehabt, Eva!«

Bei ihren Worten breitete sich in Eva ein warmes Gefühl der Zuversicht aus. »Dani versteckt sich bei mir. Sauert weiß aber, wo sie ist. Er ist gestern Abend und auch heute schon ein paar Mal vorbeigekommen, oder er hat den dicken Hans geschickt. Aber er kann ja schlecht einen Hausdurchsuchungsbefehl ausstellen lassen.«

»Loh hat doch neulich erzählt, dass das ganze Dorf nicht gut auf Sauert zu sprechen ist«, meinte Dorothee. »Können die nicht was gegen ihn unternehmen?«

»Damit ist Dani nicht geholfen«, warf Marion ein. »Sagen wir mal, sie wählen ihn als Bürgermeister ab. Dann geht er frustriert nach Hause, und wer muss das ausbaden?«

Alle sahen Dani an. Sie rieb sich die Arme.

»Die Frage ist nicht, wer mit Sauert eine Rechnung offen hat. Das haben alle im Dorf. Die Frage ist, wer sich traut, sie mit ihm zu begleichen. Wenn es schiefgeht, bekommt man keinen Fuß mehr auf die Erde«, meinte Eva.

»Wir«, sagte Nele scharf. »Wir trauen uns! Es kann nicht sein, dass ein Mann gegenüber einer Frau gewalttätig wird. Das geht nicht. Damit kommt er bei uns nicht durch, was, Mädels?«

Sie blickte kämpferisch in die Runde: In Dorothees Augen brannte ein schwarzes Feuer, Julikas waren noch hellblauer als sonst, in Marions braute sich ein grauer Sturm zusammen, und Evas waren dunkelgrüner als der Wannseer Kiefernwald an seiner undurchdringlichsten Stelle. Sie mussten nichts sagen. Sie verstanden sich auch so.

»Ich muss an Sven denken«, fuhr Nele fort. »Er hätte Sauert auseinandergenommen. Wenn wir ihn zu fünft in die Mangel nehmen ...«

»Nein«, sagte Eva entschieden. »Hör auf, Nele. Sven hat uns beigebracht, wie man sich in Notwehr verteidigt. Wenn wir ihn verdreschen, dann sind wir nicht viel besser als er. Außerdem machten wir uns strafbar, und das ist das Letzte, was ich will. Nein, wir brauchen eine andere Lösung.« Sie sah in den Apfelgarten. »Es müsste mehr wie ein Unfall aussehen.« Gedankenverloren schwiegen sie.

Dann sagte Marion langsam: »Was haltet ihr denn davon, wenn wir ...«

Eine Stunde später waren viele Ideen vorgeschlagen und wieder verworfen worden. Aber jetzt stand der Plan – auch wenn es alles andere als sicher war, dass er funktionieren würde.

»Also, ich lass ihn rein. Wie ist es mit dir, Nele, schaffst du das mit dem Timing?«, fragte Eva und sah auf das Blatt, auf dem sie Schritt für Schritt festgehalten hatten.

»Sicher. Ich bin sportlich genug. Und schnell«, sagte Nele selbstbewusst.

»Und du, Marion?«

»Aber ja. Das Schwierigste ist, den Pfeil nicht fliegen zu lassen.« Sie lächelte böse.

»Dorothee, bekommst du das mit den Nadeln hin?«

»Ja. Ich nehme die von Julikas Strickzeug.«

»Und du, Julika, musst mit allen Mitteln verhindern, dass der dicke Hans hinzukommt. Wir brauchen keinen Zeugen!«

Julika nickte. »Ich denk mir was aus.«

»Und du, Dani, musst ihn anrufen.«

Alle schauten zu Daniela. Es schien die leichteste Aufgabe, aber der Ausdruck in ihren Augen verriet, dass sie fast Unmögliches von ihr verlangten.

Eva stand auf, stützte die Hände auf die Tischkante und atmete tief durch. »Also gut. Lasst es mich mit Loh bereden. Dann kann es losgehen.«

»Wo bist du?«, schnauzte Sauert seine Tochter an, als er ihre Stimme am Telefon erkannte.

»In Tante Annas Haus«, sagte Dani leise.

»Das ist nicht Annas Haus, es gehört diesen lesbischen Stadtweibern! Da hast du nichts verloren!«

Dani hielt den Telefonhörer weg, weil er so schrie. Die anderen standen um sie herum. Sie sahen, wie ihre Hand zitterte, und nickten ihr aufmunternd zu. »Du kommst sofort hierher! Ich warne dich!«

»Ich denke nicht daran. Komm und hol mich«, sagte Dani und legte auf. Eva strich ihr über den Rücken.

»Und wenn er nicht kommt?«, fragte Marion unruhig.

»Der kommt.«

Daniela behielt recht. Eine Viertelstunde später läutete es Sturm an der Tür. Eva machte auf. Sauert stand vor ihr. Er war hochrot – er schien vor Wut zu kochen.

»Guten Tag, Herr Bürgermeister. Was wollen Sie hier?«, sagte Eva so ruhig es ging.

Sie überlegte, ob sie Angst haben sollte. Aber nein. Das hatte sie nicht. Nicht vor diesem Typen. Sie dachte an alles, was sie bei Sven gelernt hatte. Ihre Handkante juckte plötzlich, und sie spürte, dass ihr Adrenalinspiegel stieg.

»Fragen Sie nicht so scheinheilig! Wo haben Sie meine Tochter versteckt? Ich will sie auf der Stelle hier haben, und zwar dalli!«

»Wir haben niemanden versteckt. Ihre Tochter ist volljährig. Sie wird im Garten sein.«

Eva bat Sauert herein, schloss die Tür, drehte den Schlüssel um und steckte ihn ein. Da konnte er nicht mehr raus.

»Kommen Sie«, sagte sie knapp und führte den Bürgermeister durchs Wohnzimmer auf die Terrasse.

Sauert spähte die Baumreihen entlang. Von Daniela war nichts zu sehen.

Dafür spürte er plötzlich etwas Spitzes in seinem Rücken. Er drehte sich um – und zuckte zusammen. Vor ihm stand eine der Frauen, die er so verabscheute. Sie hatte Pfeil und Bogen dabei, und der Pfeil zeigte auf ihn.

»Durch diese hohle Gasse muss er kommen«, zischte sie, kniff ein Auge zusammen und zielte auf seinen Kopf. »Wo ist der Apfel?«

»Was soll das denn?«, fragte Sauert und ging hastig einen Schritt vor.

»Hexenübungen, nichts als Hexenübungen …«, sagte Dorothee und trat hinter der Scheune hervor. Sie hatte sich Eulenfedern in die Haare gesteckt, und in den Händen hatte sie eine Voodoopuppe, in die sie Nadeln steckte. »Fühlen Sie was, Sauert?« Bösartig stach sie eine Nadel in die Herzgegend.

»Sie sind ja komplett verrückt!«

Sauert, vergeblich um Würde bemüht, stolperte den Weg entlang. Er hatte es ja gleich gewusst: Diese Frauen waren ein Albtraum. Eigentlich alle Frauen, aber diese hier besonders. Wenn er seine Tochter wieder zu Hause hatte, würde sie von ihm was zu hören bekommen! Aber wo war sie?

Dann sah er sie. Sie stand am Ende des Grundstücks. Als sie ihn erblickte, drehte sie sich um und schlüpfte durch die Gartenpforte auf den Feldweg.

»Bleib sofort stehen! Bleib stehen, habe ich gesagt!«, rief er.

Doch Dani machte keine Anstalten zu gehorchen. Getrieben von seiner Wut joggte Sauert zwischen den Apfelbäumen hindurch, passierte das Gartentor und bog in den Feldweg ein, der an den Grundstücken vorbeiführte. Jetzt sah er seine Tochter – neben ihr stand eine weitere der fünf Frauen, und die trug eine leuchtend rote Jacke.

Sauert war zu beschäftigt, Daniela einzuholen. Sonst hätte er bemerkt, dass hinter ihm Gandalf kam. An einem Strick führte er Primus, den friedlichsten Galloway-Bullen der Welt.

Außer, er sah etwas Rotes.

Als Primus die Gruppe vor sich erblickte, schüttelte er unruhig den schweren Kopf. Seine Instinkte erinnerten ihn daran, dass Menschenansammlungen selten etwas Gutes bedeuteten.

Und dann sah er tatsächlich etwas Rotes, das weiter vorn munter im Wind wehte. Wie angewurzelt blieb Primus stehen. Seine Augen verengten sich. Er schnaubte.

Als Nele Gandalf und den Bullen gesehen hatte, war sie aus ihrer Jacke geschlüpft und bewegte sie jetzt hin und her wie ein Torero das rote Tuch.

Das war zu viel für Primus. Er senkte den Kopf und scharrte mit seinem linken Huf ungeduldig im Sand des märkischen Feldweges. Gandalf ließ das Seil los, und Primus setzte sich in Bewegung, auf das ärgerliche Rot zu. Unter seinen achthundert Kilo Gewicht vibrierte der Boden.

Sauert spürte das Zittern unter seinen Füßen. Was war das? Ein Erdbeben in Wannsee? Irritiert blieb er stehen und drehte sich um. Und was er sah, ließ ihm das Blut in den Adern gefrieren.

Sauert rannte los. Wäre er nur auf seine Tochter fixiert gewesen, hätte er vielleicht die morschen Bretter bemerkt, die quer über dem Weg lagen. Er wäre ihnen ausgewichen, und der Plan wäre misslungen. Aber mit dem schnaubenden Bullen hinter sich hatte er keinen Blick mehr für eventuell lauernde Gefahren.

Mit einem gewaltigen Krachen, das weit über die Felder dröhnte, gaben die Bretter unter ihm nach. Sauert schrie auf, als er in die Tiefe stürzte und in der Jauche versank. Nele stopfte so schnell sie konnte die rote Jacke in eine Tasche.

»Hoh! Halt!«, rief Gandalf, der neben Primus hergelaufen war, atemlos.

Als der Bulle seine Stimme hörte, wurde er langsamer, und Gandalf bekam das Seil zu fassen. Er zerrte daran, bis Primus in gemächlichen Trott verfiel und schließlich schnaubend stehen blieb. Jetzt, da er nicht mehr Rot sah, kehrte seine alte Sanftmütigkeit zurück. Er schüttelte noch ein paar Mal den schweren Kopf, dann begann er an einer welken Sonnenblume zu kauen. Da kam auch schon Dorothee wie verabredet eilig mit einem großen Eimer geschnittener Äpfel angerannt.

»Ich sag's ja, er kann Äpfeln nicht widerstehen«, stieß Gandalf immer noch keuchend aus, als Primus begierig sein Maul darin versenkte. »Hier, Alter. Hast du dir verdient.«

Wenn Primus seine Lieblingsspeise verputzt hatte, würden sie einen schönen Spaziergang zurück zur Weide machen, wo die Kühe schon auf den Bullen warteten.

Gandalf, Loh, Dani, Nele, Eva, Dorothee und Marion – alle standen sie um die Güllegrube und spähten hinein. Nur Julika kümmerte sich noch um den dicken Dorfpolizisten.

»Sich in die Politik eines Dorfes einzumischen, in dem man nur ein paar Monate bleibt, ist eine Sache«, rief Nele wütend in die Güllegrube, »aber nichts zu tun, wenn ein Mann seine Tochter misshandelt, ist etwas anderes!« Sie spähte in die Grube. »Wie viel Zeit brauchen Sie, um zu überlegen, ob Sie Ihre Tochter jemals wieder anfassen werden?«

»Keine Zeit. Holt mich hier raus! Hilfe!«, japste Sauert. Dann platschte es.

In der Ferne erklang das Tuckern eines Traktors.

»Wisst ihr, woran mich der Bürgermeister erinnert?«, fragte Nele die anderen, die ebenfalls um die Grube herumstanden. »An den Frosch, der die Sahne trat, bis sie zu Butter wurde und er aus der Kanne springen konnte. Bloß dass Sauert keine Sahne tritt. Oh, da fällt mir was ein. Habt ihr noch die Strafzettel? Damit könnte man doch ein tolles Biogasfeuer machen.«

Auch nachdem sie im Bürgeramt gewesen waren, hatte Sauert ihnen weitere Zahlungsaufforderungen geschickt.

Das geblubberte »Nein!« unter ihnen klang alarmiert.

Der kleine Traktor hielt, Erwin Schlomske stieg von seinem Sitz herunter. »Ist die Güllegrube endlich eingestürzt, Loh?«, fragte er. »Ich hab es krachen hören. Da warte ich seit Jahren drauf. Sie gehört zugemacht. Dann stinkt's auch nicht mehr so im Dorf!«

»Haben Sie das gehört? Die Güllegrube muss endlich weg! So wie Sie es versprochen haben, als Sie gewählt werden wollten«, rief Loh in die Grube.

Schlomske trat näher. »Ist da jemand drin?«, fragte er.

»Lasst mich hier nicht ersaufen«, wimmerte Sauert panisch.

»Sie haben meine Frage nicht beantwortet, Bürgermeister«, gab Loh zurück.

»Ich mach die Grube zu. Auf meine Kosten.« Es klang erstickt.

»Und unsere Landverträge? Was ist mit denen?« Erwin Schlomske war es leid, nur auf einem Hektar Kartoffeln und Rote Bete anbauen zu können, während Sauert für die großen Flächen, die er ihm damals abgeluchst hatte, Subventionen einstrich. »Ich will das Land wiederhaben, das Sie mir gestohlen haben!«

»Alles, alles«, gluckerte es.

»Wär nicht schade um ihn!«, sagte ein vierschrötiger Mann, der beim Spaziergang mit seinem Hund auf das Trüppchen aufmerksam geworden war. »Er hat's verdient, so wie er uns unter Druck gesetzt hat.«

»Jawoll. Den braucht hier keiner!«, rief ein weiterer Dorfbewohner, der den Weg von der anderen Seite heruntergekommen war.

Eva fand es erstaunlich, mit welcher Geschwindigkeit sich das halbe Dorf auf dem einsamen Feldweg eingefunden hatte. Ungehalten trat der Mann gegen die morschen Bretter. Es rumpelte, für Sauert in der Grube musste es klingen, als ob sie sie zumachen wollten.

»Nein!«, stieß Sauert aus, so gut er noch konnte. Es hörte sich an, als ob er den Mund voller Gülle hätte.

Loh trat wieder vor. »Es gibt nur eine Person, die Sie da rausholen kann, Sauert.«

Die Wannseer, die um die Grube herumstanden, begannen durcheinanderzurufen.

»Dani.«

»Daniela.«

»Das Mädchen.«

»Seine Tochter.«

»Die Kleene soll sagen, wat mit dem Mistkerl passiert.«

»Die musste immer alles ausbaden.«

»Wo steckt sie überhaupt?«

»Hier bin ich.«

Dani hatte die Arme vor der Brust verschränkt. Etwas Unbeugsames ging von ihr aus, als sie langsam näher kam. Sie holte tief Luft, als sie sich vorbeugte und in die dunkle Tiefe sah.

»Daniela«, erklang es flehentlich.

»Nenn nicht mehr meinen Namen«, sagte sie verächtlich. »Du hast mich tyrannisiert, nur weil ich mich mit Gandalf getroffen habe. Du hast mich mies behandelt, seit Mama weggegangen ist. Dabei war es nicht meine Schuld, dass sie uns verlassen hat, sondern nur deine, deine ganz allein! Du hast das ganze Dorf drangsaliert, bis keiner mehr Luft zum Atmen hatte. Du warst gemein zu Tante Anna. Aber sie hat sich gerächt und mich auch. Deshalb steckst du da, wo du bist. Bis zum Hals in der Scheiße.«

»Daniela ... bitte.«

»Hör auf zu jammern. Ich will, dass du Wannsee verlässt. Und vorher bringst du die Sache mit Karoppkes in Ordnung. Und du zerreißt alle Verträge, die du mit den Bauern geschlossen hast. Und du stornierst alle Strafzettel. Schwörst du das?

»Und vergessen Sie nicht, Daniela das Gehalt der letzten ... Jahre auszubezahlen«, fügte Eva hinzu.

»J... ja ... ja ... ja ...«

Daniela machte Loh ein Zeichen. »Holt ihn raus. Und dann soll er seine Sachen packen und verschwinden. Heute noch. Ich will ihn nie, nie wiedersehen.«

Daniela beobachtete, wie der Mann, der den Namen Vater nicht verdiente, Stück für Stück aus der Grube gezogen wurde. Es war kein schöner Anblick.

»Sauert, ein letztes Foto«, rief Nele und hielt ihr Handy hoch. »Damit wir uns alle an Sie erinnern. Und fürs Internet, falls Sie Ihre Versprechen nicht einhalten oder jemals mit dem Gedanken spielen sollten, sich zu rächen.«

Mit hochrotem Kopf kam Julika angerannt. Es war nicht leicht gewesen, Hans davon abzuhalten, auf den Weg hinter dem Lohmüller-Hof zu kommen. Die kleine Völkerwanderung entlang der Dorfstraße hatte ihn misstrauisch gemacht. Aber Julika hatte alle Schlagfertigkeit, die sie in dem Selbstverteidigungsseminar beigebracht bekommen hatte, aufgeboten. Und ohne Sauert fühlte sich Hans längst nicht so mutig wie sonst. Jedenfalls nicht mutig genug, Julika einfach aus dem Weg zu drängen.

»Was habe ich versäumt?«, keuchte sie.

»Fast alles«, sagte Dorothee trocken. »Jetzt kommt nur noch das Finale.«

Besudelt und gesenkten Hauptes ging Sauert durch die Gruppe der Dorfbewohner, die ihm angewidert aus dem Weg gingen.

»Sie stinken zum Himmel, Sauert«, rief Erwin Schlomske dem Exbürgermeister nach, bevor dieser aus ihrem Blickfeld verschwand.

Und das war das Letzte, was man von Ulrich Sauert in Wannsee je sah.

Nach Sauerts Abgang zerstreute sich die Menge nicht. Im Gegenteil, noch mehr Wannseer kamen den Feldweg entlang oder schlenderten über Lohs Hof. Sie standen herum, schauten und zeigten zu dem großen Loch, das sich im Feldweg aufgetan hatte, und auf die zersplitterten morschen Holzbohlen, die einst daraufgelegen hatten. Sie flüsterten miteinander. Einer klopfte Loh auf die Schulter. Andere wirkten, als trauten sie dem Frieden nicht ganz.

Immer wieder streiften ihre Blicke Dani, die neben Gandalf stand. Er hatte seinen Arm um ihre Schultern gelegt, und sein Blick warnte alle davor, auch nur die kleinste Bemerkung zu machen.

»Dani, meine Kleene, ist alles okay mit dir?«, fragte er sie leise. Sie nickte und lehnte sich an ihn.

Loh verschwand auf seinem Hof, um einen Hammer, Holzleisten und eine Rolle rot-weißes Flatterband zu holen. »Hilf mir mal, Karoppke«, sagte er, als er zurückkam, und zusammen sperrten sie die offene Grube ab.

»Was meint ihr, sollen wir nicht ein kleines Fest in unserem Garten machen?«, schlug Eva den Freundinnen vor.

Die vier stimmten zu.

»Hört mal«, wandte sie sich an die Dorfbewohner. »Wir würden euch gern zu Kaffee und Kuchen und Apfelkompott einladen. Im Garten. Wenn alle mit anfassen, bekommen wir das ruck, zuck hin.«

Anerkennende Blicke und viel Kopfnicken folgten der Einladung, und der Zug setzte sich in Bewegung. Den kleinen Feldweg entlang, vorsichtig die abgesperrte Grube umrundend, dann in den Apfelgarten hinein.

Dort übernahm Nele, und unter ihrem Kommando entstand unter den Apfelbäumen eine lange Tafel. »Den Tisch von der Terrasse dorthin! Die Stühle aus dem Schuppen!

Den anderen Tisch hierher! Die Küchenstühle aus der Küche! Loh hat noch Biergartenbänke und -tische!«

Dorothee begann Geschirr und Servietten hinauszutragen und alles hinzustellen, was die Speisekammer hergab: Apfelgelee und Apfelkompott und Apfelsaft und getrocknete Apfelscheiben. Zwei tiefgekühlte Apfelstrudel und einen gedeckten Apfelkuchen schob sie in den Ofen.

Karoppke beobachtete sie, dann ging er weg und kehrte kurze Zeit darauf mit zehn Gläsern Leberwurst, seiner Frau und Cindy zurück. Außerdem hatte er die Wolters im Schlepptau, die ihrerseits Brot und Brötchen dabeihatten.

Marion war für den Kaffee zuständig, unterstützt von einigen Kindern aus ihrer Ferienhortgruppe. Als sie sie gesehen hatten, waren sie auf sie zugelaufen und hatten sie so nett begrüßt, dass Marion fast an ihrer Entscheidung für die Berliner Kinder gezweifelt hatte. Aber nur fast.

Und dann landete die erste Flasche Apfelbrand auf dem Tisch. Mandy radelte zu Maik, um Schnapsgläser für alle zu holen. Erwin Schlomske leckte sich die Lippen.

»Ich wusste von Anfang an, dass ihr schwer in Ordnung seid. Obwohl ihr aus der Stadt kommt«, sagte er zu Dorothee, die gerade Teelichter auf den Tischen verteilte.

In diesem Moment fuhr ein Auto in die Einfahrt. Ein hochgewachsener dunkelblonder Mann mit einer modischen Hornbrille stieg aus. Passend zum Landausflug trug er eine Barbour-Jacke, im Halsausschnitt seines Leinenhemdes steckte ein Seidentuch.

»Nun schaut doch mal, wer da ist«, raunte Eva den anderen zu, als sie sah, wer jetzt den Apfelgarten betrat.

Alle folgten ihren Blicken. Nele verschluckte sich an dem Prosecco, mit dem sie gerade anstießen. Denn wer da auf sie zukam, war niemand anderes als Rechtsanwalt Rechenberger.

»Hallo, Frau Wedekind! Hallo, die Damen! Sie werden sich sicher schon gefragt haben, wann ich mich endlich melde«, sagte er freundlich und nahm seine blitzsaubere Brille ab, um sie zu putzen.

»Ja, der Gedanke kam uns ein oder zwei Mal«, sagte Eva.

»Nun, ich dachte, dass ein Besuch zum Ende der vereinbarten Zeit mehr Sinn macht als mittendrin, nicht wahr? Denn das bedeutet ja, dass Sie bis zum Schluss durchgehalten haben. Wie schön, dass Sie sich so gut eingelebt haben! Ich hatte eben ein längeres Gespräch mit einem der Dorfbewohner, den ich vor dem Haus getroffen habe, und er hat in höchsten Tönen von Ihnen geschwärmt! Er meinte, dass Sie fünf aus der Dorfgemeinschaft nicht wegzudenken seien. Das freut mich sehr zu hören, sehr! Es scheint, dass Sie Anna Staudenroos' Bedingungen, das Erbe anzutreten, uneingeschränkt erfüllt haben. Es ist ja auch ein sehr hübsches Anwesen.« Sein Blick glitt über den Apfelgarten, das Haus, die Beete und das Land dahinter. »Wäre schade gewesen, wenn Sie es verloren hätten. Sagen Sie, mit der Mentalität der Dorfbewohner ...«, Rechenberger zwinkerte ihnen zu, »... sind Sie zurechtgekommen? Ich meine, Sie sind ja westsozialisiert, so wie ich das verstanden habe, und hier herrscht manchmal noch ein anderer Wind ...«

»Es gab überhaupt keine Probleme«, versicherte Eva, und die anderen nickten. »Osten, Westen, was bedeutet das schon? Die Mauer ist ja schon über zwanzig Jahre weg!«

»Ausgezeichnet! Es freut mich sehr, das zu hören. In Wannsee ist also zusammengewachsen, was zusammengehört! Wie ich sehe, ist auch Ihr Einsatz bei der Apfelernte bewundernswert. Das sieht ja sehr, sehr appetitlich aus.«

Er ließ den Blick über den Tisch schweifen, der sich unter den verschiedensten Apfelleckereien bog.

»Bitte nehmen Sie doch Platz, Herr Rechenberger«, sagte Eva. »Dürfen wir Ihnen etwas anbieten?«

»Der Apfelbrand ist ganz ausgezeichnet«, wisperte Erwin Schlomske dem Rechtsanwalt von der Seite her zu.

In diesem Moment erklangen die ersten Töne eines der Brandenburgischen Konzerte. Loh hatte die Lautsprecher in seine geöffneten Fenster gestellt. Der Septemberwind trieb die Musik weit übers Land.

»Hast du keine gescheite Musik, Loh?«, rief Gaby Schlomske ungehalten zu ihm hinüber.

»Nein, hat er nicht«, sagte Eva von der Seite und lehnte sich zurück. »Ist doch schön, die Klassik!«

»Na, duuuu musst es ja am besten wissen«, gab Gaby gedehnt zurück.

Eva wunderte sich wieder einmal, wie schnell sich Nachrichten im Friseursalon verbreiteten. Nur die vier Freundinnen wussten noch von nichts … Bevor sie wegfuhren, musste sie es ihnen sagen. Und das war nicht das Einzige, was sie zu besprechen hatten.

Sie schaute die Tafel entlang. Mandy war zurück, sie schenkte den Wannseern Apfelbrand ein (die zweite Flasche war bereits geöffnet, es sah so aus, als würde der Schnaps wieder nicht lange genug reifen), Rechenberger unterhielt sich angeregt mit Leonore, Gandalf und Dani saßen zusammen und hielten Händchen.

Loh war auch wieder da. Er stand ein bisschen abseits an den knorrigen Apfelbaum gelehnt, lauschte der Musik und beobachtete gleichzeitig die Hornissen über sich. Als er Evas Blick bemerkte, lächelte er ihr kurz zu. Na los, bring's hinter dich, schien das zu bedeuten.

Eva gab sich einen Ruck. »Kommt ihr mal kurz mit in

die Küche?«, fragte sie und stand auf. »Und nehmt eure Gläser mit.«

Zu fünft verschwanden sie im Haus, unbemerkt von den Dorfbewohnern, die immer ausgelassener und lauter feierten.

»Also, wie waren wir?«, fragte Eva.

»Die besten!«, erwiderte Nele hochzufrieden. »Wir haben die Stadt vom Tyrannen befreit. Jetzt können wir wieder in unsere eigenen Leben zurückkehren. Und das Haus haben wir auch sicher.«

Eva nickte. »Ja. Das stimmt. Aber … ich wollte deshalb was mit euch besprechen.« Die vier schauten sie erwartungsvoll an. Eva räusperte sich. »Habt ihr nicht auch das Gefühl, dass das Haus eigentlich Dani zusteht? Anna hätte es ihr vermacht, wenn sie Sauert nicht misstraut hätte. Sie wollte, dass wir herkommen, um Dani zu schützen. Das haben wir getan. Dieses Haus war mehr Zuhause für Dani, als es Sauerts protziger Bau jemals sein konnte.«

Marion sah sie aufmerksam an. »Was schlägst du vor, Eva?«

»Ich finde, wir sollten es ihr überlassen.«

Die anderen schwiegen nachdenklich. Dann sagte Julika: »Streng genommen könnten wir es verkaufen und uns das Geld teilen. Aber ich glaube kaum, dass es sehr viel einbringt.« Die Sommerbräune, die sie aus Florenz mitgebracht hatte, stand ihr gut. »Behalten würde ich es sowieso nicht wollen! Keine zehn Pferde bringen mich nach Wannsee zurück.«

Dorothee sah ein bisschen enttäuscht aus. »Ich hätte es schön gefunden, wenn wir hier mal wieder Urlaub zusammen machen könnten.«

»Ich finde auch, dass wir das Haus Dani überlassen sollten. Und wenn wir wirklich mal herkommen wollen, empfängt sie uns sicher mit offenen Armen«, sinnierte Marion.

»Auch Mimi und ihre Familie?«, fragte Dorothee. Niemand antwortete, und Dorothee ignorierte geflissentlich, dass die Freundinnen die Augen verdrehten.

»Seltsam, dass du den Vorschlag machst, Eva«, sagte Nele. »Bei dir hätte ich eigentlich am ehesten gedacht, dass du an dem Haus und dem Garten festhältst und nicht die Brücken nach Wannsee abbrichst.«

»Das tue ich auch nicht«, gab Eva mit fester Stimme zurück, aber sie konnte nicht verhindern, flammend rot zu werden. »Ich muss euch noch was sagen. Ich bleibe hier. Ich ziehe nach Wannsee.«

Die anderen schauten sie verblüfft an.

»Wie soll das denn gehen?«, fragte Nele. »Was wird aus deinem Job bei Titus?«

»Wenn möglich, mache ich freiberuflich weiter. Teilzeit.«

»Dafür wird dich Titus ewig lieben«, meinte Nele. »Nie wieder Sozialabgaben für dich, hurra! Den Gefallen tu ich ihm aber nicht. Das wäre mir zu unsicher.«

»Willst du echt auf dem Land versauern?«, fragte Julika.

Eva lächelte. »Versauern ist relativ. Ich werde heiraten.«

Mit einem Mal war es mucksmäuschenstill in der Küche.

»Wen?«, fragte Dorothee verdutzt.

»Na, wen wohl!«, sagte Marion, die zuerst begriffen hatte. »Einen großen dunkelhaarigen Fremden mit 'ner Galloway-Herde.«

»Wann hat er dich gefragt?«, fragte Julika.

»Gestern.«

»Irgendwie hab ich was nicht mitbekommen!« Julika war entrüstet. »Wann ging denn das zwischen euch los?«

Eva überlegte. »Ich glaube an dem Tag, als er mich in der Frontladerschaufel mitgenommen hat«, sagte sie dann. »Das war unser erster Tag hier, nicht?«

»Ich finde, er hätte uns fragen müssen, ob er dich heiraten darf!«, empörte sich Marion.

»Hätte er vielleicht sogar. Aber ihr wart ja nicht da.«

»Liebst du ihn?«, fragte Nele. In ihren Augen glitzerte es verdächtig, wie es manchmal geschieht, wenn ein anderer die eigenen Träume lebt.

»Wir teilen eine Welt«, sagte Eva, was in ihren Augen viel mehr als Liebe war.

Plötzlich stürmten sie alle auf Eva zu, umringten sie, redeten durcheinander, streichelten sie, umarmten und küssten sie. Und Eva verstand nicht mehr, wie sie nur einen einzigen Moment in den letzten Wochen an ihrer Freundschaft hatte zweifeln können.

Epilog

*Freundschaft ist die Blüte eines Augenblicks
und die Frucht der Zeit.*
AUGUST VON KOTZEBUE

Es war ein prachtvoller Tag im April.

Die Sonne schien warm über Wannsee in der Mark. Auf den Feldern und Wiesen wuchs saftiges Grün, nein, es schoss aus der Erde. Der Apfelgarten stand in allerschönster Blüte. Genau wie ein Jahr zuvor, als sie ihn zum ersten Mal gesehen hatten.

»Wartet nur, bis sie das entdecken!«

Nele deutete grinsend in Richtung Scheune. In einem unbeobachteten Moment waren sie und Dani hineingeschlüpft und hatten das Gefährt geschmückt: mit roten Ballons und Blumen rund um die Fahrerkabine und langen Schnüren mit leeren Leberwurstbüchsen von Karoppke, die sie dort befestigt hatten, wo sonst der Pflug angehängt wurde. Die Schaufel des Frontladers zierte ein großes JUST MARRIED aus Rasierschaum.

»Ich fürchte, das Geschepper wird gegen den Motorenlärm kaum zu hören sein«, meinte Marion.

»Aber auf jeden Fall ist es ein Foto für Steinbrech wert, wenn sie zu zweit auf dem geschmückten Traktor durchs Dorf tuckern. Eva in ihrem traumhaften apfelgrünen

Brautkleid und mit dem duftenden Blumenkranz, Loh, der sie beide in seinem schicken Anzug mit fester Hand in die Zukunft steuert! So was ist für unseren kleinen Internetschreiber genau das Richtige. Den Artikel über Sauert hat er auch sehr schön verfasst.« Julika zog sich fröstelnd das Wolltuch mit dem toskanischen Muster um die Schultern.

»Die hecken was aus.« Loh schaute unruhig zu den fünf Trauzeuginnen, die am Zaun standen und auf seinen Hof schauten.

»Das war ja nicht anders zu erwarten.« Liebevoll sah Eva zu ihren Freundinnen hinüber.

Loh seufzte resigniert. »Hoffentlich hat es nichts mit Jauchegruben, Bogenschießen, alten Schuhen oder Schnapsbrennen zu tun. Oder mit Urnen. Ach, bei euch weiß man ja nie.«

Eva tätschelte ihm beruhigend den Arm. Der Stoff seines neuen Anzugs fühlte sich weich unter ihren Fingern an. Sie fragte sich, wann Loh ihn das nächste Mal anziehen würde. Vielleicht war das bei dem Hochzeitsanzug eines Landwirts ja wie früher bei einem Konfirmandenanzug – einmal gekauft, musste er das ganze Leben lang herhalten. Und zum Schluss wurde man noch darin begraben. Sicher würde er niemals verschleißen, weil er so selten getragen wurde. Der Dresscode eines Biobauern bestand nun mal hauptsächlich aus Blaumann, speckiger Jacke und Gummistiefeln.

Auf der anderen Seite: Sie hatten vor, Sommerkonzerte auf dem Land zu besuchen. Da sah ein Anzug auch gut aus. Und Berlin war nicht aus der Welt. Es wäre ja gelacht, wenn sie und Loh nicht mindestens einmal im Monat in die Philharmonie gehen würden! Ihr Apartment hatte Eva aufgegeben, aber wozu hatte Dorothee so eine große Wohnung? Selbst wenn Mimi und der kleine Tonio da waren – und das waren sie häufig –, wäre noch genug Platz für sie und Loh.

»Mach dir mal keine Sorgen«, versicherte sie. »Was Schlimmes planen sie sicher nicht. Sie freuen sich für uns, bestimmt.«

»Eva, wenn ich deine Freundinnen auch täglich in Kauf nehmen müsste, um dich heiraten zu können, würde ich trotzdem keine Sekunde zögern. Du bist genau die richtige Frau für mich, und zusammen sind wir ein Team«, sagte er leise, obwohl niemand sie hören konnte.

Eva spürte, wie ihr vor Glück die Tränen kamen. Sie schluckte sie herunter, lächelte Loh an und nestelte, statt ihm zu antworten, an dem kleinen Apfelblütenzweig herum, den er sich ans Revers gesteckt hatte.

Sie hatten beschlossen, die Hochzeitsreise auf den Winter zu verschieben. Loh würde endlich seinen Traum realisieren – er und Eva planten einen Backpack-Trip nach Vietnam. Ja, wer eine Frau aus Berlin heiratete, dem war auch eine Reise nach Asien zuzutrauen, hieß es in Wannsee.

Im Frühjahr zu fahren war natürlich unmöglich. Die Landwirtschaft lief auf Hochtouren. Da war die Feldarbeit, und die Galloway-Kälber, die im Februar geboren worden waren, mussten im Auge behalten werden. Eva hatte die Vermarktung des Biorindfleisches übernommen. Im Herbst hatte sie auch begonnen, die Äpfel an Bioläden zu verkaufen. Auch die Berliner sollten den Pfannkuchenapfel und den Ontario kennenlernen, die Goldparmäne und den Hasenkopf genießen! Loh hatte sie vor verklärender Romantik gewarnt, was ihr neues Leben als Landfrau anging. Aber das war Eva egal: Es war das Leben, das sie wollte. In der Welt, die sie wollte. Mit dem Mann, den sie wollte.

Und in Berlin hatte sie schließlich auch viel gearbeitet. Mit dem Unterschied, dass sie nicht abends durch den Garten schlendern, Caruso kraulen und bei einem Glas Rotwein Lady D'Arbanville beobachten konnte, die vom Waldstück übers Feld geschwebt kam.

Die Güllegrube war endlich geleert und zugeschüttet worden. Loh hatte Sauerts Scheck kommentarlos in der Post gefunden. Und – Eva wartete gespannt auf den ersten Andruck des Apfelbuchs, den sie und Nele in diesen Tagen bekommen sollten.

»Es wird Zeit«, sagte sie und zeigte zu dem knorrigen Apfelbaum, unter dem Pfarrer Lobetal und Gandalf, Lohs Trauzeuge, bereits standen.

»Mädels! Kommt! Es geht los!«, rief sie Dorothee, Nele, Marion, Julika und Dani zu, die sich daraufhin umwandten und durch das frisch gemähte Gras in ihre Richtung kamen.

Zu siebt betraten sie den blühenden Apfelgarten, durch den gerade ein leichter Wind fuhr. Rosa-weißer Blütenschnee rieselte auf sie nieder.

»Wie bitte? Hast du was gesagt, Gandalf?«, fragte Pfarrer Lobetal gerade.

Anlässlich der Gartenhochzeit trug er seinen schwarzen Talar. Würdevoll sah er aus, sein weißer Haarkranz erinnerte vage an einen Heiligenschein, der aus luftiger Höhe auf seinen Kopf gefallen war und sich um sein kahles Haupt gelegt hatte. Und er war glücklich.

Die Wege des Herrn waren wahrhaft wundersam, so wundersam, dass sogar Simon Lohmüller vor IHM heiraten wollte. Und vielleicht war es ein noch größeres Wunder, dass Simon sich in eine Frau verliebt hatte, die aus der

Stadt kam und mehr Landfrau war, als es bei den meisten Dorfbewohnerinnen der Fall war. Wenn Eva, geborene Wedekind, bald verheiratete Lohmüller nun auch noch bekennende Christin wäre ... dann wären sie zu Ostern vielleicht schon zehn Leute in der Kirche!

Lobetal legte die Hand ans Ohr und beugte sich zu Gandalf hin, der neben ihm stand und die ungehaltenen Blicke ignorierte, die die näher kommende Nele ihm zuwarf. Viel lieber sah Gandalf da zu Dani, die wie eine zarte Elbenfrau zwischen den Apfelbäumen hindurchwandelte und ihn anstrahlte. Oh, Dani, wie gut sie aussah, seit das Dorf ihren Vater zum Teufel geschickt hatte ... Seit sie ein Paar waren, hatte Gandalf nicht ein einziges Mal mehr daran gedacht, Leonore, Mandy oder Cindy zu einem DVD-Abend einzuladen.

»Nein, nein. Ich habe nichts gesagt«, antwortete Gandalf und tat so, als müsse er seinen Pferdeschwanz fester binden.

Das war eine glatte Lüge, obwohl man einen Pfarrer eigentlich nicht anlügen sollte. Und hätte Pfarrer Lobetal besser hingehört, hätte er verstanden, was Gandalf gemurmelt hatte, während er in seiner Jacketttasche mit den goldenen Trauringen spielte:

Ein Ring, sie zu knechten,
sie alle zu finden,
ins Dunkel zu treiben und ewig zu binden ...

Zugegeben, das stand nicht in der Bibel, die Pfarrer Lobetal unter den Arm geklemmt hatte und aus der er gleich etwas über den Garten Eden, Eva, Adam und den Apfel der Erkenntnis lesen wollte. Nein, Gandalfs Spruch stammte aus seiner persönlichen Bibel, *Herr der Ringe*.

Aber das mit dem Ring und dem Dunkel und dem Ewig und dem Knechten passte seiner Meinung nach hervorragend zur Situation. Heiraten? Er doch nicht.

Auch wenn Eva und Loh so unverschämt glücklich aussahen, dass man fast ins Grübeln kommen konnte.

Dankeschön ...

Mein Dank gilt zuallererst meiner Agentin Petra Hermanns. Ich wünschte, ich hätte sie fünf Bücher früher getroffen! Außerdem danke ich dem Blanvalet Verlag und meiner Lektorin Anna-Lisa Hollerbach, dass sie so viel Vertrauen in mich gesetzt haben. Holler bedeutet Holunder. Mögen die Hornissen, die dahinter ihre großartigen Nester bauen, immer friedlich bleiben!

Danke auch an meine Textredakteurin Margit von Cossart, ohne die schon Anfang Juni das Getreide gemäht worden und der Klarapfel in den Himmel gewachsen wäre.

Fünfzehn Jahre lang habe ich viel Zeit auf einem Bauernhof in der Mark Brandenburg verbracht. Ich habe Galloway-Kälber mit Ohrmarken versehen, Kürbisse angebaut und die besten Tomaten meines Lebens gegessen, den Flug der Wildgänse beobachtet und Dahlien frostfrei überwintert. Und ja, einmal, an einem anderen Ort, zu einer anderen Zeit, habe ich auch Schnaps gebrannt. Ohne diese Erfahrungen wäre dieses Buch nicht möglich gewesen.

But last, not least danke ich den Frauen in meinem Leben, und zwar – einmal tief Luft holen – Annette, Babsi, Brigitte, Carola, Claudia, Goscha, Ingrid, Kat, Marion, Micaela, Nina, Sabine, Susanne Helene, Traudl und Vera.

Es heißt, man ist ein glücklicher Mensch, wenn man so viele Freunde hat wie Finger an einer Hand. Ich nehme noch die andere Hand und einen Fuß dazu.

Here's to you, Mädels!

blanvalet
DAS IST MEIN VERLAG

... auch im Internet!

 twitter.com/BlanvaletVerlag

 facebook.com/blanvalet